KNAUR

Über die Autorin:
Eva Siegmund 1983 in Bad Soden geboren. Sie arbeitete als Kirchenmalerin, Juristin und Verlagsmitarbeiterin, bevor sie sich voll und ganz dem Schreiben widmete. Seit 2014 ist sie freie Autorin. Für ihre Romane hat sie bereits zahlreiche Preise gewonnen. Sie lebt in Berlin. Weitere Infos zur Autorin unter www.evasiegmund.de.

EVA SIEGMUND

SODOM

THRILLER

KNAUR

Besuchen Sie uns im Internet:
www.knaur.de

Aus Verantwortung für die Umwelt hat sich die Verlagsgruppe Droemer Knaur zu einer nachhaltigen Buchproduktion verpflichtet. Der bewusste Umgang mit unseren Ressourcen, der Schutz unseres Klimas und der Natur gehören zu unseren obersten Unternehmenszielen. Gemeinsam mit unseren Partnern und Lieferanten setzen wir uns für eine klimaneutrale Buchproduktion ein, die den Erwerb von Klimazertifikaten zur Kompensation des CO_2-Ausstoßes einschließt. Weitere Informationen finden Sie unter: www.klimaneutralerverlag.de

Originalausgabe November 2020
Knaur Taschenbuch
© 2020 Knaur Verlag
Ein Imprint der Verlagsgruppe
Droemer Knaur GmbH & Co. KG, München
Alle Rechte vorbehalten. Das Werk darf – auch teilweise –
nur mit Genehmigung des Verlags wiedergegeben werden.
Ein Projekt der AVA international GmbH Autoren- und Verlagsagentur
www.ava-international.de
Redaktion: Michelle Gyo
Covergestaltung: Stefan Hilden, www.hildendesign.de
Coverabbildung: HildenDesign unter Verwendung
mehrerer Motive von Shutterstock.com/Eigenarchiv
Abbildungen im Innenteil von Shutterstock.com: Georgii Shipin und anna42f
Satz: Adobe InDesign im Verlag
Druck und Bindung: CPI books GmbH, Leck
ISBN 978-3-426-52475-6

2 4 5 3 1

RAVEN

Das Licht der Scheinwerfer schnitt durch die Dunkelheit des Studios wie der Strahl eines Leuchtturms. Raven kannte den Rhythmus genauso gut wie ihren eigenen Herzschlag. Alle fünf Sekunden streiften die kreisenden Lichtkegel ihre Fenster, erhellten alles für einen Augenblick. Dann wanderten sie weiter, über die bröckelnden Fassaden, erloschenen Straßenlaternen und stellenweise zerborstenen Fensterscheiben der Nachbarschaft – wieder zurück zu ihr.

Die meisten Leute, die sich in den heruntergekommenen, verlassenen Altbauten rund um das Gardens eingenistet hatten, hassten dieses Licht. Es fraß sich selbst durch die dicksten Vorhänge und raubte vielen erst den Schlaf, dann den Verstand. Doch Raven mochte es.

Sie saß gerne auf der tiefen Fensterbank im Dunkeln und blickte auf das riesige Gebäude jenseits der Scheibe, betrachtete das Treiben, das mit Einbruch der Nacht zunahm. Raven sah Menschen kommen und gehen, genoss es, zu wissen, dass einige von ihnen nicht sonderlich gerne dabei beobachtet wurden, wie sie das Utopia Gardens betraten. Sie beeilten sich, um möglichst schnell an der Security vorbei in den schützenden Club zu gelangen. Meist blickten sie dabei nicht einmal auf.

Unter ihnen fand man Politiker und Ärzte, Richter und Polizisten, kleine und große Gangster. Wenn sie die Security passierten und durch die schwere Stahltür traten, die sich direkt unter Ravens Fenster befand, wurden sie alle gleich. Vergnügungssüchtige Getriebene, die ihr gleichförmiges oder elendes Leben jenseits der Mauern des Clubs zurückließen. Sie streiften den Verfall der Altstadt und die Lügen der Neustadt von sich ab, wurden zu Wesen ohne Vergangenheit oder Zukunft. Bis sie durch ebendiese Türen zurück in die Realität gespuckt wurden.

Vielleicht waren die Scheinwerfer doch nicht wie das Licht eines Leuchtturms, dachte Raven. Leuchttürme halfen Seefahrern bei Sturm und Nacht, nicht an den Klippen zu zerschellen. Das Utopia Gardens jedoch war der Fels, gegen den die Berliner brandeten, um von ihm zerschmettert zu werden. Oder ein Schlund, der gnadenlos jeden verschluckte, der sich ihm näherte.

Und doch war das Gardens auch ihr Zuhause. Sie liebte die schummrigen Lichter, die alles weicher zeichneten, die allzu hübschen Bardamen in ihren kurzen Paillettenkleidern, die laute Musik. Dumpfe Bässe, die ihrem Puls den Rhythmus vorgaben und den ganzen Körper zum Vibrieren brachten, wilder Jazz, der einen förmlich zum Tanzen zwang, Bollywood-Beats, zu denen man sich so lange drehen konnte, bis Raum und Zeit zu einer glitzernden Masse verschwammen. Doch das Gardens war nicht einfach nur ein Club. Es war Disco und Jahrmarkt, Bordell und Shoppingmall, Arena und Wellnessoase. Hier fand jeder, was er suchte oder sich nie zu suchen gewagt hatte. Auf alle geheimen Fragen, die man draußen – wenn überhaupt – nur flüsterte, hatte das Gardens mindestens hundert Antworten.

Raven kannte das Gardens in- und auswendig, doch sie hatte mit der Zeit gelernt, welchen Bereichen sie besser fernblieb, wenn sie nicht den Verstand verlieren wollte. Raven tanzte, nahm weiche Drogen und besuchte diejenigen, die ihr am Herzen lagen. Und sie kaufte manchmal auf dem Schwarzmarkt des Fightfloors ein, wenn sie das, was sie für ihr nächstes Projekt brauchte, sonst nirgendwo beschaffen konnte. Alles andere ging sie nichts an.

Sie liebte, dass die Außenwelt im Gardens einfach keinen Platz hatte. Am Anfang eines jeden Besuchs war das, was draußen passierte, einfach nur weit weg. Und irgendwann wurde es dann vollkommen unwichtig. Verbrachte man ein paar Tage im Club, verlor man jegliches Zeitgefühl, und alles floss ineinander. Man existierte, man atmete, tanzte und lachte. Nichts sonst.

Tage waren nicht für Raven gemacht. Sie waren von allem zu viel. Zu viel Licht, zu viel Lärm, zu viel andere Menschen, auf die zu viel

Licht fiel und die zu viel Lärm machten. Am Tag sah man die Schatten, nachts war alles gleich. Oder zumindest beinahe. Denn Raven war ein Wesen, das selbst im Dunkeln leuchtete.

Seit Jahren bewegte sie sich tagsüber kaum vor die Tür, doch bald würde sie es müssen. Sie würde dazu gezwungen sein, etwas zu etablieren, das andere Menschen »Alltag« nannten. Ausgerechnet. Seufzend schob sie den Brief, den sie die ganze Zeit abwesend in ihren Fingern hin und her gedreht hatte, in die Tasche ihres schwarzen Kittels. Am liebsten hätte sie die kommenden Stunden komplett im Club verbracht, doch sie hatte einen Kunden. Die Werkstücke, die sie für ihn angefertigt hatte, standen auf einem Tisch bereit und glänzten alle fünf Sekunden, wenn der Lichtkegel der Scheinwerfer durch den Raum strich. Ein leiser Abschiedsschmerz schlich sich in ihre Brust. Raven hing an ihren Kreationen.

Sie zuckte zusammen, als die Deckenlampe anging.

»Rave?«, rief eine Stimme in den beinahe leeren Raum hinein.

Raven entspannte sich wieder. Spencer war zurück; der einzige Mensch, der sie »Rave« nannte. Es war albern, aber sie mochte es. Alles war ihr lieber als ihr Geburtsname. Stöhnend glitt sie vom Fensterbrett, wobei sich winzige Teile des bröckeligen Lacks ablösten, der in Flocken zu Boden rieselte. Sie bewegte sich so geschmeidig, dass ihre Füße kaum ein Geräusch machten, als sie auf den alten Dielenboden trafen.

»Hier hinten!«, antwortete sie, und kurz darauf schob sich Spencers schlaksige Gestalt durch die alte Doppelflügeltür. Er ging immer ein wenig, als müsste er sich an Deck eines großen Schiffs gegen den Sturm stemmen. Das viele Tätowieren in gebückter Haltung hatte dazu geführt, dass er sich selten gerade hielt.

Er hauchte ihr einen Kuss auf die Wange und ließ seinen alten Lederrucksack geräuschvoll auf den großen Metalltisch knallen. Dabei wackelten die Werkstücke bedrohlich. Schnell lief Raven zu ihren Kunstwerken hinüber, um sicherzustellen, dass sie nicht umfielen. »Pass doch auf!«, schimpfte sie und schoss Spencer einen giftigen Blick zu. Der hob abwehrend die Hände.

»Ey, wer hat gerade Stunden auf dem Campus verbracht, um diesen verrückten etepete Medizinstudenten das ganze Zeug aus den Rippen zu leiern?« Er zeigte auf seine Brust. »Moi!«

Raven winkte ab. »Und wer sorgt dafür, dass wir was zu beißen haben? Moi!«

»Hey, ich verdiene auch Geld!«

Raven schnaubte genervt. Dieses Gespräch würde sie jetzt ganz sicher nicht führen. »Hast du alles bekommen?«

Sie griff nach seinem Rucksack und öffnete vorsichtig die brüchigen Schnallen. Nacheinander holte sie Skalpelle, mehrere Spritzen und Ampullen mit Betäubungsmitteln, Nähzeug, neue Sägeblätter sowie mehrere Dutzend Arterienklemmen hervor, die sie ordentlich auf ihrem Rollwagen ausbreitete.

»Keine Klammern?«

Spencer schüttelte den Kopf. »Felix liegt flach. Keiner konnte mir sagen, wie lange.«

»Shit«, Raven biss sich auf die Unterlippe. Für das, was sie heute vorhatten, brauchte sie Klammern.

»Haben wir nicht mehr genug?«, fragte Spencer.

Raven drehte sich um und wühlte in der Schublade des alten Küchenbuffets herum, das an der Wand zum nächsten Zimmer stand. Sie zog drei Packungen hervor und legte sie auf die Ablage.

»Es sind noch ungefähr hundert. Das könnte reichen. Es könnte aber auch in die Hose gehen.«

Spencer zuckte mit den Schultern und gab ihr damit zu verstehen, dass sie es jetzt sowieso nicht ändern konnten. Und er hatte recht. Raven seufzte.

»Gut, dann decken wir mal ab.«

Gemeinsam rollten sie eine Bauplane aus, die sie mit Klebeband auf dem Holzboden fixierten. Die Kunden wurden von der Plane immer sehr verunsichert, aber Raven konnte es nicht ändern. Alte Blutflecken auf dem Boden würden sie sicher noch stärker verunsichern, und die Plane war wenigstens sauber.

Spencer und sie waren ein eingespieltes Team, sie taten das hier mittlerweile mehrmals im Monat. Meistens nachts, so wie heute. Raven hatte ihr Gehirn im Verdacht, vor Einbruch der Dunkelheit nicht richtig zu arbeiten.

Schließlich band sie sich die schneeweißen Haare zu einem kleinen Dutt und streifte sich ihre schwarze Kurzhaarperücke über. Dann setzte sie die schwarze Bauta auf. Dass diese Maske früher mal vom venezianischen Stadtadel getragen worden war, wusste heute so gut wie niemand mehr. Im Gardens jedenfalls waren Bautas weit verbreitet. Sie waren eine der wenigen Möglichkeiten, das Gesicht so zu verdecken, dass man unerkannt blieb, der Maskenträger aber immer noch sprechen, essen und trinken konnte. Wenn sie die Maske aufsetzte, verschwand Raven hinter Lagen aus schwarzem Stoff, schwarzen Haaren und schwarzem Holz. Sie glitt in den Schatten, wurde eins mit ihm. Verwandelte sich in Dark.

BARTOSZ

Er hatte Spiegelei zum Abendessen. Das war nicht ganz so gut wie Pizza, aber noch lange nicht so schlecht wie trockenes Brot mit feuchten Gedanken – sein übliches Abendessen.

Jep, die Dinge wandten sich eindeutig zum Guten für Bartosz. Für seine Augen hatte er zwar eine gewaltige Summe hinblättern müssen, was viel, viel Brot bedeutet hatte, aber fuck, die Dinger begannen, sich auszuzahlen. Niemand sah ihn kommen oder gehen. Er hatte es sogar geschafft, ein Apartment auszuräumen, während die Familie darin schlief. Keiner hatte es bemerkt! Wenn der Bruch heute gut ging, dann würde er sich Pizza kaufen. Eine ganze Kühltruhe voll. Und die Kühltruhe gleich mit.

Er pfiff bei dem Gedanken fröhlich vor sich hin und betrachtete seine Spiegeleier prüfend. Die Ränder kräuselten sich im Fett. Bartosz musste immer sehr viel Öl nehmen, weil seine Pfanne dermaßen verkratzt war, dass sonst alles anbuk. Wollte er sein Eigelb flüssig? Auf jeden Fall sollte er dran denken, eine neue Pfanne mitgehen zu lassen. Reiche Leute hatten immer Pfannen, oder nicht? Sogar wenn sie niemals selbst kochten, sondern sich alles liefern ließen, hatten sie Pfannen. Damit ihre Freunde dachten, sie würden kochen, wenn sie zu Besuch kamen. Wahrscheinlich gingen die sogar selbst in die großen Luxuskaufhäuser, damit sie sich gegenseitig beim Pfannenkaufen beobachten konnten.

Bei der Vorstellung, wie zwei reiche Weiber sich voreinander zwischen den Regalen einer Küchenabteilung versteckten, musste er lachen, was ihn wiederum husten ließ. Der Schleimklumpen, den er daraufhin in die verkalkte Spüle spuckte, war kotzgrün. Bartosz verzog das Gesicht. Er hatte Dark das Geld gegeben, das er eigentlich für den Doc gespart hatte. Jetzt musste er wieder von vorne anfangen. Aber was machte das schon? Einen alten Knochen ruinierte so schnell nichts. Bartosz stemmte die Hände in die Hüften und grinste vor sich hin. Er mochte seine neue Bleibe. Vor ein paar Wochen hatte er sich hier eingenistet, am südlichen Ende der Schönhauser Allee. Nicht so weit vom Gardens entfernt, aber trotzdem schon schön ruhig. Weil in dieser Gegend kaum was los war, wohnte hier kein Schwein mehr. Eine ganze Woche lang hatte er das Haus beobachtet. Außer ihm war niemand hier. Er mochte es so. Und dank seiner neuen Augen musste er auch kein Licht machen. So würde niemandem auffallen, dass er hier Wohnung bezogen hatte.

Seine neue Wohnung war trockener und heller als die alte. Im Vorderhaus, sodass er alles überblicken konnte. Darüber hinaus war sie wie die meisten, in denen Bartosz bisher gelebt hatte. Altbau mit Stuck und Dielen. Alte Kassettentüren aus Holz. Während der Jahrtausendwende euphorisch restauriert und schließlich zugunsten einer moderneren, sicheren Wohnung in Neuberlin verlassen. Kaufen wollte im alten Zentrum der Stadt schon lange niemand mehr.

Mittlerweile hatte er es sich recht nett gemacht. Sogar ein Sofa und einen Tisch hatte er aufgetrieben. Der alte Scheuer lieh ihm manchmal sein Auto, wenn er ihm dafür den Inhalt der Arzneischränke mitbrachte. Bei den reichen Pinkeln, die er beklaute, waren die Arzneischränke immer randvoll. Das Sofa, das er in Scheuers Kleinlaster transportiert hatte, hatte sicher ein Vermögen gekostet. Er stellte sich gerne vor, dass ein alter Sack seine wunderschöne Geliebte auf dem Sofa gevögelt hatte. Unwahrscheinlich war es nicht, er hatte es aus einem Büro geklaut. Die alten Manager schliefen doch alle mit ihren Assistentinnen, oder nicht? Aber jetzt hatte er das Sofa. Das gefiel ihm.

Bartosz klatschte die Spiegeleier auf seinen Teller und streute Salz darüber. Die meisten Menschen machten den Fehler, sie noch in der Pfanne zu salzen. Doch er wusste, wie man es richtig machte.

Sowieso war er schlauer als die anderen. Er war ein verdammter Robin Hood. Nahm es von den Reichen und gab es den Armen. Und er war das ärmste Schwein von allen.

Zufrieden setzte er sich auf die Couch und riskierte es zur Feier des Tages sogar, seinen Laptop aufzuklappen und den Livestream aus dem zweiten Untergeschoss des Gardens zu starten. Da war immer was los. Er hatte meistens kein Geld, um selbst hinzugehen, aber der Stream tat es ja auch. Gott, er liebte die Mädchen. Und ganz besonders liebte er Lin, die kleine, zierliche Asiatin mit den Katzenohren im Haar, die ihren Plüschschwanz wie ein Lasso kreisen lassen konnte. Wenn es nach ihm ginge, hätte die kleine Katze sehr viel mehr Sendezeit. Heute meinte es der Kameramann gut mit ihm, Lin bekam ein Close-up nach dem anderen. Dann also Spiegeleier und ein paar feuchte Gedanken.

Hinter ihm quietschte die Holztür seines Wohnzimmers ganz leise, doch er bekam es nicht mit, so sehr konzentrierte er sich auf das, was er gerade vor sich sah. Auch dem Knarzen der Dielen schenkte Bartosz keine Beachtung. Erst als er hinter sich ein Klicken hörte, drehte er sich um und starrte direkt in die Mündung einer schallgedämpften Pistole.

Ihm blieb keine Zeit mehr, die Hand aus der Hose zu ziehen.

RAVEN

»Ich werde mich nie an diesen Aufzug gewöhnen«, sagte Spencer kopfschüttelnd und streifte sich seine Affenmaske über.

Er selbst fand es unnötig, sich zu maskieren, mokierte sich darüber, aber letzten Endes beugte er sich Ravens Willen, auch wenn er ihr oft genug vorgehalten hatte, dass ihre Vorsicht an Paranoia grenzte. Aber Spencer lief ja auch dermaßen unbeschwert durch die Welt, dass Raven sich Tag für Tag aufs Neue wunderte, wie er es schaffte zu überleben. Meistens hatte er wohl einfach nur Glück. Er wurde leicht übersehen. Ein Luxus, der ihr nicht vergönnt war.

Raven vergrub ihre Hände in den Taschen des Kittels und trat ans Fenster. Während sie wartete, umspielten ihre Finger wieder das feste Papier. Alleine dass es ausgerechnet ein Stück Papier war, das ihr Leben völlig veränderte, fand sie absurd. Papier war etwas, womit man sich den Hintern ab- und Blut aufwischte. Etwas, in dem heiße Fritten serviert wurden, oder das in feuchteren Wohnungen von den Wänden schimmelte. Papier war unwichtig, billig und dreckig. Es war ganz sicher nicht lebensverändernd. Nun, in ihrem Fall leider doch. Die Gerichte in Altberlin waren so dermaßen armselig, dass sie, wahrscheinlich als einzige auf der ganzen verdammten Scheißwelt, noch mit Papier arbeiteten. Es fiel Raven schwer, diesen Wisch überhaupt ernst zu nehmen. Gut, sie hatte alle Informationen zusätzlich per Mail bekommen. Sonst würde sie den Brief wahrscheinlich verbrennen und so tun, als wäre niemals etwas gewesen.

Draußen im Gardens ging eine Seitentür auf. Ein junger Kerl wurde von zwei Security-Mitarbeitern aus dem Club über das matt glänzende Kopfsteinpflaster geschleift. Er stolperte immer wieder, versuchte, sich loszureißen, zappelte und schrie. Doch die halbe Portion hatte keine Chance, sich dem Griff der beiden Hünen zu entziehen.

»Sie kommen!«

Spencer nickte und öffnete die Wohnungstür einen Spaltbreit, damit sie lauschen konnten. Einer der Vorteile ihres Studios war, dass es im fünften Stock eines verlassenen Hauses lag, das nur sporadisch von Raven, Spencer und ein paar Freunden genutzt wurde. Kaum etwas verriet so viel über einen Kunden wie das, was im Treppenhaus auf dem Weg zu ihr vor sich ging.

Schon nach wenigen Augenblicken hörten sie den Typen wimmern.

»Bitte, sagt Mikael, dass ich Sonderschichten übernehme. Sagt ihm, dass ich das Geld beschaffe. Egal wie. Ich kann es auftreiben!«

»Du hattest genug Zeit dafür«, grunzte einer der Wachmänner. »Jetzt hör auf zu winseln.«

»Bitte, bitte, bitte«, hörte Raven ihn schluchzen und schloss für einen Moment die Augen. Diesen Teil hasste sie an ihrem Job. Sie hasste es, dass Mikael und Eugene ihre treuesten Auftraggeber waren, sie hasste es, dass sie Menschen zu ihr schickten, die ihre Kunst nicht zu würdigen wussten. Die schluchzten und bettelten und heulten, damit man ihnen nicht antat, wofür andere Leute viel Geld zu zahlen bereit waren. Raven mochte es nicht, wenn die Kunden heulten. Es irritierte sie. Lenkte sie ab. All ihre Liebe steckte in ihren Werkstücken. Es war ihr zuwider, dass sie so lange an etwas gearbeitet hatte, das nicht gewollt wurde. Die reinste Verschwendung.

Die drei waren nur noch zwei Stockwerke entfernt, als einer der Wachleute die Geduld verlor. Ein dumpfer Schlag erklang, gefolgt von einem lauten Aufheulen. Raven tippte auf eine gebrochene Nase. Nun, daran würde sich der Kleine gewöhnen müssen, bei der Karriere, die ihm bevorstand.

Als Miko und Sergej ihn schließlich ins Studio schleppten, lief ihm Blut aus seiner Nase über das Gesicht und tropfte auf sein schäbiges Hemd. Bingo, dachte Raven. Wenigstens hatte er aufgehört zu heulen. Stattdessen starrte er sie aus dunkelblauen Augen an, als sei sie der Teufel persönlich. Und für einige Leute war sie genau das.

»Dark, wir bringen dir hier einen von Mikaels Männern«, sagte Sergej und schubste den Kleinen vor. Die beiden Türsteher waren etwas außer Atem. Aufstiege wie diesen waren sie nicht gewohnt, jedenfalls nicht mit einer zappelnden, menschlichen Fracht. Es würde Raven nicht wundern, wenn sie in Neuberlin niedliche kleine Wohnungen mit niedlichen kleinen Familien bewohnten. Angeblich verdiente man als Muskelpaket an den Türen des Gardens gar nicht schlecht. Mikael und Eugene wussten, wo sie knausern durften und wo nicht. Loyale Türsteher waren für das Gardens überlebenswichtig. Verschwiegen mussten sie sein, Respekt einflößend und diszipliniert. Sie durften sich weder von Drogen noch von schönen Frauen verführen lassen. Alles in allem eine seltene Spezies im Dunstkreis des Gardens und gerade deswegen so teuer. Genau wie Raven.

Aus dem Augenwinkel beobachtete sie, wie sich Sergej mit speckigen Fingern den Schweiß von der Stirn wischte. Raven konnte einfach nicht verstehen, wie man seinen Körper so vernachlässigen konnte; gerade in diesem Job. Sie selbst legte großen Wert darauf, sich fit zu halten.

Raven nickte und deutete auf den Operationstisch, der unter einer hell leuchtenden Lampe stand. Miko packte den jungen Mann am Ärmel und zog ihn unsanft zum Tisch hinüber. »Rauf da!«, brummte der Türsteher und hob drohend die rechte Faust. Der Kleine legte sich zitternd und mit flehendem Blick auf die kalte Metallplatte.

Spencer fixierte ihn mit flinken Fingern, was den Kerl noch panischer werden ließ. Was dumm war, denn außer den Augen, die hektisch hin und her zuckten, den Fingern und Füßen, die unter den Fixierungen unkontrolliert zu zittern begannen, konnte er sich ohnehin nicht mehr richtig bewegen. Sie konnte sein Herz förmlich durch das Hemd hindurch schlagen sehen. Hoffentlich nässte er sich nicht ein.

Mit einer Handbewegung schickte Raven die Türsteher nach draußen. Hier konnte sie die Typen nicht gebrauchen. Spencer war der einzige Mensch, den sie, abgesehen von den Kunden, während einer Operation im Studio duldete. Was sie als Modder »Dark« hier tat, war nicht nur gefährlich und illegal, sondern forderte zudem ihre volle Konzentration. Außerdem wollte sie nicht, dass noch mehr Menschen wussten, wie sie beim Einsetzen der Werkstücke vorging. Ihre Methode war genauso geheim wie ihre Identität. Für Raven war es überlebenswichtig, dass es auch so blieb.

»Weißt du, was du heute von uns bekommst?«, fragte Spencer den jungen Mann, während er ihm eine Kanüle legte.

»K…kniegelenke«, antwortete dieser zitternd. Spencer nickte ruhig. »Die hammermäßigsten Kniegelenke, die diese Welt zu bieten hat.«

»Ich will sie aber nicht!«

Raven wandte sich ab und betrachtete noch einmal ihre perfekten Meisterwerke. So viel Arbeit. So viele durchwachte Nächte, nur damit jemand sagte »ich will sie nicht«.

»Wie heißt du?«, hörte sie Spencer fragen.

»Josh. Ich bin …« Spencer hob die Hand und brachte ihn damit zum Schweigen. »Nur deinen Namen. Mehr wollen wir von dir nicht wissen.«

Raven atmete unter ihrer Maske langsam aus. Am liebsten hätte sie von Mikaels Männern nicht einmal die Namen gekannt. Es fiel ihr leichter, wenn sie die Person auf dem Operationstisch vollkommen ausblenden konnte. Außerdem war es sicherer, so wenig wie möglich zu wissen. Doch die Kunden waren kooperativer, wenn man sie beim Namen nannte.

»Jetzt hör mir mal zu, Josh: Du weißt vielleicht, dass Mikael euch Losern die Betäubungsmittel nicht bezahlt. Ihr sollt etwas lernen, wenn ihr bei uns seid, verstehst du?«

Josh schluchzte laut und knallte seinen Kopf gegen das Metall des Tischs.

»Lass das«, sagte Spencer schroff.

»Wir sind keine Unmenschen, deshalb pumpen wir dir einen schönen Cocktail aus Diazepam und Novalgin in deinen Blutkreislauf. Ist auch gut so, damit wir besser arbeiten können. Wenn dein Herz so weiterschlägt, saust du hier alles voll.«

Josh verzog das Gesicht. Eine perfekte Illustration für das Wort »angstverzerrt«, dachte Raven.

»Ich will hier raus!«

Raven beobachtete schweigend, wie Spencer die Schultern des jungen Mannes nach unten auf den Metalltisch drückte und seine krumme Gestalt über ihn beugte, sodass er durch die Löcher in seiner Maske hindurch in Joshs Augen sehen konnte.

»Du kommst hier aber nicht raus. Von mir aus kannst du weiter über dein elendes Leben jammern, oder du kannst es annehmen wie ein Mann. So oder so wird sich nichts ändern. Kapierst du das?«

Es dauerte einen Moment, bis Josh leicht nickte.

»Das da drüben ist Dark. Du hast doch sicher schon von Dark gehört, oder?«

»N…natürlich.«

»Dark ist eine lebende Legende. Viele Leute reißen sich darum, von Dark behandelt zu werden, klar?«

Wieder ein Nicken.

»Wie ich schon sagte: Es liegt alles bei dir. Wenn du weiter so wimmerst, gibt es keine Schmerzmittel für den kleinen Josh. Eine einfache Regel.«

»Okay«, flüsterte Josh. Allmählich fügte er sich in sein Schicksal. Das Diazepam begann wohl zu wirken. Gut. Raven hatte keine Zeit für diesen Mist.

Spencer klopfte Josh kumpelhaft auf die Schulter. »Du bist gar nicht so blöd, wie du aussiehst.«

Josh verdrehte die Augen, gab aber keine Widerworte mehr.

»Na also. Dann kann es ja losgehen.«

Raven zeigte an die Decke, und Spencer sagte: »Wenn ich dir einen Tipp geben darf: Zähl die Risse in der Decke. Es sind wirklich viele, das dauert eine Weile. Schau auf keinen Fall nach unten.«

Raven ging zu ihrem alten Airplayer und tippte im Menü herum, bis sie fand, was sie gesucht hatte. Ihre Playlist für lange Operationen.

Die ersten Töne von Björks »Hyperballade« füllten den Raum aus, und Raven rollte die Schultern. Die meisten Leute in der Stadt liebten die Musik der 1920er. Seitdem irgendein Freak das alte Zeug in die Airmusic-Cloud hochgeladen hatte, konnte ganz Berlin nicht mehr genug davon bekommen. Aber Raven stand eher auf die Songs der Jahrtausendwende. Es war die Zeit, in der sie am liebsten gelebt hätte. Modern, aber noch nicht zu hektisch – mit dem heutigen Leben zwar schon am Horizont, aber noch zu weit entfernt, um es richtig einordnen zu können. Das letzte Luftholen vor dem kollektiven Wahnsinn. Wie musste Berlin damals gewesen sein, als die meisten Leute sich noch darum gerissen hatten, im Zentrum zu wohnen, und Neuberlin noch eine Sumpflandschaft gewesen war? Fröhlicher. Das mit Sicherheit. Und auf eine andere Art lebendig. Die Musik von damals erzählte Geschichten von gequälten Seelen und unerschütterlicher Liebe, aber auch von kreativen Köpfen, der Hoffnung junger Menschen und quirligen, bunten Großstädten. Heute war alles genau wie sie. Auf die eine oder andere Art dunkel.

Josh hatte die Augen geschlossen und atmete nun flacher. So unauffällig sie konnte, kippte sie den Operationstisch leicht, während Spencer begann, die Fußfesseln zu lösen und den Kunden zu entkleiden.

Dann stellte sie die Plastikschüssel unter den Ablauf. Venenklemmen hin oder her, es ging immer noch ordentlich was daneben. Sie war schließlich kein Chirurg.

»I go through all this, before you wake up«, hörte sie die wunderbare Stimme der isländischen Sängerin. Island. Raven hatte einmal Bilder von Island gesehen. Weite Landschaften mit Bergen, Schnee und Eis. Riesige Flächen ohne Häuser. Das sprengte ihre Vorstellungskraft. Raven war in Berlin geboren und hatte die Stadt seither noch nie verlassen. Mit ihren neunzehn Jahren hatte sie noch nicht ein einziges Mal den Horizont gesehen.

»To be safe up here with you.«

Es war zwar ein bisschen pathetisch, aber sie begann jede Operation mit diesem Song. Weil es stimmte. All das machte sie durch, um hinterher wieder safe zu sein. Ihr wiederstrebte dieser Teil ihres Jobs.

Lieber erschuf sie, als zu zerstören. Zwar kreierte sie bei den Operationen etwas völlig Neues, doch sie zerstörte auch das Alte. Und diese Zerstörung des Alten brachte Blut und Schmerzen mit sich, war anstrengend, langwierig und verstörend brutal. Es fiel ihr immer schwer, die aufsteigende Übelkeit in Schach zu halten.

Raven war zufrieden, wenn sie alleine zu Hause an ihren Werkstücken arbeiten konnte. Sie liebte es, wenn die Cyberprothesen am Ende genau so funktionierten, wie sie es von der ersten Zeichnung an geplant hatte. Wenn alles ineinandergriff und kleine Impulse kraftvolle Bewegungen auslösten. Auf alles, was danach kam, hätte sie lieber verzichtet. Doch ein Gutes hatten solche Operationen: Sie erforderten volle Konzentration. Wenn sie arbeitete, wurde sie durch ein schwarzes Loch in eine andere Dimension gesaugt, in der es nur noch sie und ihre Aufgabe gab. Raven dachte nicht mehr an das Dokument in ihrer Tasche. Sie dachte nicht mehr an zu Hause, nahm das Kratzen der Perücke genauso wenig wahr wie den unangenehmen Geruch, den Joshs Angstschweiß verbreitete.

Unter einer Stuckdecke, die so rissig und bröckelig war, dass sie alle im Raum jeden Augenblick unter sich begraben konnte und direkt neben dem größten Club der Welt, in dem sich Tausende Menschen gerade die Nacht um die Ohren schlugen, setzte Raven den ersten Schnitt.

LAURA

Es war gar nicht so einfach, ruhig zu bleiben. In der Schlange für den Zulassungstest zum Polizeidienst nicht allzu nervös, alt oder verdächtig auszusehen. Gleich würde sie ihren gefälschten Ausweis das erste Mal jemandem zeigen müssen, der vielleicht in der Lage war, den Unterschied zu erkennen. Natürlich war sie irrational, aber dieses Wissen half ihr nicht weiter. Verflucht.

Warum ausgerechnet Berlin? Hamburg hatte ja schon einen üblen Ruf, aber die Hauptstadt war deutlich schlimmer. Wahrscheinlich war das einfach der Job einer Hauptstadt. Mehr von allem zu sein.

Sie blickte sich um und hatte zum wiederholten Mal heute das Gefühl, in der falschen Schlange zu stehen. Und obwohl das ihr Leben ganz gut beschrieb, war es in diesem Moment keine Metapher. Laura kam sich tatsächlich vor wie in der Schlange für die Essensausgabe eines Gefängnisses. Mehr als die Hälfte der Leute sah aus, als gehörte sie eher hinter Gitter als auf die andere Seite. Rasierte Schädel, vernarbte Hände, Tätowierungen, Implantate und Plateauschuhe, wohin man blickte. Hektisch zuckende Augäpfel, zu große Pupillen, ausgeschlagene Zähne.

Ein paar von ihnen machten auf Laura den Eindruck, dass sie nur an dem Test teilnahmen, weil sie einen Job brauchten, der ihnen ihr kaputtes Leben finanzierte. Sie sahen furchtbar abgewrackt aus und starrten die meiste Zeit ins Leere. Wenn es weiterging, hoben sie kaum die Füße. Der Typ hinter ihr roch merkwürdig, nach Schweiß und alten Klamotten. Wie ein Putzlappen, der dringend in den Müll gehörte.

Sie starrte an die Decke, doch auch hier konnte sie sehen, was Altberlin ausmachte: Verfall. Konstant und allgegenwärtig. Die alten

Häuser, die das Stadtbild in den früheren Wohnstraßen prägten, fielen buchstäblich auseinander – da machte diese Turnhalle einer Grundschule keine Ausnahme.

Die Deckenplatten, die sicher irgendwann einmal weiß gewesen waren, fehlten zu mindestens fünfzig Prozent. Überall guckten Kabel heraus, man sah die staubigen Metallträger, die alles zusammenhielten.

Die Schlange bewegte sich ätzend langsam voran. Zweimal stolperte sie über den PVC-Belag am Boden, weil dieser sich an einigen Stellen regelrecht vom Estrich schälte. Sie fragte sich, ob diese Halle überhaupt noch für Sportzwecke genutzt wurde oder ob es zu gefährlich war, weil den Kindern die Decke auf den Kopf krachen könnte. Und wie wahrscheinlich es wohl war, dass sie in den nächsten zwei Stunden einstürzte.

Laura wollte das Ganze so schnell wie möglich hinter sich bringen, wollte das Blatt mit den Aufgaben, die sie mittlerweile auswendig konnte, mit zu einem freien Platz nehmen, die Sache durchziehen und dann nichts wie raus hier. Bevor sie doch noch der Mut verließ. Irgendwie machte die ganze Atmosphäre sie nervös. Hier drin und in dieser Gesellschaft hatte sie nichts, was sie von ihren düsteren Gedanken abbringen konnte.

Fenne tot im schmalen Gang zwischen gestapelten Schiffscontainern, die schwarze Mütze über ihren hellblonden Haaren. Zu wenig Blut für einen tödlichen Schuss.

»Reiß dich zusammen, du tust das hier für sie«, versuchte sie sich zu sagen, während der Typ, der gerade an der Reihe war, in einen Streit mit der Beamtin geriet, die alle Bewerber registrierte.

Am Beginn der Schlange entwickelte sich ein Tumult, der zu einer Schlägerei ausarten konnte. Die Leute drängten nach hinten, und die ordentliche Menschenreihe geriet aus der Form.

Als der volltätowierte Unruhestifter schließlich von zwei Beamten an den Wartenden vorbeigeschleppt wurde, versuchte er, einen der Männer, die ihn mit sich schleiften, in den Arm zu beißen.

»Na dann herzlich willkommen bei der Berliner Polizei, wa?«, hörte sie ein Mädchen in der Schlange feixen. Die Flashtunnels in ihren Ohren waren so groß wie Lauras Handteller; ihre pink geschminkten Lippen bliesen eine enorme Kaugummiblase, die schließlich zerplatzte, als wollte sie ein Ausrufezeichen hinter den Scherz setzen. Auf ihre Bemerkung hin lachten einige der Umstehenden nervös, und das Mädchen grinste zufrieden. Sie konnte kaum älter als siebzehn sein, das Mindestalter für den Polizeidienst in Deutschland.

Das Alter, in dem Fenne und sie sich in Hamburg in eine ganz ähnliche Schlange eingereiht hatten. Verflucht. Jetzt nicht mehr dran denken.

Sie hätte überall hingehen können, nachdem sie aus Hamburg geflohen war. Sie hätte Deutschland sogar komplett den Rücken kehren können, immerhin beherrschte sie vier Sprachen fließend. Doch das hatte sie nicht über sich gebracht. Irgendjemand musste schließlich herausfinden, was in der Nacht im Containerhafen geschehen war. Das war sie Fenne schuldig. Und sich selbst, wenn sie die Hoffnung auf normalen Schlaf nicht endgültig begraben wollte. Das nagende Schuldgefühl kam jede Nacht angeschlichen und setzte sich in der Dunkelheit schwer auf ihre Brust. Völlig egal, was sie sich tagsüber einzureden versuchte.

Aber musste es ausgerechnet Altberlin sein? St. Pauli war ihr früher schon immer nicht ganz geheuer gewesen, doch das war ein Spaziergang im Vergleich zu dem hier. In Altberlin gab es den Käfig. Und es gab das Utopia Gardens. Den legendären Club, in dem alles existierte, was auf dieser Welt eigentlich nicht existieren sollte. Toleriert und ganz offen mitten in der Stadt. Auf dem Weg hierher hatte sie sogar ein Werbeplakat dafür gesehen. Sie konnte sich überhaupt nicht erklären, wie das möglich war. Pauli war wenigstens gewachsen, aber das Gardens war erbaut worden. Von berüchtigten Gangster-Brüdern, die sogar ihrer Großmutter ein Begriff waren. Der Oberbürgermeister hatte das rote Band zur Eröffnung zerschnitten und anschließend den Hausherren die Hände geschüttelt. Kein Mensch hatte sich darüber gewundert. Während sie sich hier so umsah, begann sie zu begreifen, warum.

Das Utopia Gardens war der letzte Ort auf der Welt, an dem sie sein wollte, und doch musste sie genau dorthin, wenn sie Fennes Spur folgen wollte. Aber zuerst musste sie in den Käfig, das Herzstück der Altberliner Polizei. Was sie, kurz gesagt, an diesem aschgrauen Nachmittag in die noch grauere Turnhalle geführt hatte. Hoffentlich ging die Sache gut. Laura war nicht bereit, einfach so ausgebremst zu werden. Sie hatte noch keinen Plan B. Oder vielmehr war es exakt Plan B. B wie beschissenes Berlin.

Die Beamtin am Ende der Schlange warf nur einen kurzen Blick auf ihren gefälschten Ausweis und das polizeiliche Führungszeugnis, das sie sich noch in Hamburg besorgt hatte, aber keinen Blick auf Laura.

Laura nahm die Fragebogen und den bereitgestellten Filzstift entgegen und suchte sich einen freien Platz. Der Plastikstift sah billig aus und war himmelblau, was ihn maximal deplatziert wirken ließ. Doch sie wusste, warum hier Filzstifte verteilt wurden: weil ein Kandidat vor zwei Jahren einem anderen den Kugelschreiber glatt durch die Handfläche gerammt hatte. Nicht, dass so was mit Filzstiften nicht möglich war. Es war nur schwerer.

Auf das Zeichen der Beamtin hin drehten alle ihre Blätter um.

»Was macht Sie Ihrer Meinung nach zu einem guten Mitglied der Berliner Polizei?«, lautete die erste Frage. Laura legte den Kopf in den Nacken.

Nichts, dachte sie. Überhaupt nichts.

Dann atmete sie durch und schrieb etwas anderes.

OTHELLO

Sie standen einander im Ring gegenüber wie antike Gladiatoren. Das war der Teil, den er ganz besonders mochte. Die Sekunden, bevor der Ringrichter das Kommando gab. Wie sie sich gegenseitig abzuschätzen versuchten. Die Körper des jeweils anderen scannten, um herauszufinden, was ihn außergewöhnlich machte. Wo seine Schwächen wohl liegen mochten. Seine Stärken. Vor allem ging es bei diesen Kämpfen sehr viel mehr um die Schwächen des anderen als um die eigenen Stärken. Doch das kapierten die wenigsten.

Wie bei einem Blind Date wussten die Kämpfer hier niemals, auf wen sie treffen würden, wenn man sie in den Ring führte. Es war wie Russisch Roulette, zwar ohne die Kugeln, doch nicht weniger tödlich.

Eigentlich mochte er den Club nicht sonderlich – im Gardens war ihm alles zu künstlich, zu viel, zu laut. Er schätzte es nicht, wenn sich etwas aufdrängte. Doch hier unten, auf dem Fightfloor des dritten Untergeschosses, war es anders. Diese fensterlose Welt auf halbem Weg zur Hölle war das Ehrlichste, was das Utopia Gardens zu bieten hatte. Und für ihn einer der sichersten Orte auf der ganzen Welt. Der enorme, kreisrunde Raum, in dessen Zentrum der hell beleuchtete Ring stand, war wie immer brechend voll. Auf den Rängen, die treppenförmig vom Ring aus nach oben führten, drängten sich die aufgeregten Zuschauer. An den Bars, die auf jedem Rang zu finden waren, beeilten sich die Bardamen, sämtliche Wünsche zu erfüllen, bevor der Kampf begann. Er selbst stand im Auge des Sturms. Direkt am Rand des Rings.

Die Leute scherten sich nicht um ihn, bemerkten ihn nicht einmal. Sie kamen aus Blutdurst und um Wetten abzuschließen, nicht, um einander anzugaffen. Und für Othello Sander war es eine wirklich willkommene Abwechslung, mal nicht angegafft zu werden.

Auf dem Fightfloor herrschte Gier. Nicht nach Neuigkeiten oder Gerüchten, sondern schlicht nach Geld. Jedem einzelnen Besucher stand sie in die Augen geschrieben.

Hier unten konnte er gefahrlos Geschäfte abschließen und Verabredungen wahrnehmen, die an der Oberfläche völlig unmöglich oder nur unter großen Schwierigkeiten realisierbar wären. Es war ein wundersames Phänomen, dass er hier unten Hunderte Zeugen hatte, die ihn doch allesamt ignorierten. Sie waren alle wie Kinder, die hofften, nicht gesehen zu werden, solange sie selbst nicht hinsahen. Bisher hatte es auch immer blendend funktioniert. Nichts, was er hier auf dem Fightfloor trieb, war jemals an die Oberfläche gelangt.

Und doch ging er das Restrisiko ein, dem sich andere Geschäftsleute und Prominente dadurch entzogen, dass sie lächerliche Masken trugen. Othello konnte sich nicht vorstellen, so tief zu sinken. Hier unten war doch jeder erpressbar – darauf fußte das gesamte System. Es ging nicht darum, seine Identität zu verbergen, sondern seine Motive. Die wunden Punkte. Genau wie beim Kampf im Ring. Aber auch das kapierten die wenigsten.

Sie verschanzten sich lieber hinter ihren Bautas und bildeten sich ein, auf diese Weise sicher zu sein. Wohin Othello auch blickte, überall sah er gut gekleidete Männer und Frauen mit den venezianischen Masken. Er wusste, dass sie nicht nur als Tarnung, sondern auch als Code dienten. Die Farben und Formen der Bautas drückten aus, was der Träger suchte. Menschen mit schwarzen Masken wollten einfach nur zuschauen; wer Gold trug, war auf der Suche nach einem Geschäft oder einer lukrativen Wette, Rot stand für Analsex, Silber für ein gleichgeschlechtliches Abenteuer und wer eine Bauta mit besonders langer, spitz zulaufender Nase trug, war auf der Jagd nach dem kulinarischen Kick. Nach Gerichten mit besonders exotischen Zutaten wie vom Aussterben bedrohten oder auf dem Teller noch lebenden Tieren.

Othello fand diese Form der Schwäche abstoßend. Wenn man etwas wollte und bereit war, diesem Bedürfnis nachzugehen, dann sollte man sich verdammt noch mal nicht dafür verstecken. Er hatte sich ja auch nicht versteckt. Sie waren die Oberschicht und standen somit an der Spitze der Nahrungskette jener Spezies, die sowieso an der Spitze der Nahrungskette stand. Menschen wie sie sollten überhaupt keine Angst haben.

Seine Hände spielten mit dem schweren Whiskyglas, der rechte Zeigefinger fuhr den exzellenten Musterschliff nach, während er für sich selbst zu entscheiden versuchte, auf wen der beiden Opponenten er im Zweifel wetten würde. Das machte er immer so. Er war nicht so dumm, sein Geld tatsächlich einzusetzen, doch er liebte es, recht zu haben. Othello war gut darin, andere Menschen zu lesen, und der Fightfloor war ein perfekter Ort, diese Fähigkeit zu trainieren. Also widmete er den Kämpfern im Ring einen Großteil seiner Aufmerksamkeit. Auch um die elenden und abgehalfterten Gestalten, die ihn umgaben, nicht wahrnehmen zu müssen.

Der Kleinere der beiden hatte Angst, das konnte man sehen. Sein Opponent war sicher nicht der Einzige, der die dunkelroten Narben kurz oberhalb der Knie bemerkt hatte. Offenbar war er noch nicht lange dabei; die Nähte waren noch nicht verblasst. Othello hoffte, dass es ein halbwegs ausgeglichener Kampf werden würde, er war zu feingeistig für Gemetzel und mochte es überhaupt nicht, wenn er Zeuge eines solchen wurde. Othello glaubte an Zivilisation und Fortschritt; er war überzeugt davon, dass Macht längst nicht mehr an physischer Stärke gemessen wurde, sondern an psychischer. Die Demonstration körperlicher Überlegenheit kam ihm primitiv, ja geradezu mittelalterlich vor. Und unästhetisch war es obendrein, vom Geruch ganz zu schweigen.

Die Glocke erklang und die Menge fing an zu toben. Der Lärm war schon nach wenigen Sekunden ohrenbetäubend, es entzog sich vollkommen Othellos Horizont, was einen Menschen veranlassen konnte, so zu brüllen, während zwei andere aufeinander eindroschen.

Wobei.

Es war schon eine ziemliche Show, die sie heute Abend zu sehen bekamen.

Der fette Kerl zeigte offenbar gerne, was er hatte; das Grinsen, das er aufgesetzt hatte, als er die Klingen an seinen Fersen und den Handrücken ausfuhr, hätte ihn glatt als Model für Plakatwerbung durchgehen lassen. Momente des ungekünstelten Glücks; so was sah man in Berlin eher selten. Der Jüngere hatte seine Courage gefunden, er musste hart trainiert haben. Seine Tritte waren kraftvoll und so schnell, dass sie mit bloßem Auge kaum zu verfolgen waren. Es musste einer von Mikaels Männern sein. Der Boss hatte eine Schwäche für Kniegelenke. Sie waren ja auch praktisch. Vielseitig einsetzbar und schwer aufzuspüren. Nur fliegen war mit den Dingern nicht mehr drin, was jedoch für die meisten nicht registrierten Ersatzteile galt. Sie würden in den Ganzkörperscannern am Flughafen sofort bemerkt werden. Die Geschwindigkeit und Kraft dieser speziellen Gelenke waren allerdings nicht normal. Sie überschritten die Grenzen des eigentlich Machbaren um ein Vielfaches. Othello presste die Kiefer aufeinander. Er könnte schwören, dass der junge Kerl keine Prothesen von Sander Medics trug. Dafür war er viel zu gut. Was Othello da gerade sah, war fast schon unmöglich, keiner in seinem Labor wäre fähig, so etwas zu entwickeln. Weder im Hinblick auf gesetzliche oder technische Möglichkeiten noch in Bezug auf seine Fähigkeiten. Dabei hatte er schon die besten Leute, die Deutschland auf seinem speziellen Berufsfeld zu bieten hatte. Das durfte doch nicht wahr sein!

Die Hand, die sein Glas hielt, begann leicht zu zittern. Und als er dann noch unweigerlich an seine Schwester dachte, wurde das Zittern stärker.

Schneller New Orleans Jazz dröhnte aus unsichtbaren Boxen. Die Luft war erfüllt von Anfeuerungsrufen der verschiedenen Wettlager und von Zigarettenrauch, der von den tief hängenden, alten Lampen angestrahlt träge durch den Raum waberte. Natürlich rauchte hier drin niemand, das hätten Eugene und Mikael niemals zugelassen. Der Rauch wurde künstlich erzeugt und durch versteckte Düsen in den Raum gepustet. Das war eine der Spezialitäten des Clubs: Es wurden perfekte Illusionen geschaffen. Die Bardamen trugen kurze Paillettenkleider mit passenden Hauben, das Sicherheitspersonal steckte in dunklen Anzügen, und ein jeder hatte seinen Hut tief in die Stirn gezogen. Der heilige Ernst, mit dem sie die Maskerade trugen, war kurz davor, in die Lächerlichkeit zu kippen, aber den Gästen schien genau das zu gefallen. In Berlin musste alles immer ein bisschen mehr sein, um das verwöhnte Publikum überhaupt noch zu erreichen.

Othello fühlte eine Hand in seinem Schritt und runzelte die Stirn. »Was willst du, Nina?«, fragte er, ohne seinen Blick vom Kampf zu lösen.

Die Hand drückte zu. »Die Frage ist vielmehr, was du willst.«

Seufzend wandte sich Othello der Gestalt zu, die neben ihm stand.

Es fiel ihm immer schwer, sie anzusehen. Ninas Augen waren verstörend, das hatte er schon immer so empfunden. Er hatte keine Ahnung, ob sie etwas an ihnen hatte machen lassen oder ob sie Kontaktlinsen trug, damit die Augäpfel aussahen, wie sie aussahen. Genau wie der Rest von ihr erinnerten Ninas Augen in ihrem satten Grün mit dem schmalen, schwarzen Schlitz in der Mitte an eine Schlange. Und das war es auch, was Othello so faszinierte, an manchen Abenden sogar erregte: Im Gegensatz zu den anderen Mädchen im Gardens war sie nicht das Opfer, sondern der Jäger. Nina war unbezähmbar und wild. Exklusivmaterial für sehr reiche Gäste mit einem speziellen Geschmack. Sie hatte ihren Kopf frisch rasiert, ihr makelloser, kaffeebrauner Körper steckte in einem hautengen, grünen Nichts, aus dem ihre perfekt gemachten Brüste gerade weit genug rausblitzten, um ihn nervös zu machen. Das konnte er jetzt alles nicht gebrauchen.

»Verzieh dich!«, sagte er schroff, doch sie ließ nicht locker.

»Du freust dich doch auch, mich zu sehen«, säuselte sie ihm ins Ohr. Es war erstaunlich, dass es ihr überhaupt gelang, bei dem Lärm, der hier unten herrschte. Doch Nina war ein Vollprofi. Othello wusste nicht, ob sie den Club jemals verließ.

Nina lächelte leicht und schlug die Augen nieder. »Ich kann es spüren.«

Othellos Hals wurde trocken. Er würde sich von diesem Flittchen doch jetzt nicht aus dem Konzept bringen lassen! Auf keinen Fall durfte er ihr heute nachgeben. Beim letzten Mal hatte er sich geschworen, dass er es niemals wieder zulassen würde. Die Erinnerungen an seine Treffen mit Nina verdrängte er, so gut es ging. Nicht, weil sie so erregend wären, sondern, weil sie ihn abstießen. Sie war die einzige Frau, die er jemals angebettelt hatte. Und er verachtete nichts auf dieser Welt mehr als Demütigung. Der Grat zwischen Liebe und Hass war so schmal.

Sie allein war der Grund, warum er Mikael nicht auf die Kniegelenke seines Fighters ansprechen konnte. Früher wäre er einfach zu ihm hingegangen und hätte ihn konfrontiert, doch das ging jetzt nicht mehr. Er hatte sich im Netz des Gardens verfranst, war in ihm kleben geblieben wie eine Fliege. Jetzt musste er stillhalten; sonst kam die Spinne und fraß ihn auf. Wenn man sich einmal auf all das hier eingelassen hatte, gab es keinen Weg mehr hinaus. Ein schwacher Moment und alles zerfiel in seine Einzelteile. Kaum etwas bereute Othello mehr als seine Dummheit in Momenten der Schwäche. Für die Nina verantwortlich war.

Ein Aufschrei ging durch die Menge, und Othello riss den Kopf herum. Er musste einen spektakulären Schlag verpasst haben, der kleine Kerl blutete aus der Schulter. Verdammtes Weibsstück. Sie verdarb ihm sogar den Kampf. Hatte sie überhaupt eine Ahnung, was sie hier gerade riskierte? Seine rechte Hand löste sich vom Glas und schloss sich um Ninas Handgelenk. Es war schmal und zierlich, wie das eines Kindes. Er drückte so fest zu, wie er konnte, und sie ließ ihn los. In ihren Augen sah er kurz etwas Dunkles aufflackern – war es Wut oder Lust? –, bevor sie wieder lächelte. Nina hatte keine Angst vor ihm, und das war es, was ihn besonders an ihr erregte. Auch jetzt.

»Mach, dass du verschwindest!«, grollte er.

»Dafür musst du mich erst loslassen«, zischte sie zurück. Othello gab sie frei und stieß sie von sich. Sie stolperte, doch der Raum war zu voll, um hinzufallen. Ihre Lippen formten noch eine Beleidigung, doch er hatte sich längst wieder abgewandt. Er wollte sie nicht länger ansehen.

Der Kampf begann, ihn zu langweilen. Ganz offensichtlich hatte Nina ihn um die interessantesten Momente gebracht. Mittlerweile blutete der Kleine aus mehreren Wunden. Er sah erbärmlich aus. Als hätte er Todesangst. Doch Mikael würde schon nicht zulassen, dass er starb. Sein Körper war mittlerweile zu wertvoll. Othello rieb sich erschöpft übers Gesicht.

Vielleicht hätte er die Verabredung auf einen späteren Zeitpunkt verschieben sollen? Es war ein langer und anstrengender Arbeitstag gewesen. Andererseits kommunizierte er mit diesen Leuten so wenig wie möglich. Er konnte es sich nicht leisten, mit ihnen in Verbindung gebracht zu werden. Deshalb gab er auch keine Nummer heraus, unter der er zu erreichen war. Was allerdings die Gefahr mit sich brachte, dass er sich, falls etwas schiefgelaufen war, hier noch Stunden die Beine in den Bauch stehen würde.

Deshalb war seine Erleichterung auch recht groß, als er rund dreißig Minuten später spürte, wie etwas Schweres in seine Sakkotasche glitt. Othello nickte knapp, drehte sich aber nicht um. Er wollte nicht sehen, wer ihm das Päckchen gebracht hatte. Noch nie hatte er einen von ihnen gesehen. Nichtwissen war im Gardens der beste Schutz.

Der dritte Kampf des Abends hatte begonnen, aber Othello hatte genug gesehen. Außerdem wollte er noch einen Blick auf das Päckchen werfen, bevor er schlafen ging, und das war hier drin dann doch zu riskant. Wenn zwei Leute wussten, was er mit sich herumtrug, war das schon mehr als genug. Sein Blick glitt zu Mikaels Loge. Wie jede Nacht saß der ältere der beiden Metzger-Brüder ganz oben in seiner verglasten Einzelkabine auf einem weißen Ledersessel, eines der blutjungen Mädchen aus dem Salon Rouge auf dem Schoß. Othello nickte Metzger knapp zu und wartete, bis dieser ebenfalls nickte. Dann trank er aus und verließ den Fightfloor.

RAVEN

»Du hast was?«

Spencer schrie sie an. Normalerweise machte er so was nicht. Doch jetzt war er fuchsteufelswild – so wütend hatte Raven ihn noch nie gesehen. Natürlich hatte sie es ihm sagen müssen, doch sie hatte den Moment so lange wie möglich hinausgezögert. Raven hätte es ihm beichten sollen, nachdem Josh das Bewusstsein verloren hatte, dachte sie jetzt. Doch unter einem Streit hätte ihre Konzentration gelitten. Allerdings hätte es Spencer dann vielleicht nicht gewagt, sie derart anzupflaumen. Weil ja ihre Konzentration gelitten hätte.

Josh war vor einer halben Stunde abgeholt worden. Pacman, der größte Türsteher des Gardens, hatte ihn ohne viel Federlesens einfach über die Schulter geworfen. Raven hoffte, dass die Klammern hielten. Pacman war nicht zimperlich und hatte auf Spencers Mahnung, ein bisschen aufzupassen, nur mit einem Grunzen reagiert. Was war nur aus den guten alten ganzen Sätzen geworden? Subjekt, Prädikat, Objekt – mehr verlangte sie doch gar nicht.

Wenn Raven so darüber nachdachte, konnte sie sich nicht erinnern, ihn jemals sprechen gehört zu haben. Für eine Weile amüsierte sie sich selbst mit der Vorstellung, dass er eine hohe Piepsstimme hatte und deshalb so wenig sagte.

Gerade räumten sie alles auf. Reinigten das Besteck, wischten die Folie sauber und verstauten alles wieder im Küchenbuffet, damit Spencer am nächsten Vormittag seine arglosen Tattoo-Kunden empfangen konnte. Wenn welche kamen. Manchmal dachte Raven, dass er so schlecht in seinem Job war, dass es für alle ein Segen wäre, Spencer würde sich einen anderen suchen. Aber sprach sie das laut aus? Nein! Weil sie nicht zu den Leuten gehörte, die auf den Fehlern anderer herumritten. Immerhin mochte er, was er tat. Und das traf auf die wenigsten Menschen in dieser Stadt zu.

»Hey!« Er klatschte in die Hände, und Raven zuckte zusammen. »Ich rede mit dir!«

»Jetzt komm wieder runter!« Raven zog das Dokument aus ihrem Kittel und hielt es ihm hin. Mit angeekelter Miene nahm Spencer den Umschlag entgegen und zog das Gerichtsurteil hervor, das er hastig überflog. »Du hast eine Polizistin beklaut? Ernsthaft, Rave?«

Raven nickte. Sie wollte sich nicht kleinlaut fühlen, wollte sich nicht schämen. Das waren Emotionen aus ihrer Kindheit, die hier keinen Platz hatten. Schon gar nicht mit Spencer, verflucht. Die meiste Zeit nahm sie ihn ja nicht einmal richtig ernst. Aber sein Tonfall machte etwas mit ihr. Er ließ ihre Brust eng werden. Ließ sie daran denken, wie klein und leicht sie war. Fragil. Zarte Knochen und dünne Haut. Unwillkürlich fuhr sie mit der Fingerspitze über ihren Nasenrücken. Genau dort, wo der leichte Knick zu spüren war. Als die Erinnerungen kamen, wurde ihr kalt.

Und dann fiel ihr wieder ein, dass sie gerade Skalpelle reinigte. Sie war vielleicht klein, aber sie war sicher nicht mehr wehrlos. Ihre Finger schlossen sich um einen der Messergriffe. Langsam drehte sie sich zu Spencer um, der mit dem Umschlag in der Hand neben dem Operationstisch stand. Sie konnte sehen, dass er mit seinen Fingern blutige Abdrücke auf dem Dokument hinterlassen hatte. Shit.

Raven knallte das Skalpell auf die Anrichte, trat auf Spencer zu und riss ihm den Brief wieder aus der Hand.

»Pass doch auf, verdammt! Ich muss das Ding morgen abgeben!«

»Ja und?«

Raven atmete tief durch. Sie war sich vollkommen sicher, dass es leichter wäre, einem Rauhaardackel zu erklären, wo das Problem lag. Nur mit Mühe konnte sie sich zwingen, ihn anzusehen.

»Ich muss mit diesem Dokument morgen im Käfig aufschlagen, wenn ich meinen Dienst antrete. Und du verteilst gerade fröhlich blutige Fingerabdrücke darauf, weil du zu blöd oder zu stur bist, Handschuhe zu tragen!« Sie hatte sich vorgenommen, ruhig zu bleiben, aber irgendwie wollte es Raven nicht so recht gelingen. Die letzten Worte schrie sie beinahe.

Spencers Blick huschte zu den roten Blutspuren auf dem Papier.

»Ohhh.«

»Am Ende denken die, ich hätte vor Strafdienstbeginn noch schnell jemanden umgebracht.« Verärgert stopfte sie ihren Strafbefehl wieder in den Briefumschlag, wobei er mehrfach verknickte. Raven schnaubte. Papier.

»Strafdienst«, murmelte Spencer nachdenklich. »Davon habe ich noch nie gehört.«

»Ich auch nicht.« Raven steckte den Umschlag in ihren Rucksack. »Ist neu.«

»Scheiße Mann, was machen wir denn jetzt? Musstest du unbedingt …?«

Raven schnitt ihm das Wort ab. Sie hatte genug. Genug Blut für eine Nacht, genug gehört und genug gesagt. Und sowieso hatte sie schon genug Vorwürfe, dass es für ein ganzes Leben reichte. Wieso mussten Menschen überhaupt so viel reden?

»Spencer, halt die Klappe!«, sagte sie scharf, und Spencer klappte tatsächlich den Mund zu. Manchmal fragte sie sich, ob sie nur mit ihm zusammen war, weil er so wenig Probleme machte. Okay, vielleicht auch, weil sie sein Studio brauchte und weil er recht nützlich im Umgang mit den Kunden war. Auf den ganzen Rest könnte sie getrost verzichten.

Sie kniff sich in die Nasenwurzel.

»Ich bin müde, okay? Ich habe gerade zwei Kniegelenke eingesetzt. Das hat über sechs Stunden gedauert, ich habe noch nicht geschlafen, und morgen früh muss ich im Käfig antanzen. Tu mir also einen Gefallen und lass mich für eine Sekunde in Ruhe.«

Er stand da und starrte sie an, ganz offensichtlich unsicher, wie er reagieren sollte. Sein Mienenspiel war ein offenes Buch. Erst wollte er zu einem neuerlichen Streit ansetzen. Dann ließ er es aber doch bleiben. Gut.

»Das betrifft mich genauso wie dich, Rave«, sagte Spencer resigniert. »Wir haben einen Haufen Kunden in nächster Zeit. Wie sollen wir das denn alles schaffen?«

Raven fühlte, wie die Wut aus ihr wich, als hätte jemand den Stöpsel gezogen.

»Ich habe keine Ahnung. Nachts arbeiten?«

Er kratzte sich am Kopf. »Ich kann meine Kunden auf den späten Nachmittag legen und tagsüber schlafen.«

Raven nickte. »Ja, das wäre gut.«

»Und wann schläfst du?«

Sie zuckte mit den Schultern. »Wenn ich tot bin?«

»Sehr witzig.«

Raven griff nach ihrer alten Lederjacke und schlüpfte hinein. Für ihre Begriffe hatte sie heute schon viel zu viel gesagt. Sie wollte nicht mehr reden. Schon gar nicht mit Spencer.

»Schau mich nicht so an. Ich habe keine Antworten für dich, Spencer. Manchmal ist das Leben einfach richtig scheiße, aber wir können es nicht ändern, okay?«

Spencer nickte knapp. »Aber du könntest wenigstens sagen, dass es dir leidtut. Immerhin hast du uns da reingeritten.«

Das wollte sie sich jetzt nicht auch noch anhören. Sie schulterte ihren Rucksack, kontrollierte, ob sie ihren Schlüsselbund und ihre Karten dabeihatte, und ging wortlos an Spencer vorbei bis zur Tür.

»Wo willst du denn jetzt hin?«

»Ich gehe rüber«, sagte sie knapp. »Wir sehen uns morgen Abend.«

Ihre Hand lag schon auf der Türklinke. Es war eine von denen, die sie so sehr mochte. Uralt und von den vielen Händen, die sie gedrückt hatten, blank poliert. Die Ränder der glänzenden Messingfläche waren jedoch pechschwarz. Raven wusste, dass es nicht Spencers Schuld war. Aber es war eigentlich nie seine Schuld. Weil er auch nie etwas tat, das irgendwie relevant war. Wer nichts macht, macht nichts falsch. Wer hatte das noch mal gesagt?

Und genau deswegen ertrug sie ihn jetzt nicht mehr. Ohne ein weiteres Wort zu sagen, drückte sie die Klinke hinunter und verschwand im Treppenhaus.

Was sie jetzt brauchte, war kein sinnloser Streit. Sie brauchte Zeit für sich. Ihre Freunde Nina, Lin, die von allen nur »little Cat« genannt wurde, und den stummen Cristobal. Vielleicht ein kleines Tütchen oder ein bisschen Meth. Auszeit für den Kopf.

Raven umrundete das große Gebäude, das sie immer ein wenig an das Kolosseum in Rom erinnerte. Wie sie Eugene und Mikael kannte, war das volle Absicht. Im Gegensatz zu seinem antiken Vorbild hatte das Gardens jedoch keine richtigen Fenster. Die großen, gebogenen Vertiefungen ließen den Club in verschiedenen Farben leuchten, die jeder Stammgast deuten konnte. Heute erstrahlte das Gebäude in leuchtendem Grün und Pink. Es war Dschungelnacht. Sehr gut. »Dreams of Asia« war das einzige Motto, das ihr noch ein bisschen lieber war. Raven hatte eine ausgeprägte Schwäche für Sushi.

Sie hastete durch den einsetzenden Nieselregen über die glitschigen Pflastersteine, vorbei an ein paar Gästen, die den Club gerade mit dem typischen verklärten Gesichtsausdruck von Menschen verließen, die eine ungeheuerliche Reise hinter sich hatten. Aus dem Augenwinkel bemerkte sie einen hochgewachsenen Mann in elegantem Anzug, der schnellen Schrittes auf eine wartende schwarze Limousine zuging. Als er den Lichtkegel einer Straßenlaterne passierte, glänzten die goldblonden Locken, die den Kopf wie einen Heiligenschein umrahmten. Othello Sander. Raven schmunzelte. Dann hatte Nina also nicht gebluft. Sie hatte sich tatsächlich den Medizinmagnaten geangelt. Und wieder einmal war Raven froh, dass nicht einmal ihre Freunde wussten, wer sie wirklich war. Alle im Gardens, Eugene und Mikael eingeschlossen, dachten, dass Raven die Einzige war, die mit Dark kommunizieren konnte. Die Mittelsfrau zwischen dem Club und dem legendären Modder. Was zu gleichen Teilen wahr und gelogen war.

Der Mitarbeitereingang war von außen fast nicht zu erkennen. Er verriet sich nur dadurch, dass links oder rechts davon eigentlich immer jemand aus der Küche stand und rauchte oder aufgebracht telefonierte. Die unscheinbare Metalltür daneben war wie der Kaninchenbau aus *Alice im Wunderland,* der die eine Welt mit der anderen verband.

Der Typ, der heute neben der Tür stand und rauchte, kam ihr nicht bekannt vor. Hellrote Haare und Sommersprossen, etwas untersetzt und mit einem offenen, fast fröhlichen Gesicht. Was machte einer wie der hier? Sie konnte das Poloshirt unter seiner Kochjacke ja förmlich riechen. Sein Kurzhaarschnitt sah viel zu teuer aus, die Hände wirkten, als hätte er sich noch nie geprügelt. Raven runzelte die Stirn. Alles an ihm sah nach Geld und Frischling aus. Meistens mochte Raven Frischlinge nicht, weil sie entweder dachten, dass sie es besser machen würden als alle anderen, oder schon von Anfang an resigniert waren, weil irgendwas Schlimmes sie in den Backstagebereich des Clubs gespült hatte.

Als sie sich ihm näherte, lächelte der Typ sogar. Raven rollte mit den Augen. Kurz war sie versucht, ihn zu fragen, wer er war und was zur Hölle er hier zu suchen hatte. Doch dann ließ sie es bleiben und schlüpfte durch die Tür. Er fragte sie noch nicht einmal, wer sie war, oder versuchte, sie am Betreten des Clubs zu hindern. Pussy. Sie gab ihm eine Woche.

Immer wenn Raven durch die Küche ging, kam sie sich vor wie in einem der alten Actionfilme. Sie hatte es schon so oft getan, dass sich eine regelrechte Choreografie etabliert hatte. Und die begann mit »Hey, Raven!« aus Billys Mund. Drei, zwei …

»Hey Raven!« Raven lächelte, denn wenn sie überhaupt noch für irgendjemanden ein Lächeln übrig hatte, dann für Billy. Sie hüpfte über die Getränkekisten, die im Weg herumstanden, wich dem nassen Handtuch aus, mit dem Roberta nach ihr schlug, fing den Apfel auf, den Billy ihr zuwarf. Versicherte, dass es ihr gut ging, und versprach, nachher noch einmal reinzuschauen, wenn der Trubel sich gelegt hatte.

Der Trubel legte sich nie. Und Raven schaute nie noch einmal in der Küche vorbei. Aber es war ein Ritual, und irgendwie gab es ihnen allen ein gutes Gefühl. Als hätten sie es in der Hand.

Diese Küche war die Zwischenwelt. Das Fegefeuer, wenn man so wollte. Hier vermischten sich der Lärm aus dem Erdgeschoss des Gardens mit den Geräuschen von klappernden Töpfen, zischenden Pfannen und dem Geplapper des Küchenteams. Es war immer warm, es roch gut, und es wurde mehr gelacht als draußen auf der Straße oder drinnen im Club.

Raven ging immer durch die Küche, niemals durch einen der offiziellen Eingänge. Nicht weil sie demonstrieren wollte, dass sie es konnte, sondern weil die Küche für sie die Schleuse war. Eine Stahltür als Trennung zwischen ihren beiden Welten war nicht genug. Sie kam in den Bereich, über den die Kellner herrschten. Hier war sie weniger gern gesehen als in der Küche. Die Kellner rannten in ihren Uniformen mit schweren Tabletts hin und her, stritten mit irgendjemandem herum und beschwerten sich in einer Tour. Die Worte »schon wieder«, »Gast«, »kalt«, »hatte Kaviar bestellt«, »Schwachkopf« schossen wie Schrapnelle durch die Luft. Raven hatte noch nie begriffen, warum die Kellner sich für was Besseres hielten. Sie trugen doch nur Sachen durch die Gegend, die jemand anderes zubereitet hatte. Ihre dunklen Uniformen machten sie nicht zu etwas Besonderem, egal, wie sie sich aufführten. Deshalb tat es ihr auch nicht leid, dass sie störte.

Sich an den wütenden Kellnern vorbeizudrücken war wie ein Slalom. Damit verdiente sie sich noch einmal alles, was jenseits der nächsten Tür lag. Dieser wunderbaren Schwingtür, die mit jedem wütenden Kellner auch ein wenig von der Luft und den Geräuschen des Gardens in den langen Flur vor der Küche brachte.

Hinter der all das lag, was Raven in diesem Augenblick brauchte.

Sie wusste, dass es unvernünftig war. In nur sieben Stunden musste sie am Käfig sein und ihren Strafdienst antreten. Und sie hatte noch nicht geschlafen, geschweige denn geduscht. Unter ihren Fingernägeln klebte Joshs eingetrocknetes Blut. Ein Jahr. Ein gottverschissenes Jahr bei der Berliner Polizei. Sie wollte schreien, wenn sie nur daran dachte. Also dachte sie nicht mehr daran.

Denn das war erst morgen. Jetzt war jetzt.

BIROL

Er lief jeden Tag zur Arbeit. Obwohl »rennen« es viel besser traf. Den ganzen Weg von seiner Wohnung im Wedding bis zum Käfig am Alexanderplatz – einmal quer durch die Mitte von Altberlin. Er rannte durch die Spuren der vergangenen Nacht, die zu so früher Stunde noch nicht vom Wind oder den Kollegen der Sitte weggeschafft worden waren.

Er rannte nicht, um Kalorien zu verbrennen oder sich fit für den anstrengenden Dienst zu halten. Um attraktiv zu wirken oder gesund zu bleiben. Birol versuchte, all die Wut loszuwerden, die ihn erfüllte. Um sich nicht den ganzen Tag über zusammenreißen zu müssen. Doch das klappte so gut wie nie. Die Wut war sein Mitbewohner, lebte, atmete und wuchs wie ein Parasit in seinem Innern, zog die Strippen und beeinflusste sein Denken und Handeln. Zumindest einen Teil davon, die schmerzhaften Spitzen, die sich über Nacht herausgebildet hatten, konnte er morgens in den Asphalt der Straßen rammen.

Vielleicht versuchte er außerdem, die enge Wohnung möglichst schnell hinter sich zu lassen, die drückenden Erinnerungen und die Erwartungen, die sich in den Teppichen festgesetzt hatten wie das Nikotin aus der Pfeife seines Onkels. Seine Familie, die nun automatisch davon ausging, dass er sich um alles kümmern würde. Dass Birol derjenige war, der das Geld ranschaffte, das Schulzeug für die Kleinen bezahlte, seiner Schwester die Leviten las, seiner Mutter beim Kochen half, die Elternabende besuchte und dafür sorgte, dass die Familie nicht auseinanderfiel. Dass er in seinem stickigen Kinderzimmer schlief und nicht rummeckerte. Feiern und heiraten konnte er schließlich später noch. Wenn die Kleinen aus dem Gröbsten raus waren oder die Hölle zufror. Eski Tas, eski Hamam.

Birols Leben war geprägt von der familiären Enge; er hatte keinen Ort, an dem er seine Wut lassen konnte, außer auf den Straßen der Stadt. Es tat gut, die Zähne aufeinanderzupressen, schnell und hart durch die Nase zu atmen, die Füße auf den Boden hämmern zu lassen, als wollte er ihn aufbrechen, um die Unterwelt endgültig über die Stadt hinwegfluten zu lassen. Manchmal fragte er sich, was dann wohl alles zum Vorschein käme. Nein, das stimmte nicht ganz. Birol fragte sich nicht, was alles zum Vorschein kommen würde, er wusste es. Er kannte den Dreck, der unter der Oberfläche dieser Stadt lauerte, bereit, durch jeden noch so kleinen Riss in der Fassade ans Tageslicht zu kriechen. Das war es schließlich, wogegen er ankämpfte.

An manchen Tagen fantasierte er auch, dass seine Schritte eines der alten Gebäude, die seinen Arbeitsweg säumten, zum Einsturz brachten. Ein nicht gerade kleiner Teil von ihm wünschte sich sogar genau das. Einen richtigen Knall, der alles zum Einsturz bringen würde. Die perfekte Katastrophe und danach saubere Stille. Nicht so ein Mosaik aus Scheiße wie sein Leben, das sich aus kleinen, dreckigen Stückchen zusammensetzte.

Früher waren seine Wünsche einfacher gewesen: eine Polizeimarke. Ein eigener Schreibtisch. Der Schlüssel zu einem Dienstwagen. Und jetzt? Jetzt war Birol Polizist der Stadt Berlin. Das war sein Platz in dieser Welt. Daran hatte er nie gezweifelt. Er wollte helfen, etwas verändern. Relevant sein. Wozu war er denn sonst hier?

Und ausgerechnet jetzt brodelte die Wut in ihm, so unberechenbar und schwer zu kontrollieren wie ein verwundetes Tier. Sie nahm ihm die Freude, trübte seine Sicht auf die Dinge und vergiftete jeden einzelnen Tag. Manchmal hasste er sich dafür. Meist jedoch hasste er andere.

An diesem Tag hingen dramatische Wolken über der Stadt. Regenschwere Ungetüme, die seiner Stimmung den richtigen Rahmen gaben. Seit geraumer Zeit mochte Birol die Sonne nicht mehr.

Wie immer hörte er einen Block vorher auf zu rennen. Seine Kollegen fanden ihn ja so schon viel zu ambitioniert, da wollte er nicht auch noch den Eindruck erwecken, dass er es nicht abwarten konnte, zur Arbeit zu kommen. Ihr Spott begleitete ihn tagtäglich, da musste er ihn nicht zusätzlich anheizen. Außerdem mochte er es, langsam auf den Käfig zuzugehen. Der Anblick der Polizeiwache veränderte etwas in ihm.

Er hatte nie auf eines der Kuscheldezernate in Neuberlin gewollt. Was sollte er denn dort mit seiner Lebenszeit anfangen? Entlaufene Rassehunde suchen und Nachbarschaftsstreitigkeiten schlichten? Verschwundene Ehemänner aufspüren, Jugendliche zurechtweisen? Sich dafür bestechen lassen, dass er den zigsten Fall häuslicher Gewalt nicht zur Anzeige brachte? Nein, er wollte da arbeiten, wo es richtige Polizeiarbeit zu erledigen gab.

Das große rote Backsteingebäude, das von zwei Reihen Maschendrahtzaun mit Stacheldraht umgeben war, war für Birol seit seiner Kindheit das Symbol für die Polizei schlechthin. Dort saßen die Menschen, die Vergewaltiger und Mörder dingfest machten. Die dafür sorgten, dass in der Stadt Recht und Ordnung herrschten. Mutige Männer und Frauen, die ihr Leben riskierten für die Bürger dieser Stadt. Das hatte er jedenfalls als Kind immer geglaubt. Und auch heute konnte er sich der Wirkung, die der Anblick des Käfigs auf ihn ausübte, nicht entziehen. Sein Herz machte jedes Mal einen Sprung, wenn er um die Ecke bog und das Gebäude vor sich sah. Es war schon immer der Ort gewesen, zu dem Birol sich am meisten hingezogen fühlte. Und jetzt konnte er hier sein, wann immer er wollte.

Er grüßte an der Pforte und legte seine Hand zum Scannen auf das Lesegerät. Die Schleusentür summte, und er trat hindurch. Erst wenn die Tür zur Straße hin zugefallen war, begann die andere zu summen. Das sollte verhindern, dass Menschen auf das Gelände der Polizeizentrale in Altberlin Mitte drangen, die dort nicht hingehörten und nicht willkommen waren. Warum auch immer jemand auf diese Idee kommen sollte – doch es war wohl schon vorgekommen.

Aus praktischen Gründen hatte man die Polizeizentrale genauso eingezäunt, wie man es mit einigen Gefängnissen in Berlin getan hatte, und manch einer fühlte sich in dem großen, alten Gebäude genauso eingesperrt. Doch es war notwendig geworden, weil die

Zentrale so häufig unflätig beschmiert und schließlich auch beschädigt worden war, dass die Stadt kurzerhand beschlossen hatte, das Gebäude von der Außenwelt abzuschirmen. Das war typisch für das Vorgehen der Obrigkeit in der gesamten Stadt. Es wurden Symptome bekämpft, keine Ursachen. Für Ursachenbekämpfung war einfach kein Geld da.

Er betrat das Gebäude durch einen Seiteneingang. Birol ging nicht gerne die große Treppe hinter dem Haupteingang nach oben, weil er immer das Gefühl hatte, dass die Beamten dort ein Schaulaufen abhielten, als hätte sie jemand zu einem Casting für die nächste Realityshow eingeladen. Man straffte die Schultern, man lächelte verbindlich, man grüßte einander. Bei vielen von ihnen waren das wohl die einzigen Momente ihres Arbeitstages, an denen sie sich wirklich Mühe gaben. Ihm waren die Seitentreppen des ehemaligen Parlamentsgebäudes bedeutend lieber. Schmucklose Steintreppen mit flachen Stufen, die schon seit Jahrhunderten ebenso schmucklose Beamte zu ihren Schreibtischen führten. Denn am Ende waren sie genau das: schmucklose Beamte. Der Polizeidienst, so hatte sich für ihn sehr schnell herausgestellt, war deutlich weniger glamourös, als er sich das in seiner Kindheit ausgemalt hatte. Sein Bild vom perfekten Polizisten war mittlerweile genauso schäbig und abgenutzt wie die Treppen, die er gerade hinaufstieg. Nicht zum ersten Mal fragte sich Birol, wann diese Treppenhäuser den letzten Anstrich erhalten hatten.

Er wollte duschen, bevor er auf seine Etage ging und sich den Kollegen und dem Alltag stellte. Das war seine Routine. Er rannte, er duschte, er arbeitete. Und er war wütend. Die Wut, die er in sich trug, war zu einem Hintergrundgeräusch geworden, zum Grundgefühl seines Daseins. Nicht immer dominant, aber immer da. Nachts knirschte er so heftig mit den Zähnen, dass er sich bereits ein Stück seines rechten Schneidezahns abgebrochen hatte. Weshalb er nun seinem Cousin Yasin noch ähnlicher sah, was ihn nicht nur besonders ärgerte, sondern vielleicht sogar in Schwierigkeiten bringen konnte. Den meisten Flachhirnen, mit denen Yasin sich tagtäglich anlegte, fiel es ja schon schwer, links und rechts auseinanderzuhalten.

»Hey, Celik!«, hörte er eine Stimme hinter sich rufen, als er gerade den zweiten Treppenabsatz erreicht hatte. Er drehte sich um.

Marion Kaskel schaute zu ihm hoch, die Stirn wie immer leicht gerunzelt. Kaskel sah permanent so aus, als würde sie sich über irgendwas wundern. Oder als müsste sie ohne Sonnenbrille ins grelle Licht schauen.

»Was ist denn?« Birol klang unfreundlicher, als er beabsichtigt hatte, und das Stirnrunzeln auf Kaskels Gesicht vertiefte sich.

»Hinnerk sucht dich.«

Birol seufzte. Da ging sie hin, seine heiße Dusche. Normalerweise war Hinnerk um diese Zeit noch gar nicht im Käfig anzutreffen.

»Ist was passiert?«, fragte er und stieg ein paar Stufen zu ihr hinab.

Kaskel zuckte mit den Schultern. Doch ihre Gesichtszüge wurden weicher, und sie sah Birol mitfühlend an. Er hasste es, wenn Frauen das taten. Als könnten sie lesen, was gerade in ihm vorging. Und am meisten störte ihn daran, dass es stimmte. Denn tatsächlich hoffte Birol gegen alle Wahrscheinlichkeit, dass Hinnerk ihn sprechen wollte, weil es endlich Neuigkeiten gab.

»Ich bin nur der Bote«, sagte Kaskel knapp. »Du wirst schon selbst zu ihm müssen. Er ist in seinem Büro und wartet auf dich.«

Das war typisch Hinnerk. Eine jüngere Kollegin loszuschicken, anstatt einfach an der Pforte Bescheid zu sagen, damit man Birol benachrichtigen konnte, wenn er eintraf. Hinnerk spielte seine Position gerne aus. Einfach nur, weil er es konnte.

Wenn man es genau nahm, war es das Einzige, mit dem Hinnerk seine kurzen Arbeitstage füllte. Denn er bewegte sich grundsätzlich so wenig wie nur irgend möglich. Wahrscheinlich hielt sich der feiste Mann für eine Art König, jedenfalls benahm er sich so.

Auf dem Weg zu Hinnerks Büro nahm Birol immer zwei Treppenstufen auf einmal. Gegen seinen Willen war er neugierig. Hinnerk rief einen nur in sein Büro, wenn es wirklich wichtig war. Sonst störte man ihn ja nur beim Nichtstun.

Birol klopfte an die Bürotür und wartete, bis er hereingebeten wurde.

Hinnerk saß wie immer hinter seinem Schreibtisch, die Kaffeetasse mit der Aufschrift »Hot Boss« vor sich, die schon diverse braune Ringe auf der hellen Kunststoffplatte hinterlassen hatte.

»Celik!«, bellte Hinnerk. »Komm rein, komm rein. Setz dich!« Birol nickte, schloss die Tür hinter sich und setzte sich auf einen der abgewetzten blauen Besucherstühle vor dem Schreibtisch.

Von seinen Ambitionen einmal abgesehen, war an Hinnerk Blume alles riesig. Der Mann war über zwei Meter groß, hatte Hände wie Baustellenschaufeln, und seine Schuhe konnten einem Kleinkind eine Fahrt über die Spree ermöglichen. An sich alles keine schlechten Eigenschaften, wenn man diese Position bekleidete. Fragte man Birol, so endete Hinnerks Qualifikation allerdings an seinen polierten Schuhspitzen. Was er sich natürlich nicht anmerken ließ. Stattdessen faltete er die Hände im Schoß und sah seinen Chef abwartend an.

»Birol, mein Junge, heute ist dein großer Tag«, bellte dieser und grinste breit.

Birol konnte sich schon denken, was das bedeutete: mehr Arbeit.

»Ist mir noch gar nicht aufgefallen«, entgegnete er lächelnd.

»Unser Celik. Immer ein Witzbold!« Hinnerk schlug mit der flachen Hand auf die Tischplatte und brachte die Kaffeetasse zum Überschwappen.

»Jovial« war das Wort, das Hinnerks Attitüde wohl am besten beschrieb. Birol hoffte, dass er möglichst schnell zum Punkt kam.

»Du bekommst eine neue Aufgabe, mein Junge«, fuhr Hinnerk fort.

Aha. Birols Lächeln verkrampfte sich.

»Eine neue Aufgabe?«, fragte er so ruhig wie möglich. »Aber ich bin doch erst ein paar Wochen bei Dengler im Team.«

Hinnerk schüttelte bedeutungsschwanger den Kopf. »Birol, wir wissen doch beide, dass du nicht dazu bestimmt bist, den Rest deines Lebens kleine Dealer hochzunehmen.«

Das stimmte allerdings. Aber nicht nur, weil Birol zu ehrgeizig für die Arbeit beim Drogendezernat war, sondern auch, weil er jeden zweiten Tag mit einem seiner Cousins zu tun hatte, was sowohl sein Privat- als auch sein Berufsleben deutlich erschwerte.

Hinnerk schüttelte den Kopf und brachte damit seine dünnen Haare, die Birol immer ein bisschen an Vogelfedern erinnerten, in Wallung. »Du gehörst in die Mordkommission!«

Birol glaubte sich verhört zu haben. Was sagte Hinnerk da gerade? »Was?«, fragte er dann auch gleich ungläubig, noch bevor er sich zurückhalten konnte. Normalerweise dauerte es Jahre, bis ein gewöhnlicher Polizist zur Mordkommission gerufen wurde. Man musste sich seine Sporen erst verdienen; musste erst zeigen, was in einem steckte, bevor man »mit den Großen« spielen durfte. Hatte er sich wirklich dermaßen gut geschlagen? Oder war die Polizei von Altberlin noch verzweifelter, als er gedacht hatte?

Als Hinnerk seinen Gesichtsausdruck auffing, brach er in schallendes Gelächter aus.

»Jetzt guck doch nicht so, Kleiner. Sonst muss ich ja Angst haben, dass du tot umkippst, wenn ich weiterspreche!«

Birol schüttelte den Kopf und mühte sich um ein weiteres Lächeln. Was kam denn jetzt noch?

»Ich habe mich gefragt: Was soll's?« Hinnerk stützte die Ellbogen auf seinen Schreibtisch und zeigte mit beiden Zeigefingern auf Birol. »Es war ein neuer Job zu vergeben, und ich habe zu mir selbst gesagt: Der Birol, das ist dein bester Mann im Moment.« Hinnerk lehnte sich wieder zurück. »Klar, vielleicht ist er noch jung, hat gerade die Prüfung hinter sich, aber hey! Der Junge hat die Polizeiarbeit im Blut!«

Birols Wirbelsäule versteifte sich. Er ahnte, dass dieses Gespräch in keine gute Richtung strebte.

Hinnerk klatschte in die Hände. Er wirkte so fröhlich und aufgekratzt, dass es Birol nicht gewundert hätte, wenn er was genommen hätte. Dazu gab es diverse Gerüchte. Angeblich hatten sich einige Kleinkriminelle ihre Freiheit schon in Naturalien erkauft. Hinnerks Augen glitzerten.

»Du bekommst ein eigenes Team!«

Ihm fiel die Kinnlade herunter. »Was?« Mehr fiel ihm dazu nicht ein. Sein Herz machte einen schmerzhaften Sprung.

»Was, was, was. Mehr hast du dazu nicht zu sagen, Celik?«

Birol lachte verunsichert. Er wartete auf den Haken. Irgendwo musste der ja versteckt sein; sein gesamtes Leben bestand quasi aus Haken. »Wie? Also, ich meine ... Danke!« Himmel, er konnte sich selbst kaum zuhören.

Hinnerk lachte so laut, dass er sich den enormen Bauch festhalten musste.

»Du hast doch sicher schon vom neuen Strafdienst gehört, mein Junge, oder?«, fragte er, nachdem er sich die Lachtränen aus den Augenwinkeln gewischt hatte.

Ah. Da war er also, der Haken. »Dem Alternativprogramm zur Haft?«, fragte er.

Hinnerk nickte. »Genau dieses Programm meine ich. Die Stadt weiß nicht mehr, wohin mit den ganzen unverbesserlichen Straftätern und drückt sie uns aufs Auge. Wir sollen sie nicht nur einfangen, sondern neuerdings noch mit ihnen arbeiten, damit sie zu nützlichen Mitgliedern der Gesellschaft werden.« Er schnaubte und nahm einen Schluck aus seiner Kaffeetasse. Birol meinte ihn leise »als ob« in das Gefäß nuscheln zu hören.

»Ich verstehe nicht ganz, was das mit mir zu tun hat«, bemerkte er höflich.

»Wir haben einen der ersten Strafdienste auszuführen, was dich nicht weiter überraschen dürfte. Irgendwie ja auch verständlich, immerhin dürften wir das abschreckendste Dezernat sein, das Berlin zu bieten hat.« Hinnerk lachte erneut, und es klang ungesund, als hätte er Kieselsteine in der Kehle. »Der- oder diejenige tritt heute den Dienst bei uns an. Außerdem kommt noch eine Auszubildende zu uns. Du wirst dich der beiden annehmen und ihre Fortschritte sowie die Fehltritte protokollieren. Ihr untersteht mir direkt, du berichtest immer nur mir und nimmst immer nur von mir Aufgaben an.«

Birol unterdrückte ein Stöhnen. Mit diesem Haken hätte man ein Seeungeheuer fangen können. Einhändig. Er sollte sich jetzt also um diejenigen kümmern, die hier sonst keiner haben wollte. Eine wunderbare Gelegenheit, sie alle gemeinsam loszuwerden. Den Streber, den Azubi und den Kriminellen. Sollten sie sich doch miteinander

45

beschäftigen, dann hatten alle anderen wieder ihre Ruhe. Seine Wut hatte die letzten Minuten friedlich vor sich hin geschlummert. Jetzt wachte sie wieder auf.

»Und wie soll das Ganze dann heißen?«, fragte er und merkte, wie seine Wangen zu glühen begannen. »Kommando Kindergarten?«

Hinnerk kicherte. Für ihn war das Ganze einfach ein einziger großer Spaß. Sicher wartete er bereits jetzt darauf, dass Birols Team seine ersten Fehler machte. »Du kannst ja richtig kreativ sein! Wenn du möchtest, dann können wir den Namen gerne aufnehmen. Die Kollegen gewöhnen sich sicher schnell daran.«

Birol schnaubte und schüttelte den Kopf.

»Das ist doch bescheuert«, sagte er, und sein Chef wurde ernst.

»Nein, das ist es nicht. Und ich verlange von dir, dass du diesen Job mit genau der gleichen Gründlichkeit und Zuverlässigkeit ausführst, die ich an dir so schätze. Wen sollte ich denn sonst abstellen, den beiden Neuen ein Vorbild zu sein, wenn nicht dich?«

Er breitete die Arme aus und zog seine buschigen roten Augenbrauen nach oben. »Fällt dir da vielleicht jemand ein?«

Natürlich nicht. Hinnerk hatte ja recht. Wenn man etwas über Hinnerk Blume sagen konnte, dann, dass er seine Truppe recht gut kannte. Birol fragte sich nicht zum ersten Mal, wie der Mann das überhaupt anstellte, wo er doch so gut wie nie seinen Schreibtischstuhl verließ.

Es gab tatsächlich niemand Besseren für den Job. Für die meisten war der Käfig absolute Karriereendstation. Hier landete man eigentlich, anstatt zu starten. Entweder weil man seine Prüfungen miserabel abgeschlossen hatte oder weil man sich im Dienst etwas hatte zuschulden kommen lassen. Oder beides. Außer ihm war niemand freiwillig hier. Was bedeutete, dass der Altersdurchschnitt hoch und die Moral niedrig war. Birol zuckte die Schultern.

»Na eben! Wir alle müssen mit dem zurechtkommen, was uns zur Verfügung steht. Also mach das Beste draus!«

Hinnerk schob eine schmale Pappmappe über den Schreibtisch, auf der ein einzelner Schlüssel lag.

»Was ist das?«

»Der Schlüssel zu eurem neuen Büro und euer erster Fall. Die Leiche wurde bis jetzt nur aufgefunden, sonst wurde noch nichts unternommen. Die beiden Neulinge kommen in einer Stunde. Zeit genug, zu duschen, du stinkst wie ein Wiesel auf Entzug. Begrüß dein Team und dann ab zum Tatort. Mach mich stolz, Junge.«

Birol nickte und nahm die Mappe entgegen. Mit steifen Fingern klappte er sie auf und starrte auf das Foto, das über eine kurze Fundnotiz geklebt war. Ihm drehte sich der Magen um, und Birol war froh, dass er noch nichts gegessen hatte.

Als er den Blick wieder hob, grinste Hinnerk ihn an. Beinahe hatte Birol das Gefühl, dass sein Chef darauf wartete, dass er sich verriet. Auf den Boden kotzte oder umkippte. Aber diesen Gefallen würde er Hinnerk ganz sicher nicht tun.

Er klappte die Mappe wieder zu.

»Sonst noch was?«

»Nein, nein. Ab mit dir! Ich hab zu tun.«

Klar doch. Birol stand auf und ging zur Tür. Beim Hinausgehen hörte er Hinnerk noch sagen:»Mach deinen Vater stolz!«

Er presste den Kiefer so fest zusammen, wie er konnte, und schloss die Tür ganz sanft und ganz leise. Weil er sie eigentlich mit aller Kraft zuknallen wollte.

Draußen lehnte er sich einen Moment mit geschlossenen Augen gegen das Türblatt. Er wusste, dass die vorbeigehenden Kollegen ihre Schlüsse ziehen würden, doch das war ihm egal. Es würde nicht sonderlich lange dauern, bis sich die Neuigkeit in jeden Winkel des Käfigs verbreitet hatte.

Als er an diesem Morgen aufgestanden war, hatte er noch nichts dergleichen vorausgesehen. Wenn diese Sache eines war, dann zumindest ein interessanter Wochenbeginn. Birol konnte sich allerdings nicht vorstellen, wie dabei irgendetwas Gutes herauskommen sollte.

LAURA

Ihre Finger schlossen sich fest um das Dokument mit den Informationen darauf, obwohl sie jedes Detail davon auswendig kannte. Es war das Ticket in ihre neue Zukunft. Bereits ein paar Stunden nach dem Eignungstest hatte man sie kontaktiert. Sie hatte solche Angst gehabt, aufgeflogen zu sein, dass sie sich kaum getraut hatte, ans Telefon zu gehen.

Doch sie hatte es geschafft. Laura hatte nicht nur den besten Eignungstest abgeliefert, sie durfte sich sogar aussuchen, wo sie ihre Ausbildung absolvieren wollte. In ganz Altberlin waren Polizeianwärter knapp, aber sie hatte sofort gesagt, dass sie im »Käfig« den Dienst antreten wollte. Ein direkter Durchmarsch, mit dem sie niemals gerechnet hätte.

Der Beamte, der ihr die notwendigen Dokumente ausgehändigt hatte, wollte sie noch davon abbringen, aber für Laura war es ein Zeichen. Das Beste, was ihr hatte passieren können – so konnte sie keinen Rückzieher mehr machen. Sie würde ihren Plan verfolgen und Fenne Gerechtigkeit verschaffen. Schließlich war sie das einzig richtig Gute in Lauras Leben gewesen.

Den Nachmittag nach dem Eignungstest hatte sie damit zugebracht, sich eine eigene Wohnung zu suchen. Die letzten Tage hatte sie in einer schäbigen WG verbracht, in der sie zum Schlafen jeden Abend einen Stuhl unter die Klinke ihrer Zimmertür geklemmt und ihre Walther P180 unters Kopfkissen geschoben hatte, weil ihr zwei der Typen, die dort ein und aus gingen, nicht geheuer gewesen waren. Jetzt hatte sie sich erst mal, wie alle hier, in einer verlassenen Wohnung eingenistet. Sicher wäre es möglich, in Neuberlin eine kleine

Wohnung oder ein Zimmer zu beziehen, sie verdiente immerhin ein wenig Geld, doch Laura war es lieber, so wenig offizielle Spuren wie möglich in dieser Stadt zu hinterlassen. So konnte sie verschwinden, wenn es nötig wurde. Außerdem hatte sie nur ihren Ausweis und das polizeiliche Führungszeugnis – alle anderen Dokumente, die man offiziell zur Anmietung einer Wohnung brauchte, hatte sie auf die Schnelle nicht besorgen können. Geschweige denn bezahlen. Auf ihrem neuen Ausweis stand der Name Martha Stricker. Es war der Mädchenname ihrer Mutter. Laura konnte nur hoffen, dass ihr diese Tatsache dabei helfen würde, ihren neuen Namen zu verinnerlichen.

Sie war sich merkwürdig vorgekommen, als sie die Tür zu der kleinen Altbauwohnung aufbrach. Zwar hatte sie bis hierher schon weitaus illegalere Dinge getan, doch dieses gewaltsame Aufbrechen der Tür führte ihr einmal mehr deutlich vor Augen, dass sie jetzt auf der anderen Seite stand. Doch hier fühlte sie sich besser. Ehrlicher.

Nun bewohnte sie also eine geräumige Einzimmerwohnung mit großer Küche und einem baufällig wirkenden Balkon, der von den Ästen eines Kastanienbaumes überwuchert wurde. Laura mochte genau das. So wurde ihr neues Wohnzimmer in ein sattgrünes Licht getaucht, wenn die Sonne schien. Darüber hinaus war sie vor Blicken geschützt. Die letzten Bewohner hatten noch ein paar nützliche Dinge zurückgelassen, auch wenn keine zehn Pferde Laura dazu bringen würden, auf der alten Matratze zu schlafen. Sie hatte ihren Schlafsack.

Da sie in der Wohnung keinen Spiegel gefunden hatte, wusste sie nicht genau, wie sie gerade aussah. Sie hatte sich das Gesicht gewaschen und versucht, ihre Haare zu kämmen, und diese anschließend mithilfe ihrer Tablet-Kamera hochgesteckt. Zum Glück gab es in den verlassenen Häusern meistens Strom. Energie war so billig, dass es niemanden zu interessieren schien, ob jemand dafür zahlte. Wahrscheinlich waren einfach ein paar Solarpanels auf dem Dach. Vor rund dreißig Jahren hatte man die Dinger auf beinahe jede freie Fläche montiert.

Heute nach der Arbeit würde sie ein neues Schloss und ein paar Sachen besorgen, und schon hatte sie eine passable Bleibe nur für sich alleine. An ihre gemütliche, mit Liebe eingerichtete Wohnung in Hamburg versuchte sie einfach nicht zu denken. Es gab so einiges, woran sie besser nicht dachte.

Als sie am Alexanderplatz aus der Bahn stieg und auf ihren zukünftigen Arbeitsplatz zulief, wurde ihre Brust eng. Der imposante und gleichermaßen heruntergekommene Backsteinbau schüchterte sie schon ein wenig ein. Sie hatte den Käfig bisher nur in den Nachrichten gesehen, wenn die Unfähigkeit der Altberliner Polizei mal wieder thematisiert worden war, weil es sonst nichts gab, was sich zu berichten lohnte. Sie war gespannt darauf, wie viel Wahrheit in den Gerüchten über das berühmteste Dezernat Deutschlands steckte.

Bei jedem einzelnen Schritt fühlte Laura das Verlangen, auf dem Absatz kehrtzumachen und einfach wegzurennen. Sie hatte gehört, dass es in Schweden gar nicht so schlecht war. Vielleicht sollte sie einfach dorthin gehen? Doch wenn sie den Kopf in den Sand stecken wollte, hätte sie auch in Hamburg bleiben können.

Sie musste sich zusammenreißen und erst mal die Füße stillhalten. Informationen sammeln und nicht weiter auffallen.

Ihre Maschine hatte sie jedenfalls in Pankow stehen lassen. Sie hatte den Verdacht, dass es besser war, nicht am ersten Tag mit einem Sportmotorrad vor dem Käfig aufzukreuzen. Und wenn sie sich hier so umsah, bezweifelte sie zudem stark, dass der Alexanderplatz ein sicherer Ort war, um ihr geliebtes Bike zu parken. Die Leute, die in den Morgenstunden auf dem Platz herumlungerten, sahen alle so aus, als würden sie nur auf die nächste günstige Gelegenheit warten, in der sie jemanden abziehen konnten.

Nervös ging sie zur Pforte und streckte dem Pförtner das Dokument der Prüfungsstelle hin. Dieser runzelte die Stirn, blickte vom Papier in seiner Hand zu Laura und wieder zurück. Das tat er ganze drei Mal, ohne ein Wort zu sagen.

»Na, Püppi, willste dir dat nich nochma überlegen?«, fragte er schließlich, und Laura hätte schwören können, dass sich seine Lippen nicht bewegt hatten.

Sie schüttelte den Kopf. »Danke. Aber nein, will ich nicht.«

Der Pförtner seufzte theatralisch, als hätte sie ihm gerade eröffnet, dass sie einen Termin für die Hochzeit mit einem Zyklopen brauchte.

»Na jut. Wenn de meinst. Aber auf deine Verantwortung, Püppi.«
Laura nickte, weil ihr so viele Dinge gleichzeitig auf der Zunge lagen, dass es besser war, überhaupt nichts zu sagen. So ein Verhalten war ihr in Hamburg niemals untergekommen. Anwärter oder nicht, hier sprachen doch gerade zwei erwachsene Menschen miteinander! Der Pförtner nahm ein Telefon zur Hand und führte ein kurzes Gespräch. Dann beugte er sich wieder vor und sagte: »Dritter Stock, Kapitalverbrechen. Abteilung von Hinnerk Blume. Du sollst nach Birol Celik fragen. Kannste dir dit allet merken?«

Laura konnte es kaum glauben. Ausnahmsweise hatte sie einmal Glück und wurde genau dort eingesetzt, wo sie hinmusste: in der Abteilung für die schwersten Verbrechen. Hier wurden Mord und Totschlag, Vergewaltigung und schwere Körperverletzung behandelt. Sie hätte nicht damit gerechnet, dass sie ihren Dienst dort beginnen durfte. Ihre Freude überlagerte beinahe die Empörung darüber, dass der Typ im Pförtnerhäuschen sie ganz offensichtlich nicht für sonderlich intelligent hielt. Vor lauter Freude darüber hatte sie sich den zweiten Teil der Anweisung tatsächlich nicht gemerkt. Laura öffnete den Mund.

»Ick mene ja nur. Weil de freiwillig hierher willst. Könnt ja sein, dass de aufn Kopp jefallen bist, Püppi.«

Laura schnaubte und presste die Lippen aufeinander. Püppi. Wenn sie könnte, würde sie ihm die Püppi sonst wohin schieben. Und zwar verdammt noch mal bis zum Anschlag. Aber das war wohl nichts, was ihr neuer Chef als »guten ersten Eindruck« in ihrer Akte vermerken würde. Es war wichtig, dass sie sich zusammenriss. Doch sie brachte es nicht über sich, den Pförtner noch mal zu fragen, bei wem sie sich melden sollte. Die Genugtuung konnte sie ihm einfach nicht geben. Hinnerk Blume, das hatte sie sich gemerkt. Würde ja wohl reichen.

Laura marschierte durch das Doppeltor, ohne sich bei dem Mann zu bedanken. Er brummte ihr noch etwas hinterher, aber wahrscheinlich war es besser, dass sie es nicht verstand.

Im Hof angekommen, legte Laura den Kopf in den Nacken und gönnte sich einen Blick auf den riesigen zentralen Turm, der dem Käfig seine unverwechselbare Silhouette verlieh. Die Uhr, die an der Spitze des Turms kurz unterhalb der Altberliner Fahne saß, war schon vor Urzeiten stehen geblieben. Laura wusste, dass die Zeiger auf »fünf vor zwölf« zeigten, und fragte sich nicht zum ersten Mal, ob das Absicht war oder ein grausamer Zufall. Denn Altberlin, so schien es manchmal, war vielleicht nicht mehr zu retten.

Laura trat durch eine große Doppeltür, die direkt zu einer breiten weißen Marmortreppe führte. Obwohl es erst früher Morgen war, herrschte im Eingangsbereich des Käfigs hektische Betriebsamkeit. Die helle, imposante Treppe mit ihrem breiten, ebenfalls aus Marmor gefertigten Geländer ließ noch etwas von der alten Pracht vermuten, die das ehemalige Parlamentsgebäude in früheren Zeiten sicherlich an den Tag gelegt hatte. Sie kam sich vor wie auf der Schwelle zu einer versunkenen Welt. Atlantis im Backsteinformat.

Doch auch hier war der Verfall deutlich sichtbar. Die Uniformen der Beamten wirkten schäbig und aufgetragen. Hier und da rieselte der Putz von Wänden und Decken, die schönen Bodenfliesen wiesen Risse und Sprünge auf. Und doch konnte sich Laura der Autorität und Ruhe, die das Gebäude ausstrahlte, kaum entziehen. Aber war es im Auge des Orkans nicht immer am ruhigsten?

Im dritten Stock fragte sie sich durch und landete schließlich in einem leeren Büro mit drei abgewetzten Schreibtischen, hinter denen jeweils ein blauer Drehstuhl in noch schlimmerem Zustand platziert worden war. Das Büro machte einen kahlen Eindruck, die Regale an den Wänden waren leer, das Whiteboard in der Ecke noch völlig unbenutzt. Daneben ragten blanke Kabel aus der Wand, die sicher für ein großes Tablet gedacht waren. Es wirkte, als würde der Raum seit Jahren auf etwas oder jemanden warten. Durch das schmale Fenster war der alte Funkturm zu sehen, dessen Spitze sich heute komplett in Wolken hüllte. Der Tag war diesig und dunkel; die Sonne hatte es schwer, sich durchzusetzen, blitzte hier und da allerdings hervor.

Laura war nicht alleine im Raum. Auf dem Stuhl am Fenster saß zusammengesunken eine kleine, zarte Gestalt und schnarchte leise.

Laura beobachtete das Wesen, von dem sie glaubte, dass es eine Frau oder ein Mädchen sein musste. Sie bot einen so bizarren Anblick, dass Laura es zuerst nicht wagte, sich zu rühren. Wenn das Büro um sie herum nicht gewesen wäre, dann hätte sie vermutet in einem Märchen oder einem Traum gelandet zu sein. Denn die Frau, die auf dem Stuhl schlief, war komplett weiß. Nicht blass oder blond oder besonders nordisch. Nein, absolut und vollkommen weiß. Die reinweißen Haare fielen ihr glatt und strähnig an beiden Seiten auf die Schultern, die Augenbrauen zeichneten sich auf der schneeweißen Haut nur als leichter Schimmer ab. Das schwache Sonnenlicht wurde von ihrem Kopf reflektiert, es sah aus, als wäre sie von einem hellen Schein umgeben. Insgesamt wirkte es, als wäre sie direkt aus einer Wolke gefallen. Als sei sie aus Schnee oder Luft oder so was. Einen Menschen, der so aussah, hatte Laura noch nie gesehen.

Der zarte Körper steckte zum Kontrast in komplett schwarzen Klamotten. Schwarze Jeans, schwarzes T-Shirt, schwarze Bikerjacke. Die hellen Fingernägel waren dunkel verkrustet.

Laura bewegte sich auf Zehenspitzen in Richtung des zweiten Schreibtischs. Zwar wusste sie selbst nicht, warum, aber sie wollte die Schlafende auf keinen Fall wecken. Irgendwie hatte sie das Gefühl, dass sie alles verderben würde, wenn sie die andere jetzt aufweckte. Doch als sie mit der Fußspitze gegen die Schreibtischkante knallte, flatterten die Wimpern der Frau, und sie schlug die Augen auf.

Laura wusste, dass es unhöflich war zu starren, doch sie konnte nicht anders. Es war unmöglich wegzusehen. Die andere Frau blickte sie nämlich aus den hellsten Augen an, die sie jemals gesehen hatte. Hellgrau. Oder blau. Oder …? Die hellen Augäpfel sahen aus wie zwei Gletscher. Die andere Frau setzte sich gerade hin und gähnte.

»'tschuldigung«, murmelte sie, und ihre Stimme war ungewöhnlich tief. »War 'ne lange Nacht.«

Diese Stimme und ihre Wortwahl irritierten Laura für einen Augenblick. Sie hatte irgendwie fest damit gerechnet, kein normales menschliches Wesen vor sich zu haben. Eher jemanden, der so was sagen würde wie:»Fürchte dich nicht, ich bin aus der Zukunft und komme in Frieden.«

Die andere nestelte ein schwarzes Haargummi aus ihrer Hosentasche und band sich die Haare zu einem unordentlichen Dutt auf dem Kopf zusammen. Jetzt konnte Laura auch ihre vollen, ebenfalls sehr hellen Lippen und die hohen Wangenknochen richtig sehen.

»Kein Problem«, murmelte sie und ließ sich nun endlich in den zweiten Sessel fallen.

»Bist du mein Babysitter?«, fragte die andere und wühlte in einem alten Militärrucksack herum.

»Babysitter?«, fragte Laura verwirrt, während sie der weißen Frau dabei zusah, wie sie einen Schluck Wasser aus einer alten Flasche nahm und anfing, damit zu gurgeln.

Nachdem sie geschluckt hatte, sagte sie: »Also nicht.«

Laura streckte die Hand aus. »Ich bin La… Martha!«

Trotz ihrer langen, schmalen Finger hatte die andere Frau einen erstaunlich festen Händedruck.

»Raven«, sagte sie, und Laura schnaubte. Wollte die sie etwa verarschen? Abrupt ließ Raven ihre Hand wieder los und musterte sie misstrauisch aus ihren wachen Gletscheraugen. Sie verschränkte die Arme vor der Brust.

»Ja, ich weiß. Ist unheimlich witzig, nicht wahr?« Sie spuckte Laura die Worte förmlich vor die Füße.

Laura wurde unbehaglich. »Ich …«

Raven winkte ab. »Schon gut. Ist nicht deine Schuld. Meine Mutter war voll auf Drogen, als ich geboren wurde. Sie fand es wohl geistreich.«

»Tut mir leid.«

Raven zuckte mit den Schultern. »Also, warum bist du hier?«, wechselte sie das Thema. Laura konnte genau hören, dass es sie eigentlich nicht interessierte.

»Ich bin Polizeianwärterin. Heute ist mein erster Tag!«

Raven schnaubte. »Du machst das hier freiwillig?«

Wenn es doch so einfach wäre, dachte Laura. »Du nicht?«

»Gott, nein!«

Ravens Blick wanderte an Lauras Körper auf und ab wie ein Scanner, verharrte einen Augenblick in ihrem Gesicht und ging dann in

Richtung Fenster. Ein winziges Lächeln schlich sich auf ihr schneeweißes Gesicht, und sie schüttelte leicht den Kopf.

Laura fühlte, dass die junge Frau sie durchschaut hatte, auch wenn sie keine Ahnung hatte, wie und warum. Diese eisigen Röntgenaugen hatten sie regelrecht abgetastet. Doch gleichzeitig wusste Laura, dass ihr Geheimnis bei diesem weißen Raben gut aufgehoben war. Sie spürte, dass Raven kein Mensch war, der etwas ausplauderte.

Die Tür flog auf, und ein junger Kerl betrat den Raum. Laura schnellte vom Stuhl hoch und setzte ein professionelles Lächeln auf, Raven blieb sitzen und zog mit ausdrucksloser Miene ihre Füße auf den Stuhl, die in dreckigen schwarzen Lederboots steckten. Ein wenig krustiger Dreck rieselte dabei auf das Sitzpolster.

Der Typ, der in den Raum gestürmt war, schien von Ravens Aussehen genauso überrascht wie Laura. Für einen kurzen Moment entglitten ihm die Gesichtszüge, was Raven mit hochgezogenen Augenbrauen quittierte. Irgendwie hatte Laura das Gefühl, dass es ihr Spaß machte, andere Leute aus dem Konzept zu bringen.

Der Mann räusperte sich. »Guten Morgen. Sorry für die Verspätung. Ich bin Birol und euer ...« Er suchte nach den richtigen Worten, fand sie aber nicht. »Wir werden zusammen arbeiten.«

Laura beobachtete ihn aufmerksam. Er war eher der muskulöse, kompakte Typ und hatte wahrscheinlich orientalische Wurzeln. Die Haut hatte einen hellen Kaffeeton, die gepflegten, kurz geschnittenen Haare waren leicht gelockt, und pechschwarze Augenbrauen kräuselten sich zwischen einer nachdenklich gerunzelten Stirn und traurigen ebenholzfarbenen Augen.

Ein hübscher Kerl, dachte sie. Mit Sicherheit keinen Tag älter als sie selbst. Vielleicht sogar jünger.

»Ihr seid Martha und Raven?« Er blickte von einer zur anderen, nur in der falschen Reihenfolge. Ein Fehler, der Laura auch hätte passieren können. Immerhin war sie diejenige mit dem rabenschwarzen Haar. Und Raven, nun ja, das Gegenteil.

Raven nahm die Füße vom Stuhl und zeigte erst auf sich, »Raven«, und dann auf Laura. »Martha.«

Birol nickte abwesend, er schien mit seinen Gedanken schon wieder ganz woanders zu sein.

»Das hier ist unser Büro, wir müssen uns später noch richtig einrichten. Ich habe vor einer Stunde überhaupt erst erfahren, dass ich dieses Team leiten soll, und hatte noch keine Zeit, mich vorzubereiten.«

Laura runzelte leicht die Stirn. Dieser junge Kerl sollte ihr Dreierteam leiten? In der Mordkommission? Na, das konnte ja was werden.

»Leider haben wir jetzt auch keine Zeit, uns näher kennenzulernen oder euch mit dem Käfig vertraut zu machen.« Er hob den Blick von seinem schmalen Ordner, der nach Lauras Dafürhalten überhaupt keine Papiere enthielt, und fügte hinzu: »Es gibt eine Leiche, der wir uns annehmen müssen. Sie wurde heute Nacht gefunden und liegt nun in unserer Verantwortung.«

Streng genommen liegt sie wohl eher am Fundort, dachte Laura, sagte aber nichts. Gut. Sie lernte dazu. Schweigen gehörte leider nicht unbedingt zu ihren Stärken.

Raven starrte Birol an, als überlegte sie, wie sie ihm die Worte zurück in den Mund stopfen könnte.

»Eine Leiche«, sagte sie bitter und schloss für einen Moment die Augen. Wenn sie dazu in der Lage wäre, dann wäre sie jetzt sicher blass geworden. Laura fragte sich, warum diese Eröffnung Raven so mitnahm. Immerhin waren sie bei der Altberliner Polizei, mitten im Käfig und bei der Mordkommission. Leichen waren ihr tägliches Geschäft.

Während sie Birol nach draußen folgten, fragte sie sich, wer Raven war und was in aller Welt sie ausgerechnet hier zu suchen hatte.

OTHELLO

Wie in Trance wühlte er sich durch die Leute. Wenn der Club nachts ein Moloch war, so war er tagsüber die Hölle. Denn tagsüber fand hier der Zirkus statt. Elefanten, Flamingos, Tiger und Familien. Überall Familien. Kleine grinsende Monster mit ihren klebrigen Fingern und ihren Bedürfnissen; stolze Eltern mit ihren Beschützerinstinkten. Babysprache. Alles roch nach Popcorn und heiler Scheißwelt.

Wenn er konnte, hielt er sich so weit wie möglich von solchen Ansammlungen menschlicher Sentimentalitäten fern. Er hasste Familien. Sie kotzten ihn an. Wenn er könnte, würde er die Familie als Konzept obsolet machen. Sie sollte nicht mehr so wichtig sein, immerhin lebten sie doch bald im zweiundzwanzigsten Jahrhundert. Der Mensch sollte solche sozialen Gefüge eigentlich schon längst überwunden haben. Diese Spezies wäre zu so viel mehr fähig, wenn sie sich endlich von ihren verkrusteten Strukturen lösen würde. Othello war bereit, der Menschheit genau dabei zu helfen. Er arbeitete daran.

Der Inhalt des Päckchens hatte ihn derart aufgewühlt, dass er nicht eingeschlafen war. Er hatte noch mehr getrunken, hatte überlegt, sich eine Hure kommen zu lassen, doch die waren kein Vergleich zu Nina. Und wenn sie langweilig und berechenbar waren, dann machten sie ihn nur noch wütender. Er wollte seinen Zorn nicht an irgendeiner armen Seele aus den Ostblockstaaten auslassen, die nicht einmal verstand, wo überhaupt das Problem lag.

Das Problem. Eigentlich ein viel zu kleines Wort für das, was hier gerade abging. Othello hatte kein Problem. Er hatte Ophelia.

Niemand konnte etwas dafür, dass seine Schwester ihn betrog. Dass sie versuchte, ihn zu untergraben, seine Position zu ergattern, ihn vom Thron zu stoßen. Mit allen ihr zur Verfügung stehenden Mitteln – und Ophelia Sander standen beinahe grenzenlose Mittel zur Verfügung. Wirtschaftlich gesehen, stand sie sogar besser da als er, und dennoch würde sie nicht lockerlassen, würde nicht eher ruhen, bis sie ihren jüngeren Bruder vernichtet hatte. Was sein Auftragnehmer ihm heute Nacht gebracht hatte, hatte seinen Verdacht bestärkt.

Ophelia. Wie sehr er doch hoffte, sie würde einfach tot umfallen.

Es gab nur einen Menschen, der in der Lage war, jetzt noch seine Wut in fruchtbare Bahnen zu lenken. Sie aus ihm herauszusaugen wie Gift. Doch er hatte keine Ahnung, wo Nina tagsüber war. Unter all der lächerlichen Schminke und bei dieser albernen Musik erkannte er kaum jemanden wieder.

Als die Show losging, verfluchte sich Othello dafür, überhaupt hierhergekommen zu sein. Es war riskant, sich tagsüber im Zirkus zu zeigen. Am Ende fotografierte ihn noch jemand und dann gingen die Gerüchte wieder los. Ob er nicht vielleicht endlich die Liebe gefunden hätte. Ob es einen Erben für sein Imperium gab. Himmel. Liebe war das Allerletzte, was er jetzt wollte.

Tagsüber kam niemand in die unteren drei Stockwerke des Gardens. In der Zeit wurden Kotze und Sperma weggeputzt, die Bars wurden aufgefüllt, Wunden wurden genäht und Geld gezählt. Es hieß, dass die Mitarbeiter, die Mikael und Eugene mittlerweile gehörten, tagsüber unten auf dem Boden schliefen. Er wusste nicht, ob Nina zu diesen Leuten zählte.

»Ich habe gewusst, dass du mich vermissen würdest«, säuselte eine Stimme direkt an seinem Ohr, und er zuckte zusammen. Nina. Sie fand ihn immer. Er wollte sich zu ihr umdrehen, doch sie hielt ihn zurück.

»Schhhhhh… Nicht doch. Dreh dich nicht um. Wir wollen doch die lieben Kleinen nicht verschrecken, oder?«

Er stand wie ein Idiot zwischen zwei Stuhlreihen und sah dabei zu, wie sich eine Anakonda einen Giraffenhals hochschlängelte, während ein kleiner dicker Junge in der ersten Reihe seinem Vater in einem Wutanfall ein Softgetränk überschüttete. Ach, es musste so schön sein. Ninas Hand verschwand in seinem Hosenbund.

»Ich muss dich sehen«, raunte er.

»Das geht nicht. Komm heute Abend wieder.« Alleine beim Gedanken, noch gute acht Stunden warten zu müssen, zog sich in Othello alles zusammen.

»Nein«, grollte er drohend. »Jetzt.«

Er wusste, dass die kleinste Demonstration seiner Macht Ninas Knöpfe drückte. Er zahlte sie zwar, doch er war sich ziemlich sicher, dass sie mehr von ihm bekam als nur Geld. Doch sie schwieg. Er musste seine Strategie folglich anpassen.

»Ich tue alles, was du willst«, presste er zwischen den Zähnen hervor. Und nun konnte er hören, wie sie hinter seinem Rücken lächelte. Ihre Finger zogen sich wieder zurück.

»Zähl bis zwanzig. Langsam. Dann drehst du dich um und läufst zur letzten Bar vor dem Ausgang. Sergio wird dir einen Zettel geben.«

Er nickte. Dann begann er langsam, bis zwanzig zu zählen, wobei er sich wie ein Idiot vorkam. Erinnerungen an seine Kindheit kamen hoch, an lange verregnete Nachmittage im Labor, an denen Ophelia und er zwischen den Versuchstischen Verstecken gespielt hatten. Ihm wurde übel. Othello fragte sich, ob er nicht vielleicht auch jetzt Teil eines abgekarteten Spiels war. Immerhin hatte Nina ihn in diesem Wust aus Menschen gefunden. Außerdem war er sich ziemlich sicher, dass sie genau auf diese Situation vorbereitet gewesen war. Leicht verwirrt stellte er fest, dass ihm all das egal war.

Erfüllt von freudiger Erregung drehte er sich um und ging mit langen, festen Schritten in Richtung Bar. Und damit in Richtung Vergessen.

BIROL

Er fuhr den Streifenwagen und hatte die beiden Frauen auf dem Rücksitz platziert. Nun beobachtete er sie im Rückspiegel. Birol fühlte sich mehr als nur ein bisschen verarscht. Er hatte zwei Frauen? Echt jetzt? Nicht nur zwei Frauen, sondern zwei echt merkwürdige Frauen. Die eine war weiß wie Schnee, klaute wie ein Rabe und hieß auch noch so. Außerdem schaffte sie es mit nur einem spöttischen Blick, dass er sich komplett dämlich und fehl am Platz fühlte. Und die andere machte ihn, wenn möglich, noch nervöser. Sagte kaum was und wirkte so ... er konnte es nicht anders ausdrücken: reif. Dabei war sie erst siebzehn, er hatte ihre Papiere durchgesehen. Dennoch wirkten ihre Augen älter, als hätten sie schon mehr gesehen, als ihr guttat. Aber hatten sie das nicht alle?

Er hatte nicht den blassesten Schimmer, wie er mit diesen beiden überhaupt vernünftig arbeiten sollte. Und wenn man ehrlich war: Er wusste ja nicht einmal, ob er selbst in der Lage dazu war.

Raven saß mit verschränkten Armen auf der rechten Seite und starrte aus dem Fenster. Birol konnte nicht begreifen, dass überhaupt Menschen existierten, die dermaßen weiß waren. Und wieso hatte man sie dann Raven genannt, verflucht? Wer tat seinem Kind denn so was an? In ihrer Aktennotiz hatte gestanden, dass sie schon über zehn Mal wegen Diebstahlsdelikten vor Gericht gestanden hatte. Er konnte sich überhaupt nicht vorstellen, wie jemand unbemerkt etwas mitgehen lassen konnte, der komplett weiß war. Sie fiel ja überall auf. Vielleicht war sie auch jedes Mal erwischt worden, doch das konnte er sich ebenfalls nicht vorstellen. Dumm wirkte sie nicht, ganz im Gegenteil. Bestimmt hatte sie eine Krankheit, so was konnte ja nicht normal sein. Selbst ihre Lippen hatten kaum Farbe.

Martha blickte ebenfalls aus dem Fenster, nur schaute sie wesentlich neugieriger in die Welt. Was Birol ebenfalls verwunderte, sagte ihr Ausweis doch, dass sie in Berlin geboren und aufgewachsen war. Ein besonders großes Schlagloch ließ den Wagen wackeln und zwang seine Aufmerksamkeit zurück auf die Straße.

Schon seit vielen Minuten teilten sie sich die Luft im Auto schweigend. Er musste etwas sagen. Es war seine Aufgabe, etwas zu sagen.

»Martha?«

Sie reagierte nicht.

»Martha?«

Raven streckte einen Arm aus, um Martha in die Seite zu piksen, ohne dabei den Blick zu wenden.

Martha lächelte ihn im Rückspiegel an. »Entschuldige, ich war gerade in Gedanken.«

Birol brummte. Er fragte sich, ob es ebenfalls seine Aufgabe war, autoritär zu sein. Vielleicht sollte er Martha anschnauzen, weil sie nicht direkt reagiert hatte. Doch dann entschied er sich dagegen. Es war ihr erster Tag. Der Himmel alleine wusste, wie lange er es mit diesen beiden aushalten musste.

»Du bist nicht von hier, oder?«, fragte er, während er das Auto von der Münzstraße endlich in die Alte Schönhauser Straße lenkte.

Marthas Blick huschte hin und her, als versuchte sie, die Antwort irgendwo auf der Chassis des alten Mercedes zu finden.

»Wie kommst du darauf?«, fragte sie.

Birol lächelte. »Du schaust aus dem Fenster, als wärst du das erste Mal hier.«

Martha lächelte wieder. Ihre makellosen, weißen Zähne standen dermaßen gerade, dass es unecht wirkte. Entweder hatte sie sehr viel Glück gehabt, oder dieses Lächeln hatte ein Vermögen gekostet.

»Ich wohne außerhalb«, sagte Martha. »Am Rand von Neuberln, da, wo es langsam grüner wird. Ich komme nicht so oft in diese Ecke.«

Birol nickte. Das hatte er sich schon gedacht. »Aber warum wolltest du dann unbedingt im Käfig lernen? Mit deinen Testergebnissen hättest du überall anfangen können.«

Martha zuckte die Schulter. »Was hätte ich denn dort lernen sollen? Ich will Polizistin werden, kein Kindermädchen.«

Diese Antwort überraschte Birol. Martha sah nicht aus wie jemand, der sich auch nur ansatzweise vorstellen konnte, wie es war, im Käfig Dienst zu schieben. Mit ihrem schwarzen Bob und den Grübchen in den Wangen. Er musste zugeben, dass sie ihn beeindruckte. Auch wenn er nicht sicher war, ob sie in der Lage war zu verdauen, was sie gleich zu sehen bekam. Dann würde sich zeigen, ob sie ihrer Wahl gewachsen war. Oder er seiner, wenn er schon dabei war.

Das Zentrum um den Alexanderplatz herum war noch in relativ gutem Zustand, wenn man Altberlin als Ganzes betrachtete. Hier gab es ein paar kleine Supermärkte, Dönerbuden, Technikshops und Bordelle, ein bisschen von allem eben. Leute tummelten sich auf den Straßen oder drückten sich vor ihren Ladengeschäften herum. Rauchten, sprachen miteinander, bastelten an irgendwelchen Sachen herum. Vor allem Menschen aus anderen Ländern hatten sich hier niedergelassen; aus Asien und Afrika. Mit ihrem Erfindungsreichtum sorgten sie dafür, dass dieses Viertel irgendwie funktionierte. Dadurch hatte es seinen ganz eigenen Charakter bekommen.

Doch sobald man weiter in Richtung Pankow fuhr, wurden die Straßen leerer. Was hauptsächlich daran lag, dass hier früher die reichen Leute gewohnt hatten. Diejenigen, die es sich als Erstes hatten leisten können, in einen der Wohntürme zu ziehen. Paradoxerweise waren die ärmeren Viertel von Altberlin – Wedding, Reinickendorf, Neukölln – heute die Gegenden, in denen es sich noch recht ordentlich leben ließ, während Prenzlauer Berg, Zehlendorf, Pankow und Schöneberg beispielsweise beinahe vollkommen leer standen.

Weshalb es auch kein Problem war, vor dem Haus, in dem sich die Leiche laut seiner Informationen befand, einen Parkplatz zu ergattern. Raven schaute auf, als der Wagen stoppte. Sie sah aus, als hätte sie die vergangene Nacht nicht geschlafen, und Birol fragte sich, ob die roten Ränder um ihre Augen der mysteriösen Krankheit geschu det waren oder doch eher von irgendwelchen Drogen kamen. Sie waren das Einzige in ihrem Gesicht, das überhaupt eine Farbe aufwies.

»Hier sind wir«, sagte er und schnallte sich ab. Martha runzelte die Stirn.

»Hier?«

Birol checkte die Adresse auf dem Zettel, dann nickte er.

»Vierter Stock.«

»Warum ist denn sonst noch keiner da? Spurensicherung, Kriminaltechnik und so weiter?«

Birol schüttelte den Kopf. Sie hatte ja recht, aber für ihren ersten Tag war sie ganz schön vorlaut.

»Schätze, das gehört zu deinem Ausbildungsprogramm«, antwortete er leichthin und stemmte sich aus dem Wagen. Die anderen beiden folgten seinem Beispiel.

Das Wohnhaus, das sich der Tote zum Sterben ausgesucht hatte, war typisch für diese Gegend. Gebaut zu Beginn des zwanzigsten Jahrhunderts mit fünf hohen Stockwerken, rostigen Balkonen an der Außenfassade und jeder Menge Rattenkot im Treppenhaus. Natürlich gab es keinen Aufzug. Das war eines der Dinge, die Birol an diesen alten Häusern so hasste. Wie konnten Leute freiwillig Treppen steigen, wenn sie es eigentlich nicht müssten?

Ohnehin gab es ihm große Rätsel auf, wie man ohne Not sein Dasein in einem solchen Haus fristen konnte. Der Staat stellte für alle Bürger menschenwürdige Behausungen bereit. Mitsamt Aufzug und ohne Ungeziefer. Aber was wusste er denn schon? Er wohnte schließlich noch in seinem Kinderzimmer.

Meistens wohnten Menschen in solchen Häusern, die nicht gefunden werden wollten. Kleinkriminelle, Illegale ... und Cheater. Alleine beim Gedanken daran musste Birol wieder die Kiefer aufeinanderpressen. Abschaum, elender.

Er ging voran, und die beiden Frauen folgten ihm. Sie hatten die ganze Zeit über nicht gesprochen, doch die Stille zwischen ihnen nahm nun eine völlig neue Dimension an. Es war merkwürdig zu wissen, dass man auf eine Leiche treffen würde, die alleine in einem Zimmer lag. Martha hatte schließlich recht. Normalerweise wimmelte es an einem Fundort zu diesem Zeitpunkt schon von Polizisten. Die Streife, die den Körper gefunden hatte, die Spurensicherung, die Kriminaltechnik. Doch in diesem Fall hatte Hinnerk ihm und seinem frischgebackenen Team die Koordination überlassen. Der Himmel wusste, warum. Vielleicht, um ihn direkt ins kalte Wasser zu werfen oder einfach nur zu Hinnerks Vergnügen. Wahrscheinlicher aber war, dass Hinnerk als Erster Wind von der Leiche bekommen hatte und keine Lust hatte, auch nur einen Finger krumm zu machen. Sicherlich war der Typ, den sie gleich finden würden, auch viel zu unwichtig, um die Zeit von gestandenen Polizisten zu verschwenden. Birol war leider schon lange genug im Käfig, um zu wissen, dass dies durchaus eine Möglichkeit war.

Zu diesem Zeitpunkt war er selbst der Einzige, der wusste, was genau dort oben auf sie wartete. Wenn er gekonnt hätte, wäre er rückwärtsgelaufen. Doch es stärkte ihn zu wissen, dass sich die anderen beiden auf ihn verließen. Der Starke sein zu müssen war in Birols Leben schon immer ein verlässlicher Motor gewesen.

Es wäre ihm nur lieber gewesen, in diesem Haus hätten noch ein paar andere Leute gelebt. So war das Ganze doch ganz schön unheimlich.

Sämtliche Lampen im Treppenhaus waren ausgefallen, und so waren sie gezwungen, im schummrigen Licht die Treppen hinaufzusteigen, das durch die dreckverschmierten Flurfenster schien. Nur da, wo einzelne Scheiben fehlten, fiel genug Licht auf die Stufen, um sicher sein zu können, dass man nicht in irgendetwas hineintrat.

Als sie den vierten Stock erreichten, spürte Birol seinen Adrenalinpegel steigen. Er wandte sich zu den beiden Frauen um. So tough ihm Raven bisher auch vorgekommen war – gerade hatte er den Eindruck, dass sie sich hinter Marthas Rücken versteckte.

Martha indes sah sich aufmerksam um.

»Die Tür steht einen Spaltbreit offen«, bemerkte sie.

Birol runzelte die Stirn. Die Tür zur fraglichen Wohnung war tatsächlich lediglich angelehnt worden, und niemand hatte den Fundort mit einem Siegel oder nur einem Flatterband gesichert. Merkwürdig. Er zog sein Tablet hervor und tippte darauf herum. Die Adresse war auch noch nicht als Leichenfundort im System erfasst.

Kälte kroch seine Wirbelsäule hoch. Das war doch alles reichlich merkwürdig. Selbst Hinnerk war eigentlich nicht dermaßen schlampig. Wer auch immer den Toten gefunden hatte, hätte wenigstens sicherstellen können, dass der Körper nicht von Ratten angenagt wurde. War das vielleicht eine Falle? Sollte er etwa genauso enden wie sein Vater? Birol schloss für einen kurzen Moment die Augen und mahnte sich zur Besonnenheit. Jetzt war nicht der richtige Zeitpunkt, die Nerven zu verlieren.

»Gehen wir jetzt rein, oder was?«, fragte Raven, und er zuckte zusammen, weil es schon so lange her war, dass er das letzte Mal ihre Stimme gehört hatte.

Sein Daumen glitt zu der Waffe an seinem Gürtel. Er zog sie aus dem Holster und entsicherte sie, hob sie jedoch nicht. Er wollte die beiden nicht allzu nervös machen. »Ihr bleibt dicht hinter mir«, forderte er mit fester Stimme.

»Ich dachte, der Typ ist tot?«, hörte er Raven dann auch schon murmeln. Und weil es auf eine Art schlimmer war, dazustehen und darüber nachzudenken, hob Birol das rechte Bein und stieß die Tür auf.

Ihnen schlug ein intensiver Geruch entgegen. Aber nicht nach totem Menschen, sondern nach Bratfett. Und nach Exkrementen. Birol drehte sich der Magen um.

»Hier riecht es ja wie in einer Imbissbude«, murmelte Martha leicht angewidert, während er die ersten Schritte in die Wohnung hineinging und die Dielen im Flur unter seinem Gewicht quietschend protestierten.

Ein weiterer Grund, weshalb er diese alten Wohnungen nicht mochte. Holzboden. Der Schmutz sammelte sich in sämtlichen Ritzen, und es war unmöglich, sich leise durch die Räume zu bewegen. Selbst wenn man in Socken ging und so leicht war wie die ätherische

Raven: Irgendeine Bodendiele quietschte immer. Manche Leute liebten diese Böden aus historischem Holz. Es gab Unternehmen, die sie aus alten Häusern herausrissen, um sie in den Neubauten zu verlegen. Völlig verrückt. Birol schaute sich um. Die Wohnung hatte nur ein großes Zimmer mit Küchenzeile und ein Bad. Trotz seiner Abneigung gegen Altbauten musste er zugeben, dass die Räume ihren Charme hatten. Im Wohnzimmer ging ein Erker mit vier großen Fenstern zur Straße hinaus, die Wände waren weiß und nicht tapeziert, weshalb sie in einem passablen Zustand waren. An der Decke zeugte opulenter Stuck von ehemaligem Reichtum. Und direkt unter der zentralen Rosette befand sich der Grund, der sie hergeführt hatte.

Der Tote lag auf dem einzigen nennenswerten Möbelstück, das in dem großen Zimmer direkt vor dem Erker stand.

»Das ist ein Designersofa von Carcelli«, murmelte Raven, und Birol fragte sich in einer weit entfernten Ecke seines Gehirns, woher jemand wie sie so etwas überhaupt wusste. Der Rest seines Geistes war jedoch vollauf mit dem Bild beschäftigt, das sich ihm bot.

Der Tote lag auf dem Rücken, ausgestreckt auf der Récamiere des hellen Sofas, das über und über mit Blut besudelt war. Seine Hände waren ordentlich auf dem Bauch gefaltet, und die eingenässte Jeanshose stand offen. Der Rest des Körpers war noch nicht zu sehen, da die Sofalehne den Blick versperrte. Ein Laptop stand aufgeklappt auf einem billig wirkenden Cafétisch vor dem Sofa – der Bildschirm war schwarz. Wahrscheinlich war der Akku mittlerweile leer. Auf dem Rechner befanden sich Spritzer von Blut und Hirnmasse und wenn man genau hinsah, konnte man winzige Splitter vom Schädelknochen erkennen.

»Stopp!« Birol streckte die Hand aus. Martha und Raven, die zwei Schritte hinter ihm waren, blieben stehen. »Keiner umrundet die Couch.« Er beschrieb einen weiten Kreis mit seinen Armen, an der Küchenzeile vorbei bis zum Fußende des Sofas.

»Wir gehen dort entlang. Wenn wir Glück haben, kontaminieren wir so noch am wenigsten.« Birol ging voran und konzentrierte sich dabei auf den Fußboden. Hier war schon eine Ewigkeit nicht mehr geputzt worden. Und das war auch gut so, denn es half ihm nun, die Wege nachzuvollziehen, die Täter und Opfer gegangen sein mussten. Der Bereich zwischen Spüle und Fußende der Récamiere war mit Staub bedeckt. Das war der Teil des Raumes, in dem sie sich gefahrlos bewegen konnten.

Vom Fußende der Couch konnte Birol die Leiche besser betrachten. Alles sah genauso aus wie auf dem Foto in der schmalen Akte. Ein kleines Loch in der Stirn des Toten zeugte eindeutig davon, dass er erschossen worden war. Vermutlich von vorne, da um das Loch herum der typische Schmauchstempel eines aufgesetzten Schusses zu sehen war. Birol konnte nur vermuten, dass die Austrittswunde den Hinterkopf des Mannes in ein ziemliches Schandbild verwandelt hatte. Doch auch sein Gesicht glich einem Schlachtfeld. Dem hageren Mann waren die Augäpfel herausgeschnitten worden. Wer auch immer das getan hatte, war nicht gerade zimperlich vorgegangen. Die Löcher klafften um einiges weiter und tiefer, als es dafür eigentlich notwendig gewesen wäre. Der Täter hatte die Augenhöhlen bis zum Knochen ausgeschnitten. Die Überreste, die er dabei mit entfernt hatte, lagen neben der Couch auf dem Fußboden. Birol kniff die Augen zusammen und suchte den Boden nach einer Blutspur ab, doch er konnte nichts entdecken. Eigentlich mussten die Augäpfel nach ihrer Entfernung noch getropft haben. Wahrscheinlich hatte der Täter sie für den Transport an Ort und Stelle eingepackt, was wohl bedeutete, dass er im Vorfeld geplant hatte, die Organe mitzunehmen. Birol verzog das Gesicht.

Er hörte Martha hinter sich flach atmen, Raven fluchte. Ihm selbst war gewaltig flau im Magen. Er versuchte, sich daran zu erinnern, was von ihm erwartet wurde.

»Okay«, sagte er so ruhig wie möglich. »Ich möchte, dass wir uns jetzt alle drei ganz konzentriert umsehen und alles dokumentieren, was uns auffällt, bevor die Stampede hier durchkommt und alles zunichtemacht. Wir haben nur diesen einen Moment der Ruhe mit dem Toten, jedes Detail könnte wichtig sein. Wir fotografieren alles ab und schreiben alles auf. Egal, wie unwichtig es uns erst mal erscheint. Jetzt ist noch Zeit für Fantasie und Spekulationen. Also los.«

Er öffnete das Notizprogramm seines Tablets, trug ordentlich die Adresse, Uhrzeit und die Fundumstände ein.

Sobald er dem Fall eine Nummer gegeben hatte, fühlte er sich besser. Jetzt war dieser Tote ein offizieller Fall für die Polizei. Registriert und eingetragen. Es gab Regeln, an denen er sich abarbeiten konnte. Und wann immer Birol diese Regeln befolgte, wurde sein Kopf vollkommen klar.

»Der Tote könnte blind gewesen sein«, sagte Martha nach einer Weile, und Birol tippte die Vermutung ein.

»Warum?«, fragte Raven leise.

»Dem Toten wurden die Augen herausgeschnitten. Das könnte im Zusammenhang stehen.«

Raven deutete auf den Laptop. »Warum hat er dann ferngesehen?«

Martha überlegte eine Weile. »Vielleicht hat er auch nur Radio gehört?«

Raven schnaubte. »Mit offener Hose?«

»Das könnte auch der Täter gewesen sein«, gab Martha zurück, auch wenn sie dabei selbst nicht sonderlich überzeugt klang.

»Wieso sollte er so was tun?«

Birol schüttelte den Kopf. »Nach einem Sexualdelikt sieht das nicht aus«, sagte er. »Dem Täter ging es meiner Meinung nach ganz offensichtlich um die Augen.« Er deutete auf den Fußboden, um seinen Standpunkt zu verdeutlichen. »Seht ihr? Keine Blutspuren. Der Täter muss etwas extra zum Transport bei sich getragen haben. Die Küche wirkt mir jetzt nicht, als könnte man dort Plastikbeutel oder Vorratsboxen finden. Und ganz sicher spaziert niemand mit zwei Augäpfeln auf einem Dessertteller raus auf die Straße.«

»Vielleicht war er ein Spanner?« Raven zeigte auf das große, zentrale Fenster, durch das man direkt auf die gegenüberliegende Häuserzeile schauen konnte.

Birol nickte anerkennend. Denken konnten die beiden schon mal, das war auf jeden Fall ein Anfang. Er tippte eifrig.

»Du meinst, er saß hier, hat die Nachbarn bespannt und sich dabei einen runtergeholt? Und jemand hat es rausgefunden und sichergestellt, dass er es nicht noch einmal tut?«, fragte Martha, und Raven zuckte die Achseln. »Könnte doch sein!«

»Es ist zumindest kein abwegiger Gedanke«, nickte Birol. »Wenn er sich die falsche Frau zum Angaffen ausgesucht hat, halte ich das durchaus für möglich, vor allem in einer Gegend wie dieser. Wir sollten auf jeden Fall herausfinden, ob dort drüben jemand wohnt und wer. Sonst noch was?«

»Er hat keinen Besuch erwartet«, sagte Martha. »Auf dem Tisch stehen ein Teller und ein Glas.«

»Aber er muss den Mörder gekannt haben«, gab Birol zu bedenken, während er tippte. »Die Tür wirkte unversehrt.«

»Nicht unbedingt!«, entgegnete Martha. »Es könnte auch sein, dass der Typ sich so sicher fühlte, dass er das Schloss noch nicht ausgetauscht hat, nachdem er sich hier eingenistet hat. Vielleicht wohnt er noch nicht lange hier, immerhin musste er das Schloss aufbrechen, um reinzukommen.«

»Wer würde denn ein so teures Sofa hier reinschleppen und das Schloss nicht auswechseln?« Ravens Tonfall war maximal ungläubig. Die beiden torpedierten einander ja regelrecht; einen Zickenkrieg konnte Birol jetzt wirklich nicht gebrauchen.

Er fuhr sich nachdenklich mit der Hand übers Gesicht.

»Okay. Martha, komm mal zu mir und beschreib den Toten bitte. Fällt dir irgendwas auf?«

Martha stellte sich an seine linke Seite und betrachtete den Leichnam aufmerksam. Auch ihr Atem ging mittlerweile wieder regelmäßig, sie schien ganz ruhig zu sein. Birol war beeindruckt. So viel Chuzpe hätte er ihr ganz sicher nicht zugetraut.

»Der Mörder hat sich zwar die Zeit gelassen, ihm die Hände auf dem Bauch zu falten, hat ihm aber nicht die Hose zugemacht. Das Opfer hat sich beim Essen bekleckert.« Sie zeigte auf das karierte Hemd, das Tropfflecken in Höhe der Knopfleiste aufwies.

»Sehr dünn. Vielleicht sogar untergewichtig, aber sehr muskulöse Oberarme. Schwielige Hände. Auf jeden Fall arbeitet er körperlich. Und er kann noch nicht lange tot sein.«

Birol hob den Blick. »Woran machst du das fest?«

Sie nickte mit dem Kopf in Richtung des angeschlagenen blauen Tellers auf dem niedrigen Tisch. »Er hatte Spiegelei zum Abendessen. Das riecht man immer noch. Wäre er schon länger tot, dann würde es hier sicher ganz anders riechen.«

Birol lächelte leicht und gab ihr mit einem Kopfnicken zu verstehen, dass er zufrieden war. Martha trat zurück, und Birol drehte sich zu Raven um.

»Jetzt du!«, sagte er, doch sie rührte sich nicht. Stattdessen stand sie recht nahe an der Küchenzeile und schielte in Richtung Tür, als überlegte sie, wie schnell sie aus der Wohnung fliehen könnte, wenn es hart auf hart kam. Sie hatte ihre dünnen Arme vor der Brust verschränkt, als wäre ihr kalt.

Birol winkte auffordernd. »Los, komm schon. Das gehört dazu. Es wird leichter, wenn du es ein paarmal gemacht hast.«

»Ich habe kein Bedürfnis danach«, murmelte Raven. Birols Gesichtszüge verhärteten sich.

»Falls du es vergessen hast: Du bist nicht hier, um dich zu amüsieren, und ich bin sicher nicht hier, um deine Bedürfnisse zu befriedigen. Wenn du danach suchst, musst du dir ein Hotel buchen. «

Zufrieden beobachtete er, wie etwas in Ravens Gesicht verrutschte und sie resigniert die Arme sinken ließ. Dann kam sie langsam zu ihm, aber nicht, ohne ihm einen stechenden Blick zuzuwerfen, der ihn wissen ließ, wie sie über ihn dachte. Es war ihm egal.

Raven blieb ein kleines Stück hinter ihm stehen und reckte den Hals, damit sie die Leiche sehen konnte. Sie hatte einen sehr langen, blassen Hals.

»Vermutlich war der Typ ein Dieb«, sagte sie nach einer Weile.

»Wie kommst du darauf?«, fragte Birol interessiert.

Raven zuckte die Schultern. Das machte sie oft.

»Offensichtlich hat er nicht viel Geld. Er hatte nur Spiegelei zu Abend, die Pfanne ist eine Katastrophe, in den Regalen steht kein Essen. Kein Kaffee, kein Wein, keine Softdrinks. Der Flur ist leer. Aber sein Laptop ist ziemlich neu, das Telefon ebenfalls.« Sie zeigte auf ein flaches Smartphone, das neben dem Kaffeetisch auf dem Boden lag. Es war ein nagelneues Modell.

»Und er liegt auf einem Carcelli-Sofa. Aber das habe ich ja schon gesagt.«

Birol seufzte schwer. »Und könntest du uns bitte erklären, was das bedeutet?«

»Carcelli stellt immer nur zweihundert Sofas eines Modells her. Sie werden von Hand in Italien angefertigt und kosten fünfstellig aufwärts. Entweder der Kerl hier hat alles, was er hatte, in ein Sitzmöbel investiert, oder er hat es irgendwo abgezogen.«

Er notierte alles, was Raven sagte, kopfschüttelnd und nahm sich vor, es später genauer zu überprüfen. Birol selbst hatte von diesem Designer noch nie etwas gehört.

Ihm kam eine Idee. »Kennst du den Typen etwa? War er ...« Er suchte nach den richtigen Worten. »...ein Kollege von dir?«

Raven riss die Augen auf und schüttelte den Kopf. Es war die heftigste Gemütsregung, die er bisher an ihr beobachten durfte.

»Ich habe keine Ahnung, wer er ist«, antwortete sie. »Und ich klaue Klamotten. Keine Polstermöbel.«

»Und woher weißt du dann, dass dieses spezielle Teil hier ein Designerstück ist?«, wollte Martha wissen und sprach Birol aus der Seele.

Raven zuckte nur die Schultern.

RAVEN

Ihre Stiefel machten einen Höllenlärm, während sie die Holzstufen des Treppenhauses hinunterpolterte. Birol hatte sie angewiesen, die Kollegen zu rufen, und im Haus war nicht genug Empfang gewesen, um zu telefonieren. Ein Glück. So musste sie also runter auf die Straße, und nichts auf der Welt war ihr in diesem Augenblick lieber.

Sie war wütend auf sich selbst, so wütend, dass sie am liebsten ihren Kopf gegen eine der bröckeligen Putzwände gerammt hätte. Hatte sie sich nicht vorgenommen, so unauffällig wie möglich zu bleiben? War es nicht von enormer Wichtigkeit für sie, Spencer und ihre Kunden, dass sie den Kopf einzog und niemandem im Gedächtnis blieb? Was war nur in sie gefahren?

Vielleicht war es der Anblick von Bartosz gewesen, der ihr Gehirn für kurze Zeit außer Kraft gesetzt hatte. Denn im Gegensatz zu dem, was sie Birol erzählt hatte, kannte sie den Toten sehr wohl. Erst vor ein paar Monaten hatte sie ihm zwei nagelneue Nachtsicht- und Röntgenaugen eingesetzt. Diese hatten ihn sicher auch befähigt, das sündhaft teure Sofa zu klauen. Mikael Metzger hatte auch so ein Ding, daher kannte sie die Marke. Der Gangsterboss neigte dazu, sie mit seinen Errungenschaften vollzuquatschen, während sie still vor sich hin arbeitete. Man sollte ja meinen, ein Mann wie er hätte nichts zu kompensieren, aber Pustekuchen. Seine gesamte Wohnung stand voll mit Kompensationen aller Art. Hässliche, protzige Teile. Passten auch gut zu Bartosz.

Und irgendjemand hatte ihm die Augen nun aus dem Gesicht geschnitten. Das war nicht nur ärgerlich, weil die letzten beiden Raten noch ausstanden, sondern verursachte aus einer Reihe anderer Gründe Unbehagen bei Raven. Sie mahnte ihre Kunden immer, mit niemandem über ihre Kreationen zu sprechen. Und doch musste jemand davon gewusst haben, sonst hätte er Bartosz die Augen nicht aus dem Kopf geschnitten. Von außen waren sie von normalen Augen nämlich nicht zu unterscheiden. Raven presste die Lippen aufeinander. Dieser beschissene Dieb! Der würde was von ihr zu hören bekommen, wenn er noch könnte.

Es waren die ersten Augen dieser Art auf der gesamten Scheißwelt. Prototypen, nur so hatte sie sich Bartosz überhaupt leisten können. Er hatte versprochen, Raven regelmäßig Bericht zu erstatten, damit sie wusste, ob und wie die Dinger funktionierten. Nun, das konnte sie sich ja jetzt auch in die Haare schmieren, verdammt. Aber das war bei Weitem nicht das Schlimmste daran. Nicht auszuschließen, dass ein anderer Modder sie geklaut hatte, um sie nachzubauen. In diesem Fall war es zwar ärgerlich für sie, aber nicht gefährlich

Sollte es jedoch jemand anderes gewesen sein, könnte es brenzlig für sie werden.

Anders als ihre Modder-Kollegen verkniff es sich Raven zum Glück, ihre Werkstücke mit einer Signatur oder einem Markenzeichen zu versehen. Denn normalerweise war sie sehr gut darin, kein Aufhebens um sich zu machen. Es war überlebenswichtig. Wenn jemand herausfand, dass sie hinter dem Namen Dark steckte, dann würde unweigerlich Jagd auf sie gemacht. Ihre zarte Gestalt, ihre Stille und die Tatsache, dass sie jung und eine Frau war, hatten sie bisher davor bewahrt, ins Fadenkreuz zu geraten.

Hatte Bartosz etwa sterben müssen, weil jemand etwas witterte? Ein Haufen Leute war hinter Dark her, doch wie hätten sie auf Bartosz kommen sollen? Wahrscheinlich musste sie öfter den Ort wechseln, an verschiedenen Stellen Berlins operieren, nicht immer nur in Spencers Atelier. Bisher hatte sie sich dort immer besonders sicher gefühlt, im Schatten des Gardens, doch nun kamen ihr Zweifel. Sie schwor sich, in Zukunft noch vorsichtiger zu sein. Und nicht so dämlich wie gerade eben.

Sie hatte Birol völlig freiwillig verraten, dass Bartosz ein Dieb gewesen war. Ein Hinweis, der ihn, wenn es ganz blöd lief, direkt zu ihr führen konnte. Was hatte sie sich nur dabei gedacht?

Sie durfte auf keinen Fall zulassen, dass Birol und Martha, falls das überhaupt ihr echter Name war, herausfanden, dass er ein Cheater gewesen war.

Die Theorie mit dem Spanner war doch so schön gewesen. Gleich als Nächstes würde sie Nachbarn auftreiben, die diese Theorie stützen konnten. Selbst wenn sie dafür ein paar Mädchen aus dem Gardens bestechen musste. Eifersüchtige Freier, die als potenzielle Täter infrage kamen, gab es in dieser Stadt wie Sand am Meer. Daran würden sie sich die Zähne ausbeißen.

Und dann musste sie herausfinden, ob Bartosz der Einzige war, oder ob irgendein Verrückter in Berlin gerade Jagd auf Cheater machte.

All das musste sie aber im Verborgenen tun, ohne dass Birol und Martha etwas davon mitbekamen. Diese beiden Welten durften sich auf keinen Fall kreuzen.

Mittlerweile hatte es angefangen, in Strömen zu regnen. Binnen weniger Minuten waren die Straßen überflutet, weil die Gullys überliefen beim Versuch, all das Wasser zu fassen, das aus dem Himmel brach. Es roch nach frischem Schmutz und kaltem Asphalt, der Lärm, den die Tropfen machten, war ohrenbetäubend. Raven rief in der Zentrale des Käfigs an, wie Birol es ihr aufgetragen hatte, und gab alle relevanten Informationen durch.

Dann stellte sie sich in den geschützten Hauseingang, zog eine Zigarette hervor und zündete sie an. Sie liebte diese kleine Marotte. Bis auf ein paar Kleinkriminelle rauchte in Deutschland niemand mehr. Es galt als rückständig und war verpönt – deshalb tat sie es wahrscheinlich so gern. Dabei war es wie mit dem Klauen. Eigentlich wusste Raven, dass es dumm war zu rauchen. Aber sie tat es trotzdem.

An den alten Türrahmen gelehnt, beobachtete sie die Blätter, die auf dem kleinen Sturzbach in Richtung Gully trudelten. Egal, wie hoch wir anfangen, dachte Raven. Am Ende landen wir alle in der Gosse. Zusammen mit der ganzen anderen Scheiße.

Während sie rauchte, schoss ihr durch den Kopf, wie merkwürdig die Welt doch sein konnte.

Da stand sie nun, seelenruhig im Hauseingang eines toten Kinden, und rauchte, während sie auf die Polizei wartete. Auf ihre Kollegen. Ausgerechnet sie. Teil der Altberliner Polizei.

Raven.

Dark.

Einer der meistgesuchten Verbrecher des Landes.

HENDRIK

Er hatte gar nicht mitbekommen, wo sie ihn hingebracht hatten, aber eigentlich war ihm das ja auch ziemlich egal. Irgendwo in Hamburg, schätzte er jetzt mal. Musste ja so sein. Wieso sollten solche Leute extra nach Hamburg fahren, um einen armen Schlucker wie ihn aufzugabeln? Von Typen wie ihm gab es säckeweise im ganzen Land, da brauchte man nicht weit zu reisen.

Als er gefragt hatte, warum sie ausgerechnet ihn wollten, hatte der Typ im Anzug nur geantwortet: »Sie erfüllen alle Kriterien zu unserer vollsten Zufriedenheit!«

Na, das war in seinem Leben immerhin mal ganz was Neues. Normalerweise erfüllte Hendrik überhaupt nichts, schon gar nicht zu irgendjemandes Zufriedenheit. Außer vielleicht noch Vorurteile.

Wer wie er seit Jahren auf der Straße lebte, war es gewohnt, mit Verachtung betrachtet zu werden, wenn man ihn überhaupt bemerkte. Und er konnte es den Leuten nicht mal sonderlich übel nehmen. Obdachlose waren eine konstante Erinnerung an die Tatsache, dass jedes Leben ganz schnell auch den Bach runtergehen konnte. Jeder wusste das insgeheim, wollte es aber nicht unbedingt sehen. Verdrängung war gut für die geistige Gesundheit.

Auch er hatte mal ein Heim gehabt, eine Familie. Er hatte sogar einen Beruf gelernt, doch das war lange her. Das war es, was er mit Vorliebe verdrängte.

Aber vielleicht wendete das Blatt sich ja jetzt für ihn. Möglich wäre es. Er würde viel Geld bekommen, wenn die Sache hier gut ging. Diese Leute zahlten gut, er hatte einen Vertrag unterschrieben mit Briefkopf und allem. Hochoffizielle Angelegenheit.

Allerdings hätte er nicht damit gerechnet, dass das Ganze so lange dauern würde. Sein Nacken wurde steif auf dem unbequemen Stuhl, auf den sie ihn geschnallt hatten, und ihm war kalt. Wahrscheinlich auch, weil sie ihn nur in eine Art Nachthemd gesteckt hatten, seine Füße standen nackt auf einer Metallplatte, seine Handflächen lagen ebenfalls auf Metall. Überall aus dem Nachthemd ragten Kabel hervor, die sie an seinem Körper angebracht hatten. Mit Nadeln, die ihn ein bisschen an Angelhaken erinnerten. Hatte nicht sonderlich wehgetan, aber die Vorstellung ekelte ihn.

Sie hatten ihm gesagt, dass er sich so wenig wie möglich bewegen sollte, und das versuchte er auch. Er wollte diese eine Sache richtig machen. Wie die anderen gucken würden, wenn er heute Abend mit einer Stange Geld bei ihnen aufschlug, das malte er sich immer wieder aus. Obwohl: Vielleicht wäre das keine gute Idee. Seine Leute waren nicht übel, aber alle hatten Hunger und verzweifelte Träume. Und er war schon alt, konnte sich nicht mehr so gut wehren wie früher. Hoffentlich hatte niemand seinen Schlafsack geklaut, das ging schneller, als man niesen konnte.

Was für ein dummer Gedanke. Heute Abend würde er nicht in seinen Schlafsack am Rande des Fischmarkts kriechen, sondern unter die gestärkte Decke eines Hotelbetts. Nachdem er ausgiebig gebadet und gegessen hatte. Sollten sie doch seinen Schlafsack behalten. Sie würden denken, dass er irgendwo tot in der Elbe lag. Wie die meisten von ihnen, wenn sie nicht mehr wiederkamen.

Dieser Raum war merkwürdig. Ein wenig erinnerte er ihn an eine Schaltzentrale, wie er sie aus den alten Gangsterfilmen kannte. Überall waren Bildschirme und Monitore angebracht. Er selbst war ja genauso an allen möglichen Stellen verkabelt, sogar an seinen Kronjuwelen – er konnte und wollte gar nicht so genau wissen, wo noch überall. Hendrik hatte nicht hingeguckt. Er sah jetzt bestimmt ziemlich gruselig aus.

Der Raum hatte keine Fenster, die Wände waren aus gewelltem Metall, manchmal knarzte und gluckerte es. Wer in Hamburg aufgewachsen war, der wusste das alles einzuordnen. Sie befanden sich eindeutig auf einem Schiff. Fünf Männer in weißen Kitteln liefen im

Raum umher, ein junger Kerl in schwarzer Kleidung, der so gar nicht hierher passte, saß hinter einer Glasscheibe an einem Gebilde aus mindestens fünf Computern. Der Typ war das Einzige, was Hendrik ein bisschen merkwürdig vorkam. Allerdings wusste ja jeder, dass diese Computerfreaks meist abgedrehte Jugendliche waren, die in ihrer eigenen Welt lebten. Sagte Sabine jedenfalls, und die hatte einen Sohn, ging also als Expertin durch. Und wer war er eigentlich, andere nach ihrem Äußeren zu beurteilen?

Sie hatten ihm den Schädel geschoren, aber das hatten sie vorher mit ihm abgesprochen. Manche Dinge mussten eben sein; trotzdem kam er sich nackt vor. Die Haare hatten ihn vom Rest der Welt abgeschirmt, hatten ihn unsichtbar gemacht und gewärmt. Auch seine Kleidung hatten sie ihm weggenommen und versprochen, sie zu waschen, bis sie hier fertig waren. Gesprächig waren sie hier alle nicht, aber nett genug.

»So, Herr Hinnerksen, wir wären dann so weit«, sagte der Mann, der ihn am Morgen auf der Straße angesprochen hatte. Müde Augen, ein ernstes, aber freundliches Gesicht. Hendrik hatte ihm sofort vertraut. Er sah einfach aus wie ein Arzt.

»Schön, ich habe nämlich nicht den ganzen Tag Zeit!«, erwiderte Hendrik mit einem Augenzwinkern, und der Mann, der sich als Doktor Lessing vorgestellt hatte, nickte. Der Name passte gut zu ihm, zu dieser Ernsthaftigkeit, die ihn wie eine Wolke umgab. Lessing rang sich ein winziges Lächeln ab. Er schien nervös zu sein. Kein Wunder. Wenn Hendrik mit so viel Kohle jonglieren würde, dann wäre er wohl auch ziemlich nervös.

»Sie haben die Unterlagen, die wir Ihnen gegeben haben, ausführlich gelesen und verstanden?«

Ehrlich gesagt hatte er das nicht. Er sah nicht mehr so gut. Aber was er von alledem verstanden hatte, reichte ihm auch so. Sie machten einen medizinischen Test mit ihm, und wenn der gelang, dann bekam Hendrik viel Geld.

Die Leute sahen studiert aus. Sie wussten sicher, was sie taten. Und auch der Raum wirkte hochwissenschaftlich und sehr medizinisch auf ihn. Würde schon alles seine Richtigkeit haben.

»Ich habe alles verstanden.«

»Keine Fragen mehr?«

Hendrik schüttelte den Kopf. »Nein, Doc.«

»Gut. Dann möchte ich Sie bitten, sich zu entspannen. Sie können gerne die Augen schließen, wenn Sie wollen.«

»Okay.«

Hendrik lehnte sich zurück und schloss die Augen. Dabei achtete er peinlich genau darauf, dass er keines der Kabel verknickte, die mit seinem Kopf verbunden waren. Das durfte er jetzt nicht versauen. Nicht so, wie er sein restliches Leben versaut hatte.

Er atmete tief durch. Hörte am Rande, wie die Männer sich mit gedämpften Stimmen unterhielten, versuchte, sich zu entspannen.

Als er klein gewesen war, hatte man ihm mal die Mandeln rausgenommen, danach hatte er tonnenweise Eis löffeln dürfen. Das hier war sicher so ähnlich. Nur mit Kohle anstelle von Eiscreme.

Ein Countdown erklang, und er hörte das Geräusch von Schuhen, die über den Fußboden eilten. Eine Tür wurde geöffnet und wieder geschlossen.

Hendrik presste die Augen fest zusammen, mit jeder Sekunde, die heruntergezählt wurde, machte sich mehr und mehr Angst in ihm breit. Musste diese Runterzählerei wirklich sein? Dabei wurde doch jeder nervös, oder nicht? Vielleicht hätte er mehr Fragen stellen sollen. Wozu das Ganze gut war und für wen die Männer arbeiteten. Natürlich, das wäre vernünftig gewesen. Hätte jeder getan. Er hörte seinen Vater schimpfen: »Hendrik, du Dummkopf!« Warum hatte er nicht daran gedacht? Ein Satz aus der Gefahrenbelehrung des Arztes schoss ihm durch den Kopf.

»Sie müssen sich im Klaren darüber sein, dass ein Exitus nicht ganz ausgeschlossen werden kann.«

Exitus. Das bedeutete Tod, oder etwa nicht?

Der Countdown endete, und ein grellweißer Schmerz schoss durch Hendriks Kopf. Seine Hände und Füße verkrampften sich, er hatte das Gefühl, sein Gehirn würde von innen verbrannt. Hitze, Feuer und stechender Schmerz. Als würde Elektrizität durch ihn hindurchlaufen. Die Hitze kroch seine Wirbelsäule hinunter, er spürte jeden einzelnen Knochen in seinem Leib, als könnte er sie von außen sehen. Sogar seine Zähne spürte er.

Hendrik dachte an seine Mutter. An den Kirschbaum im Garten und an zarte Hände, die sich nach ihm reckten. »Komm!«

Dann dachte er an nichts mehr.

LAURA

Ernüchterung. Das war das Wort, nach dem sie gesucht hatte. Und die Empfindung, die sie von Kopf bis Fuß ausfüllte. Diese Ernüchterung hatte das »Was zur Hölle??!«-Gefühl abgelöst, das nach dem Eintreffen der Spurensicherung recht zügig in ihr aufgestiegen war. Sie hätte sich im Vorfeld wirklich besser über die Berliner Kollegen informieren sollen. Es hätte allerdings auch ausgereicht, den zahllosen Gerüchten, die über den Käfig kursierten, etwas mehr Beachtung zu schenken, doch sie war nicht bereit gewesen anzunehmen, dass überhaupt etwas dran sein könnte. Und deshalb lernte sie gerade auf die harte Tour, dass »Polizei« alleine noch lange kein Gütesiegel war.

So was hatte Laura noch nie gesehen. Gerade einmal zwei Männer waren, mit einer Verspätung von fünfzig Minuten, in der Wohnung eingetroffen. Alleine der Verschmutzungsgrad der Räume sowie die Verteilung der organischen Spuren hätte mindestens die doppelte Anzahl Experten gefordert. Aber Experten war sowieso nicht das richtige Wort. Weiß der Himmel, wo diese Kerle ausgebildet worden waren; zwischendurch war es Laura so vorgekommen, als hätte man die beiden einfach auf der Straße angesprochen und gefragt, ob sie nicht vielleicht Lust hätten, an einem Tatort ein paar Spuren zu sichern. Birol hätte sich die Ermahnungen, die Wohnung nicht zu kontaminieren, vorsichtig aufzutreten und keine Spuren zu verwischen, wirklich sparen können.

Zwar trugen beide Kriminaltechniker Überzieher an den Schuhen, doch da hörte die Professionalität auch schon auf. Der eine hatte eine Wollmütze auf dem Kopf, um seine Haare zurückzuhalten, der andere hatte sich etwas übergestülpt, das Laura eher an eine Badekappe erinnerte. Hatte die Berliner Polizei nicht einmal ein Budget für schnöden Haarschutz? Das waren Wegwerfprodukte, verdammt. Doch die beiden trugen ihre Kopfbedeckung mit einer solchen Selbstverständlichkeit, als würden sie zur offiziellen Berufsbekleidung gehören.

Und der Stand der Technik, auf den sie zurückgeworfen waren, spottete jeder Beschreibung, auch wenn sie daran natürlich keine Schuld trugen. Die beiden Männer arbeiteten noch mit Grafit-Pulver, Pinseln und Klebestreifen und hatten nicht einmal eine Kamera für luzide Aufnahmen dabei. Ohnehin schien nur einer der beiden zu arbeiten, während der andere permanent kleine Schlucke aus einer Thermoskanne nahm und das Vorgehen seines Kollegen kommentierte. Sein Blick war so glasig, dass Laura schon hoffen musste, dass sich in der Kanne nur harter Alkohol befand. Hamburg war schon keine Musterstadt. In Deutschland galt generell: Je weiter nach Norden oder Osten man kam, desto schlimmer wurde es. Die Länder, Städte und Kommunen waren arm, die Privatisierung diverser Sektoren hatte nur kurzfristig für Erleichterung gesorgt, auf lange Sicht aber alles nur noch schlimmer gemacht. Doch auf ihrem Dezernat hatte zumindest noch eine gewisse Struktur geherrscht. Jedenfalls bildete sie sich das gerne ein. Auch wenn eine kleine Stimme in ihrem Inneren sie mahnte, sich nicht selbst zu belügen. Wäre bei ihnen alles in Ordnung gewesen, dann würde Fenne wohl jetzt noch leben. Ihr Dezernat war lediglich unter der Oberfläche verschimmelt, während der Verfall hier für jeden sichtbar war.

Mittlerweile stand sie mit Birol und Raven im strömenden Regen. Sie waren aus der Wohnung gescheucht worden, nachdem Sanitäter gekommen waren, um die Leiche mitzunehmen und ins rechtsmedizinische Institut zu bringen. Immerhin würde es eine Obduktion geben.

Die Sanis waren natürlich ebenfalls mitten durch das Spurenbild getrampelt, ohne dass sie irgendjemand aufgehalten hätte. Lauras gesamter Körper kribbelte von der Anstrengung, ihre Zunge im Zaum zu halten. Es war deutlich schwerer, als sie vermutet hatte, die

Ahnungslose zu spielen. Und ja: Manchmal war sie auch eine unerträgliche Besserwisserin. Das hatte ihr Fenne mehr als einmal ins Gesicht gesagt. Sie liebte es, zu zeigen, was sie konnte. Schließlich hatte sie nicht so hart gepaukt, um dann mit allem hinterm Berg zu halten, oder? Verflucht, das war alles so dermaßen anders geplant gewesen. In diesem Augenblick, nass bis auf die Knochen und an einem Ort, an dem sie überhaupt nicht sein wollte, vermisste sie ihr altes Leben wie einen guten Freund, der verstorben war. Es war nicht vollkommen gewesen, aber es hatte ihr allein gehört. Hier in Berlin schien ihr gar nichts wirklich zu gehören.

Sie versuchte, sich einfach daran zu erinnern, dass sie nicht nach Berlin gekommen war, um tatsächlich Polizistin zu werden, sondern um herauszufinden, warum Fenne sterben musste, und basta. Und dafür war sie doch schon recht weit gekommen.

»Hast du einen Namen für mich?«, riss einer der Sanitäter sie aus ihren Gedanken. Er war mit einem Tablet an Birol herangetreten, dessen Display eine Unzahl Risse aufwies. Wie diese Stadt. Wie ihr ganzes Leben.

Birol schüttelte den Kopf. »Nein, hier ist niemand gemeldet, und Papiere hatte der Kerl auch nicht. Es wird eh schwer sein, was herauszufinden. Das Gesicht ist ja nicht besonders …« Er suchte nach den richtigen Worten. »… aussagekräftig.«

Der Sanitäter tippte etwas in sein Gerät und schnalzte mit der Zunge. »Na, euren Job will ich nicht machen. Solche Kerle vermisst doch auch kein Mensch!«

Der Kollege, der bisher noch im recht ramponiert wirkenden Krankenwagen gewerkelt hatte, sprang aus der Ladeklappe geradewegs in eine Pfütze, sodass seine ohnehin dreckigen Hosenbeine noch schmuddeliger wurden. Er beäugte die nasse Versammlung gut gelaunt. Sein Blick blieb an Raven hängen.

»Unsere Kleine hier sieht aus, als hätte sie noch nie eine Leiche gesehen!«

»Es ist ihr erster Tag!«, sagte Birol mit einem leichten Lächeln, als sein Blick ebenfalls zu Raven wanderte, die vom Sani neugierig gemustert wurde.

Raven stand etwas abseits mit verschränkten Armen im Regen, die alte Lederjacke spannte sich wie eine zweite Haut um ihre knochigen Schultern. Zwar ließ der Regen ihre Haare eine Nuance dunkler erscheinen, doch es war noch immer deutlich zu sehen, dass sie weißer war als andere Menschen.

»Lass die bloß nicht undercover arbeiten«, witzelte einer der Forensiker nun, der mitsamt Koffer das Treppenhaus hinabgestiefelt kam. Waren die etwa schon fertig?

»Ja«, stimmte der Sani mit ein. »Keine Chance, dass die übersehen wird.«

»Ich bin ein Mensch«, bemerkte Raven nun mit hochgezogenen Augenbrauen. »Ich habe Ohren!«

Sie strich sich eine ihrer klitschnassen Haarsträhnen zurück, sodass alle ihre rechte Ohrmuschel sehen konnten.

Die Männer lachten im Chor, und auch Lauras Mundwinkel zuckten. Allerdings lächelte sie nicht, um es den Kerlen gleichzutun, sondern weil sie Ravens Reaktion bewunderte. Während Laura beinahe wegen jeder Kleinigkeit wütend wurde, schien Raven ruhiger und ruhiger zu werden. Sie machte Laura neugierig. Die junge Frau hatte etwas an sich, das Laura gerade dazu anstachelte, mehr über sie herausfinden zu wollen.

Vielleicht lag es daran, dass sie Rätsel so liebte. Schon als Kind hatte sie sich eigene Rätsel ausgedacht, und es hatte für sie keine größere Freude gegeben als die Tage, an denen ihre große Schwester eines ihrer Rätsel nicht hatte lösen können. Heimlich träumte sie davon, ein Rätsel zu erschaffen, das niemand lösen konnte. Sollte es ihr allerdings nicht einmal gelingen, Fennes Tod aufzuklären, so würde sie sich diesen Traum abschminken müssen.

Mit Blick zu Raven dachte sie, dass die größten Rätsel vielleicht ohnehin nicht geschaffen, sondern geboren wurden. Nichts war unergründlicher als die menschliche Seele.

Der weiße Rabe fing ihren Blick auf und zog eine Augenbraue minimal amüsiert nach oben. Kalte Scham durchzuckte Laura, und sie blickte wieder zur Seite.

»Nimm dich in Acht, Celik. Du scheinst da eine echte Zicke im Team zu haben!«

Die Männer lachten erneut, und Laura wurde kalt. Was hatte der Typ da gerade gesagt? Ihr Blick schoss zu Birol, der sichtlich versuchte, gute Miene zum bösen Spiel zu machen, obwohl ihm das Gefeixe der Männer offenbar zuwider war.

»Wir kommen schon zurecht«, murmelte er und kratzte sich am Kopf, während er sich verlegen, ja beinahe entschuldigend zu Raven und Laura umdrehte. »Nicht wahr?« Raven schnaubte nur verächtlich, während sie Dreck unter ihren Fingernägeln hervorpulte und auf die Straße schnippte. Birols Blick wanderte zu Laura, seine Augen flehten.

Laura nickte benommen.

»Celik und sein Profiteam!« Der Sani schlug Birol auf die Schulter, und Laura zuckte zusammen. Sie hatte sich nicht verhört. Mehr noch: Nun erinnerte sie sich, was der Pförtner heute Morgen zu ihr gesagt hatte. Die Erkenntnis traf sie wie ein Blitz. Sie solle sich bei Birol Celik melden. Wie hatte sie das nur überhören können? Ihre Gedanken überschlugen sich, und ihr wurde schwindelig. Jetzt rächte sich, dass sie heute noch nichts gegessen hatte.

Sie war in Berlin wegen eines Celik. Genau genommen wegen Can Celik. Sein Name war im Zusammenhang mit dem Kannenberg-Mord aufgetaucht, und Fenne hatte dieser Spur nachgehen wollen, bevor sie gestorben war. Es war der einzige konkrete Anhaltspunkt, den Laura jetzt hatte, und allein dieser Name hatte sie in den Käfig geführt. Denn seine Spur hatte sich zuletzt im Utopia Gardens verloren, und Laura hatte gedacht, dass es ihr als Polizistin am ehesten gelingen konnte, an Informationen aus dem Club heranzukommen. Und dann arbeitete sie ausgerechnet mit jemandem zusammen, der Celik hieß.

Sie hatte keine Ahnung, ob Celik ein weitverbreiteter Nachname war oder nicht, doch so oder so war es ein ziemlicher Zufall, dass ausgerechnet der nette Kerl, der ihre merkwürdige Arbeitsgruppe leitete, denselben Namen trug wie der Mann, den sie suchte. Und sie damit unbewusst und schmerzlich daran erinnerte, warum sie in Berlin war.

Birol unterzeichnete noch ein paar Überführungspapiere, dann machten sich die Sanis endlich auf den Weg. Laura hoffte, dass sie niemals in einen Unfall verwickelt würde, bei dem die beiden Erste Hilfe leisten mussten. Sie hatten eindeutig ihren Beruf verfehlt.

Raven kam zu ihnen herübergeschlendert und fragte mit einem maximal desinteressierten Ausdruck auf dem Gesicht: »Und was passiert jetzt mit dem?«

»Er wird ins rechtsmedizinische Institut gebracht.«

»Warum war denn eigentlich kein Rechtsmediziner hier?«, fragte Raven weiter und begann, wieder an ihren Fingernägeln herumzufuhrwerken. »Ich dachte, die kommen immer an den Tatort.«

Raven nahm Laura das Wort aus dem Mund. Tatsächlich hatte sie die ganze Zeit dort oben auf einen richtigen Mediziner gewartet, nicht auf zwei Arschlöcher in Weiß. Oder vielmehr in Warirgendwannmalweiß.

»Das mag im Fernsehen Praxis sein, doch Berlin ist völlig überlastet und viel zu groß. Würden die Ärzte jedes Mal ausrücken, wenn ein Toter gefunden wird, dann hätten sie für ihre eigentliche Arbeit gar keine Zeit mehr.«

»Und was ist ihre eigentliche Arbeit?«

»Na, im rechtsmedizinischen Institut zu arbeiten«, antwortete Birol, der allmählich ungeduldig wurde. »Dort wird auch an unserem Toten eine Obduktion durchgeführt, und die Ergebnisse bekommen wir dann, sobald sie vorliegen.«

»Man hat ihn erschossen und ihm anschließend die Augen rausgeschnitten. Was gibt es da noch groß herauszufinden?«

»Wer sagt dir denn, dass ihm die Augen nicht zuerst rausgeschnitten wurden? Bevor man ihn erschossen hat?«, fragte Birol mit selbstzufriedener Miene zurück, doch Raven ließ sich nicht beeindrucken.

»Sah mir nicht aus, als hätte man den Mann gefesselt. Keiner würde bei so einer Prozedur freiwillig stillhalten, würde ich sagen, egal wie schön das Filmchen ist, das er sich gerade ansieht. Und selbst wenn er fixiert gewesen wäre, warum hätte man ihn dann posthum wieder losbinden sollen? Das kostet Zeit; auch einen toten Körper umzulagern. Von Kraft mal ganz zu schweigen. Außerdem war viel zu wenig Blut um die Augen herum. Wenn er vor dem Tod gefoltert worden wäre, hätten wir das wohl gesehen.«

Birol zog die Augenbrauen hoch. »Woraus folgerst du denn so was, zum Teufel?«

Raven zuckte die Schultern. »Die Frage ist doch eher: Warum weißt du es nicht?«

»Pass auf, was du sagst, Mädchen«, erwiderte Birol ungehalten. »Ich bin immer noch dein Vorgesetzter.«

»Ich werde es mir merken.«

Raven deutete eine spöttische Verbeugung an.

»Und ich habe dir eine Frage gestellt.«

»Wenn das Herz nicht mehr schlägt, dann pumpt es kein Blut mehr durch den Körper. Es spritzt nicht mehr. Ist doch logisch.« Als Birol sie weiter prüfend ansah, seufzte Raven theatralisch. »Mein Opa war Metzger. Zufrieden?«

Birol nickte knapp.

»Können wir jetzt eigentlich mal hier weg oder müssen wir im Regen stehen bleiben, bis wir in einen Gully gespült werden?«

»Das würde ich allerdings auch gerne mal wissen«, sagte Laura und begann wie auf Kommando zu zittern.

Als Hamburgerin war sie Regen gewohnt, aber Altberlin strahlte zusätzlich eine Kälte aus, die sie von daheim nicht kannte. Laura wusste nicht, ob es die Menschen oder die Gebäude waren, die ihr permanent ein schlechtes Gefühl gaben, oder ob es einen ganz anderen Grund hatte, doch Tatsache war, dass sie sich hier ganz und gar nicht wohlfühlte. Und noch nicht eine Minute wohlgefühlt hatte, seit sie vor einer Woche angekommen war.

Diese Mischung aus prächtigen Fassaden und verlassenen Räumen, aus Neuberlin und Altberlin – die Zweiklassengesellschaft, die in dieser Stadt tatsächlich ganz offen gelebt wurde, machte sie ganz krank.

»Ja, wir können hier wohl abhauen«, sagte Birol und klang dabei genauso resigniert, wie sie sich fühlte. »Geht schon mal in den Wagen. Ich versiegele oben die Wohnung.«

Birol drehte sich um und machte sich wieder an den Aufstieg.

»Als würde sich irgendjemand von einem mickrigen Plastikband davon abhalten lassen, eine Wohnung zu betreten«, murmelte Raven amüsiert, dann stapfte sie in Richtung Auto.

»Kommst du, Martha?«

Laura folgte ihr kopfschüttelnd.

Birol Celik. Immerhin schien Laura an genau dem richtigen Ort gelandet zu sein. Ein schwacher Trost, aber trotzdem ein Trost.

Während sie mit hochgezogenen Schultern zu Raven auf die muffelige Rückbank des alten Polizeiautos kroch, fragte sie sich, ob sie es wagen sollte, Birol einfach nach Can Celik zu fragen. Doch welches Motiv sollte sie als junge Polizeischülerin dafür schon haben? Nein, sie konnte niemanden fragen, sondern würde es selbst herausfinden müssen.

»Gibt es hier in Berlin ein Zeitungsarchiv?«, fragte sie Raven, und die junge Frau drehte ihr aufreizend langsam das Gesicht zu.

»Schätzchen, wenn du deine falsche Identität weiter aufrechterhalten willst, solltest du niemals, niemals solche Fragen stellen.«

Sie schnalzte tadelnd mit der Zunge, ein winziges Lächeln umspielte ihre Lippen, während Laura fühlte, wie ihr heiß wurde.

»Die Staatsbibliothek am Potsdamer Platz hortet alles, was in Deutschland publiziert wird«, sagte Raven mit Blick aus dem Fenster. »Schon seit über einem Jahrhundert. Was immer du suchst: Wenn es dort nicht ist, existiert es nicht.«

»Danke«, murmelte Laura, während sie noch versuchte, ihre Gedanken zu ordnen.

»Das war aber das letzte Mal«, sagte Raven streng. »Was immer du da tust, zieh mich nicht mit rein. Klar?«

RAVEN

Sie rannte. Eigentlich tat sie das nie. Rennen fand sie genauso würdelos wie Regenschirme, aber heute Abend musste es sein. Wieso ausgerechnet Bartosz, verflucht?! Raven hoffte, der Typ hatte keine größeren Dummheiten mehr gemacht, bevor er starb. Hatte niemandem erzählt, woher er seine Augen hatte, damit angegeben oder sich gezielt auf schwierige Jobs beworben ... Allerdings: Wie hätte sonst jemand von den Augen erfahren sollen?

Wenn sie nur darüber nachdachte, wurde ihr schlecht. Am liebsten hätte sie herausgefunden, wo er überall in der Kreide stand und mit wem er gerade zusammen gearbeitet hatte, aber sie konnte nicht einfach so durch das Gardens spazieren und rumfragen; wieso sollte Darks rechte Hand schon Interesse an einem dahergelaufenen Kleinkriminellen haben? So eine Fragerei würde mehr preisgeben, als sie dadurch rausfinden konnte. Gott, und wenn sie ihre Ermittlungsarbeit aufnähmen, könnte es noch schlimmer für sie kommen.

Niemals hätte sie gedacht, dass bereits der erste Tag eine solche Katastrophe für sie werden würde. Unangenehm, nervtötend, zeitraubend und maximal demütigend. Okay. Aber keine Katastrophe; nichts, was ihr persönliches Leben berührte. Bartoszs Leiche war wie die Pointe auf den schlechten Scherz gewesen, der sich ihr Leben schimpfte.

Anfangs war sie von den Drogen und dem Schlafmangel noch ein wenig betäubt gewesen, aber langsam wurde ihr die ganze Tragweite dessen, was sie heute gesehen hatte, bewusst. Was das alles für sie und ihre Arbeit bedeuten konnte. Für ihr gesamtes Leben. Eigentlich war sie kein Mensch, den man leicht aus der Fassung bringen konnte, doch gerade rang sie mit sich. Bartoszs Anblick hatte sie auf mehr als nur eine Art stark getroffen.

Auf eine merkwürdig verdrehte Weise war sie jedoch froh, heute am Tatort gewesen zu sein. Wenn sie diesen verfluchten Strafdienst nicht ableisten müsste, dann hätte sie vielleicht niemals erfahren, dass jemand dem Fassadenkletterer Bartosz die Augäpfel rausgerissen hatte. Woher auch? Vielleicht über den Flurfunk, doch der spuckte so viele Lügen durch die Gänge des Gardens, dass Raven schon vor langer Zeit aufgehört hatte, ihm Gehör zu schenken.

Zehn Monate hatte sie an den Augäpfeln gesessen, und nun hatte sie jemand anderes! Jemand, der nicht so viel Mühe und Herzblut in die Netzhäute gesteckt hatte und es ganz offensichtlich auch nicht vorhatte, das war ja wohl klar. Kalte Wut stieg in ihr auf, wenn sie nur daran dachte. Niemand hatte das Recht, sich an ihrer Arbeit zu bereichern. Niemand!

Wenigstens Lin dürfte sich darüber freuen, dass Bartosz tot war. Wenn der Kerl nach einem Bruch mal genug Geld gehabt hatte, dann war er ihr immer viel, viel zu nahegekommen. Es war nicht so, als müssten die Mädchen im Gardens nicht alle möglichen Jobs machen, doch diejenigen unter ihnen, die schon lange dabei waren und sich eine gewisse Berühmtheit erarbeitet hatten, mussten nicht mit jedem Mann aufs Zimmer gehen. Sie konnten Nein sagen. Doch Bartosz hatte ein Nein nie akzeptiert. Und Lin war nicht Nina – sie hatte sich nicht gewehrt.

Raven schwitzte, ihr weißes Haar klebte strähnig auf ihrer Stirn, ihr Körper hatte das Meth von heute Nacht noch immer nicht vollständig abgebaut und schien damit auch gehörige Probleme zu haben. Wenn man am nächsten Morgen ein wenig Zeit zum Auskatern hatte, war es okay. Jetzt war es einfach nur scheiße. Es wäre wohl besser, wenn sie erst mal aufhörte.

Zum Glück war Raven nicht abhängig von irgendwas; dazu neigte sie nicht. Schon mehr als einmal hatte sie einfach mit irgendwas aufgehört, wenn es ihr nicht mehr in den Kram gepasst hatte. Und gerade passte es nun wirklich überhaupt nicht. Denn jetzt brauchte sie ihre volle Konzentration, und zwar Tag und Nacht. Keine Pausen mehr. Keine Auszeiten von dieser beschissenen Welt.

Sie wusste, dass sie stank. Und dass sie langsam mal was essen sollte. Wenn sie sich jetzt mit einer Tasse und einem kleinen Pappschild an den Straßenrand setzen würde, bekäme sie sicher ein paar Münzen.

Eigentlich hasste sie es, ungepflegt zu sein, doch jetzt gerade konnte sie sich nicht mit ihrem Körper beschäftigen. In ihrem Kopf drehte sich alles um Bartosz – eigentlich war er ein Einzelgänger, der komplett für sich blieb. Er sprach mit keinem, er arbeitete allein, er lebte allein. Lin konnte sie auch nicht nach ihm fragen; Raven wusste, dass er sich seit seiner Operation keinen Besuch im Gardens mehr geleistet hatte, um keinen Ärger mit ihr zu riskieren. Oder vielmehr mit Dark. Doch gerade deshalb hätte niemand auf ihn kommen dürfen. Spencer verplapperte sich nicht, da war sie sich ganz sicher. Außerdem verkehrte er mit niemandem, den eine solche Information interessieren könnte. Doch irgendjemand hatte etwas erzählt. Ihr System hatte ein Leck.

Scheiße, Raven wünschte wirklich, sie hätte eine Waffe. Schon oft hatte sie gedacht, dass sie sich mit einer Schusswaffe am Körper deutlich besser fühlen würde. Das erste Mal seit langer Zeit fühlte sie sich wieder machtlos, und das war etwas, was Raven nur schwer ertrug. Mehr noch: Ihr wurde schlecht von diesem Gefühl. Es war wie ein Ort, den sie sich geschworen hatte, nie mehr zu betreten.

Endlich kam die Hochhaussiedlung in Sicht, in der sie lebte. Die Tram fuhr schon seit Monaten nicht mehr bis hierher, und einen Ersatz gab es nicht. Seit die Busse hier in der Gegend immer wieder angegriffen worden waren, hatte die Stadt beschlossen, die Bewohner verkehrstechnisch sich selbst zu überlassen. Wer kein Geld für ein eigenes Fahrrad hatte, der hatte auch keins zum Uffmucken. Viele waren es sowieso nicht mehr, die hier lebten.

Die Kolosse von Lichtenberg waren mehr als nur in die Jahre gekommen. Eigentlich waren sie so was wie die ersten Wohntürme Berlins gewesen, Pioniere auf dem Gebiet des vertikalen Massenwohnens, aber leben wollte hier keiner mehr. Vom Komfort her konnten sie nicht mit den modernen Wohntürmen mithalten, wenn man das Wort Komfort überhaupt im Zusammenhang mit diesen Dingern in den Mund nehmen wollte.

Die Hochhäuser waren aus Platten und auf dem Berliner Lehmboden erbaut worden. Mit der Zeit waren die riesigen, schweren Gebäude zur Seite gekippt oder eingesackt, und die Platten hatten sich zum Teil voneinander gelöst. Die Häuser standen zwar noch, und Ravens Wohnhaus war auch eigentlich noch ganz gut, aber hier und da hatten sich Risse in den Wänden gebildet, durch die der Wind pfiff. Die großen Häuser sahen von Weitem aus wie eine Gruppe Besoffener auf dem Weg nach Hause. Manche schienen sich sogar aneinanderzulehnen, auch wenn das eine optische Täuschung war. Trotzdem war es in vielen dieser Häuser eigentlich nicht mehr sicher. Außerdem gab es kaum noch ein Gebäude, in dem der Fahrstuhl funktionierte.

Was ein Vorteil für sie war. Raven hielt den Fahrstuhl in ihrem Haus am Laufen, und dafür ließen sie die anderen Bewohner die meiste Zeit in Frieden. Auch sorgte sie dafür, dass das Türschloss unten immer intakt war, sodass ihr Haus noch eines der besseren in der ganzen Siedlung war, was allerdings nicht sonderlich viel hieß, außer dass niemand so einfach eindringen, darin herumrandalieren oder in den Flur kacken konnte.

Es hatte ein paar winzige Vorteile, sie zu sein. Und es hatte für sie noch mehr Vorteile, in einer Gegend zu wohnen, in die kein normaler Mensch freiwillig auch nur einen Fuß setzte.

Raven erreichte endlich ihren Hauseingang, tippte den zehnstelligen Zugangscode ein und drückte die Tür auf. Ihre Glieder schrien nach ein wenig Ruhe, das merkte sie besonders, als sie mit ihrer Schulter gegen das Türblatt drückte. Sofort schlug ihr der vertraute muffige Geruch entgegen, den sie von nirgendwo anders kannte. Es war der Geruch ihrer Kindheit. Eine Mischung aus altem Putzlappen und feuchten Steinen mit Noten von allem Möglichen, an das sie noch nicht einmal denken mochte. Da sie damit aufgewachsen war, störte sie sich kaum daran. Ja, sie verband den Geruch sogar mit Sicherheit und Geborgenheit, obwohl das zwei Dinge waren, die sie in ihrem ganzen Leben noch nicht kennengelernt hatte.

Trotzdem war dieses Hochhaus ihr Königreich. Hier konnte sie sich frei bewegen und tun, wonach ihr war. Raven hatte sich mehrere Wohnungen im Haus zu eigen gemacht, und bevor sie duschen konnte, musste sie noch etwas erledigen. Also fuhr sie mit protestierenden Gliedern in den zehnten Stock hinauf und öffnete die Wohnung, die ihr als … ja, als was eigentlich diente? Hexenküche, Werkstatt, Labor? Jedenfalls war diese Wohnung ihr Reich, Verlängerung ihrer Arme und ihres Herzens. Es war der Ort, an dem sie sich am liebsten aufhielt. Und das, obwohl es auch hier ziemlich streng roch.

Auf dem abgewetzten Teppichboden standen in der gesamten Wohnung schmale Tische an der Wand, die sie aus einem der verschimmelten Kellerräume gezogen hatte. Sie hatte keine Ahnung, wofür diese Klappdinger einmal gut gewesen waren; sie standen ziemlich wackelig auf ihren Metallfüßen, weder zum Essen noch zum Arbeiten wirklich geeignet. Aber für ihre Zwecke waren sie perfekt. Auf ihnen konnte Raven all die Einzelteile zum Trocknen auslegen, die sie für ihre Prothesen selbst herstellte. Und das waren nicht wenige. Erst war es zu teuer geworden, all die Teile auf dem Schwarzmarkt der Berliner Kliniken und des Gardens zu kaufen, und später waren ihre Kreationen zu elaboriert, als dass es überhaupt Teile dafür auf dem Schwarzmarkt gegeben hätte. Das war es, was ihre Arbeit allmählich so gefährlich und einzigartig machte. Raven brachte Modds zustande, die weit über das hinausgingen, was angeblich möglich war. Tatsächlich war »Modder« gar nicht mehr die richtige Bezeichnung für sie, da sie nicht mehr modifizierte, sondern kreierte. Aber dafür gab es noch keinen Begriff.

Sie wusste, dass sie sich eigentlich zügeln sollte, dass sie mehr tat, als gut für sie war, aber sie konnte nicht anders. Raven hatte es schon immer wissen wollen. Sie musste herausfinden, ob ihre Hirngespinste der Realität standhalten konnten. Ob das, was sie sich nachts, wenn sie nicht schlafen konnte, so zusammensponn, wirklich funktionierte. In ihr herrschte der unbezwingbare Drang, es auszuprobieren. Und deshalb stellte sie mittlerweile das meiste, was sie für ihre Prothesen brauchte, selbst her.

Was eine ganze Menge war. Ihr Repertoire hatte sich alleine in den letzten sechs Monaten noch einmal gehörig erweitert. Und sie war schneller geworden, konnte mehr Kunden bedienen und brauchte dementsprechend auch mehr Material.

All die neuronalen Verbindungen mussten zum Beispiel mit künstlich hergestellten kleinen Kanälen geschaffen werden; diese Kanäle bildeten den Großteil dessen, was sie hier in ihren vier Wänden herstellte. Und es waren komplizierte kleine Gebilde, für jeden Körperteil brauchte sie andere. Außerdem mussten sie die Informationen zuverlässig transportieren, durften im Körper nicht rosten oder sich zersetzen, auch durften sie nicht verstopfen, sonst hatte der Kunde sehr schnell ein Problem. Sie hatte ewig gebraucht, um für diese Dinger eine Lösung zu finden, die nun in Form von zwei altersschwachen 3-D-Druckern in der Mitte des Raumes stand.

Es war reiner Zufall gewesen, dass Raven die Teile auf dem Schwarzmarkt entdeckt hatte – heute wurden sie kaum noch genutzt. Eine Zeit lang waren sie in Mode gewesen, doch dann wieder aufgegeben worden, was sie allerdings nicht nachvollziehen konnte. Raven mochte sich überhaupt nicht vorstellen, was passierte, wenn einer ihrer Drucker einmal den Geist aufgab. Bisher war es ihr gelungen, sie jedes Mal wieder zu reparieren, doch ob das ewig so blieb?

Seit sie einen Weg gefunden hatte, ihre eigenen Neuro-Tubes herzustellen, brummte ihr Geschäft erst richtig. Nun hatte sie die Möglichkeit, nicht nur Kniegelenke zu tunen oder Waffen mit Sprungmechanismen einzubauen, sondern konnte eben auch mit neuen Augen und anderen Dingen experimentieren, die viel komplexer funktionierten. Momentan arbeitete sie an aufsetzbaren Fingerkuppen, die genauso sensibel waren wie die echten. Ihr fielen auf Anhieb eine Menge Leute ein, die sich dafür interessieren könnten. Es war kaum auszudenken, was sie noch alles tun könnte. Mit ihren Fähigkeiten gehörte sie nicht hierher, sondern auf eine medizinische Forschungsstation, das wusste sie. Sie könnte auch viel Gutes bewegen mit dem, was sie draufhatte. Und manchmal wünschte sie sich nichts sehnlicher als das. So sehr, dass sich ihr Herz schmerzhaft zusammenzog. Aber ihr Leben war schon vor einer ganzen Weile falsch abgebogen. Das konnte man nicht mehr reparieren. Wahrscheinlich war es schon seit ihrer Geburt verkorkst, und das war nicht mal ihre Schuld.

Trotzdem war sie wild entschlossen, ihre eigenen Grenzen immer und immer wieder zu testen und zu überschreiten.

Wenn nicht bald ein Knall ihr ganzes Leben in Stücke reißen würde. Vielleicht fehlten nur noch wenige Tage und sie würde genauso tot in ihrer Wohnung liegen wie Bartosz. Dann konnte sie nur hoffen, dass irgendjemand sie fand und rausschaffte, bevor die kleinen Tierchen, die sicher millionenfach im Teppichboden wohnten, sie Stück für Stück zersetzten.

Raven zischte leise und versuchte, sich den Gedanken aus dem Kopf zu schlagen. Ihr war eiskalt, sie brauchte eine Dusche. Doch vorher musste sie noch die Drucker anschmeißen. Dieser dämliche Strafdienst brachte ihre gesamte Planung vollkommen durcheinander.

Sie stellte die Drucker an und aktivierte drei große Wärmeplatten, die auf einem der Tische an der Wand aufgereiht waren. Auf ihnen standen große Töpfe mit Silikon, das nun erhitzt wurde, damit es sich besser verarbeiten ließ. Schon nach kurzer Zeit stank es gehörig in der kleinen Wohnung, aber das fiel nicht weiter auf. Im gesamten Viertel stank es.

Im Nebenraum brummten vier gewaltige Kühltruhen vor sich hin. Raven ging zur ersten und zog einen Sack mit Fleischstücken hervor. Es waren Reste vom Schlachthof, hauptsächlich vom Schwein. Sie kaufte jede Woche einen riesigen Vorrat davon; zum Glück hatte sie einen ganz guten Draht zu einem der Zerteiler dort; der brachte ihr das Zeug mit dem Auto in die Stadt, dafür brachte sie ihm aus dem Gardens mit, was er brauchte. Die perfekte Symbiose. Sie war auf das Schweinefleisch angewiesen. Es war wichtig für die Tubes, da nur Schweinefleisch bzw. Schweinefett die notwendige Ähnlichkeit zum menschlichen Gewebe aufwies.

Sie zitterte nun noch stärker; das kalte Fleisch zwischen ihren Fingern half nicht gerade dabei, sie aufzuwärmen. Raven wusste, dass sie körperlich und nervlich mit Vollgas über ihre Grenzen bretterte, sie kannte sich gut genug. Allerdings half ihr dieses Wissen überhaupt nicht weiter. Sie hatte keine Chance, sich hinzulegen und ein wenig zu schlafen; außerdem war sie sich sicher, dass Schlaf in der jetzigen Situation ohnehin das Letzte war, was sie in ihrer Wohnung finden würde. Dämonen und dunkle Gedanken, das gab es für sie dort oben. Raven konnte es sich auch schlichtweg nicht leisten auszuruhen. Sonst würde sie im Mahlwerk des Gardens zermalmt werden wie schon so viele andere vor ihr. Sie hatte sich geschworen, niemals selbst so blöd zu sein. Manchmal konnte man keinen Gang rausnehmen, selbst wenn man es eigentlich müsste. Manchmal konnte man nur bei voller Geschwindigkeit gegen den nächsten Baum rasen.

Sie schüttete die Schlachtabfälle in einen Hochleistungsmixer und sah zu, wie die rotierenden Klingen Fett, Fleisch und Knochen in einen bizarr süßlich wirkenden rosa Brei verarbeiteten, den sie mit dem Silikon vermengte und schließlich auf die Drucker verteilte. Ein paar Stunden konnten die Geräte mit dem Material arbeiten, ohne dass sie etwas tun musste. Wenn die Mischung richtig eingestellt war, was sie eigentlich immer war, verklebten die Tubes nicht so schnell miteinander und konnten schon mal antrocknen. Raven würde sie später auf die richtige Länge kürzen und zum Durchtrocknen auslegen. Sie checkte schnell noch ihre anderen Werkstücke, dann ging sie wie immer zu der Kühltruhe, die an der hintersten Wand stand, öffnete den Deckel einen Spaltbreit und berührte ganz sachte einen der Finger, die zwischen den Fleischsäcken herausragten. Dabei durchlief sie ein Schauder, der weder von der Kälte noch von der Müdigkeit herrührte.

Eigentlich war sie kein abergläubischer Mensch, aber dieses Ritual vollführte sie jedes Mal, wenn sie diese Wohnung wieder verließ. Es war das Versprechen, eines Tages alles wiedergutzumachen. Insgeheim wusste sie, dass ihr das nicht mehr gelingen konnte, doch alleine das Vorhaben hielt sie innerlich zusammen.

Es half ihr, jeden Tag einen Schritt nach dem anderen zu gehen.

»Gott, was ist denn mit dir passiert, Mädchen?« Professor Lorenz
musterte sie über den Rand seiner Vergrößerungsbrille hinweg besorgt, als sie durch die Doppelflügeltür aus Metall in den Sektionssaal trat. Raven hätte gar nicht gedacht, dass sie noch immer so
schlimm aussah; sie hatte geduscht, sich die Haare gewaschen und
sie zu einem braven Pferdeschwanz gebunden. Für Professor Lorenz
war sie, zumindest dem Anschein nach, die Medizinstudentin Caroline, die sich mit der Arbeit bei ihm etwas dazuverdiente – auch
wenn sie wusste, dass er genau wusste, dass sie das nicht war. Trotzdem versuchte Raven immer, sich halbwegs anständig zurechtzuma-
chen, wenn sie zu Lorenz in die Rechtsmedizin ging. Irgendwie gehörte das zu ihrer unausgesprochenen Übereinkunft.

Sie zog sich ihre blassen Augenbrauen mit einem hellbraunen Stift
nach und legte sogar ein bisschen Rouge auf, damit sie nicht ganz so
gespenstisch weiß wirkte. Raven setzte dunklere Kontaktlinsen ein,
um ihr Erscheinungsbild abzuschwächen, obwohl das die Sehkraft
ihrer eigenen Augäpfel merklich verringerte. Anfangs hatte sie sich
noch vorgemacht, sie täte es, damit der Arzt keine Fragen stellte,
doch das war einfach nicht der Fall. Raven mochte Lorenz. In seinem Sektionssaal fühlte sie sich auf eine Art normal und geborgen,
die sie nirgends sonst in Berlin finden konnte. Der Ort, den die wenigsten Menschen auf der Welt mit Komfort und Wärme verbinden
würden, war für Raven ein wohliger Hafen. Ein Kokon der Akzep-
tanz und Sicherheit. Sie wollte, dass Lorenz sie für normal hielt. Der
einzige Mensch auf der Welt, bei dem es so war. So normal, wie ein
schrulliger, leicht zynischer alleinstehender Rechtsmediziner einen
anderen Menschen nun mal finden konnte.

Sie lächelte leicht und zuckte mit den Schultern. »Ich war die ganze Nacht auf und habe gelernt«, sagte sie und trat an den Professor
heran, um sich von ihm in eine kurze Umarmung ziehen zu lassen.
Es gab nur wenige, die das überhaupt durften.

»Ja, das Medizinstudium ist eines der härtesten, mein Mädchen.
Nur die Besten kommen da durch. Und nur die Allerbesten landen in
diesem fensterlosen Scheißloch!« Er zwinkerte ihr zu, und sie hörte
sich kichern. Raven kicherte eigentlich nie. Hier drin durfte sie es.

Sie ging zu den angerosteten Spinden, die an einer Wand standen, und holte eine Schürze aus einem der schmalen Metallschränke hervor. Die Tür quietschte dabei recht eindrucksvoll, und wie jedes Mal hatte Raven Lust, sie mit Schwung zuzuschmeißen, einfach nur um zu hören, wie das wohl klingen würde. Aber Caroline schmiss keine Spindtüren zu. Sie nicht.

»Was kann ich tun?«, fragte sie, und Professor Lorenz zeigte mit dem Daumen hinter sich. »Du kannst den wieder zumachen!«

Raven ging zu der Leiche, die gemeint war, und betrachtete sie. Es war ein junger Mann mit dunklen Ringen unter den Augen. Ausgezehrt und bleich. Seine Haare waren stumpf und die Fingernägel abgeknabbert. Überall an seinem Körper waren kleine rote Einstichstellen zu sehen.

»Überdosis?«, fragte sie, während sie sich an die Arbeit machte.

Lorenz schüttelte den Kopf. »Nein, erstaunlicherweise nicht. Akutes Nierenversagen. Sicherlich auch eine Folge seines Lebenswandels, aber keine direkte. Manchmal lohnt es sich sogar, diese armen Teufel aufzumachen. Man lernt doch immer was dazu.«

Er kratzte sich am Kopf, dann lächelte er. »Der ist jedenfalls nicht halb so interessant wie der Kerl, den sie mir vor ein paar Stunden reingebracht haben. Warte mal hier.«

Raven nickte mit einem, so hoffte sie, Ausdruck milden Interesses auf dem Gesicht. Sie ahnte, was jetzt kam. Oder vielmehr, wer. Hoffte und fürchtete es zu gleichen Teilen. Ihr Herzschlag beschleunigte sich und brachte vielleicht sogar ein bisschen Gesichtsfarbe mit.

Professor Lorenz schob eine Bahre in den Sektionssaal und brachte sie neben dem Tisch, an dem Raven arbeitete, zum Stehen. »Eigentlich habe ich noch drei andere in der Warteschleife, und Michelsbach wird toben, wenn er erfährt, dass wir den hier zuerst aufgemacht haben, aber ich kann ihn dir einfach nicht vorenthalten.«

Er schlug das Laken zurück, und Bartosz kam zum Vorschein. Raven pfiff durch die Zähne und bemühte sich um einen überraschten Gesichtsausdruck. »Liebe Zeit, was ist denn mit dem passiert?«

»Erschossen und von seinen Augäpfeln befreit. Nun will die Polizei natürlich gerne wissen, warum.« Lorenz lachte trocken. »Als wenn wir dabei helfen könnten. Na, aber schauen wir mal, was wir finden können.«

Ravens Herz schlug bis zum Hals. Sie beobachtete Professor Lorenz dabei, wie er mit der äußeren Leichenschau begann, während ihre Finger mit traumwandlerischer Sicherheit den Brustkorb des Drogenabhängigen wieder schlossen. Das Zunähen war offiziell die einzige Aufgabe, die ihr hier zufiel, weil es der Teil der Obduktion war, den Lorenz am wenigsten leiden konnte. Und zugegeben, besonders interessant war es auch nicht. Doch für Raven war es in Ordnung. Was sie über die menschliche Anatomie und Medizin wusste, hatte sie zu einem kleinen Teil aus Büchern, zum größten Teil aus diesem Raum. Wenn es sein musste, würde sie bis an ihr Lebensende Brustkörbe zusammennähen.

Lorenz machte sich an den klaffenden Höhlen zu schaffen, die einmal ihre wunderschönen Cheater-Augäpfel beherbergt hatte. Die echten Augen des Diebs lagerten, wie so vieles andere, bei ihr in einer der Kühltruhen. Eine Sache, die ihr fast schon ein bisschen leidtat. Irgendwie kam es ihr falsch vor, einen Menschen ohne seine Augen zu bestatten. Zwar glaubte sie eigentlich nicht an ein Leben nach dem Tod, doch ein kindlicher Teil in ihr fragte sich trotzdem, wie der arme Mann auf dem Weg ins Jenseits denn etwas sehen sollte.

Raven setzte die letzten Stiche, machte einen festen Knoten und beendete ihre Arbeit. Dann stellte sie sich neben den Professor.

»Was hat der Mörder benutzt, um die Augäpfel rauszutrennen? Ein Messer?«

Lorenz schüttelte den Kopf, während er mit einer Lupenbrille auf der Nase tief über den Toten gebeugt dastand. »Nein, dann müssten die Krater in der Mitte spitz zulaufen. Bei dem Winkel hätte man das niemals so sauber hinbekommen. Ich tippe spontan auf einen scharfen Löffel.«

»Chirurgenbesteck?«

Lorenz nickte. »Sieht mir ganz danach aus.«

»Also war es ein Arzt.« Raven spürte, wie Hitze in ihr hochstieg. Kein gewöhnlicher Krimineller aus dem Umfeld des Gardens. Das machte die Sache umso gefährlicher.

99

»Zumindest jemand, der sich auskennt«, murmelte Lorenz. Er hatte sich mittlerweile so tief über die Leiche gebeugt, dass seine Nasenspitze beinahe an die von Bartosz stieß. Plötzlich hielt er inne.

»Was ist das denn?« Seine Hand schoss nach hinten in Ravens Richtung. »Gib mir mal die kleine Pinzette.« Raven gehorchte, auch wenn sie sich wunderte, dass ihre Gliedmaßen ihr nicht den Dienst verweigerten. Sie legte dem Rechtsmediziner das kalte Metall in die geöffnete Hand.

Dieser zog mit verwirrter Miene eine ihrer Neurotubes aus der Vertiefung und hielt sie gegen das Licht.

Raven musste sich am Sektionstisch festhalten, um nicht umzukippen.

Professor Lorenz betrachtete den kleinen Kanal, den sie eigenhändig und extra für Bartosz gedruckt, von Graten befreit, beschichtet und eingesetzt hatte, von allen Seiten. Die Ratlosigkeit in seinem Gesicht war vollkommen.

Dann wandte er sich an Raven. »Was um alles in der Welt soll das sein?«, fragte er erneut, ohne ernsthaft eine Antwort zu erwarten.

Professor Lorenz konnte nicht ahnen, dass Raven der einzige Mensch auf der ganzen Welt war, der ihm tatsächlich eine geben konnte.

OPHELIA

Sie stand in ihrem Büro und überblickte den Hafen. Zwar war es nicht so, dass ihr alles gehörte, was sie von diesem Punkt aus sehen konnte, doch immerhin alles, was sich zu ihren Füßen befand. Und so war es ihr eigentlich noch lieber. Alles war ihr zu ihren Füßen lieber.

An diesem Tag war die Welt hart und kalt. Dichter Nebel waberte durch das Hafenbecken, in dem die unbemannten Drohnenschiffe beladen oder gelöscht wurden. Menschen waren auf dem riesigen Areal so gut wie gar nicht mehr zu sehen. Dank eines Pilotprojekts, das helfen sollte, die Zahl der Toten bei Überfällen auf die Schiffe zu minimieren. Und das sie finanziert und mit auf die Beine gestellt hatte. Aus guten Gründen.

Die Fracht selbst war mit Sprengfallen geschützt, sodass sie meist sicher beim Kunden ankam. Spätestens nach der dritten oder vierten großen Explosion hatte sich die neue Strategie wohl in einschlägigen Kreisen rumgesprochen und Zigtausende Piraten mussten sich nun nach einer neuen Arbeit umsehen. Hafenarbeiter und Schiffsbesatzungen allerdings ebenfalls. Alles dank ihrer Technik. Sie hatte sogar irgendeinen Innovationspreis dafür verliehen bekommen. Ophelia konnte sich nicht mehr erinnern, welcher es gewesen war; ihre Trophäe hatte sie auf der Toilette der anschließenden Galaveranstaltung »vergessen«. Sie hasste diese Dinger – wer bitte schön stellte sich so was schon freiwillig hin??!

Die Ingenieure ihrer Firma hatten das Pilotprojekt möglich gemacht, das nun auf Bremerhaven ausgeweitet wurde, ihre Spendengelder hatten geholfen, das Ganze überhaupt auf die Beine zu stellen.

SeaSafety – we see to your safety. Beim Gedanken an diesen Claim verdrehte Ophelia ihre wunderschönen tiefblauen Augen. Wenn sie ihre Werbefuzzis nicht brauchen würde, hätte sie die ganze Bande schon längst auf die Straße gesetzt. Sie hatte überhaupt nichts für Wortspiele übrig, musste aber einsehen, dass die Leute sie wohl mochten.

Sollte allerdings noch ein Mensch aus dieser verfluchten Abteilung in diesem Jahr auf die Idee kommen, ein Kleinkind auf sie loszulassen, dann konnte sie für nichts mehr garantieren. Außer für Schlagzeilen, aus die auch ihr PR-Team sie nicht mehr würde rausschwatzen können.

Was für ein Scheißjahr das war. Erst Kannenberg und wenig später der Verlust von Sky. Wenn sie an den jungen Mann dachte, dann stieg ihr noch immer Röte ins Gesicht, und ihre Hände wurden feucht. Sie wollte ihn zurück, verdammt noch mal. Und zwar sofort. Was nützte einem alles Geld der Welt, wenn man damit nicht kaufen konnte, was man wirklich wollte? Sie hatte einen Stapel Hochglanzhefte in ihrer Schreibtischschublade. Von jedem Cover lächelte ihr Sky entgegen. Ihr Wunderschöner.

Nach seinem Verschwinden hatte sie nicht in Ruhe durch Hamburg gehen können – überall, auf jeder Zeitung, auf jedem Bildschirm sein Gesicht. Kein Ort, an dem sie ihrer Trauer entkommen konnte.

Mittlerweile ging es, der schnelllebigen Zeit sei Dank. Sie hätte es nicht mehr lange ertragen.

Ihre Absätze klapperten über den spanischen Mosaikfliesenboden, zu dem der Innenarchitekt ihr geraten hatte, um die »harte, technische Kulisse des Unternehmens zu brechen und dem Leitungsbüro einen geschmackvollen, menschlichen Touch zu geben«.

Menschlicher Touch. Sie befand sich im zwölften Stock, spanische Mosaikfliesen wirkten nicht menschlich, sondern lächerlich! Warum sie damals zugestimmt hatte, war ihr mittlerweile ein Rätsel. Wahrscheinlich, damit dieser Schwachkopf aufhörte zu sprechen. Die bunten Muster machten sie übellaunig, einzig das Klappern ihrer Schuhe gefiel ihr an manchen Tagen; wenn sie besonders wütend war, gab dieses Geräusch den Rhythmus vor und steigerte ihre grimmige Entschlossenheit.

Othello würde diese Fliesen mögen. Er hatte schon immer eine Schwäche für das Exotische gehabt, das Mediterrane, das Unfertige. Sie selbst hasste den Süden. Dreck und Faulheit und bröckelnde Fassaden an Häusern und Menschen. Ophelia Sander mochte es blank poliert und aufgeräumt. Stahl und Glas und ein nach Farben sortierter Kleiderschrank. Othello.

Am Anfang hatte sie ihren Bruder noch vermisst, aber dieser Freak hatte sich entschieden, und wann immer sich jemand gegen sie entschied, verschwendete Ophelia keine Zeit mehr auf ihn. Sie hatte schließlich Großes vor. Doch sie hatte trotzdem Leute, die nah an ihrem Bruder dran waren, und allmählich keimte in ihr der Verdacht auf, Othello könnte tatsächlich etwas mit Skys Verschwinden zu tun haben. Er wollte sie um jeden Preis vernichten; Ophelia wusste das. Sie konnte es spüren, kannte ihren Bruder und wusste, wie er tickte.

Allerdings hätte sie nicht vermutet, dass irgendjemand von ihrer Zuneigung zu Sky wusste, am allerwenigsten ihr Bruder. Aber wenn sie Leute bei ihm hatte, wieso sollte er keine Leute bei ihr haben? Er war alles Mögliche, aber nicht blöd. Ein Teil von ihr wollte ihn tot sehen.

Oder nein, vielleicht nicht tot. Aber zerstört. Kaputt. Am Ende. Zu ihren Füßen eben.

Es reichte ihr nicht, zu wissen, dass sein Teil des Konzerns weniger wert war. Oder dass er Single war. Oder, um dem Ganzen noch die Krone aufzusetzen, dass er neuerdings die Dienste einer optisch sehr fragwürdigen Hure in Anspruch nahm.

Nein, Ophelia wollte, dass Othello vor ihr auf dem Boden lag und litt. Am besten, so überlegte sie, direkt hier. Sie stellte sich vor, wie das Blut ihres Bruders aus ein paar nicht tödlichen Wunden auf den schweineteuren Mosaikboden sickerte. Wie sie einen ihrer Pfennigabsätze durch das weiche Fleisch seiner Wange bohrte, genau dort, wo die verdammten Grübchen saßen. Ein Mädchen würde ja wohl noch träumen dürfen.

Es klopfte an ihrer Tür. Nur ein Mensch auf der Welt durfte das. Ohne telefonische Ankündigung an ihre private Bürotür klopfen.

»Ja, kommen Sie rein!«

Ronny Könighaus schob sich in das Zimmer und blieb höflich wie immer an der Schwelle stehen. Offiziell war er ihr Sicherheitchef, inoffiziell kümmerte er sich um alles. Vor allem um die dunklen Ecken ihrer Existenz. Von daher sah sie ihn oft, in letzter Zeit sogar immer öfter. Die Dunkelheit kroch von den Ecken allmählich ins Zentrum ihres Daseins.

Sie hatte den Schläger, Zuhälter und was zur Hölle er sonst noch alles war, direkt nach ihrer Ankunft in Hamburg von den Straßen St. Paulis weg rekrutiert und diesen Schritt bisher nicht bereut.

Jedenfalls meistens nicht. Ronny hatte die irritierende Angewohnheit, ständig an seinen maßgeschneiderten Anzügen herumzuzupfen, als würden sie nicht richtig sitzen, was Blödsinn war. Sie saßen hervorragend. Wozu bezahlte sie sonst diese Witzfigur von Schneider?

»Warum malträtieren Sie den armen Stoff so?«, fragte Ophelia schneidend, als Ronny sich wieder einmal den Daumen in seinen Hemdkragen schob im Versuch, ihn zu lockern.

»Dreißig Jahre uffm Kiez, Sanderin. Ich hab immer nur kurze Hosen und ein T-Shirt getragen. Jeden Tag mein Lebn lang. Sommers wie winters.« Er kratzte sich am Hals, an dem die alten, dunkel gewordenen Tattoos zu einer undefinierbaren Masse aus Linien und Farben verschwommen waren. Der Mann trug Hemden aus hundert Prozent Baumwolle. Was sollte da schon kratzen?

»Seit zehn Jahren arbeiten Sie aber ausschließlich für mich. Und es wäre langsam an der Zeit, sich auch so zu benehmen, König. Ich lege Wert darauf.«

Ophelia zog eine Augenbraue nach oben, und Ronny faltete brav die Hände vor der Brust und nickte. »Natürlich.«

Als sie ihn angesprochen und ihm ein Angebot gemacht hatte, das eigentlich niemand in seiner Situation hätte ablehnen können, hatte Ronny kaltschnäuzig Forderungen gestellt. Er hatte darauf bestanden, sie Sanderin nennen zu dürfen (nicht Chef oder Boss, weil er hatte keinen Chef oder Boss), und hatte ihr eröffnet, dass er sich niemals so eine fein geschliffene Sprache anschaffen würde, wie sie sie am Leibe trug.

Das hatte Ophelia gefallen. Sie mochte es, wenn Menschen versuchten, das meiste aus allem herauszuholen. Wenn sie mit festem Blick Forderungen stellten, selbst wenn es noch so lächerliche Forderungen waren. Solche Leute verstand sie; sie traute ihnen, weil sie ihr ähnelten. Und dass er sich eine andere Sprache angewöhnte, wollte sie gar nicht. Zusammen mit dem tätowierten Körper und dem Stiernacken kommunizierte seine Ausdrucksweise eindeutig, dass mit Ronny kein Spaß zu machen war. Unterschwellig, aber eindeutig.

»Irgendwas Neues?«

Ronny straffte die Schultern. »Wir haben den Hacker aus dem Gefängnis geholt, wie Sie gesagt haben. Er ist unten und wird von Rosa ein bisschen aufgepäppelt und hübsch gemacht. Der Junge weiß, dass ihn seine Flucht was kosten wird, er ist nicht dumm und bereit zu kooperieren. Ich glaube auch, er ist schon ziemlich neugierig.«

Ophelia nickte. »Gut.«

»Allerdings schätze ich nicht, dass er alleine in der Lage sein wird ...«

Ophelia schnaubte und schnitt ihrem Sicherheitschef das Wort ab. »Was Sie schätzen oder nicht, ist in diesem Zusammenhang nicht von Belang, König«, sagte sie scharf. »Oder sind Sie neuerdings Computerexperte?«

Ronny Könighaus wurde rot. »Nein, natürlich nicht«, brummelte er. Gut so. Kleinlaut waren ihr Männer am liebsten. Korrektur: Kleinlaut waren ihr Menschen am liebsten.

Sie ließ Könighaus ohnehin viel zu viel durchgehen, das wusste sie. Er hatte jederzeit Zugang zu ihr und bezog ein Gehalt, das seine mangelnde Bildung nun wirklich nicht rechtfertigte. Sie zahlte monatlich außerdem noch eine bestimmte Summe auf ein spezielles Konto für seine beiden Kinder ein, damit diese eine sichere Zukunft hatten, sollte ihrem Vater während der Arbeit etwas zustoßen. Er durfte ihr sogar eine Art Spitznamen geben. Herrgott noch mal.

Eigentlich konnte sie es sich nicht mehr leisten, jemanden so nah um sich zu haben, und in der meisten Zeit ertrug sie es auch nicht. Bei König war das anders. Insgeheim wusste Ophelia, dass sie den tätowierten kleinen Mann mit der Reibeisenstimme gern um sich hatte, aber sie würde niemals so tief sinken, es sich oder anderen einzugestehen. Er hatte keine Angst vor ihr, verurteilte sie nicht für das, was sie tat und war auch sonst sehr entspannt und umgänglich in ihrer Nähe, ganz egal, was sie ihm an den Kopf knallte. Er war ihr Ventil und hatte kein Problem damit. Und sie hatte ihn durchaus schätzen gelernt.

In ihrer Schreibtischschublade lag eine Pistole mit Schalldämpfer. Sie konnte Ronny Könighaus jederzeit erschießen. Genau wie jeden anderen, der ihr Büro betrat. Und die Panzerglasfenster würden nicht einmal Schaden nehmen; mehr noch: Sie würden sogar den Schall im Raum halten. Niemand würde etwas mitbekommen. Diese Tatsache beruhigte sie etwas. Wenn sie merkte, dass er sie beeinflusste oder sie weich machte, konnte sie ihn immer noch verschwinden lassen.

»Haben die Ermittler schon etwas herausgefunden?«

Ronny schüttelte den Kopf. Nicht genug. »Nach wie vor ist keines von Kannenbergs anderen Geräten irgendwo auf dem Schwarzmarkt aufgetaucht, und von der Konkurrenz ist niemand dabei, etwas Ähnliches zu entwickeln. Aber das wissen Sie ja am besten.«

Er spielte auf ihren Bruder an. Ja, dass er es nicht wagen würde, an solch einem bahnbrechenden Projekt zu arbeiten, wusste sie allerdings. Sie wusste es schon seit Jahren.

»Wir müssen wissen, wann und wo Sky zuletzt online war, damit wir irgendwo ansetzen können.«

Ophelia presste die Lippen frustriert zusammen, nickte aber. Sie wusste, dass er recht hatte. Warum sonst hatte sie den Hacker aus dem Gefängnis holen lassen?

»Haben Sie schon einen schweigsamen Friseur gefunden, der den Kerl … wie heißt er noch mal?«

König schmunzelte. »Er nennt sich Seasalt, aber sein richtiger Name lautet Sven Loran.«

»… der diesen Loran umstylen kann?«

»Besser: Ich habe eine *stumme* Friseurin gefunden, die ihn umstylen kann. Sie hat mal beim Film in der Maske gearbeitet und ist mir noch was schuldig.«

Nun musste Ophelia gegen ihren Willen lächeln. »Was würde ich nur ohne Sie machen?«

König erwiderte das Lächeln und zog die Augenbrauen hoch.

»Ehrliche Antwort?«

Ophelia nickte.

»Wahrscheinlich mit einem Betonklotz an den Füßen im Hafenbecken ersaufen.«

BIROL

Sein Nacken war steif und schmerzte, als er aus dem Schlaf hochschreckte. Es kostete ihn einen Augenblick, um zu verstehen, dass er in seinem Büro am Schreibtisch eingenickt war. Mittlerweile war es dunkel geworden, und Birol hatte sein Licht nicht angeschaltet, weshalb er eine Weile brauchte, um sich zu sortieren. Was hatte er noch mal zuletzt getan? Warum war er hier? Wie spät war es?

Er wischte sich den Schlaf aus den Augen und sah sich blinzelnd um. Wieder einmal hatte er den richtigen Zeitpunkt verpasst, um nach Hause zu gehen. Jetzt war es sicher schon mitten in der Nacht.

Als er den riesigen Schatten bemerkte, der in seinem Türrahmen stand, zuckte er zusammen.

»Willst du nicht langsam mal heim zu deiner Familie gehen, Junge?«

Birol rieb sich mit schmerzverzerrtem Gesicht den Nacken und knipste die Schreibtischlampe an. In seinem Sichtfeld tanzten nun dunkelrote und -blaue Flecken.

»Ich muss wohl eingenickt sein«, antwortete er schlaftrunken und musterte Hinnerk Blume nachdenklich. Irgendetwas war falsch daran, dass sein Chef jetzt hier war, aber er wusste nicht, was. Sein Gehirn war noch nicht vollständig wieder hochgefahren.

»Das ist mir nicht entgangen.«

Hinnerk kam unaufgefordert in sein Büro geschlendert und setzte sich Birol gegenüber auf einen der ausgeleierten Sessel, die nur hier standen, weil niemand die Muße hatte, sie zum Müll oder auch nur in den anderen Teil des Gebäudes zu bringen. Wie eigentlich alles in seinem Büro.

Birol griff nach seiner Kaffeetasse und goss sich einen Schluck des längst eiskalten Gebräus in den Rachen. Auf der Oberfläche hatte sich bereits eine Haut gebildet. Irgs.

»Und was machst du noch hier, Boss?«, fragte er. »Es ist doch sicher schon spät.«

»Ich bin oft sehr lange hier, weißt du?«, antwortete Hinnerk und seufzte. All die Jovialität schien aus ihm gewichen zu sein. Er wirkte müde und abgekämpft auf Birol, beinahe, als hätte er tatsächlich den ganzen Tag gearbeitet. Vielleicht hatte er seinem Chef in der Vergangenheit ja unrecht getan. Vielleicht arbeitete Hinnerk deutlich öfter und länger, als Birol vermutete.

»Wie lief es mit den beiden Damen heute?«, fragte Hinnerk nun. Birol zuckte die Schultern. »Ganz gut, glaube ich. Sie sind nicht sehr zugänglich, aber gescheit. Gute Auffassungsgabe, scharfsinnig. Und keine von beiden ist beim Anblick der Leiche in Ohnmacht gefallen.«

Nun lachte Hinnerk doch, aber es war ein leises Lachen, nicht dieses laute Bellen, das Birol sonst von ihm gewohnt war.

»Na, das ist etwas, das ich nicht einmal von all meinen Mitarbeitern sagen kann. Schön. Dann klappt das mit euch.«

»Ich denke schon. Mal sehen, wie sich der Fall entwickelt.« Birol nickte nachdenklich. »Darf ich dich was fragen?«

»Du kannst es ja mal versuchen.«

»Wieso war niemand von uns am Tatort, als wir eintrafen? Keine Spurensicherung, kein Rechtsmediziner, auch keine Streife. War einigermaßen unheimlich. Ich war zwar noch nicht an so vielen Tatorten, aber ich habe wie alle anderen auch eine Ausbildung genossen und kann sagen, dass sich hier nicht an die Vorschriften gehalten wurde. Die Wohnung war noch nicht einmal abgesperrt oder versiegelt, alles war vollkommen verlassen. Wie kann das sein?«

Hinnerk runzelte die Stirn. »Nicht abgesperrt sagst du?«

Birol schüttelte den Kopf.

»Tja, das darf natürlich nicht vorkommen und ist völlig inakzeptabel. Ich habe zwar keinen Überblick über die Kollegen von der Streife, werde es aber weitergeben.«

»Gut, danke.«

»Da gibt es nichts zu danken. Das gehört zu meinen Pflichten.«

»Und was ist mit dem Rest?«

»Welchem Rest wovon? Von meinen Pflichten?«

»Na, dass der Fall nicht wie vorgeschrieben behandelt wurde? Ich musste alles selbst in die Wege leiten. Warum haben das die Kollegen nicht gemacht?«

Hinnerk seufzte. »Ach Junge, wann wirst du dich endlich mit der Realität in diesem Amt vertraut machen?«

Birol erwiderte den Blick seines Chefs, sagte aber nichts, sondern begnügte sich mit einem auffordernden Hochziehen der Brauen.

»Wir haben kein Geld. Und nicht genug Leute. Wir müssen Tausende Aufgaben erledigen, mit denen wir eigentlich nichts zu schaffen haben sollten. Das eine ist, was in deinen Lehrbüchern steht, das andere ist, was hier tagtäglich abgeht. Die beiden Dinge unterscheiden sich fundamental voneinander.«

»Aber es handelt sich um brutalen Mord!«

Blume massierte sich die Schläfen. »Ja, brutalen Mord an einem Niemand, den keiner vermisst hat und den wahrscheinlich auch keiner vermissen wird. In dieser Stadt passieren Morde im Sekundentakt.« Er hob die Hand und stach seinen Zeigefinger in Birols Richtung. »Jeden Tag klingelt mein Telefon, und irgendein hohes Tier ist dran, um mich höchstpersönlich mit einer brisanten Aufgabe zu betrauen. Ich muss entscheiden, wo wir ermitteln, wozu ich meine Leute einsetze. Dabei darf ich niemandem auf die Füße treten und muss zusehen, dass die Ordnung in diesem verdammten Stadtteil aufrechterhalten wird. Es ist ein Drahtseilakt, von dem du noch nichts verstehst, weil du noch grün hinter den Ohren bist, Junge! Du kannst froh sein, dass ich dich und die Mädchen einen Mordfall behandeln lasse, der keine Sau interessiert. Die ganze Sache ist für euch mehr als Übung gedacht. Dafür fehlt ihr mir an anderer Stelle. Und der arme Teufel kann auch froh sein, dass es so gekommen ist, ansonsten würde er wahrscheinlich langsam von den Ratten in seinem Apartment aufgefressen. Das ist die Realität in dieser Stadt, und da werden weder du noch ich irgendwas dran ändern.«

Hinnerk stand auf und wandte sich zum Gehen. »Du bist ein guter und fleißiger Polizist, Celik, aber du hinterfragst zu viel. Wenn du es hier wirklich zu etwas bringen willst, dann musst du lernen, auch mal den Mund zu halten.«

Sein Blick fiel auf die Akten, die Birol auf seinem Tisch liegen hatte. Darunter, wie immer, der schmale Ordner, der über den Tod seines Vaters angelegt worden war. Er kannte jedes einzelne Wort auswendig, ließ den Ordner aber auf seinem Schreibtisch liegen, um nicht zu vergessen, dass er geschworen hatte, alles aufzuklären und seinen Vater zu rächen.

»Lass die Vergangenheit ruhen, Birol. Sieh es als gut gemeinten Rat. Denn ich kann dich hier nicht ewig beschützen, weißt du?«

Birol schob die Unterlippe vor. »Aber an dem Fall ist was faul.« Er tippte auf den Aktendeckel. »So, wie es hier drinsteht, kann es sich überhaupt nicht abgespielt haben. Da sind Lücken im Bericht, so groß, dass meine Oma auf einem Elefanten durchreiten könnte. Und die ist blind!«

Hinnerk schüttelte den Kopf. »Ich zweifle nicht an dem, was du sagst, Junge. Aber ich rate dir nochmals, das Kapitel abzuschließen. Es wäre besser für dich und für uns alle.«

Die Wut, die in Birol geschlafen hatte, begann sich in seiner Brust zu regen. Offensichtlich hatte er sich in Hinnerk Blume doch nicht getäuscht. Ganz im Gegenteil. Eigentlich war er noch schlimmer, als Birol gedacht hatte. Es war nicht so, dass Blume zu faul war, um etwas zu unternehmen, er wollte nur einfach nicht. Wie gerne hätte Birol seinem Chef alles, was er gerade dachte, um die Ohren gehauen. Er war sich sicher, dass das Brennen in seiner Brust dann ein wenig nachgelassen hätte, doch er war nicht dumm. Wenn er sich geschickt anstellte, dann würde sein Tag kommen. Der Tag, an dem er mit Hinnerk Blume und den ganzen anderen Männern und Frauen hier im Käfig abrechnen würde, dafür, dass sie seinem Vater nicht geholfen hatten. Und dass sie auch anderen nicht halfen, die in dieser Stadt in Not waren. In Birols Augen waren sie keine echten Polizisten, sondern nichts weiter als eine Schande. Sein Atem ging schwer, doch es gelang ihm, Ruhe zu bewahren. Sein Tag würde kommen, aber er lag noch fern. Deshalb fragte er schlicht: »Warum?«

Hinnerk schüttelte den Kopf. »Vertrau mir einfach.«

Dann öffnete er die Tür.

Birol fühlte sich vorgeführt, wie ein kleines Kind zurechtgewiesen, und er hasste es. Im letzten Moment fiel ihm noch etwas ein.

»Hey, Boss!«, rief er, und Hinnerk hielt im Türrahmen inne. Wortlos drehte er sich noch einmal zu Birol um.

»Wenn der Tote so dermaßen unwichtig war, warum wusstest dann ausgerechnet du von dem Fall, sonst aber keiner?«

Vielleicht lag es am Licht, vielleicht an der Müdigkeit, die sie beide umfing, doch Birol hatte das Gefühl, dass sich in diesem Augenblick das sonst immer freundliche Gesicht von Hinnerk Blume veränderte. Seine Mundwinkel sackten herab, die Augen verengten sich zu Schlitzen, und Schatten krochen durch die tiefen Falten an seinem Mund. Birol kam es so vor, als würde Hinnerk Stück für Stück von der Dunkelheit in Besitz genommen. Im selben Moment bemerkte er, wie ihm kalt wurde.

»Geh nach Hause«, forderte Hinnerk ernst, dann schloss er die Tür.

RONNY

Sein ganzes Leben lang fühlte er sich, als würde er mit Hornissennestern jonglieren. Bloß nicht zögern, bloß nicht innehalten, bloß keine Angst zeigen. Sonst ging die ganze Geschichte sicher nicht gut aus. Er durfte keine Pause machen und keines der Nester fallen lassen. So war das nun mal mit ihm und dem Leben.

Er war auf dem Kiez aufgewachsen. Seine Mutter war eine Hure, sein Vater werweißwer, so genau ließ sich das bei der schieren Menge an Kandidaten nun mal nicht sagen. Es war auch egal. Jemanden, der nie da gewesen war, konnte man auch nicht vermissen. Und an Männern hatte es in seiner Kindheit nun wirklich nicht gemangelt.

Ronny war in der *Erdbeerhöhle* groß geworden, dem Arbeitsplatz seiner Mutter, weil sie sich im schicken Hamburg nichts Eigenes hatten leisten können. Kaum jemand auf dem Kiez konnte das noch. Von den Bossen natürlich abgesehen, aber die zählten nicht.

Als Junge hatte er versucht, an den Tischen in der Bar seine Hausaufgaben zu machen, während seine Hefte an den Champagnerresten darauf kleben geblieben waren. Hatte versucht, fleißig zu sein und gut in der Schule, damit er sich später ein anderes Leben würde leisten können – doch wie sollte man gut in der Schule sein, wenn man jede Nacht erst um zwei oder drei Uhr ins Bett kam, nachdem die Mutter den letzten Freier verabschiedet hatte? Wie sollte man lernen, aufmerksam zu sein, sich normal zu verhalten, wenn am Abend zuvor gelangweilte Freier darauf bestanden hatten, Koks von seinem nackten Rücken zu schnupfen, während sie auf ihre Mädchen warteten? »Jetzt nicht bewegen, Kleiner!«

Nicht bewegen. Sonst fiel eines der Nester runter. Und dann brach die Hölle los.

Irgendwann hatte Ronny aufgegeben. Ihm war so lange eingeredet worden, dass er keine Schule brauchte, um es zu irgendwas zu bringen, bis er es schlussendlich geglaubt hatte. Natürlich nicht richtig. Schon als er klein war, hatte er ein untrügerisches Gespür dafür gehabt, wann jemand log. Er hatte gewusst, dass eine gute Ausbildung der einzige Weg war, vom Kiez wegzukommen. Da hatte es keinen Erwachsenen gebraucht, der ihm das beibrachte.

Es war mehr so, dass er sich dazu entschieden hatte, es irgendwann sein zu lassen. Ronny war nach all den Jahren einfach zu müde gewesen, es ihnen nicht zu glauben.

Dann hatte er angefangen, für die Erdbeerhöhle zu arbeiten. Erst als Aufpasser, der regelmäßig über die einzelnen Kameras, die in den Zimmern der Frauen angebracht waren, checkte, ob die Freier sich auch benahmen. Taten sie es nicht, so wäre es eigentlich Ronnys Aufgabe gewesen, einen der Türsteher zu holen, damit diese für Ordnung sorgten, doch manchmal war das zeitlich nicht drin gewesen. Jedenfalls nicht nach seinem Dafürhalten. Die Frauen in der Höhle waren seine Familie, er kannte und liebte jede einzelne von ihnen von klein auf.

Also hatte er sich meistens selbst dazwischengeworfen, mit einem Messer in der jugendlichen Faust und einem Schrei auf den Lippen. Zu Beginn hatte er im Großteil der Fälle mehr Dresche eingesteckt als der zügellose Kunde, er war fünfzehn, maß keinen Meter siebzig und war gebaut wie ein Klappstuhl, doch mit der Zeit wurde er immer breiter. Schneller, stärker. Seine Furchtlosigkeit war es, die ihn immer wieder dazwischengehen ließ, die ihn auch vor den größten Kerlen nicht zurückweichen ließ. Sie war der Grund für seinen Erfolg auf dem Kiez. Angst hatte er nie gehabt. Nicht richtig kennengelernt. Um andere, das ja, aber niemals um seine eigene schäbige Haut. Mit siebzehn hatte er seinen ersten Mann in der Höhle erstochen, und ab dem Zeitpunkt war endgültig klar gewesen, dass es für ihn kein Zurück mehr gab. Wahrscheinlich hätte Ronny es anders nicht verstanden.

Die Sanderin glaubte, sie hätte ihn »da rausgeholt«, doch sie irrte sich gewaltig. Das hier, SanderSolutions, war nichts anderes als der Kiez. Er jonglierte immer noch mit Hornissennestern, er ging dazwischen. Er stand vorne und kassierte die Schläge, erledigte einen ganzen Haufen Drecksarbeit. Nur war er jetzt besser gekleidet. Als ob das für ihn tatsächlich einen Unterschied machte. Die Arbeit war dieselbe. Einzig seine Familie war nun glücklich. Er verdiente mehr, und da er jetzt für einen bekannten multinationalen Konzern arbeitete, der in ganz Hamburg für seine Wohltätigkeit bekannt war, dachten sie alle, er hätte es geschafft. Wäre rausgekommen, hätte was aus sich gemacht. Seine Mutter war so stolz, dass ihm manchmal ganz schlecht wurde.

In diesem Augenblick saß seine Frau wahrscheinlich wieder vor dem Computer und suchte nach Ferienhäusern auf Mallorca oder Gott weiß wo, die sie kaufen konnte. Manchmal dachte Ronny, der Traum seiner Frau bestünde darin, in weißen Leinenklamotten auf einer Dachterrasse zu stehen, in der einen Hand irgendeinen bunten Cocktail, die andere lässig in seine Armbeuge gelegt. Denn was zum Teufel sollte man sonst mit solch einem Ferienhaus anfangen?

Sie schwadronierte von Partys in höchsten Kreisen, von Golfclubs und Privatschulen für ihre beiden Mädchen. Ihm war das alles egal, er verstand nur die Hälfte und mochte nichts davon. Sollte sie machen. Er hatte zu tun.

Natürlich konnte er Silvie keinen Vorwurf machen. Wie er kam auch sie aus dem Kiez. Als er St. Pauli verlassen hatte, hatte er sie mitgenommen, weil er sie schon immer überallhin mitgenommen hatte. Sie hatte viele gute Seiten. Silvie meckerte zum Beispiel nie über ihn. Ronny war ein schweigsamer, vierschrötiger Klotz, der seinen Geschäften nachging und froh war, wenn ihn die ganze Welt in Ruhe ließ. Seine Frau wusste und respektierte das. Sollte sie doch ihr verschissenes Ferienhaus haben. Und wenn sie dort auf der Dachterrasse über einen spanischen Poolboy rutschen musste, bitte, dann sollte sie das eben auch machen.

Er hatte den Verdacht, dass seine »Erziehung« es ihm unmöglich machte, eifersüchtig auf andere Männer zu sein. Mit zehn hatte er schon alle möglichen Spielarten von Sex gesehen und war sich sicher, dass das alles mit Liebe nichts zu tun hatte. Auch war er nicht einmal sicher, ob seine eigene Ehe etwas mit Liebe zu tun hatte. Doch solchen Gedanken gab er sich gar nicht erst hin. Gewisse Dinge waren eben nichts für ihn.

Trotzdem fragte er sich manchmal, ob es klug gewesen war, die Offerte der Sanderin anzunehmen. Diese Frau war auf eine Art gefährlich, die er zuvor nicht gekannt hatte. Allein wegen des Ausmaßes an Macht, über das sie verfügte. Und es wurde immer schlimmer. Zu Beginn war alles noch im normalen Rahmen gefährlicher, korrupter Geschäftsleute geblieben, die nach oben kommen wollten. Erpressung, Geldwäsche, Korruption, Einschüchterungen. So was eben. Nichts allzu Verwerfliches. Außerdem waren die Opfer immer Leute gewesen, die zum selben Kreis gehörten, es also in gewisser Weise verdient hatten. Einer nicht besser als der andere. In einen Sack stecken und draufhauen, man erwischte immer den Richtigen.

Doch seit zwei oder drei Jahren war es anders. Seine Chefin war besessen von einer Sache, die Ronny nicht komplett verstand, von der er aber wusste, dass sie die Grenzen weit überschritt. Ihr großes Projekt verstieß gegen die Menschlichkeit, war regelrecht abartig. Und seitdem dieser feine Pinkel verschwunden war, war es richtig schlimm. Was würde Ronny nur dafür geben, wenn der Kerl wieder auftauchte?

Na, vielleicht hatte der Hacker ja was zu dieser Sache beizutragen.

Um sich fit zu halten, nahm er in dem riesigen Gebäude immer die Treppen. Zwar hatte die Sanderin ihm auch einen eigenen Kraftraum in der Zentrale eingerichtet, doch er kam beinahe nie dazu, ihn tatsächlich zu nutzen, was eine regelrechte Schande war. Die Ausstattung war natürlich vom Feinsten. Aber die Hornissen ließen nicht zu, dass er trainierte. Also nahm er die Treppen. Er war auch nicht mehr neu, es war wichtig, dass er gesund und bei Kräften blieb. Denn unglücklicherweise hatte er bis auf das schmutzige Geschäft nichts gelernt.

Er war im Keller angekommen und rannte durch den Tunnel, der das Hauptgebäude mit der Containerstadt auf einer der Hafeninseln verband.

We see to your safety – dass er nicht lachte. Natürlich war es ein Vorteil, dass weniger Menschen in Gefahr gebracht wurden, wenn die Containerschiffe nur noch als Drohnen über die Weltmeere fuhren, doch Ronny wusste genau, dass dies nicht der Hauptantrieb für seine Chefin war, das Projekt zu finanzieren. Gerissen war sie, das auf jeden Fall. Aber ganz sicher kein Menschenfreund. Weshalb ja selbst Ronny manchmal Angst vor ihr hatte.

Natürlich, Prestige und Dankbarkeit waren hilfreich. Noch hilfreicher aber war, nun das gesamte Gebiet des Hamburger Hafens komplett unter Kontrolle zu haben. Und hier ganz besonders ein ganz bestimmtes altes Containerschiff – die Marianne.

Sie hatten das riesige Schiff vor zwei Jahren zu ihrem externen Technikzentrum und Labor umgebaut. Von außen war nichts zu erkennen, doch innen waren die Container komplett zu großen Räumen verbunden worden; ein Unterwassertunnel mit zwei Schleusen verband wiederum die Marianne mit dem Haupthaus.

Für Spaziergänger sah die Marianne aus wie jedes andere Containerschiff. Und da die Administration des Hafenbereichs nun SanderSolutions oblag, fiel auch keinem auf, dass sie sich nicht von der Stelle rührte. Das Geniale daran war aber, dass dieses Schiff auch auslaufen konnte, sollte es einmal Probleme geben.

Die Marianne war sein ganzer Stolz. Es war seine Idee gewesen, sie überhaupt so umzubauen, wie sie nun im Wasser lag. Nur blöd, dass sich auf dem Schiff die Keimzelle des Übels befand, das von seiner Chefin Besitz ergriffen hatte. Im Grunde war er also selbst dran schuld.

Er wollte gerade die Tür zum großen Labor aufstoßen, als sie von der Innenseite geöffnet wurde und ihm eine Bahre mit zugedecktem Körper entgegengeschoben wurde. Am anderen Ende der Bahre war Silbermann, der leitende Mediziner von SanderSolutions. Er sah müde und abgekämpft aus. Seine Gesichtshaut war grau, unter seinen Augen hatten sich tiefe Ränder gebildet.

Ronny schluckte und merkte, wie seine Handinnenflächen feucht wurden. Das meinte er. Ganz genau das war es, was ihn so störte. Er hatte selbst schon Dutzende Leute umgebracht und noch deutlich mehr Tote gesehen. Er hatte keine Angst vor ihnen, sie gehörten zu seinem Leben dazu, ob er nun wollte oder nicht.

Aber ein Messer zwischen den Rippen war eine ehrliche Sache. Eine Kugel, die ein Mann sich einfing, weil er Scheiße gebaut hatte oder zu langsam gewesen war, war auch eine ehrliche Sache. Oder seinetwegen noch ein Leberriss als Resultat einer Abreibung.

Aber das hier war nicht ehrlich. Das war abartig.

»Schon wieder einer?«, fragte er, und Silbermann nickte mit finsterer Miene.

»Eigentlich sah alles gut aus, aber sein Kreislauf hat am Ende doch noch schlappgemacht. Na, ich werde ihn gleich mal aufmachen und gucken, woran es diesmal lag.«

»Verstehe.«

Silbermann lächelte dünn. »Das bezweifle ich, König.«

Wieso musste der Mann ihn immer wieder daran erinnern, weshalb Ronny ihn so wenig leiden konnte? Hatte der keine anderen Hobbys? Jedenfalls war er zu erfahren, um sich von dem kleinen Scheißer provozieren zu lassen.

Vielleicht hatte Ronny einen Scheißjob und konnte keinen geraden Satz schreiben, aber mit dem da wollte er ganz sicher nicht tauschen.

»Tja dann«, sagte er nur und tippte sich an eine imaginäre Hutkrempe. »Viel Glück damit und einen schönen Tag noch. Vergiss nicht, der Chefin Meldung zu machen.«

»Kannst du das nicht vielleicht übernehmen? Ich hab nicht viel Zeit.«

Ronny schnaubte. Ganz sicher nicht. »Nein.«

Ohne sich umzudrehen, hastete er den schmalen Gang hinab. Er wollte sehen, was die kleine Friseurin aus dem Hacker gemacht hatte.

RAVEN

Die Metzgers hatten gerufen, und Raven kam. Es waren die einzigen Menschen auf der Welt, die sie wirklich herumkommandieren durften – nun, vielleicht traf das jetzt nicht mehr ganz zu, da sie ja auch noch die Berliner Polizei an der Backe hatte, die ihren Aufenthaltsort nach Belieben bestimmen konnte.

Raven hasste es. Sie war seit frühester Jugend selbstständig, und das hatte dazu geführt, dass sie sich nicht gerne herumkommandieren ließ. Wie gesagt: Bei den Metzgers war das etwas anderes. Nicht nur, weil ihnen das Utopia Gardens gehörte und sie durchaus die Möglichkeit hätten, Raven töten zu lassen. Auch nicht, weil sie mittlerweile den Großteil der Berliner Unterwelt beherrschten. Nein, Raven respektierte die Metzgers auf eine krude Art und Weise. Was nicht damit zu verwechseln war, dass sie sie mochte, ganz im Gegenteil. Sie fand die beiden abscheulich. Was sie in den zwei Wohnungen ganz oben unter dem Dach des Gardens mitbekam, ließen selbst ihr die Haare zu Berge stehen, und das war nicht so leicht zu bewerkstelligen. Doch Eugene und Mikael waren kreativ und kompromisslos – und obwohl sie grausam waren, konnte man sich auf sie verlassen. Und das war etwas, das in Ravens Leben sonst nicht vorkam. Normalerweise konnte sie sich nur auf sich selbst verlassen. Die meisten Menschen in dieser Stadt hielten es so, was dazu führte, dass eigentlich alle alleine waren. Die meisten Menschen traten in dein Leben und verschwanden wieder, wie es ihnen gerade in den Kram passte. Eugene und Mikael waren da anders. Sie waren eine Konstante, das Metronom, das den Takt ihrer Welt vorgab. Die beiden setzten jede Drohung um, doch sie beantworteten Loyalität ebenfalls mit Loyalität. Ohnehin waren Treue und Verschwiegenheit die beiden Dinge, die Eugene und Mikael am meisten schätzten, aber das fanden sie bei der Klientel, mit der sie es tagtäglich zu tun hatten, natürlich nicht so häufig vor. Ihr Verhalten anderen Menschen gegenüber half dabei allerdings auch nicht. Raven fragte sich manchmal, ob ihnen das überhaupt klar war. Bei Eugene war sie sich da, vor allem in letzter Zeit, nicht mehr so sicher.

Sie hatte sich schon oft gefragt, was mit ihr, ihrem Leben, der ganzen Stadt geworden wäre, wenn sie den beiden Brüdern nicht das Leben gerettet hätte. Oder besser gesagt, ihnen nicht das Leben ermöglicht hätte, das sie nun führten. Damals hatte sie nicht groß darüber nachgedacht, ob sie es tun sollte oder nicht. Sie hatte es einfach getan, weil es ihr größter und am besten bezahlter Job bis dato gewesen war. Und so hatte Raven unbewusst ein Band geknüpft, das wahrscheinlich ewig halten würde.

Weshalb sie nun unter ihrem Schutz stand. Oder besser gesagt: Dark stand unter ihrem Schutz. Normalerweise war Raven die Trennung ihrer beiden Identitäten sehr wichtig, das Blöde war nur, dass die Metzgers Raven niemals schützen würden. Warum auch? Laufburschen konnte man ersetzen.

Da sie es nicht riskieren wollte, von jemandem dabei beobachtet zu werden, wie sie in Spencers Studio ging und als Dark das Haus wieder verließ, hatte sie am Rand einer stillgelegten S-Bahn-Trasse, die parallel zu den Magnetbahnschienen verlief, einen Satz Kleidung, Perücke und Maske hinterlegt. In einem Gleiswächterhäuschen, das man gut und vor ungewollten Blicken geschützt erreichen konnte, wenn man sich traute, bei laufendem Betrieb ein paar der anderen, befahrenen Gleise zu überqueren. Die Magnetzüge aus Neuberlin verkehrten tagsüber im Minutentakt, weshalb es kein ungefährliches Unterfangen war, über die Schienen zu gehen. Das Magnetfeld, das erzeugt wurde, um die Züge in Bewegung zu halten, war an sich schon gefährlich genug. Doch das alles war gut so, immerhin lief Raven auf diese Weise auch weniger Gefahr, entdeckt zu werden oder ungebetenen Besuch im Häuschen vorzufinden. Am Anfang wäre sie um ein Haar von einem der Züge erwischt worden, doch mittlerweile hatte sie den Bogen raus. Klein und sehr leicht zu sein hatte eben auch ein paar Vorteile.

Die Gleise, die in diesem Teil der Stadt über den Straßen verliefen, hatten etwas Unheimliches an sich, zumindest hatte sie das immer so empfunden. Irgendwie postapokalyptisch; als überwachten sie alles. Wie die meisten Dinge in dieser Stadt hatten sie nicht lange neu ausgesehen, sondern sich innerhalb kürzester Zeit eine Patina aus Dreck, Staub und Spuren des Vandalismus zugelegt; die Schienen selbst waren genauso von Graffiti und Schmutz übersät wie die Züge, die sie befuhren. Wie wütende Lindwürmer zischten sie durch die Stadt und spuckten gut gekleidete Pendler aus, die immer ein bisschen gequält dreinschauten, als wären sie hierher verschleppt worden. Sie arbeiteten in der Gastronomie, der Verwaltung und in den Schulen, bemühten sich um die Illegalen, versuchten, die Gebäude vor dem endgültigen Verfall zu bewahren, oder kamen schlicht, weil hier in der Innenstadt die Waren deutlich billiger waren als bei ihnen da draußen. Gefahrenrabatt, sozusagen.

Die wenigsten Menschen liebten diesen Teil der Stadt so wie sie. Was ihr Menschen im Allgemeinen noch ein wenig fremder erscheinen ließ. Manchmal fühlte sie sich auch gar nicht wie ein Mensch, sondern wie etwas, das ein wütender Gott auf die Erde gerotzt hatte.

Raven ließ ihren Blick über die Spree und die altehrwürdigen Gebäude auf der anderen Seite des Ufers schweifen, während sie in die Kleidung schlüpfte, die in der schwarzen Tasche auf sie gewartet hatte.

Sie hatte keine Ahnung, was die gewaltigen Bauwerke, die mittlerweile verrammelt dastanden, früher einmal beherbergt hatten, doch sie hatte mal gehört, dass es hauptsächlich Museen gewesen waren. Sie sahen aus wie gestrandete Wale. Oder wie versteinerte Dinosaurier. Riesig und grau und rissig. Ähnlich wie der Käfig war jedes der Bauwerke eingezäunt, damit der allgegenwärtige Vandalismus ihnen nichts anhaben konnte. Kaum zu glauben, dass hier mal das Zentrum des kulturellen Berlins gewesen sein sollte. Heute befand sich sämtliche Kunst außerhalb der Stadt in riesigen Würfeln aus Glas und Stahl, perfekt ausgeleuchtet und in Sicherheit vor Leuten wie ihr. Manchmal stellte sie sich vor, dass Berlin eine riesige Leiche war, die bereits zu verrotten begonnen hatte und in deren Körperöffnungen, auf ihren Hügeln und in ihren Eingeweiden es sich die Menschen bequem gemacht hatten, die hier lebten. Sie alle waren Leichenfledderer – die Grande Dame, die eine lange Geschichte hinter sich hatte, war schon eine Weile tot. Und direkt in dem Bereich, in dem früher ihr Herz geschlagen hatte, tobte nun die wildeste Party der Welt.

Raven legte ihren Stimmmodulator an, bevor sie die Bauta überzog. Die Metzgers waren die Einzigen, mit denen sie sprach, wenn sie an ihnen arbeitete. Eugene und vor allem Mikael akzeptierten es einfach nicht, dass sie es vorzog zu schweigen. Alle Kinder des Gardens hatten zu tun, was sie von ihnen verlangten, da bildete der Modder Dark weiß Gott keine Ausnahme. Sie räusperte sich, um zu testen, ob das Ding funktionierte. Mittlerweile war es ihr dritter Modulator. Die Feuchtigkeit, die in der kleinen Hütte vorherrschte, hatte ihr schon zwei geschrottet. Doch dieser hier funktionierte zum Glück noch einwandfrei. Wie eine Katze kletterte sie an einem der Brückenpfeiler aus Backstein hinab. Ein Autofahrer hupte, doch Raven beachtete ihn nicht weiter. Sie verließ sich darauf, dass jeder in dieser Stadt genug mit sich selbst zu tun hatte. In wenigen Minuten hatte der Typ sie sicher schon wieder vergessen.

Natürlich wäre sie am liebsten nach Hause gefahren und hätte sich eine Weile aufs Ohr gehauen, doch sie war auch neugierig, was so wichtig war, dass sie sofort kommen sollte. Einer der Sicherheitsleute von Eugene hatte auf Ravens privatem Anschluss angerufen; und die Nummer war wirklich nur für Notfälle gedacht.

Bis zum Gardens war es lediglich ein Fußmarsch von fünf Minuten. Die Gorillas an der Tür zum privaten Eingang der Metzgers waren offenbar bereits informiert, da sie Raven nur mit einem Nicken durchließen.

Wie immer fiel es ihr schon beim Betreten der großen Vorhalle schwer, nicht auf der Stelle stehen zu bleiben. Der Prunk, der einen umgab, sobald man die Schwelle übertreten hatte, war für sie auch nach zwei Jahren in den Diensten der Männer nur schwer auszuhalten. Die beiden hatten einen ausgeprägten Fimmel für Pomp und

Protz. Alles hier war aus Gold. Eugene hatte ihr einmal erzählt, dass das »Dekor« irgendeinem französischen Schloss von Gott weiß wann nachempfunden war, doch Raven hatte nicht richtig zugehört. Wenn sie arbeitete, fiel es ihr schwer, sich auf andere Dinge zu konzentrieren.

Ihr war hier oben beinahe alles zu viel. Für sie war die gesamte Ausstattung so was wie gold gewordener Kopfschmerz.

So einen Ort gab es in Berlin kein zweites Mal, da war sie sich sicher. Die kreisrunde Architektur des gesamten Gebäudes war hier im Obergeschoss komplett aufgegriffen und durchgezogen worden. Die »Wartehalle« oder das »Atrium«, wie die Brüder es nannten, befand sich genau in der Mitte am Ende eines langen Flures. Hier wechselten sich Türen mit Spiegeln ab, die kreisrund um ein ebenso rundes kirschrotes Samtsofa angeordnet waren. Von der Decke hingen fette, hässliche Goldengel, und über den Türen war ebenfalls irgendwelches Goldzeug drapiert worden.

Schnell setzte Raven sich hin, weil sie es nicht mochte, ihr maskiertes Gesicht von diversen Spiegeln reflektiert zu sehen. Mit der Bauta sah sie aus wie ein dunkler Geist. Spiegel waren ohnehin nicht so ihre Sache.

Wie immer musste sie eine Weile warten. Wenn es um ihr Eintreffen ging, konnte es den Brüdern nicht schnell genug gehen, doch niemals wurde sie direkt vorgelassen. Sie fragte sich immer, ob es hierbei um eine Machtdemonstration ging oder einfach nur ein Zeichen mangelnder Organisation darstellte. So oder so hasste sie es.

Raven war wie ein Kreisel. Sie musste ständig in Bewegung bleiben, um sich überhaupt auf den Beinen halten zu können. Nahm man die Geschwindigkeit heraus, fiel sie um. Und so merkte sie auch jetzt, wie ihr schon nach wenigen Minuten die Lider schwer wurden. Sie stützte den Ellbogen auf ihr Knie und legte das Kinn in die geöffnete Handfläche. Das ganze Gold, der Samt und der Vanilleduft, der immer in den Privaträumen der Metzgers hing, ließ sie besonders schläfrig werden.

»Dark!« Eugenes Stimme ließ sie hochschrecken. An ihren Gliedern merkte sie, dass sie eingeschlafen war, genauso wie an ihren schweren Augenlidern. Auch ihr Mund fühlte sich trocken an. Sie hob den Kopf und prüfte mit einer Hand, ob ihre Maske noch richtig saß. Schon eine Strähne ihres weißen Haars könnte sie verraten, doch alles war an seinem Platz. Zum Glück trug sie ihre Maskierung. Die Bauta war nicht nur gut, um ihre Identität zu verschleiern, sondern auch, um ihre Gesichtszüge vor anderen zu verbergen, denn in diesem Moment würde man da nur Staunen sehen. Und das sollte Eugene nun wirklich nicht mitbekommen.

In all der Zeit, die sie hier schon regelmäßig zu Gast war, war es noch nie vorgekommen, dass einer der Brüder sie persönlich abgeholt hatte. Eugene wirkte fahrig, sein Hemd war zerknittert, und die Haare waren völlig zerzaust. Unter seinen Augen standen Ringe, so tief und dunkel, dass es auch ihre eigenen sein könnten. In Ravens Magen bildete sich ein dicker Knoten. Das war gar nicht gut.

»Was ist passiert?«, fragte sie und zuckte zusammen, weil sie auf den blechernen Klang ihrer verzerrten Stimme gar nicht vorbereitet gewesen war. Verdammte Unaufmerksamkeit.

Eugene blickte sie nur an und machte eine einladende Geste in Richtung Zimmer. Raven schluckte und folgte seiner stummen Aufforderung.

Den Raum, in den sie nun gelangte, hatte sie noch nie zuvor betreten. Kein Wunder, es musste sich um Eugenes privates Schlafzimmer handeln. Hier ging es deutlich schlichter zu als in der Empfangshalle und in Mikaels Teil des Obergeschosses, in den sie meist gebeten wurde. An dem Dekor selbst ließ sich freilich nichts ändern, über den golden umrahmten Fenstern blickten auch hier fette Englein auf das Geschehen herab, und blank polierter Holzfußboden lud zum Ausrutschen ein, aber wenigstens das Mobiliar war schlicht und funktional gehalten. Um genau zu sein, befand sich in dem weitläufigen Raum nichts weiter als ein riesiges, schlichtes Futon-Bett, ein großer Bildschirm und eine wild wuchernde exotische Pflanze. Das Licht des Clubs drang durch helle, durchlässige Gardinen und malte blasse Rechtecke auf den Fußboden; neben dem Bett warf eine gedimmte Stehlampe weicheres Licht auf den Anlass ihres Besuchs.

Auf Eugenes Bett lag ein blutendes Mädchen, notdürftig in allerlei Laken und Decken gehüllt. Raven schnappte nach Luft. In zwei Schritten war sie bei der jungen Frau und ließ sich neben ihr nieder. Am Rande ihres Bewusstseins nahm sie wahr, dass Eugene ihr vorsorglich alles bereitgestellt hatte. In der Wohnung der Brüder lagerte ein Koffer, in dem sich befand, was sie zur Behandlung der Metzgers benötigte. Darunter viele Dinge, die man so auch in jedem Arztkoffer vorfinden würde. Aber Raven war kein Arzt. Und das war angesichts der Lage ein Problem.

»Wieso habt ihr keinen Sani geholt?«, fragte sie, während ihr Blick prüfend über den Körper des Mädchens wanderte. Vorsichtig schlug sie die Decke zurück und schnappte nach Luft, als sie im Bauchraum alleine fünf Wunden zählte, auf die irgendjemand Mullkompressen gelegt hatte.

»Sie ist eine Illegale«, sagte Eugene. Er klang gestresst und müde. Dass dieses Mädchen hier war und im Bett eines der Betreiberbrüder lag, konnte nur bedeuten, dass sie Eugene nicht egal war. Was selten genug vorkam.

»Wenn ein normaler Sani sie entdeckt, wird sie abgeschoben, das weißt du!«

Falls sie überlebt, dachte Raven, doch sie nickte nur.

»Wir haben schon nach Rosaria geschickt, aber sie hat heute ihren freien Tag und besucht ihre Tochter draußen. Es wird noch eine Weile dauern, bis sie hier ist. Außerdem wollte Livia mit dir sprechen. Sie hat darauf bestanden. Ich habe sie gerade hier hochholen lassen, damit ihr eure Ruhe habt.«

Livia. Raven griff vorsichtig nach der Hand des Mädchens, das dalag wie ein Vogel, der aus dem Nest gefallen war. Ihr Gesicht war von Platzwunden und Schwellungen entstellt, doch nun erkannte sie sie. Sie war eines von Ninas Mädchen; dunkelhäutig, mit langen Gliedern und großen, mandelförmigen Augen. Eines davon – das, das nicht komplett zugeschwollen war – öffnete sich nun, und sie blickte Raven an.

»Hallo, Livia«, sagte Raven so sanft wie möglich, doch es klang immer noch, als würde jemand Blechbüchsen über eine Straße ziehen. »Was ist mit dir passiert?«

Livia bewegte ihre Lippen, und Raven musste sich sehr tief zu ihr herunterbeugen, um zu verstehen, was sie sagte.

»Er ist wegen dir gekommen«, hörte sie das Mädchen flüstern und erstarrte. Sie fühlte, wie all ihr Blut auf einmal aus dem Kopf in ihre Beine schoss und ihr schwindelig wurde. Krampfhaft krallte sie sich am Bettrahmen fest. Das war doch nicht möglich!

»Wer?«, presste sie hervor, doch Livia schüttelte nur den Kopf. Sie hustete, und Blut spritzte aus ihrem Mund auf Ravens Bauta. Raven fühlte auch einen warmen Tropfen an ihrem Kinn, doch sie wischte ihn nicht weg. Um keinen Preis wollte sie Livia ablenken oder ihr ein schlechtes Gefühl geben. Der Kerl hatte ihre Lunge erwischt, dem Mädchen blieb nicht mehr viel Zeit. Raven presste die Zähne aufeinander.

»Ein Kunde?«, fragte sie nun, und das Mädchen nickte.

»Kanntest du ihn?«

Livia schüttelte den Kopf. »Rote Maske. Alle meine Kunden …« Das Mädchen brach ab und holte tief und rasselnd Luft.

»Livia ist für die roten Kunden zuständig«, erklärte Eugene unnötigerweise. Nun, das hatte Raven sich auch schon selbst gedacht. Außerdem wollte sie so was eigentlich gar nicht wissen. Sie wollte von dieser Seite des Utopia Gardens am liebsten überhaupt nichts wissen. Natürlich war das bigott, aber das interessierte sie nicht.

Energisch klappte sie ihre Tasche auf. »Komm. Lass mich nach deinen Wunden sehen!«

Raven schickte sich an, eine der Mullbinden anzuheben, doch Livias schlanke Finger umschlossen ihr Handgelenk und hielten sie zurück. Das Mädchen hatte trotz seines Zustands eine erstaunliche Kraft. Und ein winziges Lächeln stahl sich auf ihre Lippen. Sie flüsterte so leise, dass nur Raven es hören konnte:

»Du bist eine Frau. Ich wusste es von Anfang an. Vom ersten Tag. Der Mann hat mich angegriffen und wollte wissen, wo er dich finden kann. Wer du bist. Alles, was ich ihm über dich sagen kann!«

Rasselnd atmete sie aus. Diese paar Sätze hatten ihr gewaltige Kraft abverlangt.

Raven fühlte sich, als hätte ihr jemand einen Eispflock in die Wirbelsäule gerammt. Wieso hatte Livia sie so schnell durchschaut?

Wussten auch andere, dass sie kein Mann war, so wie sie vorgab? Und war es Zufall, dass erst Bartosz tot aufgefunden worden war und nun jemand Livia angegriffen hatte? Sie glaubte es kaum. Beides hatte mit Dark zu tun. Mit ihr.

»Und?«, fragte sie flüsternd zurück, obwohl sie sich dafür hasste. Dieses Mädchen sollte nicht sprechen. Sie sollte sich ausruhen und ihre Kräfte aufsparen.

Nun lächelte Livia unverkennbar. »Glaubst du, ich würde so aussehen, wenn ich geredet hätte?« Sie griff nach Ravens Hand und drückte sie leicht. »Wir Mädchen haben doch nur uns auf der Welt. Eine darf die andere nicht in die Pfanne hauen.«

Raven drückte zurück und strich Livia mit der freien Hand zärtlich eine klatschnasse Haarsträhne aus der verschwitzten Stirn, antwortete aber: »Ich weiß nicht, wovon du sprichst. Und jetzt lass mich nach deinen Wunden sehen.«

Livia nickte schwach und schloss die Augen. Raven atmete tief durch und zwang sich, sich einzig und alleine auf diese Aufgabe zu konzentrieren. Dass Livia überlebte, war alles, was jetzt zählte. Um die anderen Sachen konnte sie sich auch später noch kümmern. Es war Ravens Schuld, dass sie sich überhaupt in diesem Zustand befand.

»Was hat sie gesagt?«, fragte Eugene, der nervös im Zimmer auf und ab tigerte. Raven drehte sich langsam zu ihm um.

»Dass wir das Schwein finden sollen, damit es nicht noch mehr Mädchen angreift.« Sie wandte sich Livias Bauchwunden zu, aus denen kontinuierlich Blut floss, auch wenn Raven sich einbildete, dass der Strom immer schwächer wurde. Was kein gutes Zeichen war. Ihr Kreislauf brach zusammen.

»Offensichtlich ist die rote Maske nur Tarnung. Der Kerl scheint Frauen gerne wehzutun.«

»Wieso lässt sie nach dir schicken, um das loszuwerden? Warum konnte sie das nicht einfach mir sagen?«

Eine berechtigte Frage. Raven konnte Eugene nicht sagen, was sie gerade gehört hatte. Sie konnte es niemandem sagen. »Weil sie möchte, dass ich dem Kerl bei vollem Bewusstsein die Eier abschneide und ihm einen Elektroschocker an ihrer Stelle einbaue«, antwortete sie in, so hoffte sie, sachlichem Tonfall, und Eugene lächelte traurig.

»Die Rechnung dafür werde ich höchstpersönlich übernehmen.«

»Geht aufs Haus.«

Raven sah ihn an. »Hat denn keiner vom Sicherheitsdienst was bemerkt?«

Eugene schüttelte den Kopf. »Als Nina sie fand, war sie allein. Niemand hat den Kerl kommen oder gehen sehen. Heute Nacht ist es sehr voll.«

Der letzte Satz klang in Ravens Ohren beinahe wie eine Entschuldigung.

»Wird sie denn wieder?«, hakte Eugene nach.

Raven seufzte. Sie wusste nicht, was sie erwidern sollte. Ein Gefühl tief in ihr drin sagte ihr, dass Livia verloren war, wenn sie nicht bald in ein richtiges Krankenhaus kam. Und selbst wenn, war es vielleicht schon zu spät. Das Mädchen hing offenbar nicht allzu sehr an seinem Leben, wenn es ihr wichtiger war, mit Dark zu sprechen, als sich anständig versorgen zu lassen. Und wie sollte man es ihr auch schon verübeln, bei dem Leben, das sie führen musste? Doch solche Dinge wollte sie nicht aussprechen. Schon gar nicht, wenn die Verletzte vielleicht noch zuhörte. Also zuckte sie nur mit den Schultern.

»Das kann ich dir leider nicht sagen. Ich bin kein Arzt, das weißt du!«

Und das war die schreckliche Wahrheit. Raven wusste, wie man etwas flickte. Sie konnte simple Blutungen stoppen und Venen abklemmen, Nervenenden veröden und Nervenbahnen zusammensetzen, doch von Wunden, die sie nicht selbst verursacht hatte, hatte sie wenig Ahnung. Wenn sie etwas entfernte, setzte sie an dessen Stelle immer etwas anderes. Etwas, das sich an den Körper anpasste und die Stelle wieder verschloss. Sie schätzte, dass die Wunden innerlich einfach weiter bluten würden, wenn man sie an der Oberfläche zunähte. Da musste ein Profi ran.

Also begnügte sie sich damit, Livia die restlichen Kleiderfetzen vom Leib zu schneiden, die Wundränder zu säubern, so gut es ging, und frische Mullkompressen aufzulegen.

Zum Glück flog schließlich die Tür auf, und Rosaria, die matronenhafte kolumbianische Ärztin stapfte in das Zimmer, ohne Eugene oder Raven auch nur eines Blickes zu würdigen. Raven sprang zur Seite, weil sie nicht im Weg sein wollte. Plötzlich wurde ihr der Hals eng, und sie konnte sich nicht vorstellen, noch viel länger hier in diesem Schlafzimmer zu bleiben.

»Ich ziehe mich dann zurück«, sagte sie und klang ein wenig außer Atem, obwohl sie sich überhaupt nicht beeilt hatte. Eugene nickte abwesend. Er war neben Rosaria auf den Boden gesunken und erklärte ihr leise, was vorgefallen war. Keiner im Raum hatte mehr einen Blick für Raven übrig, und das war ihr ganz recht so.

Sie schlich sich in einen der Personalwaschräume auf der zweiten Etage. Dort war nachts am wenigsten los; der Bereich gehörte tagsüber noch zum Zirkus und beherbergte die hochgezogenen Trapeze, das Hochseil und die Beleuchtung für die große Bühne. Manch einer verzog sich nachts hier hoch für ein Stelldichein unter den Angestellten oder um kurz Luft holen zu können und Ruhe zu haben vor dem Trubel und dem Wahnsinn, der in den Stockwerken darunter herrschte. Doch wenn man erwischt wurde, gab es mächtig Ärger. Heute war es besonders ruhig, wahrscheinlich gluckten alle zusammen wegen dem, was mit Livia geschehen war. Die Gorillas hatten nach solch einem Ereignis immer ein besonders wachsames Auge auf Gäste und Angestellte gleichermaßen und achteten darauf, dass sich niemand davonstahl. Das war Raven gerade recht.

So bemerkte niemand, dass Dark in eine Toilettenkabine schlüpfte, aus der wenig später Raven mit ihrem dicken schwarzen Rucksack erschien.

Sie ging zum Waschbecken und spritzte sich große Ladungen eiskaltes Wasser ins Gesicht, ließ es sich über die Handgelenke laufen, verharrte so lange genug, dass sich Gänsehaut auf ihrem gesamten Körper ausbreiten konnte. Doch wacher wurde sie dadurch nicht. Die Benommenheit, die von ihr Besitz ergriffen hatte, hatte nichts mit Müdigkeit zu tun. Das, was hier gerade passierte, entzog sich ihrer Kontrolle, und trotzdem war sie der Grund dafür. Etwas, das von ihr ausging, wieder zu ihr zurücklief und das sie trotzdem nicht verstand. Es war verrückt und völlig wahnsinnig. Und genau deshalb war es das, was Raven zum ersten Mal seit vielen, vielen Jahren wieder wirklich Angst machte.

Bis hierher hatte sie kein schönes Leben gehabt. Was Schmerzen, Leid, Einsamkeit und Hunger waren, das wusste sie ganz genau, von klein auf. Aber die Angst, so hatte sie eigentlich immer gedacht, war ihr schon als kleines Kind ausgetrieben worden. War schwächer und schwächer geworden, bis sie im Alter von zehn Jahren kaum mehr in der Lage gewesen war, Angst zu empfinden. Doch jetzt kam sie zurück. Mit aller Macht, als hätte sie sich aufgespart für diesen Moment. Der Damm brach, und Panik überrollte Raven in einer einzigen riesigen Welle. Sie schnappte nach Luft und kniff die Augen zu.

Nicht sie hatte Livia angegriffen, nicht sie hatte Bartosz die Augen herausgeschnitten. Das versuchte sie sich immer und immer wieder zu sagen. Doch es half nichts. All das war nur wegen ihr passiert. Raven wusste es genau. Es war Darks Schuld, ihre Schuld. Nun stand sie tief in der Kreide und wusste beim besten Willen nicht, wie oder bei wem sie diese Schulden begleichen sollte.

LAURA

Sie saß in ihrer neuen Bleibe auf dem Fußboden und schaute aus dem Balkonfenster. Wirklich etwas sehen konnte sie nicht, dafür waren die Zweige vor den Scheiben zu dicht, doch das Licht der Straßenlaternen, das durch das sich ständig bewegende Blattwerk fiel, bildete ein schönes, beinahe ruhiges Muster. Dieser Anblick half ihr beim Denken, doch manchmal drifteten ihre Gedanken dabei auch weg. Immer wieder hin zu Fenne.

Ihr Tablet lag ausgeschaltet in ihren zum Schneidersitz gekreuzten Beinen; es hatte nicht lange gedauert, um herauszufinden, wer dieser Can Celik war, nachdem sie suchte. Birol hatte ihnen den Zugang zum eingeschränkten Intranet der Polizei gegeben, bevor sie sich verabschiedet hatten, und Laura hatte nur ein paar Minuten gebraucht, um Celik zu finden. Zu ihrer großen Überraschung war er ebenfalls Polizist, und nicht nur das: Er war sogar Polizist in Altberlin Mitte, also im Käfig. Damit hatte Laura nicht gerechnet. Fenne und sie hatten Celik im Umfeld des Utopia Gardens vermutet, immerhin war der Club kriminelles Epizentrum und einer der größten Schwarz- und Drogenmärkte Europas. Dort hatte Fenne ansetzen wollen. Und nur deshalb hatte Laura seinen Namen in das System getippt, in der Hoffnung, dass Celik vielleicht schon einmal straffällig geworden war. Doch das absolute Gegenteil war der Fall. Der Mann war Polizist!

Das Problem war nur, dass er tot war. Erschossen, genau wie Fenne, bei einem Einsatz. Angeblich von einem illegalen Cheater, der nicht gefunden werden konnte. Keine Informationen über den genauen Tathergang, keine ballistischen Gutachten und nur ein dürftiger Obduktionsbericht. Mehr war im Intranet nicht zu finden, und es brauchte keinen erfahrenen Ermittler, um zu begreifen, dass auch diese Sache zum Himmel stank. Sie hatte das Gefühl, alles, was vor ein paar Monaten bei Fenne passiert war, hier noch einmal zu durchleben. Die Akte, die es zu ihrem Fall gab, verdiente den Namen ebenfalls nicht. Was zur Hölle war hier eigentlich los?

Laura ließ sich zurück auf den harten Holzfußboden sinken. Dort, wo ihre spitzen Schulterblätter das Holz berührten, fühlte sie einen stechenden Schmerz, doch er war ihr hochwillkommen. Das Ganze tat sowieso schon so weh, dass es ihr beinahe den Verstand raubte. Warum eigentlich? Was war Fenne nur für sie gewesen?

Ihr Blick wanderte über die bröckelige Stuckdecke, und Laura fühlte sich ihr seltsam verbunden. Man konnte sehen, dass die Decke einmal wunderschön und herrschaftlich gewesen war und dass sie nun mit aller Macht versuchte, wenigstens die Reste der alten Zeit noch zusammenzuhalten, um nicht vollständig auseinanderzubrechen. Genauso fühlte sie sich jetzt.

Eine Welle Erinnerungen kam in ihr hoch, und ausnahmsweise erlaubte Laura, dass sie sie mitriss.

Es war ihr letzter gemeinsamer Abend gewesen. Sie hatten Pizza geholt und auf dem Boden gegessen. Nicht weil Laura in ihrer alten Wohnung keinen Tisch gehabt hätte, sondern weil sie auf dem Fußboden alle Beweise und Notizen hatten ausbreiten können, die sie bereits zum Fall Kannenberg gesammelt hatten. Außerdem hatten sie schon in ihrer Ausbildungszeit immer auf dem kuscheligen Teppich herumgelümmelt, wenn sie gemeinsam gelernt hatten, es war eine Art Ritual.

Fenne hatte ihre Hand nach einem der Zettel ausgestreckt und darauf getippt.

»Ich glaube, wir müssen nach Berlin«, hatte sie verkündet und Laura angeblickt, als wäre es ohnehin schon beschlossene Sache. So war das immer mit Fenne, sie wusste, was sie wollte, und ließ keine Widerworte zu.

»Warum das denn? Es ist ein Hamburger Fall!«, hatte Laura abwesend und mit gerunzelter Stirn entgegnet. Immer die Stimme der Vernunft. In dieser Rolle hatte sie sich gefallen.

Fenne hatte erneut auf den Zettel getippt. »Aber warum hat mir dann der Informant gesagt, ein Teil der Beute aus Kannenbergs Labor sei in Berlin bei diesem …«, sie runzelte ihre Stirn, »… Can Celik gelandet?«

Laura hatte mit den Schultern gezuckt. »Solche Spezialsachen finden sicher überall auf der Welt Abnehmer. Das muss nichts zu heißen haben.«

»Es ist aber der einzige konkrete Name, den wir haben. Dieser Spur müssen wir folgen.«

»Das stimmt nicht ganz«, hatte Laura korrigiert. »Wir haben auch noch von Bülow.«

Auf der glatten Stirn ihrer Freundin hatte sich eine ärgerliche, tiefe Falte gebildet. Das abenteuerlustige Lächeln, das sie eben noch auf den Lippen getragen hatte, war wie weggeblasen.

»Halt ihn da raus, hörst du?«

»Aber warum denn? Ich habe doch recht!«

»Er hat überhaupt nichts mit der Sache zu tun. Das habe ich dir schon tausend Mal gesagt. Ehrlich, Laura, man könnte meinen, du hättest was gegen ihn.«

»Ich habe nur gelernt, mich bei meiner Arbeit nicht von Gefühlen leiten zu lassen. Sie machen einen blind für das Wesentliche. Und du solltest das eigentlich auch wissen.«

»Pffft.« Fenne hatte mit einer Geste abgewinkt und war aufgestanden.

»Nur weil du offenbar vorhast, als vertrocknete alte Jungfer zu sterben, muss das für mich noch lange nicht gelten.«

Laura hatte sich aufgesetzt und beobachtet, wie Fenne in ihre Turnschuhe schlüpfte. Sie kannte die Launen ihrer temperamentvollen Freundin sehr gut, weshalb sie Fennes Verhalten nicht sonderlich berührte. Morgen früh wäre alles wieder vergessen. Wenn Fenne Dampf ablassen musste, war es das Beste, sie einfach ziehen zu lassen.

»Du kannst ja hierbleiben, wenn du meinst. Aber ich fahre nach Berlin, sobald ich diese dämliche Nachtschicht hinter mich gebracht habe.«

»Nein, natürlich komme ich mit. Du weißt genau, dass ich mitkomme. Wohin geht es heute Nacht?«

»Ich glaube, in den Hafen«, hatte Fenne geantwortet.

»Okay, pass auf dich auf!«

Fenne hatte schief gelächelt, sodass Laura die kleine Lücke zwischen ihren Schneidezähnen sehen konnte.

»Immer!«

Und das war es gewesen. Das letzte Mal, dass die beiden Freundinnen einander gesehen, miteinander gesprochen hatten. Wenn Laura nur gewusst hätte, dass es die letzte Gelegenheit gewesen war, ihre Fenne in die Arme zu schließen, dann hätte sie es ganz sicher getan. Hätte sie festgehalten und nicht wieder losgelassen. Sie einfach daran gehindert, zum Dienst zu fahren. Doch so war sie auf dem blöden Teppich liegen geblieben. Viel zu träge und viel zu froh, nicht diejenige zu sein, die an diesem Abend Nachtschicht hatte. Viel zu sicher, dass der nächste Tag genau wie der letzte anbrechen würde. Ein Fehler, den junge Menschen nun einmal machten, bis sie lernten, dass es keine Garantie auf den nächsten Tag gab. Dass die Welt jederzeit in sich zusammenstürzen konnte.

Nicht zum ersten Mal fragte sie sich, ob sie ebenfalls erschossen worden wäre, wenn sie in der Nacht am Containerhafen dabei gewesen wäre. Allmählich begann sie, es zu bezweifeln. Das alles waren keine Zufälle. Was auf den ersten Blick wie Willkür aussah, hatte System.

Sie hoffte, dass Can Celik Gelegenheit bekommen hatte, sich an jenem Abend vor seinem Aufbruch vernünftig von seiner Familie oder seinen Lieben zu verabschieden. Die Qualen, die Laura dank ihrer Erinnerungen durchlitt, wünschte sie nun wirklich keinem.

SILBERMANN

Die Hamburger Nacht war neblig und unwirtlich, der Nieselregen fiel beinahe horizontal auf die verlassenen Straßen und Plätze. Das Wetter spielte ihm in die Hände, die Leute waren offener für sein Anliegen, wenn es draußen ungemütlich war. Er hasste diesen Teil seiner Arbeit. Obwohl es streng genommen eigentlich keinen Teil daran gab, den er mochte. Professor Silbermann hatte sich an einen Punkt in seinem Leben und seiner Karriere manövriert, von dem er nicht mehr wegkam. Und an dem er sich niemals gesehen hätte, als er noch ein junger, idealistischer Student gewesen war. Schon oft hatte er sich gefragt, an welchem Punkt er falsch abgebogen war, doch er konnte sich nicht entscheiden. Als er Kannenbergs Angebot für das Forschungsprojekt angenommen hatte? Als er seinen ersten Freiwilligen angesprochen hatte? Oder als er sich bereit erklärt hatte, nach Kannenbergs Tod die Leitung des Projekts zu übernehmen?

Wahrscheinlich aber, als er begriffen hatte, wie viel sie alle zahlen würden. Dass es nicht so einfach durchführbar war, wie sie gedacht und gehofft hatten. Dass sich der menschliche Körper nun einmal nicht an ihre Berechnungen hielt.

Das Problem war, dass die Körper von Menschen, die lange auf der Straße gelebt hatten, anders reagierten als die von normalen Menschen. Sie waren extremere Zustände gewohnt, waren unempfindlicher gegenüber Schmerz, aber durch die jahrelangen Strapazen kollabierten sie auch schneller. Silbermann war, wie seine Kollegen auch, überzeugt davon, dass es gelingen konnte, wenn sie nur einen Probanden fänden, der körperlich fit genug war. Einmal war es ihnen schließlich schon gelungen. Doch das war etwas anderes.

Fakt war: Er war zu weit gegangen, um jetzt noch umkehren zu können. Und er hatte viel zu viel Angst, um auszusteigen. Könighaus machte ihm da noch die wenigsten Sorgen.

Mittlerweile hasste er sich beinahe so sehr wie den Rest der Welt. Doch es half ja nichts.

Die Männer und Frauen hatten sich in Gruppen zusammengefunden. Im gedämpften Licht der Laternen sah man eigentlich nur unförmige Haufen aus Schlafsäcken.

Er war vorsichtig und ging jedes Mal in einen anderen Stadtteil. Silbermann wollte nicht erkannt werden, wollte nicht, dass die Leute misstrauisch wurden und Fragen stellten.

Er schlenderte durch St. Georg und sah sich wiederholt scheinbar flüchtig um. Zwischendurch prüfte er immer wieder, ob sein Handy seinen Standort noch sendete, um sicher zu sein, dass der Wagen in der Nähe war. Schließlich fand er, was er suchte. Ein Mann mittleren Alters saß im Eingangsbereich eines Discounters. Dem Zustand seiner Habseligkeiten nach zu urteilen, lebte er schon ziemlich lange ohne festen Wohnsitz. Weit und breit war kein anderer Mensch zu sehen. Gut. Ein weiterer Vorteil war, dass der Mann wach war und nicht betrunken schien. Silbermann hasste es, diese Menschen aus dem Delirium rütteln zu müssen. Trotzdem streifte er sich die dünnen Latexhandschuhe über. Bevor sie geduscht waren, fasste er sie nicht sonderlich gerne an.

Irgendwann in seinen ersten Jahren als praktizierender Arzt hatte er sich eingestehen müssen, dass er den Beruf völlig verfehlt hatte. Arthur Silbermann war alles andere als ein Menschenfreund. Die meisten widerten ihn eher an.

Er setzte ein strahlendes Lächeln auf und näherte sich dem Mann, der ihm misstrauisch entgegensah. Zuerst guckten die alle so. Jeder von ihnen rechnete mit der Polizei oder sonst jemandem, der sie von ihrem relativ geschützten Schlafplatz vertreiben konnte.

»Guten Abend«, sagte Silbermann freundlich. »Haben Sie vielleicht ein paar Minuten für mich?«

Der Mann runzelte die Stirn. »Worum geht's? Ich hab nichts verbrochen.«

»Das habe ich auch gar nicht unterstellen wollen«, versicherte Silbermann. »Ich bin hier, um Ihnen ein Angebot zu machen.« Der Blick des Mannes wanderte an Silbermanns Körper hinab wie ein Röntgenscanner. Wach und aufmerksam. Keine Drogen, kein Alkohol. Das war gut. Vielleicht war es diesmal der Richtige.

»Und wieso sollten Sie das tun?«

»Nun«, Silbermann ging in die Hocke und schenkte dem Mann einen, so hoffte er, beinahe väterlichen Blick. »Sie erfüllen all unsere Kriterien.«

»Hm. Na dann lassen Sie mal hören. Schaden kann es ja wohl nicht.«

Silbermann strahlte. »Ganz im Gegenteil. Es kann für Sie sogar von großem Nutzen sein!«

RAVEN

Sie hasste das Licht hier unten, aber wenigstens musste sie nicht hier leben. Raven durfte an die Oberfläche und ans Sonnenlicht, wann immer ihr danach war. Sie durfte frische Luft atmen, wenn sie wollte. Im Gegensatz zu ihrer alten Freundin Emily.

Raven hatte Emily eine ganze Weile schon nicht mehr besucht und war deshalb ein wenig besorgt, sie könnte sauer sein. Wer Emily kannte, der wusste, dass es kein Spaß war, wenn sie sauer wurde; und sie war ziemlich nachtragend. Das konnte mitunter gefährlich werden. Doch Raven wollte nicht, dass der Kontakt zu ihr abriss, außerdem war in Emilys Nähe der sicherste Ort im ganzen Gardens, weil sich kaum jemand sonderlich nah an sie herantraute – und genau das war es, was sie jetzt brauchte. Ein bisschen Ruhe.

Sie konnte sich nicht vorstellen, jetzt nach Hause zu fahren und dort alleine zu sein. Mit den Geistern, die in den Wänden wohnten. Oder vielmehr mit einem Geist. Außerdem hatte Raven ein wenig das Gefühl, dass sie Livias Lebensfaden in der Hand hielt. Natürlich war das Quatsch, aber sie konnte sich einfach nicht vorstellen, das Gebäude zu verlassen, bevor sie nicht wusste, ob mit dem Mädchen alles in Ordnung war. Wenn sie überlebte, dann wünschte Raven ihr ein anderes Leben. Mehr noch: Wenn sie überlebte, dann würde Raven Livia liebend gerne helfen, hier rauszukommen. Sie schuldete dem Mädchen mehr, als sie jemals wiedergutmachen könnte. Sie hatte Dark in Schutz genommen und einen hohen Preis dafür gezahlt. Einfach so. Menschen waren eine irritierend irrationale Spezies, doch Wesen wie Livia machten es Raven leichter zu leben. Die schiere Existenz des Mädchens ließ sie darauf hoffen, dass es vielleicht doch ein bisschen mehr gab als die Kälte ihres eigenen Lebens.

Raven fragte sich, warum sich der Typ ausgerechnet Livia ausgesucht hatte. Gab es etwa Gerüchte über Darks sexuelle Neigungen? Oder wären die Mädchen des Clubs ab jetzt so lange nicht mehr sicher, bis das Schwein sie gefunden hatte? War Livia ein Zufallsopfer oder hatte er sie gezielt ausgewählt? Und wenn ja: Warum?

Der Gedanke allein ließ sie ihren Schritt beschleunigen. Sie eilte den engen Flur hinab. Die groben Wände auf der einen und die Gittertüren auf der anderen Seite trugen nicht gerade dazu bei, sie zu beruhigen oder ihre Stimmung zu heben. Natürlich wusste sie, dass sie alle Gefangene hier im Gardens waren – die einen mehr, die anderen weniger –, aber nirgends wurde ihr das so sehr bewusst, war es so plastisch und greifbar wie in den Ställen.

Hier lebten exotische Tiere aus aller Welt. Diese Ställe und die Manege waren alles, was sie in ihrem Leben sahen. Tagaus, tagein. Sie waren die Verfluchten dieser Arena. Eigentlich war der Zirkus mit lebenden Tieren schon seit weit über hundert Jahren verboten, aber wenn man anfing, die Aspekte des Gardens aufzuzählen, die eigentlich verboten waren, wäre man bis zum nächsten Tag beschäftigt. Die Gesetze des Landes waren hier in Altberlin weitgehend außer Kraft gesetzt.

In den Ställen war es immer warm, die Tiere alleine sorgten schon dafür. Vor allem die großen Pferde, Büffel und Zebras verbreiteten eine geruchsintensive, beinahe vibrierende Wärme, die Raven irgendwie mochte. Es war eine andere Wärme als die, die ihre Drucker und Tiefkühltruhen hervorriefen. Lebendig und schwer.

Wie alles in diesem Gebäude beschrieb auch der Gang entlang der Ställe eine leichte Rundung. Die Boxen waren ringförmig um die Arena im Erdgeschoss angeordnet, da man die großen Tiere wohl kaum über die Aufzüge transportieren konnte und so die Wege kurz waren. Die kompletten Stallungen standen auf einer gigantischen hydraulischen Hebebühne. Nachts, wenn der Zirkus zum Club wurde, senkten sich die Ställe ab, dafür wurde die große Tanzfläche als Gegengewicht nach oben gezogen. Wenn das Gardens richtig voll war und die Tanzfläche überkochte, kam es vor, dass die Ställe zu zittern begannen und auch die Tiere unruhig wurden, sodass manche einen Cocktail aus Beruhigungsmitteln bekamen. Es war widerlich.

Endlich kam das blaue Licht des großen Terrariums in Sicht, in dem das Flusspferd Nino wohnte. Gegenüber lag Emilys Reich.

Vorsichtig löste Raven den riesigen Metallbolzen, der Emmis Tür sicherte, und schob diese auf. Zwar war sie sehnig und alles andere als schwach, aber dieses Tor hier war ein spezielles Kaliber. Ganz genau wie die Bewohnerin des Verschlags.

Wie immer stand Emily mit dem Hintern zur Tür und drehte sich auch nicht um, als Raven durch den Spalt schlüpfte, den sie sich mit Mühe geschaffen hatte. Raven hatte die alte Elefantendame im Verdacht, Nino nicht leiden zu können, was allerdings keine allzu gewagte These war, da Emily eigentlich niemanden leiden konnte. Nur Raven duldete sie in ihrer Nähe, ohne auszurasten. Manchmal jedenfalls. Warum das so war, wusste niemand. Vielleicht, weil Emily spürte, dass Raven keine Angst vor ihr hatte. Wieso Energie verschwenden? Das hieß aber natürlich noch lange nicht, dass sie Raven leiden konnte. Aber Raven war es genug.

»Hey, altes Mädchen«, sagte Raven sanft, und sie meinte, dass Emily den Kopf ganz, ganz leicht in ihre Richtung drehte. Raven schob die Hand in ihre Hosentasche und zog ein paar Erdnüsse hervor, die sie auf dem Weg durch den Club aus einer der Bars im zweiten Stock gemopst hatte. Eine Königin besuchte man nicht mit leeren Händen; Raven hätte es nicht gewagt, nach so langer Zeit ganz ohne ein Mitbringsel zu erscheinen.

Emily war einst die Attraktion im Utopia Gardens gewesen. Sie war einer der letzten großen Afrikanischen Steppenelefanten der Welt und damit das größte Säugetier, das in Gefangenschaft lebte. Die paar Exemplare, die von ihrer Art noch existierten, rannten irgendwo durch die Steppe. Eine größere Einsamkeit konnte Raven sich nicht vorstellen.

Menschen waren zum Teil von sehr weit her gekommen, nur um Emily zu sehen, und zumindest für die Menschen war das auch eine ganze Weile so gut gegangen. Sie hatte kleine Kinder auf ihrem Rücken reiten lassen und für jedes Foto stillgehalten, hatte sich auf die Hinterbeine gestellt, einen lächerlichen Kopfschmuck getragen und war auf Podeste geklettert. Vierzig Jahre lang. Vor zehn Jahren, als das Gardens eröffnet hatte, hatte Eugene Emily einem zwielichtigen Zirkusdirektor für eine Unsumme abgekauft. Der hatte damals behauptet, sie sei in seinem Zirkus geboren und hätte im Jahr des Verkaufs ihren dreißigsten Geburtstag gefeiert. Doch Raven glaubte das nicht, ihrer Meinung nach war Emily viel älter, und der Kerl hatte einfach nur einen ordentlichen Preis raushandeln wollen. Man konnte es in ihren Augen lesen. Emily hatte schon sehr, sehr viel gesehen.

Auch im Gardens hatte sie ein paar Jahre stillgestanden, sich fotografieren, beklettern und herumkommandieren lassen. Bis zu jenem Sonntagnachmittag, an dem sie ausgerastet war und den gesamten Zirkusbereich des Utopia Gardens niedergetrampelt hatte. Die Panik, die sie dadurch ausgelöst hatte, hatte in weiteren Bereichen des Gardens für erhebliche Schäden gesorgt. Selbst Raven hatte damals von den Ereignissen gehört, dabei war sie noch sehr klein gewesen. Als Kind hatte sie das Gardens nie besucht, und daher kannte sie Emily nur so, wie sie jetzt war.

Ihr Pfleger Cristobal hatte sich an jenem Tag eine Verletzung am Kehlkopf zugezogen, die ihn – im Gegensatz zu Dark – tatsächlich hatte verstummen lassen, weil Emily ihn gegen einen Pfeiler geschleudert hatte – aber sonst war niemand ernsthaft verletzt worden. Ein paar Prellungen, Knochenbrüche und diverse Traumata waren mit Kompensationszahlungen der Brüder schnell vergessen gewesen, und die ganze Stadt sprach darüber, dass »wie durch ein Wunder« nichts Schlimmeres geschehen war.

Raven glaubte allerdings nicht an Wunder, besonders in diesem speziellen Fall nicht. Sie vertraute Emily und glaubte, dass die schlecht gelaunte Elefantendame im Grunde ein gutes Herz hatte, ihr aber nach all den Jahren einfach der Kragen geplatzt war. Sie hatte sozusagen den Rüssel randvoll gehabt. Raven konnte das so gut verstehen.

Seit dem Vorfall war es ihr nun aber bestimmt, für immer in ihrem Verschlag zu leben. Einige eifrige Berliner, die sich wie immer »um die Sicherheit ihrer Kinder sorgten«, hatten gefordert, Emily einzuschläfern, doch das kam nicht infrage. Einen Afrikanischen Elefanten schläferte man nicht ein. Doch manchmal fragte Raven sich, ob es nicht besser für das Tier wäre, der Dauerexistenz hier in diesem Loch ein Ende zu bereiten. Es gab einen Grund dafür, warum Emily immer so schlechte Laune hatte und so schnell aggressiv wurde. Sie stand den ganzen Tag in einem dunklen Stall herum, verflucht. Dabei musste sie sich auch noch von einem Nilpferd auf ihren nicht mehr ganz taufrischen Hintern glotzen lassen. Da würde doch jeder ausrasten.

Raven jedenfalls hatte sich Emily von Anfang an verbunden gefühlt. Wann immer sie in der Nähe der Elefantendame war, konnte sie deren Schmerz praktisch am eigenen Leib spüren. Das mochte albern klingen, war aber die Wahrheit. Langsam und vorsichtig näherte sie sich Emily von hinten. Dabei presste sie sich so fest wie möglich an die Wand und fühlte, wie sich die Splitter in ihre Jacke fraßen. Doch das war ihr egal. Solange sie noch nicht wusste, in welcher Stimmung Emily gerade war, war es sicherer, sich möglichst langsam zu bewegen. Und möglichst weit außer Reichweite ihrer baumhohen Beine.

»Es tut mir leid, dass ich so lange nicht gekommen bin. Mein Leben ist etwas verrückt geworden.«

Das Stroh raschelte unter ihren Füßen. Es war frisch und trocken; Cristobal musste es gerade erst gewechselt haben. Auch wenn Raven es nicht genau wusste, so ahnte sie doch, dass der junge Mann seiner Emily nicht übel nahm, was sie getan hatte. Sie hatte das Gefühl, dass auch er das Tier verstand. Er behandelte sie liebevoll und mit viel Respekt; versuchte, es ihr hier in ihrer kleinen Existenz so komfortabel wie möglich zu machen.

Außerdem konnte es von Vorteil sein, im Gardens nicht sprechen zu können. Das bewahrte einen davor, dumme Dinge zu sagen und sich so in Schwierigkeiten zu bringen. Außerdem vertrauten einem die Leute dann eher. Cristobal schien die Vorzüge jedenfalls zu schätzen; als Raven ihm einmal angeboten hatte, ihm einen neuen Kehlkopf zu implantieren, hatte er nur lächelnd abgewinkt.

Emily schnaubte, als Raven sich näherte, und begann, mit ihren Ohren zu wedeln. Offenbar war sie schon ein bisschen sauer, aber nicht genug, um nach Raven zu treten oder mit dem Rüssel nach ihr zu schlagen, was durchaus auch schon vorgekommen war; auch wenn sie Raven noch nie ernsthaft verletzt hatte.

»Ich hab dir etwas mitgebracht«, säuselte Raven und zog die Hand mit den Erdnüssen aus ihrer Tasche. Sofort hörte sie, dass Emily schnupperte. Für eine alte Dame war ihre Nase doch ziemlich fein. Emily sah Raven noch immer nicht an, aber ihr gewaltiger Rüssel hob sich, und die Rüsselspitze tastete nach ihrer Hand mit den Erdnüssen. Raven lächelte. »Du bist mir doch nicht böse, oder, mein Mädchen?«

Ihr war etwas leichter ums Herz, als sie zusah, wie sich Emily die Nüsse nacheinander genüsslich in den Mund schob und zerkaute. Raven könnte ihr ewig dabei zusehen. Sie kannte nichts, was so komplex und einzigartig war wie ein Elefantenrüssel. Manchmal träumte sie davon, einen nachzubauen. Einfach so für sich.

Als sie sich ziemlich sicher war, dass von Emily heute keine Gefahr ausging, trat sie noch einen Schritt näher an das riesige Tier heran und legte ihren Kopf an dessen Seite. Wie immer dauerte es keine zehn Sekunden, bis die Tränen kamen. Die schartige, raue, feste Schulter der Elefantendame war der einzige Ort, an dem sich Raven das Weinen gestattete. Emily war das Wichtigste auf der Welt für Raven, wenn ihr Herz schwer war. Und gerade wog es mehrere Tonnen. Nach einer Weile fühlte sie, wie sich der schwere Rüssel auf ihre Schultern legte, und Raven presste ihre Stirn noch fester gegen Emilys Seite. Sie waren beide Gefangene, beide einsam und beide geschunden. Raven bildete sich gerne ein, dass Emily das genauso gut wusste wie sie selbst.

Normalerweise brachte Raven Emily immer den Apfel, den Billy ihr in der Küche zuwarf, aber heute hatte sie geahnt, dass ein Apfel nicht ausreichen würde. Die Erdnüsse hatten jedoch ihren Dienst getan.

Ravens Blick wanderte wie so oft zu Emilys Knöcheln, und wie jedes Mal tat ihr das Herz bei dem Anblick unglaublich weh. Emily musste elektronische Fußfesseln tragen, die ihr starke Stromstöße verpassen würden, sobald sie ihren Verschlag verließ. Sie trug die Dinger schon so lange, dass ihre empfindliche Haut darunter ganz rot und blutig geworden war. Es hörte nie wirklich auf zu bluten, was Raven beinahe verrückt machte. Cristobal schmierte die Haut unter den Fußfesseln zwar jeden Abend, so gut er konnte, ein, aber heilen würde da nichts mehr.

Raven trocknete ihre Tränen und begann, die Haut an Emilys Kinn und in der Nähe ihrer Ohren zu reiben. Die Elefantendame liebte es besonders, hinter den Ohren gerubbelt zu werden, weshalb sie den Kopf senkte und ganz besonders stillhielt.

»Du bist doch die Schönste und Schlauste von uns allen«, raunte Raven zärtlich.

Emilys Gesellschaft bewirkte bei Raven einen Trick, den sonst nur Drogen oder eine komplizierte Operation vollbrachten: Sie vergaß ihre Sorgen. All ihre Sinne waren voll und ganz auf das riesige Tier gerichtet, von dem sie weder Zaun noch Gitter trennte. Sie beobachtete jede von Emilys Regungen, jeden Atemzug und jedes Rüsselzucken. Alles andere war in Emilys Gegenwart nicht von Belang, als würde der Rest der Welt gar nicht existieren.

Irgendwann spürte sie jedoch, dass jemand hinter sie getreten war. Leider hatte sich trotz des stummen Tierpflegers mit der Zeit herumgesprochen, dass es eine gute Idee war, hier in den Ställen nach ihr zu suchen, wenn man sie brauchte.

Raven drehte den Kopf und sah Cristobal im Spalt des Gatters stehen.

Immerhin. Das kleinste aller Übel. Raven rang sich ein Lächeln ab.

»Hey, Cris!«

Der dunkelhäutige Mann nickte lächelnd und hob eine Hand zum Gruß.

»Alles klar bei dir?«

Cristobal nickte erneut, winkte sie aber dann zu sich heran. Offenbar war er nicht hier, um nach Emily zu sehen, sondern um sie zu holen.

Raven seufzte und tätschelte Emily enttäuscht die Flanke.
»Es tut mir leid, mein Mädchen. Wie es aussieht, werde ich gebraucht. Das nächste Mal dauert es nicht so lange, bis ich vorbeischaue. Das verspreche ich dir!«
Emily schnaubte erneut. Diesmal so stark, dass die Strohhalme unter ihrem Rüssel durch die Luft flogen, und Raven lächelte. Fast konnte man das Gefühl bekommen, dass Emily ihr nicht glaubte.
»Wirklich, fest versprochen.«
Cristobal bedachte sie mit einem traurigen Lächeln. Raven hätte ihn zu gerne gefragt, was er jetzt dachte. Ob es ihn störte, dass sie so oft bei Emily vorbeischaute oder ob er mit ihr gemeinsam traurig war, dass sie jetzt schon gehen musste. Vielleicht hatte er bereits von Livia gehört und war deswegen geknickt, oder er hatte ganz andere Sorgen. Raven lächelte zurück und wusste, dass sie dabei ebenso traurig aussah. Auf eine merkwürdige Art war das ein Trost.
Sie fragte sich, ob Cristobal nicht schon längst wusste, dass sie Dark war. Manchmal stellte sie sich gerne vor, dass er alles über das Gardens wusste, alle Geheimnisse kannte und stumm über sie wachte, aber das war natürlich Quatsch. Auch Cris konnte nicht an tausend Orten gleichzeitig sein. Aber einen Versuch war es wert. Raven zupfte den Tierpfleger am Ärmel, und Cris zog fragend die Augenbrauen hoch.
»Hast du mitbekommen, was mit Livia passiert ist?« Cristobal nickte, nun noch eine Spur trauriger.
»Und hast du gesehen, wer es war? Oder etwas gehört? Weißt du was?« Sie versuchte, ihn nicht zu bedrängen, doch es gelang ihr kaum.
Der Pfleger riss die Augen auf und schüttelte heftig den Kopf. Ein wenig zu heftig für Ravens Geschmack. Wie ein kleines Kind, das beteuerte, die Schokolade nicht angerührt zu haben, während das Gesicht mit braunen Flecken verklebt war.
»Wenn du irgendwas hörst, kommst du sofort zu mir, in Ordnung? Ich will alles wissen.«
Cristobal runzelte die Stirn, dann kratzte er sich im Nacken. Er war das fleischgewordene Unbehagen.
»Du kannst doch schreiben?«

Wieder ein Kopfschütteln, und nun war sich Raven sicher, dass er log. Sie konnte es am Flattern seiner Augäpfel sehen, an den roten Kreisen, die sich auf seinen Wangen abzeichneten. Egal, wie arm jemand war oder wo er herkam, Raven war noch nie jemandem begegnet, der nicht schreiben konnte. Doch sie beschloss, nicht nachzuhaken. Immerhin konnte sie ihn nicht zwingen und würde es auch nie tun. Wer im Gardens log, der hatte seine Gründe.

»Dann wirst du es mir aufzeichnen«, sagte Raven daher leichthin. »Ich habe eine blühende Fantasie.«

Sie folgte Cristobal aus den Stallungen heraus und in den trubeligen, belebten Teil des Clubs. Raven hatte den Überblick über die Wochentage komplett verloren, doch sie erkannte auch so, dass heute Zwanzigerjahre-Party war. Die erhöhte Tanzfläche war bereits gut gefüllt, dabei konnte es noch nicht allzu spät sein. Als sie den Club betreten hatte, war es draußen noch hell gewesen. Das deutete auf einen Wochentag hin; am Wochenende ging es hier um einiges später los.

Rund um die kreisrunde Fläche wurden Bilder aus dem Berlin der Zwanzigerjahre des 20. Jahrhunderts projiziert, aber in doppelter oder sogar dreifacher Geschwindigkeit. Wenn man den Pferdekutschen dabei zusah, wie sie über das Kopfsteinpflaster schossen, konnte einem schwindelig werden. In Kombination mit Drogen funktionierte das ihrer Erfahrung nach ganz besonders gut.

Männer in eleganten, aber altmodischen Anzügen drängten sich an Frauen, die gerade geschnittene Paillettenkleider trugen und alberne Zigarettenspitzen zwischen den Fingern hielten, in denen Attrappen aus Plastik vor sich hin glommen. Sie lachten dermaßen ausgelassen mit ihren rot geschminkten Lippen, dass es beinahe so wirkte, als wollten sie ihr Gegenüber eher verschlingen als beeindrucken. Das Orchester spielte die passende Musik, und daneben unterlegte ein ganzes DJ-Team die alten Klänge mit modernen Beats. Zwar sorgten die Zerstäuber, die rund um die Tanzfläche angebracht waren, für einen angenehmen Duft auf dem Dancefloor, doch Raven spürte Schweiß und Alkohol, die in der Luft lagen, auf der Haut. Sie zwang sich, nicht daran zu denken, dass lose Haut- und Speichelpartikel eines jeden Menschen, der sich im Club befand, durch den Raum schwebten. Mehr noch, dass sie mit jedem Atemzug zudem noch Blut und Sperma einatmete. Und noch so einiges, worüber sie nicht nachdenken wollte.

Spencer hatte das einmal im Scherz bemerkt, doch nun wurde Raven das Bild nicht mehr los. Weil es stimmte. Moleküle aller Art und allen nur erdenklichen Ursprungs schwängerten in diesen Räumen die Luft. Selbst wenn man sich der meisten Dinge entzog, die hier abgingen, so nahm man doch einen Teil der Verderbtheit des Clubs und seiner Besucher in sich auf. Ganz automatisch, nur indem man atmete.

Raven folgte Cristobal die Treppen hinunter, am Casino vorbei ein Stockwerk tiefer in den Bordell- und Table-Dance-Bereich, den »Salon Rouge«. Er befand sich im zweiten Untergeschoss des Gardens, direkt über dem Fightfloor und neben dem Wellnessbereich. Normalerweise vermied es Raven, die unteren Geschosse des Clubs überhaupt zu betreten. Am Glücksspiel hatte sie kein Interesse, und die anderen Floors stießen sie eher ab. Nur wenn sie etwas vom Schwarzmarkt brauchte, stieg sie hier hinunter. Oder wenn jemand sie holte.

Raven versuchte, nicht allzu genau hinzusehen, doch das war gar nicht so leicht. Der riesige, rote Raum, der komplett mit Samt ausgekleidet war, war dazu gemacht, dass man hinsah. Hier trugen beinahe alle Masken, doch Raven hatte das Gefühl, dass sie bereits durch die Löcher diverser Bautas hindurch hungrig angegafft wurde. Sicherlich war eine knochige Albina für manche von ihnen genau das Richtige. Raven wusste, dass sie eine begehrte Exotin wäre. Rosy, die Chefin des Clubs, hatte sie schon mehr als einmal darauf hingewiesen. Doch Raven hatte für nacktes Fleisch nur dann etwas übrig, wenn sie daran herumschneiden durfte. Ansonsten konnten das andere machen. Um am besten dabei so wenig wie möglich darüber reden.

Am anderen Ende des Raumes durchquerten sie einen Durchgang, der eigentlich nur Personal des Gardens vorbehalten war, und betraten somit den privaten Bereich der »Mädchen«. Wer bei den Brüdern hoch im Kurs stand und seine Arbeit gut machte, sprich, viel Geld erwirtschaftete, bekam hier hinter dem Salon sein eigenes Zimmer. Der Rest schlief auf Matten auf dem Fußboden im dritten Untergeschoss – in dem Bereich des Gardens, in dem auch der Schwarzmarkt zu Hause war. Manche zogen es vor, in den maroden Häusern rund um das Gebäude zu nächtigen. Doch die Quartiere der Mädchen aus dem Salon waren ein ganz anderes Kaliber. Zimmer voller Samt und Seide, Kronleuchter und noch mehr goldene Putten. Angeordnet waren sie wie die Ställe der Tiere. Und die Mädchen waren darin genauso gefangen wie Emily in ihrem Verschlag. Raven ahnte schon, wohin Cristobal sie nun brachte.

Und tatsächlich klopfte er nach ein paar Schritten an eine nur allzu vertraute Tür.

»Ich hab jetzt Pause!«, hörte sie eine ebenso vertraute Stimme keifen, und ein Lächeln stahl sich auf Ravens Lippen.

»Ich bin's«, rief sie, und kurz darauf schwang die Tür auf. Nina sah derangiert aus. Kein bisschen zurechtgemacht, dafür aber so, als hätte sie nur sehr wenig geschlafen. Sie würdigte Raven keines Blickes, sondern lächelte Cristobal an und hauchte ihm einen Kuss auf die Wange.

»Danke, du bist ein Schatz.«

Nina kramte in der Tasche ihres Morgenmantels und zog wahllos einen Schein heraus, den sie Cris in die Hand drückte. Ravens Augen wurden groß, als sie bemerkte, dass es ein Hunderter war. Nun grinste Cristobal breit, nickte einmal und steckte sich den Schein in die Hosentasche. Mit federnden Schritten zog er ab.

»Hey, was gibt es denn so Dringendes?«, fragte Raven ihre Freundin, doch Nina packte sie nur ungewohnt grob am Handgelenk und zischte: »Komm mit!«

Sie zerrte Raven hinter sich her den Flur hinab, wo sie die vorletzte Tür aufriss, ohne anzuklopfen. Kurz hatte Raven Angst, im nächsten Augenblick vielleicht Spencer zu erblicken, der sich an einer von Ninas Kolleginnen abarbeitete, doch nachdem sie ins Zimmer gezogen worden war, begriff sie, dass es noch viel, viel schlimmer war.

Ihr Hals wurde mit einem Schlag ganz trocken, und ihre Welt drehte sich.

Sie zwang sich, ganz langsam ein- und auszuatmen.

»Ist das ihr Zimmer?«, fragte sie tonlos, und der Griff um ihr Handgelenk verstärkte sich noch. Es war einigermaßen schmerzhaft, doch Raven beschwerte sich nicht.

»Du hast davon gehört?«

Raven zuckte die Schultern. »Wann bleibt denn in diesem Club schon mal etwas geheim?« Ihre Stimme klang nicht nach ihr selbst, auch ihre Beine und Arme schienen ein Eigenleben zu führen und bewegten sich ohne ihr Zutun.

Alle Zimmer der Mädchen waren gleich eingerichtet. Im Zentrum stand ein riesiges, viel zu plüschig wirkendes Bett mit einem großen Haufen Kissen darauf, ein kleiner Kaffeetisch mit zwei Sesseln stand gegenüber an der Wand. Dann gab es noch einen Kleiderschrank sowie eine schmale Tür, die in das private, winzige Badezimmer führte. Sonst nichts.

Hier jedoch war alles aus den Angeln gerissen worden. Das Bett war zerwühlt, die Schranktüren und sämtliche Schubladen standen offen, der Inhalt war wild über den Boden verteilt. Doch das war es nicht, was Raven so verstörte und ihr die Luft zum Atmen nahm. Es war der Sessel, der neben dem Bett stand. Er war voller Blut. Von den hellgoldenen Polstern war beinahe nichts mehr zu sehen, nur unten am Rand und oben an der Lehne blitzte noch etwas von dem edlen Material hervor, ansonsten hatten sich die Polster komplett mit Blut vollgesogen. Links und rechts des Sessels lagen blutige Bandagen, mit denen Livia wohl gefesselt worden war, auf dem hellen Teppichboden zeigten zwei blutrote Abdrücke an, wo Livias Füße gestanden haben mussten. Sie waren sehr groß.

Raven wich instinktiv einen Schritt zurück, doch Nina hielt sie mit festem Griff an ihrem Platz.

»Mein Gott«, flüsterte Raven und dann, nachdem sie sich wieder ein wenig gefangen hatte: »Warum zeigst du mir das?«

Nina stieß Raven von sich. Auch sie atmete schwer. Nicht nur der Anblick setzte einem zu, auch der Geruch, der im Raum hing, war kaum zu ertragen.

»Weil dein Dark dafür verantwortlich ist«, stieß Nina mit Mühe hervor. »Dein feiner Herr Modder ist schuld, dass Livia …« Nina

brach ab. Der Name des Mädchens war in einem Schluchzer unter-
gegangen, und Raven spürte, wie ihre Freundin zu zittern begann.
Doch das kümmerte sie in diesem Augenblick nicht.

»Du klingst fast so, als wäre ich mit Dark zusammen. Wie du sehr
wohl weißt, ist das nicht der Fall.«

»Aber du arbeitest für ihn!« Ninas Gesicht war eine einzige An-
klage. Doch auch Raven wurde langsam wütend. Das alles war schon
vor vielen Stunden zu viel für sie gewesen. Sie hatte das Gefühl, auf
einer Achterbahn zu sitzen, die mit immer größerer Geschwindigkeit nach unten rauschte, ohne dass der Fall gebremst wurde. Irgendwann musste das doch einmal aufhören.

»Und du arbeitest für Eugene und Mikael«, gab sie bissig zurück.
»Willst du mir etwa weismachen, die beiden würden eine Wohltätig-
keitsorganisation leiten?«

»Aber ich habe keine andere Wahl!«

»Ach, und ich habe die?« Raven stellte verwundert fest, dass sie
immer lauter wurde. Normalerweise war sie kein Mensch, der andere anschrie, aber in diesem Augenblick schien schreien der einzige
Weg zu sein, das Gewicht von ihrer Brust zu lösen. Es konnte doch
jetzt nicht wahr sein, dass Nina ihr die Schuld an der Attacke auf
Livia gab. Natürlich hatte sie sich die vor nicht allzu langer Zeit selbst
gegeben, doch das spielte keine Rolle. Es war etwas anderes, wenn
ihre Freundin sie einfach so beschuldigte. Nina wusste nichts von
Ravens Doppelleben. Sie hatte sich auch nie wirklich dafür interessiert, was Raven so trieb. Wie eigentlich so gut wie niemand auf dieser beschissenen Scheißwelt.

»Hast du mich jemals gefragt, wie es mir geht? Wie ich lebe? Welche Scheiße ich vielleicht mit mir rumtrage? Welche Wahl *ich* habe
oder nicht?« Raven fühlte, wie ihr die Hitze in die Wangen stieg.
Diese schrecklichen vergangenen achtundvierzig Stunden entluden
sich nun aus einer einzigen Gewitterwolke über Nina.

Raven schüttelte den Kopf, ohne eine Antwort abzuwarten. »Nein,
warum auch? Was sollte sich die Lieblingshure von Othello Sander
auch für andere Menschen interessieren? Für sie ist nur wichtig, welchen Schmuck man ihr schenkt oder wer nackt zu ihren Füßen ge-

bettelt hat, damit sie es danach allen erzählen und mit Hundertern um sich schmeißen kann.«

Sie sah Nina in die Augen und konnte dort den Schrecken lesen, der ihr in den Gliedern saß. Doch Raven war zu sehr in Fahrt, um sich jetzt noch zu bremsen.

»Weißt du was, Nina? Es würde mich nicht wundern, wenn Livia wegen *dir* angegriffen wurde. Weil irgendein Schwachkopf nicht damit leben konnte, von *dir* abgewiesen worden zu sein. Und wenn es noch nicht passiert ist, so wird es eines Tages passieren. Oder ein liebestoller Freier bringt dich um. So oder so solltest du vorsichtig sein, hier vor mir den besseren Menschen zu markieren.«

Nina schniefte leise, und Raven sackte bei diesem Geräusch ein Stück weit in sich zusammen.

Eine Weile standen sie einander stumm gegenüber. Die eine weinend, die andere schwer atmend.

Es war wirklich nicht leicht, Nina weinen zu sehen. Ihr dunkler, sehniger, eleganter Körper war nicht zum Weinen geboren. Überhaupt funktionierte Ravens gesamte Welt nur, weil jeder seine Rolle spielte. Und Ninas Aufgabe war es, zuverlässig arrogant und selbstherrlich, dabei aber witzig, unterhaltsam und atemberaubend schön zu sein. Nicht mehr und nicht weniger. Sie sollte nicht weinen. Ein Wesen wie Nina war dazu einfach nicht geschaffen.

»Es tut mir leid«, murmelte Raven nach einer Weile resigniert, doch Nina schüttelte den Kopf.

»Nein, schon gut. Du hast ja recht. Es ist nur nicht leicht für mich, nicht zu wissen, wen ich verantwortlich machen soll.«

Raven sah sich in dem zerstörten Zimmer um. Auf einmal war sie so müde, dass sie sich kaum noch auf den Beinen halten konnte.

»Im Zweifel den Typen, der dafür verantwortlich ist.«

Nina holte Luft, doch Raven brachte sie mit einer Handbewegung zum Schweigen.

»Dark hat das hier nicht getan, das weiß ich ganz sicher. Ich war den ganzen Tag bei ihm, bis vor ungefähr einer Stunde. Also muss es jemand sein, der über Angst und Terror an ihn herankommen will.«

Raven ließ ihren Blick schweifen. Allmählich hatte sich ihr Gehirn an den grausigen Anblick gewöhnt.

Man sollte meinen, Raven sei dank ihrer Arbeit immun gegen grauenvolle Bilder, doch das war nicht der Fall. Diese Szenerie erzählte eine Geschichte von Schmerz, Blut und Leid. Eine Geschichte, die Raven nie hatte hören wollen.

»Eine Katze jagt eine Ratte, kann sie aber nicht erwischen. Die Ratte ist zu schnell, zu clever. Sie verzieht sich immer wieder in irgendein Loch, bevor die Katze sie zu fassen bekommt. Das macht die Katze so wütend, dass sie den nächstbesten Vogel fängt, den sie erwischen kann. Sie quält das arme Ding, reißt ihm die Federn aus und beißt ihm die Beine einzeln ab, bevor sie ihn endlich verschlingt.«

Raven sah ihrer Freundin wieder in das verweinte Gesicht. »Wer ist nun schuld am Leid des Vogels? Die Ratte oder die Katze?«

Nina biss sich auf die Lippen, dann holte sie tief Luft und fragte: »Weißt du denn, wie man eine Katze fängt?«

BIROL

Hinnerks merkwürdiges Verhalten hatte ihn dazu veranlasst, die Akte seines Vaters an sich zu nehmen. Was streng verboten war – ohne Hinnerks Erlaubnis war Birol nicht befugt, Akten aus dem Gebäude zu entfernen. Doch er hatte zu große Angst, dass sie sonst auf mysteriöse Weise von seinem Schreibtisch verschwand. Und der Pförtner hatte zu so später Stunde keine Fragen mehr gestellt. Auch war er in seiner Abteilung niemandem mehr begegnet. Hinnerks Büro war leer und dunkel gewesen, als er daran vorbeigegangen war. Fast so, als hätte er die seltsame Begegnung nur geträumt. Oder der Chef hatte die Gelegenheit beim Schopf gepackt und war ebenfalls nach Hause gegangen. Vielleicht war Hinnerk aber auch nur beim KDD auf der Rückseite des Gebäudes – oder etwas völlig anderes hatte ihn in dieser Nacht in den Käfig gebracht. Wie dem auch sei, die Begegnung hatte bei Birol ein merkwürdiges Gefühl hinterlassen.

Normalerweise verfluchte er die Tatsache, dass die digitalen Akten nicht richtig gepflegt wurden, doch jetzt war es ihm ganz recht. So hatte alleine er Zugriff auf alle Informationen zum Mord an seinem Vater.

Anfangs hatte er noch geglaubt, Cans Kollegen würden alles daransetzen, den Verantwortlichen zu finden. Immerhin war Birols Vater schon lange dabei gewesen, immer im Käfig, immer mit derselben Mannschaft. Außerdem sagte man doch, die Polizei arbeite am gründlichsten und besten, wenn es um jemanden aus den eigenen Reihen ging. Dass sie besonders in so einem Fall nicht lockerließen, keine Ruhe gaben, bis der Täter hinter Gittern oder tot war.

Alles nur Gewäsch.

Nach Birols Dafürhalten war überhaupt nichts passiert, um den Mord aufzuklären. Alle sagten ihm in einer Tour, er solle es gut sein lassen und die Dinge so akzeptieren, wie sie waren. Sicher hatte Hinnerk ihm auch das neue »Team« gegeben, um ihn ruhigzustellen. Damit er beschäftigt war und nicht mehr rumnervte. Doch Birol konnte das nicht akzeptieren.

Wie so oft saß er in einer Vierundzwanzig-Stunden-Imbissbude unweit des Käfigs, weil er keine Lust hatte, nach Hause zu gehen. In seiner großen Familie war beinahe immer jemand wach, bereit, ihn mit Bedürfnissen zu überschütten oder anzuschreien.

Die Tische klebten, und die Anzahl der Neonreklamen konnte nur als grenzwertig beschrieben werden, doch Birol mochte es hier. Er aß immer einen Falafelteller, der so schmeckte wie in seiner Kindheit, und trank dazu starken schwarzen Tee, der so süß war, dass der Löffel beinahe darin stehen blieb.

»Zucker im Tee ist das einzige Mittel gegen die Bitterkeit des Lebens«, hatte seine Großmutter immer gesagt.

Gegen Birols Bitterkeit war kein Kraut gewachsen, doch der Tee war ihm zur Angewohnheit geworden. Obwohl er wusste, dass das Zeug nicht gut für seinen Schlaf, seine allgemeine Gesundheit oder seinen Body-Mass-Index war.

Er hatte die schmale Akte studiert, kannte alles in- und auswendig. Doch egal, wie oft er noch die Protokolle und Berichte las, die es zum Tod seines Vaters gab – die Fragen, die er hierzu hatte, konnte ihm einfach niemand beantworten. Am wenigsten die mittlerweile fettig gewordenen Seiten zwischen seinen Fingern.

Er ertappte sich dabei, dass seine Gedanken weg von den Akten und hin zu Martha wanderten. Zu ihrem schmalen, blassen Hals, der elegant unter den gerade geschnittenen, glänzend schwarzen Haaren zu sehen war. Den verletzlich wirkenden Nacken, der daran anschloss. Ihre wachsamen Augen, ihr abwartendes Schweigen. Auch sie umgab eine Traurigkeit, genau wie ihn. Das hatte er gespürt. Raven umgab ebenfalls etwas, doch das war etwas völlig anderes. Nein, Birol hatte gespürt, dass Martha und er durch eine bestimmte Form von Trauer und Einsamkeit miteinander verbunden waren. Man konnte es in ihren Augen sehen. In der Art, wie sie die Welt wahrnahm. Raven war angriffslustig, Martha hingegen wirkte auf eine Art permanent enttäuscht, die er von sich selbst nur allzu gut kannte. Birol fragte sich, ob sie auch an ihn gedacht hatte, seitdem sie sich heute Abend getrennt hatten. Und er konnte es kaum erwarten, sie am nächsten Morgen wiederzusehen. Er rieb sich mit der flachen Hand durchs Gesicht. Das brachte doch jetzt nichts. Energisch zog er den Ordner wieder zu sich heran und nahm einen Schluck Tee. Normalerweise machte ihn das Zeug einigermaßen wach, doch auch das brachte an diesem Tag wohl nicht mehr viel. Er musste sich konzentrieren. Irgendwo hier war ein Fehler versteckt. Etwas, das er bisher übersehen hatte.

Die Ermittlungen waren zum Ergebnis gekommen, dass Can von einem Cheater ermordet worden sein musste. Doch dafür gab es keinerlei Beweise. Nur weil er zu einem Einsatz in einem besetzten Haus gerufen worden war, in dem sich nach Kenntnissen der Polizei einige Cheater versteckt hielten? Das reichte noch lange nicht. Das Einzige, was dieses Ergebnis bewirkt hatte, war, dass Birol diese Menschen hasste, die das System der Prothesenvergabe umgingen, um sich selbst zu optimieren – um dann noch besser Verbrechen begehen zu können. Schon vor dem Mord an seinem Vater hatte er keinerlei Sympathie für diese spezielle Gruppe aufbringen können, doch in den letzten Monaten war diese Antipathie zu einem regelrechten Hass geworden. Und Hass machte bekanntlich blind. Birol Celik wollte nicht blind sein, ganz im Gegenteil, er wollte ganz genau hinsehen.

Hinnerks Verhalten hatte ihn aufgescheucht. Seine Finger fuhren über die Seiten.

Angeblich waren mit Can an jenem Abend noch elf andere Beamte ausgerückt. Zwei ganze Einsatzteams. Aber niemand wollte etwas von dem Mord gesehen haben. In so einem Fall gingen die Polizisten doch immer zu zweit. Der eine deckte den anderen. Oder war das auch nur wieder so eine fromme Vorstellung, die Birol aus einem seiner Lehrbücher hatte und die in der »Berliner Realität« einfach nicht umzusetzen war? Und der Täter war ihnen auch noch entwischt. Wie konnte das sein? Das Haus war angeblich voll mit Beamten, außerdem gab es, wie in jedem Berliner Altbau, nur eine Treppe nach unten. Hatte sich der Mörder etwa in Luft aufgelöst?

Oder hatten die Polizisten behauptet, ein Cheater hätte auf Can Celik geschossen, weil es ihnen zu peinlich gewesen wäre zuzugeben, dass ihnen ein »ganz normaler Mensch« durch die Lappen gegangen war? Immerhin könnte der Cheater ja auch leistungsstarke Sprunggelenke getragen haben, diese waren derzeit in der Szene schwer in Mode. Doch davon stand natürlich nichts im Bericht. Oder es war schlicht und ergreifend eine günstige Gelegenheit für irgendjemanden gewesen, Can Celik aus dem Weg zu räumen. Aber warum? Can war Polizist und Familienvater gewesen, ein ganz normaler Typ, der versucht hatte, sein Leben zu leben. Für Birol ergab das alles keinen Sinn.

Die Patrone, die seinen Vater getötet hatte, stammte aus einer Remington R 51, ein 9 mm Parabellum Geschoss. Die Munition war nicht ungewöhnlich, doch die Waffe war ziemlich alt und schon damals, als sie noch neu auf dem Markt gewesen war, eher in den USA als in Europa gebräuchlich. Jedenfalls keine Waffe der deutschen Polizei.

Doch auch das ballistische Gutachten könnte fehlerhaft sein. Bewusst oder aus Ahnungslosigkeit. Birol war kein Ballistiker. Woher sollte er wissen, dass das Geschoss nicht aus einer stinknormalen Polizei-Walther abgefeuert worden war? Die Geschosse selbst wurden von ihnen auch nicht gerade selten eingesetzt. 9 mm Parabellum hatte sich mittlerweile eigentlich überall durchgesetzt.

Er schob sich eine kalte Falafel in den Mund und starrte aus dem Fenster. Es nieselte ein wenig, und die bunten Lichter des Imbisses spiegelten sich vielfach auf dem schwarzen Asphalt. Ab und zu eilte jemand mit hochgezogenen Schultern durch die Nacht. Birol hatte das Gefühl, als würde er in einer teerschwarzen Suppe schwimmen. Er ruderte und strampelte, kam aber weder voran, noch fand er Halt.

Er wünschte, er könnte mit jemandem über den Tod seines Vaters reden, der ihn ernst nahm. Der ihm zuhörte, die Fakten aber auch fachlich einordnen konnte. Jemand mit einem offenen Geist und scharfem Blick. Sofort kehrten seine Gedanken zurück zu Martha. Was würde sie wohl sagen, wenn er ihr die ganze Geschichte erzählte? Manchmal, so wie jetzt, kam es ihm so vor, als könne er die Last der Geschichte nicht ganz alleine tragen. Er sehnte sich nach jemandem, der ihm zur Seite stand. So, wie sein Vater es immer getan hatte.

Hinnerk wusste etwas. Er hatte sich auf gewisse Weise heute Nacht selbst verraten. Nur dass ihm das nicht schaden dürfte. Wahrscheinlich war es ihm sogar egal. Hinnerk Blume war der Boss des Käfigs, der König der Polizisten von Berlin Mitte. Birol würde sich entscheiden müssen, ob er bereit war, für die Rache, nach der er sich sehnte, seinen Traum vom Leben als Polizist zu zerschlagen, vielleicht sogar ins Gefängnis zu gehen. Sich mit Hinnerk und den anderen anzulegen war kein Spaß – und würde sicher deutlich weniger toleriert werden als ein toter Kollege. Das wusste Birol jetzt.

Doch er konnte nicht aufhören. Konnte nicht einfach nach Hause gehen und es gut sein lassen. Denn dann würde das Tier in seiner Brust niemals Ruhe geben. Irgendwann würde es aus ihm herausbrechen, wütend und entsetzlich. Wenn es so weit war, dann sollten wenigstens die richtigen Leute Schaden nehmen.

LAURA

An Schlaf war nicht zu denken in dieser Scheißstadt, vor allem nicht, nachdem sie sich von ihren Erinnerungen hatte mitreißen lassen. Unruhe hatte von ihr Besitz ergriffen, sie war immer und immer wieder im Kreis durch das große, leere Wohnzimmer getigert. Auf der Suche nach etwas, das sie hier oben in Pankow ganz sicher nicht finden würde. Laura brauchte Antworten. Also hatte sie beschlossen, genau das zu tun, was Fenne getan hätte.

Es fiel ihr schwer genug. Sie war nicht »so ein Mensch«. Allerdings hatte sie auch gedacht, dass sie kein Mensch war, der sich unter einer falschen Identität Zugang zu einer fremden Polizei verschaffen würde. Dass sie überhaupt jemand war, der etwas Illegales tat. Vielleicht musste sie sich einfach davon verabschieden, so oder so zu sein, und einfach tun, was nötig war.

Laut Internet war heute Nacht Zwanzigerjahre-Party, und ihre Garderobe gab leider nichts her, was zum Motto passte. Laura war nur mit einem großen Rucksack voller funktionaler Kleidung nach Berlin aufgebrochen, ihre schönen Kleider, die Röcke und Blusen, alles, was sie zum Ausgehen so gerne getragen hatte, war in Hamburg zurückgeblieben. Ihre Wohnung zahlte sie weiter, von ihrer Hamburger Bank aus. Es tat ihr gut zu wissen, dass dieser Kokon noch existierte und bewies, dass sie einmal glücklich und in Sicherheit gewesen war. Noch auf der Autobahn nach Berlin hatte sie sich eingeredet, jederzeit in ihr altes Leben in Hamburg zurückkehren zu können. Doch schon jetzt wusste sie, dass das eine Lüge war. Laura konnte nicht mehr zurück. Aus tausend Gründen. Sie zog eine schwarze Jeans und einen Rollkragenpullover aus dem Stapel Klamotten neben der Eingangstür. Wenn ihr blasses Gesicht nicht wäre, könnte sie glatt mit der Dunkelheit verschmelzen. So wirkte es im Zwielicht, das vom hereinsickernden Laternenlicht erzeugt wurde, als schwebe ihr Gesicht im luftleeren Raum.

Sie konnte nur hoffen, dass sie so, wie sie aussah, in den Club gelassen wurde. Allerdings war es auf der anderen Seite besser, dass sie nur Hosen und Pullover eingepackt hatte, schließlich wusste sie nicht, wie sie sich mit einem passenden Kleidchen auf ihr Motorrad hätte schwingen sollen.

So fuhr sie sich nur mit den Fingern durch die Haare, die ohnehin gut zum Motto passten, und legte roten Lippenstift auf. Während sie ihr Gesicht im Spiegel betrachtete, den sie am Abend noch in einem heruntergekommenen Shop gekauft hatte, schoss ihr durch den Kopf, dass die junge Frau, die sie da gerade ansah, in ein anderes Leben gehörte. Nach Hamburg Winterhude in eine kleine Dachgeschosswohnung. Nicht hierher. Der Lippenstift fühlte sich vollkommen falsch an. Als wäre sie aus ihm herausgewachsen, was bei einem Lippenstift streng genommen gar nicht möglich war. Laura wusste nicht, wer oder was sie jetzt war. Und das machte ihr Angst. Ihr ganzes Leben lang war sie eine gewesen, die es wusste. Stabil, selbstsicher, sich ihrer Stärken und Schwächen bewusst. Keine, die zweifelte.

Nicht zu lange darüber nachdenken. Sie würde da hinfahren und sich einfach ein bisschen umschauen. Taten jede Nacht doch Tausende andere Menschen in dieser Stadt. Nichts Besonderes. Solange sie selbst nicht wusste, wer sie war und was genau sie tun sollte, konnte sie ebenso gut auch Fennes Bauchgefühl folgen. Keine Angst haben. Was konnte schon groß passieren?

Schließlich hatte sie kein Interesse daran, hier in Berlin tatsächlich die Polizeischule ein weiteres Mal zu durchlaufen. Und je älter ein Fall wurde, desto kälter wurde die Spur.

Zum Glück hatte das Utopia Gardens einen Parkservice. Laura hatte sich eine beachtliche Menge Bargeld eingesteckt und das unbestimmte Gefühl, dass sie nichts davon wieder mit zurücknehmen würde. Mit Karte konnte und wollte sie nicht zahlen, da sie so wenig digitale Spuren wie möglich hinterlassen wollte. Natürlich stand es ihr frei, von Hamburg nach Berlin zu fahren und dort einen Club zu besuchen, aber sie war ihrem Dienst nun schon eine ganze Weile ferngeblieben und wurde sicher gesucht.

Sie hob immer an kleinen, privat betriebenen Automaten Geld ab, die sie hinterher mit einem zuverlässigen Trick lahmlegte. Sie wusste genau, dass die letzten Transaktionen nach dem Reset nicht mehr angezeigt wurden, und wenn sie schnell war, auch nicht an die Zentrale übermittelt wurden. Ein Gauner war in Hamburg mit diesem Trick recht lange erfolgreich gewesen. Sie selbst hatte mit dem Betreiber der Automaten gesprochen und hatte dabei in Erfahrung gebracht, dass die Firma dieses finanzielle Risiko bewusst in Kauf nahm. Es war ihr unangenehm, ihr Wissen derart auszunutzen, aber es musste sein. Immerhin hob sie ja nur ihr eigenes Geld ab und bestahl niemanden. Außerdem war der Firmenchef ein arrogantes Arschloch, das seine Mitarbeiter nicht anständig bezahlte. Jedenfalls versuchte sie, sich damit vor sich selbst zu rechtfertigen.

Sie drückte dem Portier einen Schein in die Hand, der sie sofort freundlich grinsend durchwinkte, an den riesigen Türstehern vorbei, die mit Knöpfen im Ohr und grimmigen Mienen an den Eingängen standen. Die Kerle sahen gar nicht aus wie echte Menschen.

Weshalb sie fürchterlich erschrak, als einer der beiden Männer sie ansprach, kaum dass sie durch die Tür getreten war.

»Nach links!«

Laura zuckte zusammen und drehte sich um.

»Wie bitte?«

»Sie müssen nach links zur Garderobe.«

»Aber ich möchte nichts abgeben.«

Nun grinste der Türsteher breit und warf seinem Kollegen einen belustigten Blick zu.

»Ein Frischling also.«

Laura fühlte, wie ihr Röte ins Gesicht kroch.

»Und wenn?«, gab sie keck zurück und klang dabei deutlich mutiger, als sie sich fühlte.

Der Mann beugte sich zu ihr hinab, wobei das Leder seiner Jacke knarzte und sein starkes, aufdringliches Rasierwasser Laura in die Nase stieg. Das, und ein Hauch von Cannabis.

»Du hast unserem Hotte ein ordentliches Trinkgeld gegeben, also lassen wir dich rein. Aber wenn du nicht richtig für die Party gekleidet bist, lassen sie dich nicht durch die zweite Tür, und dann lernst du nur unseren schicken Flur kennen, sonst aber nüscht. Also geh zur Garderobe und lass dir da was Passendes geben. Ist nur ein gut gemeinter Rat. Der Flur ist aber auch sehr hübsch. Deine Entscheidung.«

Laura nickte. »Schön. Danke.«

Sie drehte sich auf den Hacken um und schlug die Richtung ein, in die der Mann gezeigt hatte. Dabei fühlte sie die Hitze im Gesicht wie ein Brandzeichen. Sie war ein Frischling, und jeder konnte es sehen. Schon von Weitem bemerkte sie die Leuchtpfeile, die auf die Garderobe hinwiesen.

Wobei Garderobe eigentlich das falsche Wort war für das, was sie vorfand. Auf ungefähr einem Viertel der Länge des gesamten Gebäudes befand sich etwas, das eher an eine Boutique erinnerte. Laura war aufgefallen, dass sie zuvor an einem verschlossenen Abschnitt vorbeigekommen war. Offenbar hatte das Gardens für jeden Mottoabend der Woche die passende »Garderobe«. Laura wurde beinahe geblendet von der Menge an Pailletten, in denen sich das Licht der Scheinwerfer brach. Außerdem sah sie tonnenweise Federboas, Stirnbänder, Glitzerkappen, Tanzschuhe, Federkleider und was man in der Zeit, die heute Abend gefeiert wurde, noch so alles getragen hatte. An der hinteren Wand befanden sich mehrere Garderoben, außerdem standen in gläsernen Auslagen Unmengen an Schmuck zur Verfügung. Sogar ein Frisiertisch und mehrere Schminkspiegel waren vorhanden. Aber allein die Menge an Kleidungsstücken überforderte sie beinahe sofort. Wie sollte sich ein Mensch da schon entscheiden?

Kaum hatte sie den Bereich mit den Klamotten betreten, rauschte auch schon eine Gestalt in rosa Seide auf sie zu.

»Wat solls denn sein? Kurz, lang, Kleid, Hose, Anzug, Mütze, Jacke, Schuhe?«

»Ähm.«

Laura konnte kaum einen geraden Gedanken fassen, so sehr war sie vom Erscheinungsbild der Person vereinnahmt, die vor ihr stand. Es war ein Mann, dessen war sie sich nach kürzerer Überlegung einigermaßen sicher, auch wenn sie nichts darauf verwetten würde. Seine langen Haare hatte er zu einer kunstvollen Hochsteckfrisur aufgetürmt, in die ein schwarzes Seidenband gewickelt war. Der sehr dicke Körper steckte in einem rosa Ungetüm, das ihn mehr wie ein sehr kalorienreiches Gebäckstück als irgendwas anderes wirken ließ, und an seinen Ohren sowie um den Hals schillerten dicke Perlen. Als Krönung des grotesken Ensembles trug er eine riesige, mit glitzernden Steinen besetzte Brille, in der sich keine Gläser befanden, durch die er Laura aber gleichwohl kurzsichtig blinzelnd musterte.

Er seufzte theatralisch. »Dein erstes Mal?«

Laura nickte.

»Okay. Dann lass mich einfach machen.«

Eine Hand wanderte in eine winzige Handtasche, die er über der Schulter trug, und förderte eine kleine Phiole zutage, die er kurzerhand aufdrehte. Mit einem winzigen Löffel, der im Deckel integriert war, bugsierte er etwas weißes Pulver direkt in jedes seiner Nasenlöcher und atmete anschließend tief und zufrieden lächelnd durch.

»Aaaah, schon besser.« Er fing Lauras Blick auf, deutete ihn aber fehl. Stolz hielt er ihr die kleine Phiole unter die Nase.

»Hübsch, nicht? Original Zwanzigerjahre. Hat mir ein reicher Geschäftsmann geschenkt. Für meine gute Beratung.« Bei den letzten beiden Worten malte er kichernd mit den Fingern Anführungszeichen in die Luft und klimperte mit seinen langen angeklebten Wimpern.

»Ja, sehr hübsch«, brachte Laura irritiert hervor, weil sie nicht wusste, was sie sonst hätte sagen sollen. Hübsch war das Ding ja tatsächlich. Was es beinhaltete, stand auf einem ganz anderen Blatt.

»Gut, jetzt bin ich bereit, dich einzukleiden, Püppi. 'ne 34?«

»36«, antwortete Laura mechanisch.

»Weeß ick doch. Es zieht nur immer so gut, wenn man die Leute schlanker schätzt. Ich erzähle auch gerne, dass die Sachen bei uns oft klein ausfallen. Schließlich will hier ja niemand mit schlechter Laune starten, wa?« Er fuhr sich mit der flachen Hand über die diversen Rundungen an seinem Körper. »Kann ja nicht jeder mit so viel Eleganz 'ne sechsundfuffzig tragen.«

Der Kerl lächelte so verschmitzt, dass Laura gegen ihren Willen mitlachen musste. Irgendwie gefiel er ihr, auch wenn sie das eigentlich nicht wollte.

»Ich heiße übrigens Papageno. Wie der Vogelfänger.«

»Martha«, erwiderte Laura und lächelte den Mann, der ganz sicher nicht Papageno hieß, freundlich an.

»Angenehm, angenehm.« Er wirbelte durch den Laden wie eine Naturgewalt und warf immer wieder Kleidungsstücke, die seinem strengen Blick standhielten, über die Umrandung einer schmalen Umkleidekabine.

»Na, wat stehst du denn hier wie eine Salzsäule, Kindchen. Ab mit dir da rin! Wenn du noch länger brauchst, ist die Nacht vorbei!«

Laura gab sich einen Ruck und betrat die Kabine. Sie mochte es gar nicht, ihre praktische Alltagskleidung ablegen zu müssen. Irgendwie fühlte es sich an, als würde sie einen Teil ihrer Tarnung aufgeben. Was natürlich Blödsinn war. In diesen Klamotten war sie deutlich verkleideter als sonst.

Sie entschied sich schließlich für einen zweireihigen Anzug mit hoch sitzender Hose, weit ausgeschnittener Bluse, Gehrock und Spazierstock.

»Wenn du mir gleich gesagt hättest, dass du 'ne Lesbe bist, hätte das uns beiden das Leben deutlich erleichtert«, schimpfte Papageno, als sie wieder aus der Kabine trat.

Laura lief rot an, sagte aber nichts dazu. Sollte er sie doch halten, wofür er wollte. Vielleicht war es sogar gut so, dass sie so ein Bild vermittelte. Dann hatte sie wenigstens vor betrunkenen Männern Ruhe.

Papageno kassierte eine Summe, bei der Laura kräftig schlucken musste, und schloss ihre Straßenklamotten mitsamt dem Motorradhelm in einen Spind.

»Willst du noch eine Maske?«, fragte er und deutete auf das Regal hinter sich. Dort reihten sich venezianische Masken in verschiede-

nen Farben aneinander. Laura hatte schon davon gehört, dass viele
Menschen sich nur maskiert im Club bewegten. Vielleicht wäre das
auch für sie klüger, nur hatte Laura ebenfalls gelesen, dass man mit
der Farbe der Maske eine bestimmte sexuelle Vorliebe kommunizieren konnte, und das wollte sie dann lieber doch nicht riskieren. Immerhin hatte sie schon in ihren ersten dreißig Minuten hier bewie-
sen, wie wenig sie mit den Gepflogenheiten des Gardens vertraut
war. Es war nicht nötig, sich noch lächerlicher zu machen. Also
schüttelte sie den Kopf.

»Nur gucken, wa?«

Zu ihrer Überraschung zog Papageno sie an sich und hauchte ihr
zwei Küsse auf die Wangen.

»Na dann viel Spaß, Kleines. Pass auf, dass de nicht verloren
gehst!«

»Danke!«, erwiderte Laura und meinte es ernst. Ihr Herz klopfte
bis zum Hals, als sie in ihren etwas zu großen Männerschuhen in
Richtung der Flügeltüren stakste, durch die sie den Bass bereits
dröhnen hörte.

Zwei junge Frauen, die ähnlich gekleidet waren wie sie, dabei aber
betörend schön aussahen, schenkten ihr ein sehr synchrones Lächeln, bevor sie die Türen einen Spaltbreit öffneten und Laura hin-
durchließen.

Der Bass nahm ihr den Atem. Nicht sprichwörtlich, sondern tatsächlich. Laura schlug beim Betreten des Raumes ein Druck entgegen, mit dem sie niemals gerechnet hätte. Ihr Brustkorb wurde zusammengepresst, und ihre Ohren verschlossen sich automatisch.

Offenbar war sie mitten in einen Höhepunkt der Party gestolpert.
Tausende Hände reckten sich verzückt in Richtung Himmel, die
Leute auf der Tanzfläche, aber auch rundherum jauchzten und lachten. Viele hatten ihre Masken auf die Stirn geschoben, andere trugen
sie noch im Gesicht. Laura sah schwarz, gold, rot und blau. Sah unzählige Bautas, aber auch Fuchsmasken, Bärenmasken und Theater-
masken, die das gesamte Gesicht bedeckten. Mit einem Mal kam sie
sich nackt vor. Und sie bekam noch immer kaum Luft. Flach atmend,
schaute Laura sich um und entdeckte ein DJ-Pult, über dem ein

Countdown lief, der die Sekunden rückwärts zählte. Auch die DJs hatten ihre Hände in die Höhe gereckt und grinsten.

Alles dröhnte und vibrierte, die Gläser und Flaschen hinter den diversen Bars, die den runden Raum säumten, mussten allesamt klirren, nur dass Laura es nicht hören konnte. Doch sie sah, dass das Getränk im Glas ihres Nachbarn deutliche Wellen schlug. Auf einmal fingen alle rund um sie herum an runterzuzählen. »Fünf, vier, drei, zwei, eins, whoooooooooooohoooooo!« Mit dem Verstreichen der letzten Sekunde setzte die Musik des Orchesters ein, und das Dröhnen hörte auf. Laura atmete einmal tief durch. Die Leute, es mussten Tausende sein, die sich in dem riesigen Saal verteilten, fingen gleichzeitig an zu tanzen.

Der Druck auf Lauras Brust löste sich, und ein lautes Lachen blubberte ihr über die Lippen. Der junge Mann, der neben ihr stand, grinste sie an und zog die Augenbrauen hoch. Und zu ihrem Erstaunen grinste sie zurück. Sie fühlte, wie das Adrenalin durch ihr Blut rauschte, als hätte sie gerade einen Bungee-Sprung überlebt. Es war einfach nur herrlich. Seit ihrer Ankunft in Berlin – ach was, seit dem Abend vor Fennes Tod – hatte sie sich nicht mehr so frei und gut gefühlt. Vielleicht war es sogar das erste Mal überhaupt. Nie hätte sie gedacht, dass lautes Dröhnen sie derart in Verzückung versetzen könnte. Es war, als hätte sie jemand durchgekitzelt. Sie fühlte sich seltsam geliebt und hatte keine Ahnung, woher dieses Gefühl wohl stammen konnte.

Laura ging ein Stück in den Raum hinein und auf die Tanzfläche zu, legte den Kopf in den Nacken und stieß einen euphorischen Schrei aus. Sie schrie, so laut sie konnte, und liebte die Tatsache, dass sie niemand hörte, obwohl ihre Lunge zu schmerzen begann.

Die Musik war etwas ganz Besonderes. Eine Mischung aus Trompeten, Klavier und Bässen, Bässen, Bässen. Die Frauen schwangen elegant ihre Hüften, Pailletten und Perlen flogen durch die Luft und tupften gemeinsam mit den sich drehenden Discokugeln helle Punkte in den Raum. Gut gekleidete Herren drehten die Damen im Kreis, führten sie an zarten Handgelenken und küssten sie auf rote, lachende Lippen.

Laura war von dem Anblick wie gefangen. Sie konnte nicht wegsehen, wollte sich nicht bewegen, sondern nur diese Fülle in sich aufsaugen, wie ein Schwamm. Warum war ihr vorher nicht aufgefallen, wie viel Leere sie in sich trug? Und nun war ihr, als hätte jemand warmen Honig in das schwarze Loch ihres Herzens gegossen.

Ihre Beine wippten, ohne dass sie etwas dagegen tun konnte. Die Musik war übermächtig, und auch ihre Mundwinkel machten, was sie wollten.

Sie hatte sich vorgenommen, sich einfach nur mal umzusehen, am Rand zu bleiben, vielleicht ein paar Informationen zu sammeln, falls sich die Gelegenheit ergab. Doch was machte es schon, ob sie das früher oder später tat? Jetzt konnte sie doch auch erst mal eine Runde tanzen, oder nicht?

Irgendwie hatten ihre Füße sie zur nächsten Treppe getragen, die auf die höher gelegene Tanzfläche führte. Wie auf Kommando reichte ihr eine schöne blonde Frau mit wilden Locken und einem roten Kleid, das ihren Lippen Konkurrenz machte, die Hand, um Laura nach oben zu helfen. Sie ergriff die Hand und ließ sich einfach mitziehen.

Nur der Durst war dafür verantwortlich, dass sie überhaupt aufhörte zu tanzen. Ihre Vernunft hatte Laura davor bewahrt, sich die diversen Dinge in den Mund zu stecken, die ihr auf der Tanzfläche angeboten worden waren. Die erste Pille ist immer gratis, das wusste sie, aber es blieb nicht lange so. Also war sie immer nur kopfschüttelnd in der Menge untergetaucht und hatte woanders weitergetanzt. Überhaupt hatte sie gedacht, die Menschen hier wären vielleicht einer alleine tanzenden Frau gegenüber viel aufdringlicher, aber das Gegenteil war der Fall. Es gab viele, die alleine tanzten. Man ließ einander in Frieden.

An der Bar angekommen, ließ sie sich auf einen der plüschigen Hocker fallen und strich sich den klatschnassen Pony aus dem Gesicht. Ob sie Papageno wohl einen Aufschlag dafür würde zahlen müssen, dass der Anzug komplett schweißgetränkt war?

Es war ihr irgendwie egal. Alles war ihr irgendwie egal. Sie bestellte einen Gin Tonic mit viel Eis, den sie in kleinen Schlucken trank, während sie darauf wartete, dass sich ihr Herzschlag wieder beruhigte. Laura fühlte sich lebendig, wie ein richtiger Mensch aus Fleisch und Blut und nicht diese billige Kopie ihrer selbst, die in letzter Zeit durch die Welt gestolpert war. Vielleicht hätte sie das hier viel früher machen sollen?

Laura wusste nicht, wie spät es war. Im gesamten Club gab es keine Uhren, was sicherlich zur Strategie gehörte. Es war hinderlich, sich auf die Uhrzeit zu konzentrieren; dann gab man weniger Geld aus. Spätestens wenn sich das Gardens auf die Zirkusvorstellungen am Nachmittag vorbereiten musste, wurden die Letzten rausgeworfen.

Hier, am Rand der Tanzfläche und, merkwürdig genug, dank des Alkohols, klärten sich ihre Gedanken. Sie erinnerte sich wieder daran, warum sie eigentlich hierhergekommen war. Fenne. Fenne hätte das alles so geliebt. Was wäre gewesen, wenn sie beide einfach aus Hamburg abgehauen wären? Wenn sie in jener Nacht beschlossen hätten, den Dienst zu schwänzen und einfach loszufahren, Laura am Lenker, Fenne gut gelaunt auf dem Sozius. Sich aufgemacht hätten nach Berlin, das eindeutig auch seine guten Seiten hatte.

Kurz gab sie sich der Fantasie hin, sie hätte mit Fenne gemeinsam auf der Tanzfläche gestanden, hätte ihrer Freundin die Arme um die Schultern gelegt und sich mit ihr gedreht. Wilder und wilder.

Doch natürlich wäre ihnen nach kürzester Zeit das Geld ausgegangen und sie wären, wie schon so viele vor ihnen und viele Menschen in diesem Raum, am Utopia Gardens kleben geblieben, hätten sich in seinem Netz verfangen und wären verschlungen worden.

Plötzlich hielt Laura das auch für sich selbst für möglich. Das hier war ein wundervoller Ort. Viel zu wundervoll. Sie spürte mit einem Mal die Gefahr, die von allem in diesem Club ausging. Das Gardens war hungrig und sein Schlund gewaltig.

Sie ließ den sündhaft teuren Longdrink stehen und verabschiedete sich mit einem Nicken vom Barkeeper. Laura hatte jetzt zu tun.

RAVEN

Nina hatte es sich offenbar zur Aufgabe gemacht, heute ihr persönlicher Sklaventreiber zu sein, und Raven wehrte sich nicht. Sie ahnte, dass ihre Freundin den Schmerz, den sie fühlte, an irgendjemandem auslassen musste, und Raven war streng genommen ja auch die Richtige dafür.

Eigentlich müsste sie schlafen, doch dafür war jetzt nicht die richtige Zeit. Nina brauchte sie, und Gebrauchtwerden war eines der wenigen Gefühle auf der Welt, die Raven das Herz leichter machten.

Also hatte sie sich von Nina aufdonnern lassen für die Party, die unten stattfand.

»Ich habe heute keinen Nerv für irgendwelche Freier, aber wenn Ruby sieht, dass ich nicht arbeite, bringt sie mich um«, hatte sie erklärt, während sie Ravens Haare zu einem Knoten auftürmte und ihr einen Zylinder überstülpte. »Sie hat mir nur den halben Abend freigegeben, weil Eugene es mir höchstselbst erlaubt hat. Nicht mehr und nicht weniger.«

»Und was habe ich damit zu tun?«, hatte Raven gefragt, die zu dem Zeitpunkt tatsächlich noch nicht geahnt hatte, worauf das Ganze hinauslief.

»*Du* wirst mein Kunde sein! Wenn ich beschäftigt bin, dann bin ich beschäftigt, und kein anderer kann mich buchen. Ich mache keine Dreier.«

Nina rückte ihr mit einem falschen Bart und Hautkleber auf die Pelle, und Raven verkniff sich ein Stöhnen.

»Gott, warum hast du denn so was überhaupt hier in deinem Zimmer?«

Nina hatte Raven auf die Art mitleidig und liebevoll angesehen, wie Eltern ein Kind betrachteten, das gerade ein sehr hässliches Bild gemalt hatte.

»Das willst du nicht wissen«, hatte sie geantwortet.

Raven dachte, wie merkwürdig es doch war, dass sie gleichzeitig der berüchtigtste Modder der Stadt sein konnte, der anderen Menschen die Augäpfel herausschnitt, und auf der anderen Seite rot wurde, wenn sie nur an Rollenspiele dachte. Es war ihr irgendwie peinlich, und gleichzeitig wollte sie die naive Seite, die sie in sich trug, nicht ablegen. Sie war wie ein Anker in ihrer Kindheit, in eine bessere Welt und die Verbindung zu den Träumen, denen sie sich manchmal hingab, wenn sie ganz alleine war.

»Okay«, antwortete sie deshalb nur und reckte den Kopf ein wenig nach oben, damit Nina besser arbeiten konnte.

Und so kam es, dass Raven etwa eine halbe Stunde später an der Hand ihrer Freundin durch den Clubraum defilierte. Mit abgebundener Brust und einem falschen Bart im Gesicht.

Ganz entgegen ihren Vermutungen war es eigentlich ganz lustig. Raven genoss es, mal nicht von jedem einzelnen Mitarbeiter des Gardens erkannt zu werden. Zwar war ihr unter dem Zylinder entsetzlich heiß, doch sie dachte nicht daran, ihn abzusetzen.

Einzig die Tatsache, dass sie nichts sagen konnte, ohne dass Nina ihren Kopf in den Nacken legte und aus vollem Hals lachte und ihr manchmal sogar Küsse auf die Wangen und den Mund hauchte, war ihr unangenehm. Raven versuchte, so souverän wie nur möglich auszusehen. Wie ein selbstbewusster Mann, der gerade mit einem der teuersten Mädchen des Gardens den Abend verbrachte. Angetan, milde erregt, gelöst und ein bisschen aufgeblasen. Gar nicht so einfach für einen Menschen, der normalerweise nur zwei Gesichtsausdrücke bemühte: abwartend und genervt.

Sie setzten sich in eines der runden Separees, die am Rande des Raumes zwischen den Bars verteilt standen. Mit ihnen saßen auch noch zwei andere Paare auf der runden Sitzbank, aber es wäre zu viel gesagt zu behaupten, dass sie ihre Anwesenheit überhaupt bemerkten. Dafür waren sie unterhalb der Tischplatte viel zu beschäftigt. Gott, konnten die dafür nicht runter ins Rouge gehen?

Nina setzte sich auf Ravens Schoß und ließ ihre Hände zwischen deren Beine gleiten.

»Wag es ja nicht!«, zischte Raven zwischen den Zähnen hindurch, was Nina zum Kichern brachte.

»Warum denn so prüde, Kleines?«, hauchte sie Raven ins Ohr, doch als diese nur verärgert den Kopf schüttelte, zog Nina ihre Hand brav zurück.

Manchmal, nur manchmal, wünschte sich Raven ganz normale Freunde. Falls es so was überhaupt gab.

»Also keine Rollenspiele für den kleinen Raben!«, flüsterte Nina keck und biss Raven ins Ohr.

»Nina!« Eine scharfe Stimme durchschnitt den Augenblick, und Raven zuckte zusammen. Sie spürte, wie sich Ninas Körper auf ihrem Schoß versteifte.

Ein Schatten legte sich über die beiden Freundinnen, als sich ein großer Mann in ihr Sichtfeld schob. Nun fühlte auch Raven ihre Glieder steif werden. Sie atmete flach und angestrengt.

»Othello«, sagte Nina viel ruhiger, als Raven es in diesem Moment gekonnt hätte. »Tut mir leid, aber für heute Nacht bin ich schon vergeben, wie du vielleicht siehst.«

Raven wollte den Kopf senken, dabei wusste sie eigentlich, dass Othello Sander sie niemals erkennen geschweige denn zuordnen konnte. Sie waren einander noch nie begegnet. Doch Raven war diejenige, die seine Produkte veränderte, zu teilweise völlig neuen Konstruktionen zusammenschraubte und perfektionierte. Schon oft hatte sie sich gefragt, was Othello Sander wohl sagen würde, wenn er wüsste, dass jemand derart an seinen Produkten herummanipulierte. Wäre er verärgert? Würde er sie anzeigen? Oder wäre er vielleicht sogar fasziniert, auf einer fachlichen Ebene interessiert an dem, was sie tat?

Manchmal hätte Raven es gern gewusst, war dieser Mann doch vielleicht der einzige Mensch auf der Welt, mit dem Raven auf Augenhöhe sprechen könnte. Die anderen Modder waren Lichtjahre von ihrem Niveau entfernt. Doch natürlich kratzten einen Othello Sander keine kleinen Modder, die zwei oder drei Prothesen im Monat herstellen konnten, während sein Unternehmen Tausende täglich produzierte. Für ihn wäre Raven wahrscheinlich genauso wichtig wie der Dreck an seiner Schuhsohle. Und genauso schaute er sie auch gerade an. Es fiel ihr schwer, seinem Blick standzuhalten.

Othello Sander zückte eine Rolle eng gefalteter Geldscheine und hielt sie Raven hin. Sie schluckte. Das, was gerade vor ihrer Nase herumgewedelt wurde, war sicher deutlich mehr, als Bartosz ihr noch für die Augen geschuldet hatte. Davon könnte sie sich locker einen dritten Drucker kaufen, falls sie noch einmal einen fand.

»Hast du nicht gehört, was ich gesagt habe? Ich bin vergeben.«

»Ich will dich aber sehen. Und unser kleiner Freund hier wird mir bestimmt nicht im Weg stehen.«

Er wandte sich an Raven, die schon wieder dem Impuls widerstehen musste wegzusehen.

»Wenn ich Nein sage, dann heißt das Nein. Und dieser Gentleman hier ist mindestens genauso gut betucht wie du, er wird sich also wohl kaum von ein paar Scheinchen davon abhalten lassen, mit mir nach unten zu gehen.«

Ich bringe sie um, dachte Raven, doch sie sagte nichts.

Othello Sanders Hand schnellte vor. Er packte Nina am Handgelenk und zog sie auf die Füße.

»Ich fürchte, dir ist noch immer nicht klar, worauf du dich bei mir eingelassen hast. Ich bekomme immer, was ich will.«

Raven sprang auf die Füße, bereit, sich zwischen Nina und Othello zu stellen, da hatte dieser bereits eine Hand auf der Schulter. Der Sicherheitsdienst war auf die Szene aufmerksam geworden. Raven atmete erleichtert aus.

»Wenn Sie die Dame nicht respektieren, dann muss ich Sie leider hinausbegleiten«, sagte Igor ruhig und bestimmt. Sein Blick blieb einen Moment zu lange an Raven haften, und sie wusste, dass er sie erkannte. Zum Glück war es Igor und keiner von den Ratten, die aus jeder Information noch ein paar Münzen quetschen wollten.

Othello Sander schüttelte Igors Hand ab wie eine lästige Fliege, doch er ließ Ninas Handgelenk los.

»Ist ja schon gut. Die Dame und ich kennen uns.«

Nina stemmte ihr Handgelenk in die Hüfte. »Das stimmt. Und ich habe Sie sehr gerne als Kunden, *Herr Sander.*« Sie zwinkerte. »Aufgeschoben ist ja nicht aufgehoben, nicht wahr?« Othello schnaubte, nickte dann aber.

»Gut. Ich hoffe nur, Sie sind nächstes Mal etwas kooperativer.«

Mit diesen Worten quetschte sich Othello an Igor vorbei und verschwand in der Menge.

»Die Typen denken wohl, sie könnten sich alles erlauben. Ich hasse solche Goldärsche«, sagte Igor, und Raven verkniff sich ein Grinsen.

»Kann ich euch Mädels jetzt alleine lassen?«

Nina rieb sich das Handgelenk, doch sie lächelte und nickte.

»Ja, danke, Igor.« Und mit Blick auf Raven fügte sie hinzu: »Du wirst uns doch nicht verpfeifen?«

Igor kratzte sich den riesigen, blank polierten Schädel. »Ich nicht, ne. Kennst mich doch, Kleines. Ein Vater von zwei Töchtern kann dit nich. Aber ich glaube, du solltest trotzdem zusehen, dass du dir nen richtigen Kunden suchst. Es gab schon Gemecker wegen deines Ausfalls von vorhin.«

Der Security-Mitarbeiter schenkte Nina ein mitfühlendes Lächeln, doch die presste nur ihre Lippen aufeinander und nickte knapp.

»Tut mir leid, Sie enttäuschen zu müssen«, sagte sie in Ravens Richtung, und Raven meinte, Tränen in den schönen, großen Augen ihrer Freundin glitzern zu sehen. »Aber die Pflicht ruft.«

Sie beugte sich vor und flüsterte: »Sieh noch einmal nach Livia, wenn du kannst. Und wenn du was hörst, schick einen Boten sofort zu mir.«

Nina hauchte Raven einen Kuss auf die Wange und sagte deutlich lauter: »Tut mir leid, Honey!«

Mit diesen Worten folgte sie Igor in die andere Richtung.

Nein, dachte Raven. Mir tut es leid.

Sie wusste nicht, wie die Mädchen bestraft wurden, wenn sie nicht spurten, und sie wollte es auch überhaupt nicht wissen. Nina lebte schon seit frühester Jugend hier im Gardens und kannte es nicht anders. Ob es das nun besser oder schlechter machte, konnte Raven gar nicht sagen. Wahrscheinlich linderte es einfach nur den Schmerz des Augenblicks. Genau wie die Opiate, die Nina an manchen Tagen wie Lutschpastillen einschmiss. Raven wusste genau, dass sie ihrer Freundin vorhin unrecht getan hatte. Nina kannte Schmerz genauso gut wie Raven.

Aber Raven kannte wiederum ihre Nina gut genug, um zu wissen, dass es wenig gab, was ihr Angst machte. Und Othello Sander hatte sie eindeutig in Angst versetzt, auch wenn sie es eindrucksvoll überspielt hatte.

Vielleicht hatte Nina nur so mit dem großen Othello Sander angegeben, damit alle wussten, dass er jetzt ihr Kunde war. Und um sich selbst einzureden, dass das eine gute Sache war. Vorstellen konnte Raven sich das. In Ninas Welt gab es keinen Platz für Fehler.

Othello Sander, das hatte Raven heute Abend deutlich gesehen, konnte ziemlich aggressiv werden. Zwischendurch hatte er regelrecht gefährlich ausgesehen. Solch ein Verhalten hätte sie ihm überhaupt nicht zugetraut, doch er hatte sichtlich unter Druck gestanden. Ein Druck, den er bei Nina hatte ablassen wollen. Raven war dankbar, dass Igor gekommen war, auch wenn ihr der Gedanke, noch einmal auf den Prothesenmagnaten zu treffen, überhaupt nicht behagte. Denn *ihr* würde niemand so bereitwillig beispringen, das wusste sie sehr genau. Schon gar nicht in diesem Aufzug.

Heimgehen wollte sie auch nicht, da sie nach wie vor warten wollte, bis sie etwas von Livia hörte. Besonders jetzt, da auch Nina sie darum gebeten hatte.

Also würde ihr nichts anderes übrig bleiben, als wieder zurück nach unten zu gehen und sich in Ninas Zimmer umzuziehen. Schade, die Maskerade hatte ihr wirklich gut gefallen.

Sie wollte gerade aufstehen, als sie sie sah. Zuerst nur von hinten, doch Raven war sich sofort sicher. Was erstaunlich genug war, denn Martha, wie sie sich nannte, war ähnlich verkleidet wie sie. Ihr schlanker Körper steckte in einem Männeranzug, doch die glänzenden schwarzen Haare und etwas in ihren Bewegungen verriet sie. Sie hatte etwas Weiches, Katzenhaftes an sich, was forsch und vorsichtig zugleich wirkte. Elegant und unnahbar, schwer zu greifen. Ein Mensch, der auf der Hut war, ohne Angst zu haben.

Was zur Hölle machte sie hier? Sie hatte Raven nicht den Eindruck gemacht, ein Clubgänger zu sein.

Langsam glitt Raven auf die Bar zu, an der Martha saß und mit ihren Fingern an einem Longdrinkglas herumspielte. Sie wusste selbst nicht, was sie vorantrieb. Schließlich kannte sie die andere Frau kaum, das Schicksal hatte sie in dieselbe Gruppe bei der Polizei verschlagen – na und? Das hieß doch noch lange nichts. Und gab Raven nicht das Recht, ihr nachzustellen.

Doch etwas an der Tatsache, dass Martha hier war, verursachte Raven ein Kribbeln im Nacken. Die ganze Frau verursachte ihr ein Kribbeln im Nacken. Und ein Bauchgefühl sagte ihr, dass Martha nicht zum Tanzen gekommen war.

Es lag an der Art, wie sie sich bewegte. Martha schaute sich mehrmals suchend um, was Raven verriet, dass sie das erste Mal im Gardens war. Das überraschte sie wenig, die junge Frau war ihr schließlich gänzlich unbekannt.

Doch Martha wirkte lediglich wachsam, nicht unsicher. Auf eine Art souverän, die Raven zuvor nicht bei ihr bemerkt hatte. Nicht so unerträglich selbstbewusst wie die Wesen aus der Unterwelt, aber auch nicht wie ein Frischling.

Nun war Raven wieder sehr froh über die Maskerade, da sie ihr erlaubte, Martha unbemerkt zu folgen. Denn mehr als einmal war der Blick ihrer neuen Kollegin schon über sie hinweggeglitten, doch Raven vertraute darauf, dass sie unerkannt blieb, solange sie nur gebührend Abstand hielt und der Zylinder nicht verrutschte.

Sie folgte Martha die Treppen hinab ins Casino und nach einem kurzen Aufenthalt zwischen den Spieltischen, bei dem sie offenbar nicht entdecken konnte, was sie suchte, weiter ins Bordell.

Hier konnte sie Marthas Unbehagen regelrecht spüren. Ihr Rücken verkrampfte sich, die Schritte stockten. Kein Wunder. Die Ak-

174

tivitäten in dem warmen, rubinroten Raum waren, genau wie die Nacht, schon sehr weit fortgeschritten. Normalerweise mied Raven in den Stunden zwischen Mitternacht und sechs Uhr morgens diesen Bereich des Gardens noch mehr als ohnehin schon – wie der Teufel das Weihwasser. Denn während am frühen Abend noch alles hinter verschlossenen Türen stattfand, wurden die Kunden ab der Geisterstunde auch im Barbereich bedient – und zwar auf jede erdenkliche Weise. Zu dem Zeitpunkt waren alle schon so betrunken oder aus anderen Gründen weggetreten, dass sie alle Hemmungen fallen ließen. Der Anblick hatte für Raven immer etwas von einem Rudel Affen. Man konnte deutlich sehen, woher die Menschen stammten.

Martha gab sich einen Ruck und trat über die Schwelle, während Raven sich, ebenfalls voller Unbehagen, einen Platz auf dem »Rang« suchte. Jenem schmalen Raum, der kreisrund um das Bordell verlief und mit Fenstern ausgestattet war, die in den Barbereich hinausgingen. Es handelte sich um verdunkeltes Glas, das in der Bar nicht weiter auffiel, da die Wände ohnehin dunkel gestrichen waren. Hier bearbeiteten sich jene Männer und Frauen schnaubend und schwitzend, die lieber zusahen, als mitmachten – oder schlicht nicht über das nötige Kleingeld verfügten.

Raven stieg über einige von ihnen hinweg, um so wenig Körperkontakt wie nur möglich bemüht, und suchte sich ein freies Fenster. Dabei versuchte sie, durch den Mund zu atmen. Doch das Gefühl, nicht genügend Sauerstoff zu bekommen, machte sich allmählich in ihr breit.

Kurz schoss ihr die Frage durch den Kopf, wie sie sich verhalten sollte, falls Martha doch auf der Suche nach einem sexuellen Abenteuer war. Sie könnte doch dann nicht einfach dabei zuschauen! Wie sollte sie ihr morgen früh dann wieder in die Augen sehen? Vielleicht war ihr Zögern auf der Türschwelle nur der Tatsache geschuldet, dass sie plötzlich Angst vor ihrer eigenen Courage gehabt hatte? Hatte sie sich oben etwa Mut für ihr Vorhaben angetrunken?

Raven beobachtete, wie Martha kurz mit Ruby sprach, die hinter der Bar Gläser polierte.

Doch Ruby schüttelte kurz und abweisend den Kopf und deutete auf eine Gruppe Mädchen, die in der hinteren Ecke der Bar gerade Pause machten.

Martha ging zu ihnen und setzte sich; die Mädchen beäugten sie misstrauisch, aber nicht unfreundlich.

Und auch Raven wurde beäugt, und zwar von ihrem rotgesichtigen Sitznachbarn.

»Wenn du keinen Spaß haben willst, geh woanders hin!«, forderte der in immerhin gedämpftem Tonfall.

»Ich wurde im Dienst verletzt«, flüsterte Raven, so tief sie konnte, zurück und zuckte die Schultern. »Kann leider nich mehr so wie ihr. Was nicht heißt, dass ich keinen Spaß habe.« Herrgott, wo hatte ihr Gehirn denn diese Antwort hergenommen? Vielleicht hatte etwas von Ninas Schlagfertigkeit auf sie abgefärbt.

Das Gesicht ihres Sitznachbarn verzog sich. Er rückte näher an Raven heran, die all ihre Willenskraft benötigte, nicht aufzuspringen und schreiend wegzulaufen. Sie starrte auf ihre Füße.

Der Mann hob seine Hand, die eben noch mit etwas anderem beschäftigt gewesen war, und legte sie Raven mitfühlend auf die Schulter. »Tut mir leid, Mann. Ich hoffe, es lohnt sich trotzdem für dich.«

Raven nickte knapp, und zu ihrer Erleichterung rückte der Kerl von ihr ab. Sie atmete zitternd aus.

Durch das Gespräch war sie eine Weile abgelenkt gewesen, und als sie ihren Blick wieder auf das Geschehen in der Bar lenkte, stockte ihr der Atem. Martha wurde gerade recht unsanft von Steven aus dem Raum eskortiert. Er schubste sie grob vor sich her, während Marthas dunkle Augen trotzig funkelten.

Was war denn da passiert?

»Möchte mal wissen, was die Süße angestellt hat!«, murmelte einer der Männer.

»Wenn sie sie da unten nicht brauchen können, ich nehme sie gerne«, sagte ein zweiter, der locker Marthas Großvater hätte sein können.

Bis auf Raven begannen alle zu lachen, doch sie konnte ihren Blick nicht von Martha abwenden.

Sie sah keine Angst in deren Gesicht. Trotz, wie gesagt. Schlechte Laune. Und noch etwas, das sie von sich selbst kannte, auch wenn sie geschickter darin war, ihre Emotionen vor der Außenwelt zu verbergen: Entschlossenheit.

Raven blieb noch eine ganze Weile, nachdem Martha die Bar verlassen hatte, in der ekelhaften Mischung aus Schweiß- und Spermageruch sitzen, bis sie sicher war, dass ihre Kollegin nicht wiederkam. Dann stakste sie zurück über diverse Beine, um die heruntergelassene Kleidung schlackerte, hinaus auf den Flur.

Mit spitzen Fingern zog sie sich den Bart vom Gesicht, was erstaunlich wehtat, und streifte sich den Zylinder vom Kopf. Darunter war ihr vor allem in der letzten halben Stunde so warm geworden, dass die Haare dicht am Kopf klebten.

Sie betrat die Bar und zwang sich, einmal tief durchzuatmen. Im Kontrast zum Rang roch es hier schwer und süß, nach Vanille und Lilien. Auch überdeckte laute Klaviermusik den Großteil der menschlichen Geräusche. Was Raven normalerweise abstieß, empfand sie diesmal als Wohltat.

Ruby beäugte sie sehr skeptisch. Raven wusste auch nach zwei Jahren im Gardens noch nicht, was sie von der Matrone halten sollte; doch offenbar ging es Ruby mit ihr nicht anders. Immerhin klare Verhältnisse.

»Na sieh mal einer an. Da ist ein Vögelchen aber tief geflogen. Normalerweise verirrst du dich doch nie zu der Zeit zu mir runter. Haste dir mein Angebot noch einmal überlegt, Schätzchen? Brauchste Geld?«

Raven schüttelte den Kopf und ließ sich auf einen der Barhocker fallen.

»Gib's auf, Ruby. Der Tag wird niemals kommen. Bevor ich bei dir arbeite, geh ich lieber betteln.«

Die Bardame polierte weiter Gläser und zog eine Augenbraue hoch.

»Ich versuch das jetzt mal nicht als Beleidigung zu verstehen.«

Raven fragte sich, ob die Frau wirklich ständig so viele Gläser zu polieren hatte oder ob das zu ihrer Fassade gehörte. Damit die Gäste das Gefühl hatten, nicht von der Chefin beobachtet zu werden. Oben auf dem Floor hatten die Barkeeper deutlich mehr zu tun, da wurde sehr viel weniger poliert.

»Also wenn du unter die Lesben gegangen bist, wäre das für mich auch kein Problem. Da hätt ich auch genug Kundschaft.« Ihr Blick wanderte an Ravens Anzug rauf und runter.

»Das hat Nina verbrochen«, sagte Raven und lächelte leicht. »Ich konnte nichts dagegen tun.«

»Die ist nicht hier, falls du sie suchst.«

Raven winkte ab. »Ich weiß, ich weiß. Hab sie an Igor verloren.«

»Armes Ding.«

Raven funkelte Ruby an. Immerhin war die Chefin der Grund dafür, dass Igor ihre Freundin überhaupt mitgenommen hatte. Doch sie erwiderte nichts, denn schließlich war sie hier, um sich mit Ruby zu unterhalten, und nicht, um Streit mit ihr anzufangen. »Kannst du mir einen doppelten Wodka geben, bitte? Schreib ihn auf Ninas Liste, sie schuldet mir deutlich mehr als das.«

Ruby nickte und stellte kurz darauf ein Glas vor Raven ab. »Du hast vorhin mit einer schwarzhaarigen Frau gesprochen«, sagte Raven nach einer Weile.

Ruby hielt in ihren Bewegungen inne. »Und wenn?«

Raven schmunzelte. Das war hier im Gardens eine typische Antwort. Dicht gefolgt von »Kann schon sein.«

Während »Kann schon sein« bedeutete, dass derjenige Geld für seine Information wollte, hieß »Und wenn?« lediglich, dass das Gegenüber erst einmal abwarten wollte, wo die Frage hinzielte.

»Ich kenne sie«, sagte Raven und ließ es absichtlich so klingen, als sei es nicht von besonderer Bedeutung. »Man kann ihr nicht trauen. Hätte mich nur interessiert, was sie von euch wollte.«

»Man kann ihr nicht trauen?«

»Ne. Hat mich mal um eine hübsche Summe getuppt.«

»Und warum biste dann nicht gleich hier reingekommen und hast sie zur Rede gestellt, wenn du sie schon erkannt hast?«

Raven nahm einen Schluck Wodka und verzog das Gesicht. Eigentlich mochte sie das Zeug überhaupt nicht, aber sie wusste aus

Erfahrung, dass Ruby redseliger war, wenn ihr Gegenüber etwas zu trinken vor sich hatte. Wahrscheinlich war das ein alter Barkeeper-Reflex. Wie das Polieren.

»Sie hat gefährliche Freunde. Ich habe irgendwann aufgehört, meinem Geld hinterherzurennen – und ich lass die Leute niemals leichtfertig vom Haken. Mich schockt so schnell nichts.«

»Hm«, sagte Ruby und stemmte einen ihrer speckigen Arme in die Hüften.

»Besonders gefährlich kam mir die Kleine gar nicht vor. Und in dem Job legst du dir 'ne gute Menschenkenntnis zu, das kann ich dir sagen.«

Raven sah ihr in die Augen, wartete ruhig ab, bis Ruby ihre Entscheidung getroffen hatte.

»Sie hat mich nur gefragt, ob ich einen Typen namens Can Celik kenne.«

Celik. Den Namen hörte Raven heute nicht zum ersten Mal. Das war viel interessanter, als sie gedacht hatte.

»Und?«

Ruby verzog das Gesicht. »Da ist sie an die Falsche geraten, würde ich sagen. Immerhin ist das hier kein Ort, an dem Männer gerne ihre Vor- und Nachnamen preisgeben.«

Da war natürlich was dran. Das hätte Martha sich auch selbst denken können.

»Und warum musste Steven dann kommen?«

Ruby winkte mit ihrem Küchenhandtuch ab. »Ach, killefitz. Eines meiner Mädchen hat wohl gedacht, sie probiert es mal bei ihr. Aber offenbar versteht deine Bekannte keinen Spaß. Hat ihr eine gefeuert.«

Raven verkniff sich ein Grinsen. Schade, dass sie in dem Augenblick gerade nicht hingeschaut hatte.

»Okay«, sagte sie. »Dann weiß ich wenigstens, dass sie nicht hinter mir her war.«

Ruby beugte sich zu Raven herab und sah ihr fest in die Augen.

»Ich verstehe, dass du Angst hast, Mädchen.«

»Das habe ich nicht.«

Ruby schnaubte. »Jemand, der vor nichts zurückschreckt, hat heute deinen Boss gesucht. Wer sagt denn, dass er nicht auch hinter dir her ist?«

Raven versuchte, Haltung zu bewahren, doch sie fühlte, dass ihr das Blut in die Wangen stieg.

»Jeder Job hat seine Risiken. Aber hier geht es überhaupt nicht um mich. Weißt du, wie es Livia geht?«

»Sie hat es nicht geschafft.« Rubys Miene war ausdruckslos wie die eines Fisches. Ich habe Rückenschmerzen, ein Kunde hat die Zeche geprellt, eines der Mädchen wurde erstochen. Für Ruby waren das alles nur Unannehmlichkeiten. Nicht weiter der Rede wert.

Raven schluckte die aufkommenden Tränen hinunter. Livia war tot. Wegen ihr.

»Also. Wenn du dir mein Angebot noch einmal überlegen möchtest: Es ist gerade ein Zimmer frei geworden. Ich würde es natürlich vorher für dich gründlich reinigen lassen. Vielleicht muss auch der Teppich raus. Aber es ist wirklich gemütlich. Und wegen mir ist noch keines meiner Mädchen gestorben.«

Raven knallte ihr Glas auf die Theke. Das letzte bisschen Geduld, das sie noch in sich getragen hatte, hatte sich gerade mit wehenden Fahnen davongemacht.

»Du hast aber auch nie dazu beigetragen, dass sie am Leben bleiben.«

Ruby klappte den Mund auf, aber es kam nichts heraus. Raven war egal, ob sie nun wütend war oder nicht. Es war ihr egal, was sie Nina erzählen würde und was Ruby ihr beim nächsten Besuch im Salon Rouge an den Kopf knallen würde. Sie hatte genug gehört.

Bevor die Bordellchefin ihr Mundwerk wiedergefunden hatte, war Raven schon aus der Tür.

BIROL

Er war ja schon müde, aber wenn er sich die beiden Frauen so betrachtete, kam er sich wie das blühende Leben vor. Nach seinem Imbiss war Birol ausnahmsweise durch die nächtlichen Straßen nach Hause gelaufen, hatte sich erlaubt, sich ein wenig treiben zu lassen, und gehofft, die Nachtluft würde seinen Verstand ein wenig auslüften, doch das hatte sie nicht getan. Seit Wochen wurde es tagsüber nicht richtig warm, nachts dafür aber auch nicht richtig kalt. Die Stadt war lauwarm, als wüsste sie nicht so recht, wie sie sich entscheiden sollte. Birol hasste lauwarme Dinge. Alles in seinem Leben fühlte sich lauwarm an, seit sein Vater tot war. Wie etwas, das schon ein bisschen zu lange außerhalb des Kühlschranks gelegen hatte.

»Okay«, sagte er und rieb sich die Schläfe. »Schauen wir uns den Fall mal genauer an. Ihr habt noch keinerlei Unterricht erhalten, aber ich glaube, ihr könnt mir folgen. Wir haben hier den Bericht der Spurensicherung.« Birol klappte den schmalen Hefter auf, der sich »Fallakte« schimpfte, und überflog noch einmal die Ergebnisse.

»Es gibt einen Haufen Fingerabdrücke und Einbruchsspuren am Türschloss, die Abdrücke überlagern sich und können nicht auseinanderdividiert werden. Außerdem ist es bei so einer Wohnung keine Überraschung, dass das Schloss manipuliert wurde; das hätte mein fünfjähriger Neffe schon gewusst. Das Opfer selbst hat es mit Sicherheit eigenhändig aufgebrochen. Und falls er es repariert hatte, können wir es nicht mehr nachvollziehen.«

»Hatte er denn einen Schlüssel?«

Birol zuckte zusammen. Seit seiner Ankunft im Raum hatte Raven sich nach seinem Dafürhalten nicht einmal bewegt. Wenn er es nicht

besser wüsste, hätte er sogar gemutmaßt, dass sie das Atmen eingestellt hatte.

Er runzelte die Stirn und spähte in den Pappkarton mit den Asservaten.

»Nein.«

»Nun, dann wird er das Schloss auch nicht ausgetauscht haben«,
folgerte Raven. Bis auf den Mund bewegte sich nichts an der kleinen
Frau.

»Ist jedenfalls nicht wahrscheinlich«, räumte Birol ein.

»Die Fußabdrücke konnten allerdings gesichert werden. Unser
Mörder trug ganz normale Arrows, wahrscheinlich die Airbornes,
der Kollege prüft das nach. Größe 48.«

»Also ein Mann!«, schaltete sich nun auch Martha ein. Birol konnte sehen, dass es sie einige Mühe kostete, vor Müdigkeit nicht vom
Stuhl zu kippen. Unter ihren schönen dunkelbraunen Augen gruben
sich tiefe, graue Ringe in die wachsweißen Wangen. Die Haare wirkten stumpf und strähnig. Überhaupt war sie längst nicht mehr so
schön, wie sie ihm am Tag zuvor erschienen war. Vielleicht hatte Birol aber auch nur gesehen, was er sehen wollte.

»Ja, davon können wir ausgehen.«

Weil er fand, dass jetzt der richtige Zeitpunkt dafür gekommen
war, nahm Birol einen Stift zur Hand und schrieb die Ergebnisse der
bisherigen Ermittlungen stichpunktartig mit einem Marker ans
Whiteboard. Dabei quietschte der Stift für seinen Geschmack viel zu
laut – und seine Schrift war kaum leserlich. Kein Wunder, er hatte
das letzte Mal in der Mittelschule regelmäßig mit der Hand geschrieben. Aber in Berlin Mitte hatte natürlich noch nicht jeder Einsatzraum ein anständiges Computersystem, geschweige denn einen großen Screen, auf dem die Ergebnisse gebündelt werden konnten.
Selbst die an der Polizeischule waren veraltet gewesen.

Es behagte ihm nicht, von den beiden Frauen beobachtet zu werden, und obwohl er es nicht wollte, waren ihm das Quietschen und
seine schreckliche Handschrift unangenehm.

»Die Verteilung der Hirnmasse im Raum könnt ihr euch in der
Akte ansehen, falls es euch interessiert. Aber die ist in dem Fall nicht

so relevant, wir wissen dank der Schuhabdrücke, dass der Mörder vor dem Opfer stand und von schräg oben geschossen hat. Die Spritzspuren bestätigen aber diese These. Er dürfte ziemlich groß sein, der Winkel ist recht steil.«

»Hat das Opfer gesessen?«, fragte Raven, und nun kam sogar ein wenig Bewegung in die kleine Frau. Sie bemühte sich, sich gerader hinzusetzen.

Birol runzelte die Stirn und studierte die Akten. »Sieht ganz danach aus.«

»Dann müsste er seinen Mörder gekannt haben, oder nicht? Bei einem Fremden wäre er doch eher aufgesprungen.«

»Nicht unbedingt«, warf Martha ein. »Der Mörder könnte ihn mit vorgehaltener Waffe dazu gezwungen haben, sich hinzusetzen. Oder so schnell gewesen sein, dass er gar keine Gelegenheit mehr dazu hatte. Immerhin hat er sich einen Film angesehen und war … abgelenkt.«

Birol schmunzelte. »Ja, nachdem unsere IT-Spezialisten den Rechner wieder aufgeladen hatten, wurde das Gerät direkt mit dem Livestream aus dem Utopia Gardens verbunden. Der Kanal aus dem Salon Rouge.«

Die beiden Frauen reagierten nicht, und Birol massierte sich den Nacken.

»Das ist das Bordell des Clubs.«

»Hm«, machte Martha. Mehr Reaktion schien angesichts dieser Erkenntnis bei den Frauen nicht zu holen zu sein.

»Das überrascht jetzt nicht wirklich«, ergänzte Raven lakonisch.

»Also dürfen wir davon ausgehen, dass er ziemlich abgelenkt war. Kommen wir aber jetzt zum wesentlichen Teil der Ergebnisse.«

Birol nahm die kleinste der Asservatentüten aus der Kiste und hob sie in die Luft, damit die beiden Frauen das winzige Röhrchen, das sich darin befand, auch sehen konnten.

»Das hier hat der Rechtsmediziner in einer Augenhöhle des Toten gefunden. Hat eine von euch vielleicht eine Idee, was das sein könnte?«

Birol hatte die ersten Minuten des Tages damit zugebracht, dieses Teil anzustarren und das Internet auf der Suche nach einer Antwort zu durchforsten. Er hatte nicht den leisesten Schimmer, was er da vor sich hatte. Die Rechtsmediziner hatten jedenfalls keine Idee geäußert. Birol hatte ein winziges Stück abgeschnitten und zur Analyse ins Labor gegeben, vielleicht konnte man dort wenigstens die Zusammensetzung feststellen.

Er legte die Tüte zwischen den beiden Frauen auf den Tisch. Raven spähte nur kurz drauf und schüttelte dann ebenso knapp den Kopf, doch Martha zog das Tütchen zu sich heran und betrachtete den Inhalt genauer.

Sie befühlte es vorsichtig mit ihren Fingerspitzen durch das dünne Plastik hindurch, drückte darauf und knickte es leicht.

»Erinnert an eine Kabelisolierung«, sagte sie dann. »Aber die Lamellen sind merkwürdig, und es ist dünner. Außerdem weicher und flexibler. Nicht so brüchig. Vielleicht ein Teil des Werkzeugs, mit dem die Augen entfernt wurden?«

Birol gab ein vages Brummen von sich. »Laut Bericht wurden die Augen eher mit einem scharfen Löffel entfernt, das ist ein chirurgisches Spezialinstrument. Und es funktioniert komplett kabellos.«

Er nahm die Tüte wieder an sich und warf noch einen ratlosen Blick auf das Teil darin. Vielleicht hatte es überhaupt nichts zu bedeuten. Vielleicht hatte der Mörder es irgendwo am Körper gehabt, und es war von dort in die leere Augenhöhle gefallen. Doch das wollte er nicht so recht glauben. Andere Fasern oder Haare hatte der Professor nämlich nicht in den Augenhöhlen gefunden. Nur dieses eine Ding. Als wäre es schon vorher da gewesen. Aber das konnte natürlich nicht sein.

Die Tür flog auf, und Kai Lorenzen stürmte in den Einsatzraum.

»Du kannst zusammenpacken, Celik. Den Fall haben wir in wenigen Stunden gelöst.«

Birol runzelte verwirrt die Stirn. »Was ist los?«

»Ein Kollege hat einen Tipp bekommen. Euer Mörder kommt aus dem Umfeld des Utopia Gardens.«

Lorenzen klatschte zufrieden in die Hände. »Wenn das mal kein perfekter Grund für eine gute alte Razzia ist. Der Chef hat das gerade genehmigt. Heute Abend rücken wir aus. Um halb elf Treffen auf dem Hof in voller Montur. Also erholt euch noch ein bisschen, Mädels!«

Mit diesen Worten verließ Lorenzen auch schon wieder den Raum und ließ Birol und sein Team einigermaßen verdattert zurück.

Raven fing sich als Erste wieder, doch sie sah noch blasser aus, als sie sagte:»Ein Mord und eine Razzia in den ersten zwei Tagen. Hier wird einem ja so einiges geboten.«

RONNY

Der Junge war schon 'ne Nummer, das musste Ronny unumwunden zugeben. Sven bewegte sich bereits am ersten Tag durch die Flure und Räume der Marianne, als hätte er nie etwas anderes getan. Falls er sich fragte, wo man ihn hingebracht hatte, so tat er es im Stillen. Er sprach zunächst nur, wenn er dazu aufgefordert wurde, und blieb bei seinen Antworten höflich und ruhig; er hatte keine Angst, und falls er doch welche hatte, dann zeigte er sie nicht.

Die Friseurin hatte ganze Arbeit geleistet, der kleine Hacker war kaum wiederzuerkennen. Nun saß er Ronny frisch rasiert, mit gefärbten und geschnittenen Haaren gegenüber. Der neue Aufzug ließ ihn deutlich jünger wirken als noch zuvor, in der Gefängniskluft mit wirren Haaren und einem ebenso wirren Bart. Ronny hatte das Gefühl, einen Teenager entführt zu haben. Laut Gerichtsakten war Sven dreiundzwanzig Jahre alt.

Auf seinen Wunsch hin hatte ihm einer vom Team schwarze Jeans, T-Shirt und Kapuzenpullover organisiert. Weil er so dünn war, versank er beinahe darin, sodass die Kleidung fast wie eine Rüstung wirkte. Die sehnigen Hände hatte er auf dem Tisch gefaltet, und er blickte Ronny abwartend an.

Auch die eindrucksvolle Statur des Sicherheitschefs schien den jungen Mann kaltzulassen. Normalerweise waren die Leute schon immer ein bisschen eingeschüchtert und versuchten nur, es zu verbergen, doch Ronny hatte das Gefühl, die Gleichgültigkeit des Hackers war aufrichtig. Kratzfest wie eine teure Teflonpfanne. Der Kerl hatte sicher eine steile Karriere vor sich, wenn er sich nicht allzu dumm anstellte.

Ronny griff in seine Tasche und zog einen papierdünnen Laptop heraus, den er über den Tisch schob. Auf dem Gesicht des Hackers erschien ein winziges Lächeln. »Ihr verliert keine Zeit, was?«, fragte er, während er das Gerät zu sich heranzog und aufklappte. Ein hungriger Blick trat auf sein Gesicht. Offenbar hatte Ronny das Richtige gekauft; das Glitzern in den Augen des Jüngeren sprach eine eindeutige Sprache.

»Nun, ich hab dich nicht aus dem Gefängnis geholt, damit du hier erst mal Urlaub machen kannst.«

»Das Ambiente wäre dafür wohl kaum geeignet«, gab der Jüngere zurück. Na so was – offenbar war er nicht immer so höflich wie zu Beginn. Vielleicht auch besser so, Ronny konnte gut mit klarer Kante. Sven vergrub die Hände wieder in den Taschen seines Kapuzenpullovers und lehnte sich im Stuhl zurück.

»Also, worum geht es?«

Ronny räusperte sich. Die Sanderin hatte darauf bestanden, dass er höchstpersönlich den Hacker in seine Aufgabe einweihte. Natürlich wusste er, warum: weil er der einzige noch lebende Mensch war, der überhaupt über die Sache mit Sky Bescheid wusste. Der andere war tot. Alle anderen Mitarbeiter auf der Marianne dachten, der Hacker war rausgehauen worden, um ihren Computerspezialisten Martin zu unterstützen. Sie glaubten, es sei Martins Schuld, dass in letzter Zeit so viel bei den Übertragungen schiefgelaufen war, was Martin natürlich gar nicht schmeckte. Doch wenn Sven tatsächlich so genial war, wie er von sich behauptete und die Sanderin erwartete, dann konnte er Silbermann vielleicht wirklich helfen, das System zu verbessern und die Lücke zu schließen, die der alte Professor hinterlassen hatte.

Jedenfalls war es gut und richtig, dass Ronny der Einzige war, der von Sky wusste. Die ganze Zeit über war er der Einzige gewesen, auch schon, als es mit den beiden angefangen hatte. Er hatte den jungen Mann zu Hause abgeholt und sicher zurückgebracht, er hatte vor dem Büro gestanden und Wache gehalten, während die Sanderin sich ihm hingab. Ronny hatte das nie gestört. Doch das Problem war jetzt, dass Computer nicht sein Metier waren. Er kannte sich nicht aus und fühlt sich auf diesem fremden Terrain nicht sicher. Ronny hasste es, wenn er sich nicht sicher fühlte. Er musste sich in einer Sprache unterhalten, die er selbst kaum verstand. Die nächsten Sätze hatte er regelrecht auswendig gelernt, er hoffte, dass sie ausreichen würden.

»Wir haben Sie hierhergeholt, weil wir Schwierigkeiten haben, ein Gerät von äußerstem Wert zu lokalisieren, das uns entwendet wurde.«

Sven runzelte die Stirn.

»Was für ein Gerät?«

»Nun, das ist nicht so leicht zu erklären.«

Der Hacker zog auffordernd die Augenbrauen hoch. »Versuchen Sie es doch mal!«

»Also, es handelt sich um eine Art Tablet. Einen Prototyp.«

Ein Grinsen breitete sich auf dem Gesicht des jungen Mannes aus, und Ronny wusste, dass er einen Fehler gemacht hatte.

»Ich wusste es.«

»Was wussten Sie?« Ronny faltete die Hände im Schoß, um sich davon abzuhalten, nervös mit den Fingern zu knacken.

»Wir sind hier bei SanderSolutions, oder? Das hier ist irgendein Geheimlabor, richtig?«

»Sie können denken, was Sie wollen. Aber von mir erfahren Sie nichts.« Ronny schüttelte den Kopf. »Sie sind ein kluges Kerlchen, aber Sie sind offenbar noch zu jung, um zu wissen, was gut für Sie ist!«

Er richtete sich im Stuhl, so gut er konnte, auf und pumpte Luft in die Lungen, sodass sein Kreuz noch breiter wirkte, als es ohnehin schon war. Ein guter alter Trick, der eigentlich immer funktionierte. Doch auch dagegen schien der Jüngere immun zu sein. Er lächelte lediglich ein wenig, ganz so, als hätte er Ronny durchschaut.

Der Sicherheitschef wusste jetzt wieder, warum er sich so unwohl fühlte. Er konnte es nicht leiden zu wissen, dass er der Dümmere am Tisch war. Zwar war er selbst nicht blöd und hätte es in einem anderen Leben sicher zu etwas bringen können, doch er hatte nie Gelegenheit gehabt, es zu beweisen, und das quälte ihn. Genauso wie

Leute, die erkannten, dass er ihnen auf einem Gebiet unterlegen war, und es raushängen ließen. Was Ronny zuvor noch für Höflichkeit gehalten hatte, war aller Wahrscheinlichkeit nach einfach nur abwartendes Lauern gewesen. Nicht zu viel preisgeben, um möglichst viel zu erfahren. Der Typ, der ihm gegenübersaß, war ein Spieler. Das erkannte er nun. Und Sven bewies es auch prompt.

»Ich weiß sehr genau, was gut für mich ist. Eine fürstliche Bezahlung«, sagte er nun und pulte dabei ein wenig Dreck unter seinen Fingernägeln hervor. Ganz so, als diskutierten sie lediglich miteinander, was es zum Abendessen geben sollte. Ganz entspannt. »Eine Wohnung in einem fremden Land, für die Zeit danach. Freies Geleit in ebendiese Wohnung. Versorgung für die nächsten zwölf Monate.«

Ronny wurde rot. Was erlaubte sich der Kerl eigentlich?

»Hör mal, Bürschchen. Ich war bis hierher nett zu dir, aber ich kann auch anders.«

»Das weiß ich«, sagte Sven nickend. Noch immer zeigte er keinerlei Nervosität. »Sie sind Sanders Bluthund. Ich habe Sie schon ein paarmal in den Medien bemerkt. Der Fleischberg im Schatten der schönen Frau, der sich große Mühe gibt, nicht aufzufallen, daran aber immer scheitern wird. Mir ist klar, dass Sie nicht zum Babysitten angestellt wurden.«

»Und das beunruhigt dich nicht?«

Sven verschränkte die Arme und runzelte in gespielter Nachdenklichkeit die Stirn. »Ich denke nicht. Nein.«

Ronny mochte den kleinen Scheißer immer weniger. »Und darf ich auch erfahren, warum nicht? Ich könnte dich hier über den Haufen schießen, und niemand würde dich vermissen. Biste halt bei deiner Flucht ums Leben gekommen. Die Behörden würde es freuen.«

»Sehen Sie, Herr Könighaus ... das war doch Ihr Name, oder?«

Ronny nickte. Verflucht noch mal.

»Sehen Sie, Herr Könighaus, ich bin nicht so weit gekommen, weil ich dämlich bin. Und Sie haben mich nicht aus dem Gefängnis geholt, weil Sie gerade nichts anderes zu tun hatten. Meine Flucht war ein kostspieliges Vergnügen, so viel ist schon mal sicher. Und seien Sie gewiss, dass Sie zwar die Ersten waren, denen es gelungen ist –

ich mutmaße mal aufgrund Ihrer Kontakte aus der guten alten Zeit –, aber sicher nicht die Einzigen, die es versucht haben. Sie wissen sicher, weshalb ich eingesessen habe und wozu ich imstande bin.«

»Sie haben das System des Bundesnachrichtendienstes infiltriert«, antwortete Ronny müde und hasste die Tatsache, dass er sich wie ein braver Schüler fühlte, der eine Frage beantwortete.

»Sie haben sich gefährliche Feinde gemacht und einen Haufen Leute geschmiert. Sie beherbergen nun einen verurteilten Verbrecher. Ganz davon abgesehen, dass Sie eine absolut nicht unerhebliche Straftat zu begehen bereit waren, um mich hierherzuholen. Ich gehe nicht davon aus, dass Sie das, was Sie von mir wollen, nicht vorher selbst versucht oder anderen für den Versuch viel Geld gezahlt haben. Dass ich jetzt hier bin, zeigt mir, dass Sie gescheitert sind. Und dass die Sache zu wichtig ist, um sie auf sich beruhen lassen. Sie brauchen mich.«

»Schön, Professor Arschgesicht«, sagte Ronny, und nun knackte er doch mit den Fingern. Er konnte sich einfach nicht mehr zurückhalten; der Drang, diesem Milchbengel eine zu zimmern, wurde beinahe unerträglich.

»Dann schieße ich dich eben über den Haufen, nachdem du gemacht hast, wozu du hier bist.«

Sven schnalzte tadelnd mit der Zunge.

»Das würde ich jetzt auch nicht unbedingt raten. Sehen Sie: egal, was es ist, das Sie da suchen. Ich werde Zugang zum Internet haben. Und zum Darknet. Ich kenne Tausende Leute da draußen und kann mit ihnen in einer Sprache kommunizieren, die Sie nicht einmal im Ansatz verstehen. Zum Beispiel könnte ich ein Killerkommando herbeordern, und Sie würden glauben, ich bestelle eine Pizza. Auch könnte ich die Informationen, die ich über das Gerät bekomme, nach außen geben. Könnte sie mit der ganzen Welt teilen. Und Informationen brauche ich, die können Sie mir nicht vorenthalten, wenn Sie wollen, dass ich dieses Tablet finde. Was wäre denn, wenn die Öffentlichkeit davon erführe, dass ausgerechnet Ophelia Sander, die große Wohltäterin Hamburgs, für den Bruch von Hacker SeaSalt verantwortlich ist? Oder wenn herauskommt, dass Frau Sander im Hamburger Hafen eine geheime Forschungsstation auf einem alten Frachtschiff unterhält?«

Ronny fühlte, wie ihm das Blut aus dem Kopf in die Füße lief.

Sven lächelte zufrieden. »Mir ist schon klar, dass ich nicht alt werde, wenn ich mich nicht ordentlich absichere. Dafür habe ich mir eine zu gefährliche Karriere ausgesucht.« Er beugte sich über den Tisch und stützte seine Ellbogen darauf. »Und eines sage ich Ihnen: Sie wollen mir vielleicht nicht sagen, was es für ein Gerät ist, das Sie da suchen, aber ich finde es schon heraus. Und ich kenne einen ganzen Haufen Leute, die für diese Information so einiges tun und zahlen würden. Also überlegen Sie es sich.«

Ronny presste die Zähne so fest aufeinander, dass die Brücke, die ihm nach einer Schlägerei eingesetzt worden war, bedrohlich knirschte.

»Ich werde sehen, was sich machen lässt«, presste er hervor, um Ruhe bemüht. Das war sein einziger Schwachpunkt. Ronny Könighaus war kein Mensch, der so tun konnte als ob. Normalerweise war das nicht schlimm, weil ihn so schnell nichts aus der Ruhe brachte und Subtilität nirgendwo in seiner Jobbeschreibung gestanden hatte, doch dieser kleine Bastard brachte das Kunststück fertig. Und er genoss es sichtlich.

»Gut«, sagte er grinsend. »Ich schätze, wir werden uns einig.«

Er streckte die Hand aus. »Und jetzt geben Sie mir schon den Zettel, auf dem Sie die Informationen zu dem Ding notiert haben. Sonst sitzen wir ja morgen noch hier.«

RAVEN

»Das ist jetzt schon das zweite Mal in diesem Monat!«

Raven presste langsam Luft zwischen ihren Zähnen hindurch und begutachtete nachdenklich den Schaden. Schlimm war es nicht, aber nervtötend. Ares' Prothese klemmte in letzter Zeit häufiger, und Raven konnte verstehen, dass es ihn ärgerte.

Ganz im Gegensatz zu Spencer. »Heul dich nicht bei uns aus, Mann«, erwiderte ihr Freund lakonisch. »Das ist keine von Darks Prothesen. Und eigentlich betreiben wir hier auch keinen Wartungsservice für alte Implantate. Das ist ein Freundschaftsdienst, comprende?«

»Ist ja schon gut, ist ja schon gut«, gab Ares brummend zurück. »Diese Dinger sind meine Lebensgrundlage. Und meine Versicherung. Alles, was zwischen mir und meinem Gegner steht, da kann man schon mal ein bisschen dünnhäutig werden. Wenn ich im Ring verrecke, kümmert das doch keinen.«

Raven verdrehte die Augen, während sie sich an den Federmechanismen der unteren Messerschächte zu schaffen machte.

Ares galt als einer der ersten und erfahrensten Kämpfer des Utopia Gardens und war angeblich und der Legende nach, die er über sich selbst verbreitete, auch einer der ersten Cheater überhaupt gewesen. Er wollte nicht verraten, welcher Modder ihm damals an Ellbogen und den Fersen Sprungmesser eingesetzt hatte, die er im Kampf für den Gegner überraschend ausfahren konnte. Offenbar war derjenige nicht mehr aktiv, sonst würde Ares wohl eher zu ihm gehen, um sich die Blutklumpen aus dem Mechanismus putzen zu lassen, die alles verklebten. Eine Aufgabe, die Raven nicht sonderlich gern übernahm – sie kam sich dann immer vor wie eine Fachkraft für Zahnrei-

nigungen. Oder wie eine Putzfrau. Normalerweise nervte es sie, dass
er ständig vorbeikam, aber heute war es ihr ganz recht. Es lenkte sie
von der Razzia ab, die sie in dieser Nacht noch vor sich hatte.
Jedenfalls war Ares nicht nur einer der ältesten Kämpfer, sondern
auch einer der beliebtesten. Was natürlich in seinem Fall Hand in Hand
ging. Sein Ringname war »Abuelo« – Großvater –, und nach allem, was
Raven so hörte, liebten die Leute ihn. Sie selbst hatte sich noch keinen
der Kämpfe angeschaut. So genau konnte sie gar nicht sagen, warum.
Sie wollte einfach nicht. Wollte nicht sehen, wie zwei Menschen aufeinander losgingen wie wilde Tiere, nur um sich gegenseitig in Stücke zu
reißen. Niemand sprach darüber, aber natürlich wussten alle, dass es
bei den Kämpfen auch Tote gab. An einem Tag waren sie noch da, spa-
zierten durch das Gardens und gingen ihren Geschäften nach, am anderen Tag verschwanden sie und kamen nicht mehr zurück. Sie waren
die modernen Gladiatoren und ihr möglicher Tod Teil des Deals.

Wenn Ares im Ring starb, so war sie sich jedenfalls sicher, würde
sich ein ganzer Haufen Leute darum scheren. Und in Windeseile
würden wahrscheinlich T-Shirts mit seinem Gesicht vorne drauf
überall auftauchen. Genauso sicher, wie sie war, dass Ares nicht sein
Geburtsname war. Es wäre doch schon ein saftiger Zufall, wenn ausgerechnet einer der erfolgreichsten Kämpfer des Gardens den Namen eines Kriegsgottes trüge. Nein, er hatte bestimmt einen total
altmodischen Namen. So was wie Kevin oder Levi oder Jonas. Irgendwas, das zu einem Opa passte.

»Ach was. Du hättest doch sicherlich ein paar Leute, die um dich
weinen«, sagte Spencer freundlich und tätschelte dem älteren Mann
die Schulter. Sowohl Spencer als auch Raven hatten sich an den vor-
lauten, meist etwas übellaunigen Mann gewöhnt, mehr noch, hatten
ihn im Laufe der Zeit sogar irgendwie ins Herz geschlossen. Vielleicht lag es daran, dass sie ihre Zeit überwiegend mit sehr jungen
Menschen verbrachten, aber beide fühlten sich in seiner Gegenwart
merkwürdig wohl. Obwohl er beinahe nur herumpöbelte. Das war
schon einigermaßen erstaunlich.

»Schon, aber die müsste ich vorher dafür bezahlen!« Ares stieß
ein bellendes Lachen aus, das wenig später in ein lautes Husten über-

193

ging. Es klang schrecklich und jagte Raven einen altbekannten Schauer über den Rücken.

Sie winkte Spencer zu sich heran, und beide gingen zum großen Küchenbuffet, auf dem ein Computer stand, den sie in der Anwesenheit eines Kunden zur Kommunikation nutzten.

Raven tippte etwas, und Spencer nickte.

»Dark hat die Vermutung, dass es daran liegt, dass du in letzter Zeit mehr Alkohol getrunken und mehr Schmerzmittel genommen hast. Das lässt dein Blut erst dünner und bei abklingender Wirkung wieder dicker werden – deine Prothesen kommen mit dem Wechsel des Gerinnungsgrads nicht klar.«

Ares kniff die Augen zusammen und musterte Raven von oben bis unten. »Woher will er das wissen?«

Raven deutete ein Husten an, und Ares nickte, dann schaute er schnell in eine andere Richtung.

Sie ahnte, warum. Das, was sie da gerade gehört hatte, war ein Lungenkarzinom. Raven kannte diesen Sound. Und nun begriff sie.

Mehr als einmal hatte sie Ares angeboten, seine alten Prothesen gegen neuere, bessere auszutauschen. Wenn es um solche Waffen ging, waren die Preise auch vergleichsweise moderat, und der Einbau war schnell gemacht, die Slots waren ja schon da. Doch er hatte immer abgelehnt, und nun kannte Raven auch den Grund. Es lohnte sich schlicht und ergreifend nicht mehr.

Im Vorbeigehen drückte Raven sanft Ares' Schulter. Dark tat so was normalerweise nicht, und Raven konnte sich schon denken, wie Spencer unter seiner Affenmaske gerade dreinschaute. Doch es war ihr egal. Sie war viel zu müde und emotional aufgewühlt, um es bleiben zu lassen. Raven fühlte auf eine merkwürdige Art Trotz dem gesamten Leben gegenüber.

»Du sag mal, was war das denn eben?«

Ares war gegangen, und Spencer half Raven dabei, die Instrumente zu säubern. Viel zu tun war nicht, hauptsächlich brauchte sie bei diesen Behandlungen eine Schüssel mit lauwarmem Wasser, Olivenöl und eine Unmenge Watte. Es ging nicht viel daneben.

»Was meinst du genau?«, fragte Raven betont beiläufig, während sie das hellrosa Wasser aus der Schüssel in ihr rissiges Spülbecken kippte. Die Sprünge im Porzellan hatten sich mit der Zeit rot verfärbt, so viel Blut floss in diesen einen Ausguss. Raven stellte sich manchmal den Weg vor, den es nahm. Durch die Rohre des Hauses bis hinunter in die Kanalisation der Stadt.

»Na dieses merkwürdige Gespräch zwischen Ares und dir? Wieso hast du gehustet und all das?«

Raven seufzte. Manchmal wünschte sie sich, ihr Leben wäre bis zu diesem Punkt auch so ruhig verlaufen, dass sie sich eine Unbedarftheit leisten konnte, wie Spencer sie zu eigen war.

Sie holte tief Luft. »Ares hat Lungenkrebs, Spencer. Er lebt nicht mehr lange. Seine Angst betäubt er mit Alkohol, die Schmerzen mit ASS. Deshalb klumpen ja auch die Mechanismen die ganze Zeit zusammen, wie schon gesagt.«

Spencer bedachte Raven mit einem seltsamen Blick. So als wüsste er nicht genau, was er mit ihr anfangen oder was er von ihr halten sollte.

»Ich schließe mich da mal Ares an: Und woher weißt du so was?«

Nun war es an Raven, an einen Punkt an der Wand zu starren.

Normalerweise hätte sie bei dieser Frage einfach gelogen. Aber ihr war nicht danach. Genauso, wie ihr eben danach gewesen war, Ares' Schulter zu drücken.

Die Ereignisse der letzten Tage hatten sie verwundbarer gemacht, durchlässiger. Weniger stählern. Es war gefährlich, aber sie haderte nicht damit. Auf eine merkwürdige Art fühlte sie sich wieder mehr wie ein Mensch. Sie fühlte, dass sie ein Herz hatte, das gebrochen werden konnte. Und es ächzte unter der Last.

»Meine Mutter hatte Lungenkrebs«, antwortete sie schließlich und wunderte sich selbst darüber, wie klein und leise ihre Stimme klang. Es war doch schon so lange her.

Spencer hielt mitten in seinen Bewegungen inne.

»Das hast du mir nie erzählt.«

»Ich weiß.« Raven seufzte. »Und ich habe nicht die leiseste Ahnung, warum ich es dir jetzt erzähle.«

Spencer stemmte eine Hand in die Hüfte. »Hm. Vielleicht weil wir seit über einem Jahr zusammen sind? Weil ich dein Freund bin, das Licht deiner Tage und die Sonne, um die du kreist?«

Das entlockte Raven ein Lächeln. Er war nichts von alledem, aber er brachte sie immer wieder zum Lachen.

»Das wird es vermutlich sein«, gab sie zurück.

Spencer trat an sie heran und nahm sie in die Arme. Raven fühlte zwar, wie sie sich versteifte, doch sie ließ es zu. Normalerweise ließ sie Spencer nur für Sex so nah an sich heran oder wenn er ihr zur Begrüßung oder zum Abschied einen Kuss irgendwohin drücken wollte.

»Es tut mir so leid«, flüsterte er in ihr Ohr.

Mir nicht, dachte Raven bitter.

»Ist sie daran gestorben?«

»Nein«, Raven machte sich los und schüttelte den Kopf. »Jedenfalls nicht ausschließlich. Aber ich schätze, es hat eine Rolle gespielt.«

Es war Spencer anzusehen, dass er nicht wusste, was er tun sollte. Mit seinen zu langen Armen stand er mitten im Raum herum und suchte nach einer passenden Reaktion, die nicht existierte.

»Es tut mir leid«, wiederholte er schließlich hilflos, und Raven schloss die Augen.

»Das muss es nicht«, sagte sie ruhig, und ihre Stimme war einige Oktaven tiefer gerutscht, als sie hinzufügte: »Sie war ein Monster.«

LAURA

Es war das erste Mal, dass sie durch Berlin spazierte, seitdem sie angekommen war. Obwohl Schlaf vor der Razzia wohl eine gute Idee gewesen wäre, hatte sie es nicht über sich gebracht, zurück nach Pankow zu fahren. Ihr ganzer Körper schien zu vibrieren, als hätte sich der Bass der vergangenen Nacht in ihren Knochen eingenistet. Jede einzelne Faser von ihr schwang noch nach, viel zu wach und viel zu müde war sie, beides gleichzeitig. Genauso, wie sie das Utopia Gardens in der Rückschau großartig und abstoßend fand. Ihr Kopf schien komplett mit Watte gefüllt zu sein, auch war sie sich nicht ganz sicher, ob sie tatsächlich bei jedem Schritt den Boden berührte. Die Sonne war zu hell.

Sie war unvorsichtig gewesen, das wusste sie nun. In einem Unterweltclub konnte man nicht einfach herumspazieren und Fragen stellen. Gestern Nacht war sie noch vollkommen überzeugt gewesen, unverfänglich zu wirken. Was vielleicht daran gelegen hatte, dass eigentlich jeder Besucher der Clubs ungefähr auf hundertfünfzig Prozent Leistung gelaufen war. Heute kam sie sich aufgrund ihres Verhaltens und ihrer Naivität ein bisschen dämlich vor.

Auch konnte man sich nicht zu einer Gruppe Huren setzen und erwarten, nicht angemacht zu werden. Das hätte ihr klar sein müssen, und doch bereute sie es nicht. Ein wenig verwegener als gestern Morgen fühlte sie sich allemal, als wäre sie endlich richtig in Berlin angekommen. Sie hielt sich gerader, den Blick hoch erhoben. Dabei war ja eigentlich überhaupt nichts passiert. Aber es fühlte sich nicht nach nichts an.

Zum Glück hatten die Türsteher sie nicht geschlagen; ein Veilchen am zweiten Tag der Ausbildung hätte sie ungern erklären müssen.

Das Tanzen hatte sie in eine Art Rausch versetzt, in dem sie sich alles hatte vorstellen können. Laura hatte sich für ein paar Stunden unverwundbar, ja fast unsterblich gefühlt. Losgelöst von allem, sogar von sich selbst. Gerade versuchte sie, diesem Gefühl noch einmal nachzuspüren. Denn so faszinierend es auch war, ein wenig erschrocken war sie schon. Fenne war immer diejenige gewesen, die am Limit gelebt hatte. Die nie gewusst hatte, wann es Zeit war, nach Hause zu gehen, die einfach nicht an morgen gedacht hatte. Morgen war immer nur ein Vorschlag für Fenne gewesen, keine Gewissheit. So hatte sie immer gelebt – bis es für sie tatsächlich kein Morgen mehr gegeben hatte. Insofern hatte sie recht behalten. Und so hatte ihre Freundin wenigstens nichts bereuen müssen. Allerdings war zu bezweifeln, dass Fenne für Reue überhaupt die Zeit geblieben war. Im Moment ihres Todes mitten im dunklen und arschkalten Containerhafen Hamburgs.

Laura hatte sie immer zur Vernunft gerufen, hatte versucht, alles richtig zu machen. Hatte ihre Jacken geholt, die Handtasche der Freundin gehalten, wenn diese noch einmal auf die Tanzfläche wollte, derweil schon ein Taxi organisiert. Oder gleich nichts getrunken, damit sie Fenne mit dem Bike nach Hause bringen konnte. Sie hatte auf ihre Freundin aufgepasst, die wie eine verrückte Motte immer auf das nächstbeste Licht zugeflogen war. Beinahe schon ihr gesamtes Leben lang. Fenne und sie hatten sich am Tag der Einschulung kennengelernt und waren den gesamten Weg gemeinsam gegangen. Es war ein dämliches Klischee, sich vorzuwerfen, dass man einen geliebten Menschen nicht hatte beschützen können. Meist verbot sich Laura diese Gedanken, aber manchmal kamen sie trotzdem auf.

Ein Teil von Laura fragte sich, ob vielleicht Fenne es gewesen war, die sie heute Nacht besucht hatte. Als hätte sie für ein paar Stunden von ihrem Körper Besitz ergriffen. Gerne würde Laura es einfach glauben. Dass Fenne heute Nacht bei ihr gewesen war und ein letztes Mal mit ihr getanzt hatte. Die Arme um ihren Hals gelegt, sich immer schneller drehend. Ihre Freundin war für Laura immer die Lichtgestalt gewesen. Schön, lebensfroh. Von allem ein bisschen zu viel. Jemand, der sie eigentlich gerne wäre, wenn sie sich nur trauen würde. Und heute Nacht war sie für einen Moment lang tatsächlich Fenne gewesen. Auch wenn sie normalweise nicht an solche Dinge glaubte, beschloss sie, es dennoch genau so zu sehen. Heimlich, still und leise in ihrem Herzen.

Die Wahrheit war, dass es auch Fenne gewesen war, die zur Polizei wollte. »Wo hat man als Frau sonst die Möglichkeit, ganz legal einen Mann zu schlagen?«, hatte sie nach der Schule immer gefragt und dann laut gelacht. Laura hatte es besser gewusst, denn tief in ihrem Herzen hatte ihre Freundin schon immer ein ausgeprägtes Gerechtigkeitsempfinden gehabt. Und einen unstillbaren Durst nach Abenteuer.

Mittlerweile schämte sie sich, dass Fenne und sie selbst angesichts ihrer »ersten Leiche« so aufgekratzt gewesen waren. Dass der Mann brutal zu Tode gekommen war, hatte sie nur am Rand interessiert. Rückblickend kamen ihr Fenne und sie selbst wie kleine Kinder vor, dabei war das Ganze nicht einmal ein halbes Jahr her. Laura war seit Fennes Tod rapide gealtert und erkannte sich selbst kaum noch wieder.

Doch damals war sie noch vollkommen unbeschwert gewesen, und hatte sich über den Toten gefreut. Jahrelang hatten sie auf den Moment hingearbeitet, und dann war er da. Der erste Mord, den sie selbst untersuchen durften; und dann auch noch ein reicher und bekannter Mediziner, der für seine Arbeit mit neuronalen Netzen mehrfach ausgezeichnet worden war. Eine Promileiche.

Sie hatten sich so gefreut. Waren so aufgeregt gewesen darüber, dass sie mitarbeiten durften in der SOKO Kannenberg. Hätten sie doch bloß nicht so groß getan. Hätten sie sich zurückgehalten und anderen den Vortritt gelassen, wäre ihre Fenne heute noch am Leben und sie nicht hier.

Wollte, hätte, könnte. Die letzten Worte eines Idioten.

Laura schlenderte am Utopia Gardens vorbei, das tagsüber tatsächlich nur wie ein überdimensionierter Zirkus wirkte. Das kreisrunde Bauwerk sah aus, als hätte man versucht, das Kolosseum in Rom mit einem Zirkuszelt zu kreuzen. Die halbrunden Fenster, die nachts in den verschiedenen Farben der Themenabende erleuchtet waren, wurden nun von roten Samtvorhängen geschmückt. Eine riesige Fahne mit einer schönen Seiltänzerin, deren Seil von zwei Tigern gehalten wurde, flatterte auf dem Dach im Wind. Es sah wirklich aus wie ein harmloser Spaß für die ganze Familie. Etwas, wo sie ihre eigene Mutter bedenkenlos mit hingenommen hätte, um ihr Berlin zu zeigen.

Schon von Weitem roch es nach Popcorn. Die Türen wurden nicht von Türstehern bewacht, sondern standen weit offen, Musik schwappte auf das Kopfsteinpflaster ringsum. Sie klang lustig und harmlos und nach Kindheit. Kleine Kassenhäuschen mit roten Spitzdächern, die abends nicht dort standen, flankierten nun die Eingänge.

Ob die Eltern, die gerade ihre quietschenden Kinder an den Händen in das Bauwerk führten, auch nur die leiseste Ahnung hatten, was nachts hier los war? Teilten sich die Bürger der Stadt in diejenigen, die tagsüber mit ihren Familien herkamen, und all jene, die in der Nacht durch die Eingänge krochen? Oder war es vielmehr so, dass viele beides besuchten, sich auf der Seite der Schatten und der funkelnden Lichter bewegten? Dass die Leute ihre Kinder noch ins Bett brachten, ihnen eine Geschichte vorlasen und sie auf die Stirn küssten, bevor sie sich auf den Weg ins Gardens machten, die Kleinen gut behütet von illegalen Einwanderern, die liebevoll und zuverlässig und darüber hinaus noch spottbillig waren? War es vermessen zu glauben, es gäbe Menschen, die keine dunkle Seite hatten?

Laura selbst hatte bisher gedacht, ein Mensch ohne nennenswerte Abgründe zu sein. Doch als die Hure gestern Abend ihre Hand zwischen ihre Schenkel hatte gleiten lassen, hatte Laura für einen kurzen Augenblick tatsächlich erwogen, sich fallen zu lassen. Den Widerstand aufzugeben und das Mädchen machen zu lassen. Zum ersten Mal in ihrem Leben. Einfach, um zu erfahren, wie das wohl war. Zu vergessen. Deshalb hatte sie die junge Frau geschlagen. Wegen der Gedanken, die sie in ihr ausgelöst hatte. Es war nicht richtig gewesen, natürlich nicht. Sie wusste das, und heute, im Tageslicht, tat es ihr leid.

Doch den Gedanken bekam sie jetzt nicht mehr aus dem Kopf. Es war nicht so, dass sie sich nach einer Frau sehnte, sondern vielmehr nach Berührung. Nach Küssen und Händen und nichts dazwischen. Nach Haut, die an Haut rieb. Und leider dachte sie seit Stunden dabei auch immer wieder an Birol. Seine ernsten, dunklen Augen, das traurige Lächeln. Locken, in die man seine Finger graben konnte. Nicht gut.

Sie rieb sich mit der flachen Hand durchs Gesicht und seufzte. Eigentlich kam ihr die Razzia ja ganz gelegen. So hatte sie im Schutz der Polizei vielleicht ja sogar die Möglichkeit, sich ganz in Ruhe noch einmal im Club umzusehen. Je nachdem, mit wem sie eingeteilt sein würde, hatte sie vielleicht sogar die Chance, jemanden nach Can Celik zu fragen. Sie musste wissen, was seine Geschichte war.

Dennoch kam ihr die ganze Sache falsch vor. Vorgeschoben. Niemand hatte sich für den Toten ohne Augen interessiert bis auf ihr kleines Team. Niemand hatte an dem Fall gearbeitet. Wieso sollte jetzt ein völlig fallfremder Beamter ganz plötzlich wichtige Informationen zu dem Mord haben, quasi noch bevor sie ihre Ermittlungen richtig aufgenommen hatten? Das Ganze war abgekartet, hier ging es um etwas ganz anderes. Der Tote ohne Augen interessierte doch keine Sau.

Es war genau wie damals bei Kannenberg. Die Ermittlungen zum Tod des Wissenschaftlers hatten noch nicht lange angedauert und kaum nennenswerte Ergebnisse zutage gebracht, da war auf einmal ein Tipp aus der Unterwelt gekommen. Dass eine illegale Schieberbande ihre Finger im Spiel hätte, die versuchen würde, die aus Kannenbergs Labor entwendeten Spezialgerätschaften über den Hafen ins Ausland zu verschiffen. Von Spanien und Portugal war die Rede.

Niemand hatte genau gewusst, wo dieser Tipp auf einmal hergekommen war, welche Fakten ihn untermauerten. Laura und Fenne hatten gemutmaßt, man hätte sie vielleicht einfach nicht eingeweiht, weil sie noch so neu im Team waren, völlig unerfahren und sich noch beweisen mussten. Doch jetzt wusste Laura es besser.

Denn beim ersten Erkundungsgang im Hafen, der noch zu nichts als ein paar Informationen hätte führen sollen, war Fenne erschossen worden. Surreal. Fast zu viel Zufall. Aber warum gerade sie?

Und nun schien sich die Sache zu wiederholen. Sie war ein nüchterner Mensch, der nicht so leicht hinter jeder Ecke eine Verschwörung vermutete, aber hier an einen Zufall zu glauben fiel ihr nicht gerade leicht. Außerdem hatten alle Spuren nach Berlin geführt, oder etwa nicht? Beim Gedanken daran begannen ihre Hände zu schwitzen. Laura konnte nicht anders: Sie fühlte sich, als würde sie in eine Falle tappen. Als kämen die Wände ihres Lebens immer näher, als hätte jemand ihre Schicksalsfäden in der Hand, an denen er sie in eine bestimmte Richtung zog. Sie wollte rational sein, wollte sich wieder und wieder versichern, dass das hier etwas anderes war, eine andere Stadt, eine andere Situation. Und doch kam ihr immer wieder dieser eine Gedanke in den Kopf: »Das ist eine Falle. Heute Nacht werde ich sterben.«

Ein Teil von ihr glaubte das. Und sie wusste, dass sie trotzdem gehen würde.

RONNY

Das war einer dieser Momente, bei denen man vorher schon wusste, dass sie schlimm werden würden. Wie beim Zahnarzt, wenn man Schmerzen hatte und genau wusste, dass man früher hätte hingehen sollen. Dass die Schmerzen beim Arzt noch viel schlimmer werden würden, wenn er einem mit seinen kalten Metallgeräten im Mund herumfuhrwerkte. Aber man musste gehen. Oder es war wie nachts kurz vor einer Prügelei. Wenn sich alle wütend und verschwitzt und aufgepeitscht gegenüberstanden und nur noch darauf warteten, wer den ersten Schlag setzte, nicht, ob einer fiel. Es gab immer diesen einen Moment, an dem eine Münze kippte – auch wenn sie noch so lange friedlich über die Tischplatte gerollt war. Ein Sturm zog auf, und es gab keinen Ort, an dem er sich verstecken konnte. Wenn überhaupt, dann hätte er vor langer Zeit gehen müssen, bevor all der Irrsinn bei SanderSolutions begonnen hatte.

Mit der Sanderin hatte er solche Situationen zwar öfter, aber gerade war ihm besonders unwohl in seiner Haut. Es fühlte sich an, als müsste er im Schneckentempo über ein Nagelbrett laufen. Jede Sekunde, jeder Atemzug schmerzte, und alles wurde schlimmer, je länger er warten musste. Er starrte quasi die ganze Zeit auf das Nagelbrett, während seine Zehen zuckten. Seine Wirbelsäule kräuselte sich, und er schwitzte in seinem dämlichen schicken Anzug. Und dabei war noch gar nichts passiert.

Sven, der kleine Hackerarsch, war im Gegensatz zu ihm die Ruhe selbst. Entweder er hatte keine Antennen für bestimmte Schwingungen oder sie waren ihm egal. Bei allem, was er angestellt hatte – Ronny Könighaus hatte noch nie eine Gefängniszelle von innen gesehen.

Vielleicht wurde man dort drinnen ja tatsächlich so abgebrüht. Sven hatte seine Arbeit gemacht, das musste man ihm lassen – und wahrscheinlich war er auch sein Geld wert. Ronny hatte die gesamten Kosten, die das Milchgesicht verursachen würde, über die Buchhaltung an der Sanderin vorbei lockergemacht. Die Mitarbeiter dort mochten ihn und hatten viel Verständnis dafür, wenn er mal einen Gefallen brauchte. Er wusste das zu schätzen, kannte die Namen ihrer Kinder und den Geburtstag von jedem einzelnen. Ronny achtete auf diese Dinge, sie zahlten sich irgendwann immer aus. Das hatte er noch von den Mädchen in der Erdbeerhöhle gelernt. Obwohl alles glattgegangen war, hatte er noch nicht endgültig entschieden, ob er den kleinen Hacker nicht doch lieber umlegen wollte. Oder ihm vielleicht wenigstens ein paar Manieren beibringen, die hatte er nämlich bitter nötig. Der brauchte doch nicht alle seine Fingerkuppen, oder? War ja kein verfluchter Uhrmacher.

Früher hätte sich niemand getraut, so mit Ronny Könighaus umzuspringen, verflucht. Und auch vor der Sanderin schien er nur wenig Respekt zu haben, wie sich nun zeigte.

Vielleicht hatten sie in den letzten Tagen aber auch zu viel Zeit gemeinsam in einem Raum verbracht. Ronny hatte es sich nicht nehmen lassen, den jungen Kerl bei seiner Arbeit zu beaufsichtigen, weil er tatsächlich befürchtet hatte, der Junge könnte irgendwelche Dummheiten machen. Dabei hatte er sich aber eine solche Unmenge an blödem Gequatsche reinziehen müssen, dass er sich nun innerlich regelrecht vergiftet fühlte. Und Ronny war nicht leicht aus der Fassung zu bringen.

»Die Chefin lässt sich aber ganz schön viel Zeit«, bemerkte Sven. Jedenfalls glaubte Ronny, dass der Hacker so was in der Richtung gesagt hatte. Ganz sicher konnte man da nie sein, weil zwischen dessen Zähnen meist, so auch jetzt, irgendwas Essbares steckte.

»Sie hat einfach viel zu tun und kann nicht sofort springen, wenn du rufst.«

Sven zuckte die Schultern und angelte sich eine weitere Gummischlange aus der Tüte, dabei hatte er den Vorgänger noch gar nicht geschluckt. Kettenschlingen.

204

Ronny stand neben der Tür. Er hatte kein Bedürfnis gehabt, sich hinzusetzen, und fühlte sich wohler, wenn er wusste, dass er die Möglichkeit hätte zu fliehen. Auch wenn sie nur hypothetisch bestand. »Wunder dich nicht. Es kann gut sein, dass Frau Sander die Neuigkeiten nicht so positiv aufnehmen wird«, sagte er nun, weil er sich trotz allem verpflichtet fühlte, Sven vorzuwarnen. Er war Ophelia schließlich noch nie begegnet und hatte keine Ahnung, was ihnen beiden nun blühen konnte. Der zog neugierig die Augenbrauen hoch. »Ach, wirklich? Da sollte man doch meinen, sie freut sich. Bei allem Aufwand, der betrieben wurde, um an diesen Punkt zu kommen.«

»Es liegt weniger daran, dass du geschafft hast, worum du gebeten wurdest, sondern mehr an den Ergebnissen deiner Nachforschungen.«

Verdammt. Warum hatte er das denn jetzt gesagt?

»Soso. Hätte jetzt nicht vermutet, dass ausgerechnet sie dieses Ergebnis schocken könnte.« Sven schmatzte aufreizend genüsslich. Immer wenn sich der Mund des Hackers öffnete, konnte Ronny einen zerkauten Brei aus pinken und grünen Gummischlangenfetzen sehen. Wurde man nicht irgendwann zu alt, um so einen Mist zu fressen?

»Hat Frau Sander etwa auch dunkle Geheimnisse?« Sven grinste breit und lehnte sich so weit zurück, dass der Stuhl kippte.

O Gott, lass ihn einfach umkippen und sich das Genick brechen.

»Natürlich hat sie das nicht!«, zischte Ronny, doch Sven grinste nur noch breiter. Wenn er sich ein bisschen anstrengte, würden sich die Mundwinkel sicher bald am Hinterkopf treffen.

»Ich bin Hacker. Jeder Mensch auf diesem Planeten hat dunkle Geheimnisse, und die meisten finden sich irgendwo auf deren Computer. In meiner Welt bekommt man schnell das Gefühl, die Menschen bestünden komplett und ausschließlich aus dunklen Geheimnissen. Oder zumindest aus perversen.«

»Ach ja?« Ronny bereute zutiefst, dieses Gespräch überhaupt begonnen zu haben.

»Ja. Nehmen wir zum Beispiel Sie.« Ronny erstarrte.

»Sie sind ein ausgesprochen langweiliges Exemplar unserer Spezies, Sie haben ja nicht einmal einen eigenen Computer. Ihre Familie hingegen …« Sven machte eine Kunstpause und stopfte sich noch eine Gummischlange in den Mund. »Also Candy und Precious sind schon zwei Kaliber, das muss man sagen.«

Als er Ronnys entsetzte Miene sah, schnalzte er spielerisch mit der Zunge. »Nichts Tragisches, Mann. Normaler Teenagerkrempel. Aber ich würde auf die beiden aufpassen, wenn ich Sie wäre. Und Ihre Frau erst …«

In zwei Schritten war Ronny bei dem Hacker. Er packte ihn am Kragen und hob ihn mit einer Hand aus dem Stuhl, als wöge er nicht viel mehr als ein Sack Mehl.

»Jetzt hör mir mal zu, du Mistkerl …«, knurrte Ronny, doch Sven grinste einfach zufrieden weiter. Was stimmte mit dem denn nicht, verflucht?!

»Easy, Kumpel«, krächzte er. »Ich hab dir doch nur einen gut gemeinten Ratschlag gegeben.«

»Und ich geb dir gleich einen gut gemeinten Ratschlag: Verarsch mich nicht!«

»Wenn die Herren vielleicht voneinander ablassen könnten«, erklang die Stimme von Ophelia Sander hinter Ronny, und augenblicklich ließ er das Hemd des Hackers los, der einigermaßen unbeeindruckt wieder auf den Füßen landete.

»Okay, was ist hier los?«

Ophelia betrat den Raum und winkte im nächsten Augenblick ab. »War eine rhetorische Frage. Reine Höflichkeit, ich will es gar nicht wissen. Von mir aus könnt ihr einander an die Gurgel gehen, so viel ihr wollt. Solange ihr dabei am Leben bleibt. Also, warum bin ich hier?«

Sven rückte sein Hemd zurecht und setzte sich wieder hin. Sobald er vor einem Rechner saß, wirkte er absurderweise deutlich erwachsener. »Ich habe das Signal des Geräts verfolgen können«, antwortete er und holte den Rechner aus dem Ruhemodus. Er selbst konnte genauso schnell in den Professionellen-Modus schalten, ohne mit der Wimper zu zucken.

Ronny hatte Mühe, sich auf das Gespräch zu konzentrieren. Woher kannte Sven die Namen seiner Töchter? Woher wusste er, dass jede von ihnen ihren eigenen Rechner hatte? Ronny hatte das Gefühl, als hätten sie sich eine Schlange ins heimische Bett geholt. Dieser kleine Typ war viel gefährlicher, als er jemals vermutet hätte. Und er schrie nach einer Abreibung.

Die Sanderin war wie elektrisiert. Man konnte es an ihrer Körperhaltung erkennen. An der Art, wie sie die Wirbelsäule durchstreckte, wie ihre Pupillen immer rastloser wurden und sie jede einzelne Sehne durchstreckte bei dem Versuch, sich ihre Aufregung nicht anmerken zu lassen. Sie stellte sich hinter Svens Schreibtischstuhl und krallte ihre Finger in die Lehne.

»Und?«

Nun war Sven in seinem Element. Er hatte die ungeteilte Aufmerksamkeit von Hamburgs mächtigster Firmenchefin, und er genoss sie sichtlich. Eilig tippte er auf der Tastatur herum.

»Nun, es war gar nicht so einfach. Ich konnte das Gerät erst nicht ausfindig machen, weil es schon seit einer Weile nicht angeschaltet wurde.«

»Hm«, machte Ophelia, sagte aber nichts.

»Doch offenbar schaltet es nie ganz ab, sondern geht bei geringer Akkuladung in eine Art Schlafmodus, aus dem es nicht geweckt werden kann.«

Die Sanderin nickte ungeduldig. »Ja, ja. Es kann niemals ganz ausgehen, das wäre fatal für das Gerät. Es ist auch absolut wasserdicht, und ein Panzer könnte drüberfahren, ohne es zu zerstören. Und weiter?«

»Nur dank dieser Tatsache konnte ich seinem digitalen Echo folgen. Wie zugeschneiten Fußspuren. Sie sind nicht offensichtlich, aber wenn man weiß, wohin man schauen muss, dann kann man sie finden.«

»Ja, ja, ja. Sie bekommen ein Glitzersternchen ins Heft geklebt«, schimpfte Ophelia, und Ronny verkniff sich ein Grinsen. Manchmal hatte er sie echt gern. Ophelia Sander hasste Arroganz. Jedenfalls dann, wenn es nicht ihre eigene war. »König«, hatte sie einmal zu ihm gesagt. »Im Gegensatz zu anderen Leuten ist meine Arroganz evidenzbasiert.« Ronny hatte vergessen nachzuschlagen, was *evidenzbasiert* bedeutete.

»Und wo ist er jetzt?«, fragte Ronny von der Tür aus und erlaubte sich einen leicht genervten Tonfall. Er hatte sich wieder an seinen vorherigen Platz zurückgezogen.

»Er?«, fragte Sven.

Ophelia schüttelte irritiert den Kopf und warf Ronny einen giftigen Blick zu. Verflucht. Er hatte einen Augenblick nicht aufgepasst. »Es. Wo ist das Gerät jetzt?«

Sven runzelte die Stirn und machte einen nachdenklichen Eindruck, fast so, als wollte er noch eine Frage stellen, doch dann ließ er es zum Glück bleiben und rief etwas auf dem Handy auf.

»Das sind die Punkte, an denen ich das schwache Signal ausfindig machen konnte. Manches waren sicherlich auch Fehlalarme oder winzige Abweichungen, ich schätze nicht, dass das Ding wirklich innerhalb von sechsundzwanzig Stunden in Uruguay, Finnland und Deutschland war, aber wenn man sich die Punkte betrachtet, so ergibt das doch ein Muster.«

Ophelia wurde bleich. Sie starrte auf die Karte, und auf ihrer Stirn pochte eine Ader bedrohlich.

Ronny wappnete sich innerlich.

»Sehen Sie, wo sich die Punkte bündeln?«, fragte Sven überflüssigerweise, der so auf seinen Bildschirm fixiert war, dass er das Umschwingen der Stimmung im Raum offenbar nicht mitbekommen hatte.

»Raus«, zischte Ophelia bedrohlich leise.

Sven drehte den Kopf. »Hm?«

Ronny überlegte nicht lange. Wenn hier jemand den kleinen Hacker umbrachte, dann wollte er das sein. Er umfasste Svens Handgelenk und riss ihn aus dem Stuhl, noch während Ophelia Luft holte.

»Raaaauuuus!!!«, kreischte sie, während Ronny Sven hinter sich her aus der Tür und den Flur hinab zog. Einige Türen öffneten sich aufgrund des Tumults, doch Ronny schrie jedem entgegen, der sich im Flur zeigte, dass er wieder zurück ins Zimmer gehen und die Tür schließen sollte. Ophelia dachte zwar, niemand wisse davon, doch Ronny kannte die kleine Waffe, die in der Schreibtischschublade seiner Chefin lag. Und er hatte sie schon einiges werfen sehen, was nicht dazu bestimmt war. Er zerrte Sven in einen leeren Kontrollraum und schloss die Tür. Ja, das war ungefähr das, womit er gerechnet hatte.

Der Hacker hatte seine unbeteiligt-arrogante Fassade, die ihm zwischenzeitig abhandengekommen war, offenbar schnell wiedergefunden. Nonchalant hob er die linke Augenbraue. »So, sie hat also keine dunklen Geheimnisse?«

Ronny schloss für einen Moment die Augen und lehnte seinen Kopf an die kalte Metallwand. »Ach halt doch die Klappe.«

RAVEN

Sie kam sich maximal absurd vor. Vielleicht lag das auch daran, dass es keine Einsatzuniformen in ihrer Größe bei der Berliner Polizei gab. Was kein Wunder war – tatsächlich trug sie im Alltag meist Kindergrößen, was sie zu einer beachtlichen Sammlung an Superhelden-Kapuzenpullis gebracht hatte. Ihre einzige modische Schwäche, die sie sich allerdings nur in den eigenen vier Wänden erlaubte. Eigentlich war sie nicht gerne erwachsen.

Kurz hatte sie die Hoffnung gehabt, der Razzia dank ihrer zu geringen Körpergröße entkommen zu können, doch man hatte sie nicht vom Haken gelassen. Nun, Raven war nicht zum Spaß bei der Polizei, sondern zur Strafe, das wusste sie ja – und Birol schien es große Genugtuung zu bereiten, sie daran zu erinnern. Trotzdem wäre sie dankbar gewesen, wenn man sie nicht in drei Lagen Uniformhosen und -hemden gesteckt hätte, damit der Brustpanzer und die Beinschoner einigermaßen hielten. Sie konnte sich kaum bewegen und schwitzte wie verrückt. Vor allem aber konnte sie riechen, dass vor ihr schon jede Menge anderer in exakt diesen Klamotten ebenfalls wie verrückt geschwitzt hatten. Es war widerlich.

Jeder Schritt fiel ihr schwer, sie wollte gar nicht daran denken, wie es wäre, wenn sie später vielleicht rennen musste. Außerdem war sie noch immer kleiner als der Rest der Polizisten, die sie umgaben, sie sah überhaupt nichts. Und beim Laufen stießen ihre Oberschenkel gegen die Panzerung. Das war doch alles scheiße.

Sie hatte sich die Haare hochgebunden und ein Haarnetz darübergezogen, damit auch keine ihrer weißen Haarsträhnen auf die Idee kam, sich selbstständig zu machen. Gerade überprüfte sie zum dutzendsten Mal, ob sich auch kein Haar gelöst hatte.

»Hey! Hast du etwa Kontaktlinsen an?«

Raven zuckte zusammen, als Martha neben sie trat und sie prüfend musterte.

Raven schnaubte, um ihre Überraschung zu überspielen. »Meine Augen ändern ihre Farbe je nachdem, in welcher Stimmung ich bin. Je düsterer die Stimmung, desto dunkler die Augen.« Wo war denn das auf einmal hergekommen?

Martha lachte prustend auf. »Soweit ich weiß, gilt das für Ringe aus dem Glücksspielautomaten, aber nicht für Teile des menschlichen Körpers.«

»Ach, und du weißt so gut über die Funktionsweisen des menschlichen Körpers Bescheid?«, gab sie zurück. »Immerhin ist heute sehr vieles möglich, um diese Regeln außer Kraft zu setzen.«

Martha stemmte eine Hand in die Hüfte und legte den Kopf schief. »Das Ändern der Augenfarbe gehört meines Wissens nicht dazu.«

Eigentlich hatte Raven keine Lust, sich jetzt zu unterhalten, auch wenn sie zugeben musste, dass ihr Marthas Gesellschaft lieber war als gar keine. Sie war nervöser, als es ihr lieb war. Aber sie wollte die neue Kollegin auf keinen Fall zu nah an sich heranlassen. Es war besser, sie blieb einfach für sich. Eine vertrackte Situation. »Vielleicht bin ich ja ein Cheater.«

»Ich kann mir nicht vorstellen, dass du so blöd wärst, etwas Illegales zu tun, um deine Augenfarbe ändern zu können. Wozu sollte das gut sein?«

»So hat man wenigstens immer ein Gesprächsthema«, seufzte Raven. »Und das ist großartig, oder nicht? Vor allem für so gesellige Menschen, wie ich einer bin. Außerdem vergisst du, dass ich hier meinen Strafdienst verrichte. Ich war also schon mal blöd genug, was Illegales zu tun. Mehr als einmal, um genau zu sein.«

Martha lachte erneut, doch sie ließ sich nicht verscheuchen. Überhaupt machte sie Raven einen deutlich tougheren Eindruck als noch am Vortag. Martha trat näher an sie heran. »Du willst nicht erkannt werden, oder?«

Raven schmunzelte. »Im Gegensatz zu dir weiß ich genau, wie man das anstellt, falls du mir also einen Rat geben willst: Vielen Dank, aber das ist nicht nötig.«

Martha stemmte die Hände in die Hüften. »Wenn du mir jetzt wieder mit diesem Quatsch kommst von wegen ›du bist nicht die, als die du dich ausgibst …‹«

Raven winkte ab. »Spar dir deinen Atem, das meine ich nicht. Auch wenn ich weiß, dass du nicht diejenige bist, für die du dich ausgibst.«

»Du frustrierst mich irgendwie!« Martha blies sich theatralisch den akkuraten Pony aus der Stirn.

Raven schmunzelte. So war ihr Martha schon viel lieber. Sie erinnerte sie an Nina. Vorlaut und selbstbewusst und nicht so leicht einzuschüchtern. Sie schwieg eine Weile und wartete ab.

»Und was meinst du dann?«, fragte Martha und gab wohl auf.

»Ich meine, dass ich gestern Abend kein Problem damit hatte, dich zu erkennen, auch wenn du dich ganz lächerlich verkleidet hattest.«

Martha hielt in ihren Bewegungen inne.

»Du warst auch dort?«

Nun musste Raven tatsächlich lächeln. »Ah, siehst du? *Das* meine ich mit: Ich verstehe etwas davon, mich unkenntlich zu machen. Ich habe dich gesehen, du mich aber nicht.«

Martha schob das Kinn vor, und ihre Augen funkelten. Es war offensichtlich, dass Raven sie an einem wunden Punkt erwischt hatte. Sie konnte sogar die Ader ihrer Kollegin an ihrem schlanken Porzellanhals pochen sehen. Ein Vampir wäre entzückt. »Bist du mir etwa gefolgt?«

»Jeder kann im Club gehen, wohin er will. Und was du im Salon Rouge gemacht hast, geht mich überhaupt nichts an.«

Nun röteten sich Marthas Wangen dermaßen grazil und ladylike, dass Raven beinahe lauthals aufgelacht hätte. So perfekte, kirschrote Kreise hatte sie noch nie gesehen. Was war nur mit ihr los? Normalerweise mochte sie andere Leute doch nicht so schnell. Das lag sicherlich an der Aufregung und der kurzen Nacht. Sie war nicht ganz sie selbst.

»Du hast recht, es geht dich überhaupt nichts an. Aber ich war nicht da, um …«

Raven hob die Hand und brachte Martha damit zum Schweigen. »Schätzchen, das ist mir egal. Ich hab schon Dinge gesehen, die würden dir wahrscheinlich vor lauter Schamesröte die Ohren vom Schädel brennen.«

Martha öffnete den Mund, schien es sich dann aber anders zu überlegen und klappte ihn wieder zu. Eine Weile standen sie schweigend in Reih und Glied. Sie warteten darauf, dass der Befehl zum Abmarsch gegeben wurde, und Raven kam sich vor wie in einem Kriegsfilm. Der übergroße Helm klemmte unter ihrem Arm.

»Du kennst die Leute vom Utopia Gardens, richtig? Deshalb willst du nicht erkannt werden«, hakte Martha nach einer Weile nach.

»Der Kandidat hat hundert Punkte«, antwortete Raven und wunderte sich, dass sie das so freimütig zugab. Irgendwie spürte sie, dass Marthas Geheimnis mindestens so groß sein musste wie ihr eigenes. Die andere würde sich hüten, sie zu verpfeifen.

»Du bist eine Verbrecherin!« Nun stand doch so etwas wie Überraschung in Marthas Gesicht, das normalerweise nichts als Gleichgültigkeit zeigte.

Raven seufzte. »Es gibt durchaus Menschen, die behaupten würden, damit sei mein Charakter hinreichend beschrieben.«

»Aber …« Martha suchte nach Worten und blieb ein weiteres Mal erfolglos.

Raven wandte sich ihr zu. »Straf-pro-gramm«, sagte sie so gedehnt und langsam, als spräche sie mit einem sehr alten Menschen. »Kapier das doch endlich!«

Martha sah zwar nicht so aus, als würde es bei ihr klingeln, aber sie nickte.

»Was hast du angestellt?«

Raven zuckte die Schultern. »Geklaut.«

»Geklaut?«, echote Martha verwundert. Offenbar hätte sie nicht mit einer solchen Lappalie gerechnet.

Raven nickte ernst. »'ne ganze Menge. Wertvolles Zeug.« Okay. Letzteres war gelogen.

»Na, das geht ja noch«, sagte Martha und klang dabei so erleichtert, dass Raven nun doch auflachte.

»Finde ich eigentlich auch.«

»Und deine Kontakte – deine Hehler, deine Kunden? – im Utopia Gardens dürfen nicht wissen, dass du Strafdienst leisten musst, weil …«

Raven zwickte sich müde in die Nasenwurzel. Irgendwie wollte sie nicht lügen. Es kam ihr mit jedem Tag anstrengender vor.

»Es sind weder meine Kunden noch meine Hehler, sondern meine Freunde. Und sie haben ihre Gründe, der Polizei nicht zu trauen, weißt du? Du scheinst ja einen Sinn in diesem Beruf zu sehen, sonst hättest du dich nicht freiwillig dafür entschieden. Schon gar nicht hier, von allen Orten auf dieser beschissenen Welt. Und alleine der gottverdammte Glanz deiner Haare sagt mir, dass du in deinem Leben noch nicht viele unangenehme Erfahrungen machen musstest. Mir ist klar, dass jemand wie du noch nie zuvor mit jemandem wie mir zu tun hatte. Höchstens mal auf der Straße, wenn deine Mama dir dann ins Ohr geflüstert hat, dass du dich lieber von ›solchen Leuten‹ fernhalten solltest. Aber ich schwöre dir, die Menschen im Gardens sind nicht durch die Bank weg Schwerverbrecher, die ins Gefängnis gehören. Der Club ist nicht randvoll mit Perversen und Brutalos, mit Drogendealern und Schlägern. Die schlechten Menschen sind vielmehr oft eher diejenigen, die Geld für verschiedene Dienstleistungen bezahlen, nicht das Personal des Gardens. Viele von ihnen sind einfach nur Leute, in deren Leben so einiges schiefgelaufen ist und die versuchen, irgendwie durchzukommen.«

Himmel. So lange am Stück hatte sie ewig nicht gesprochen. Ihr Hals fühlte sich gleich ganz rau an.

Martha legte den Kopf schief und musterte Raven eine Weile.

»So wie du?«, fragte sie schließlich, und Raven wandte sich genervt ab.

»Kümmer dich um deinen eigenen Kram, Prinzessin.« Sie setzte sich den Helm auf, obwohl es noch viel zu früh dafür war. Aber im dichten Gedränge der Beamten, die auf den Abmarsch warteten, hatte sie sonst keine Möglichkeit, ihrer Kollegin zu entfliehen. Sie war ja selbst schuld, hatte zu viel preisgegeben, hatte Martha provoziert. Und jetzt fühlte sie sich schwach und verwundbar.

»Weißt du, ich glaube, deine Augen sind gerade tatsächlich noch einmal dunkler geworden«, hörte sie Marthas Stimme erstaunlich sanft neben sich sagen. Dann ging ein Ruck durch die Gruppe, und der Tross setzte sich in Bewegung. Es ging los.

OPHELIA

Scherben und Splitter und Schmerz. Krach überall. Blut an ihren Händen und auf dem Fußboden.

Ophelia wusste nicht, wie lange sie schon hier in diesem Raum war, und es war ihr auch egal. Der Schmerz war alles, was jetzt für sie zählte. Irgendwie hatte sie es geschafft, vom Labortrakt zurück ins Haupthaus zu gelangen und sich dort in Königs Fitnessraum zu verbarrikadieren. Sie wollte niemanden sehen, wollte mit niemandem reden. Sich selbst in den vielen Spiegeln anstarren, bis sie vielleicht eine Antwort fand.

Gerade war ihr alles gleichgültig. Die Firma, eventuelle Termine, ihr großer Traum, ihr Projekt, ihr Ziel. Alles verschwamm vor ihren Augen zu einer blutroten Masse aus Schmerz und dem Wunsch nach Rache.

Wie in Trance tigerte sie durch den Raum – sie hatte keine Kraft mehr, und das fühlte sich irgendwie gut an. Ihre Muskeln zitterten, die Beine hielten sie kaum noch. Zuvor hatte sie wahllos Hanteln auf den großen Spiegel geworfen, hatte sie mit bloßen Händen wieder aufgehoben, wieder und wieder gegen das verspiegelte Glas geschmettert, bis es geborsten war. Es war das einzige Glas in diesem Gebäude, das überhaupt bersten konnte – die Fensterscheiben waren alle gepanzert, und die Schwachköpfe von Innenarchitekten hatten die hochmodernen Bäder spiegellos geplant. Als sich die Risse laut knackend ausgebreitet hatten, hatte sie sich kurz gewünscht, es könnte doch ihre Wirbelsäule sein, die da knackend zerbrach. Wie dickes Geäst. Ein letzter, satter Klang und dann wäre endlich Ruhe. Sie hob eine Hantelstange auf und drosch damit auf die Bank aus Metall ein, die sie gegen die Tür geschoben hatte. Der Krach wurde zu einem Beat in ihrem Kopf, der nur ein Wort begleitete: Othello. Othello Othello Othello. Wieder und wieder hieb sie mit letzter Kraft – Metall auf Metall klang fürchterlich in ihren Ohren, doch das war ihr nur recht. Tinnitus, Kopfschmerz, ein paar ausgeschlagene Zähne.

Die Hantelbank rutschte ihr entgegen, und Ophelia sprang erschrocken zurück. Sie landete zum wiederholten Mal auf dem Scherbenteppich, der den Fußboden bedeckte. Es knirschte, und sie biss die Zähne zusammen. Der Schmerz stach fürchterlich, ein gleißend heller Blitz zuckte durch ihr Blickfeld, die Füße pochten. Gut so. Sie hinterließ blutige Fußspuren auf dem hellen Parkettboden. Der Anblick verschaffte ihr grimmige Befriedigung.

Die Tür wurde aufgeschoben, und die Hantelbank fräste tiefe Kratzer ins Holz. Der Parkettleger wäre sicher tief betrübt. Ronny Könighaus stand im Türrahmen. Er sah ein wenig derangiert aus. Wenn er Haare hätte, so dachte Ophelia, stünden sie ihm nun in alle Richtungen vom Kopf ab. Er atmete schwer und sah sie mit einer Mischung aus Strenge und Resignation an. Kurz schoss Ophelia durch den Kopf, dass er nun sicher mit ihr schimpfen würde. Sie hatte vergessen, wer sie war und wer er war.

Ronny seufzte lediglich, und in seinen Augen lag eine Schwermut, die sie sonst nicht von ihm kannte.

»Es ist gut jetzt. Meinen Sie nicht auch?«, fragte er, kam zu ihr und hob sie, ohne eine Antwort abzuwarten, auf die Arme.

Nein, es war nicht gut. Es würde niemals wieder gut sein. Ein Teil von ihr wollte nach ihm schlagen, wollte ihn kratzen und beißen und schreien und so lange Theater machen, bis er sie wieder runterließ. Doch sie ließ es geschehen. Ließ zu, dass sich seine starken Arme wie Schraubzwingen um ihren Körper schlossen, legte ihren Kopf sogar an sein Schlüsselbein.

»Ich habe diesen Bereich des Gebäudes abgesperrt«, raunte König in ihr Ohr. »Niemand wird Sie sehen.«

Der gute Lude vom Kiez. Hatte alles im Griff, dachte an alles. Er wusste, was zu tun war. Schön, denn sie wusste es nicht mehr.

Er trug sie hoch in ihr Büro und bettete sie behutsam dort auf die Couch. Ophelia fühlte sich müde und betrunken, dabei hatte sie heute noch keinen Tropfen Alkohol angerührt. Leider. Doch das würde sich jetzt ändern. Auf ihrer Couch lagen Handtücher ausgebreitet, auf dem niedrigen Tisch daneben stand eine Flasche ihres liebsten Bardolino. Sie hätte jetzt lieber etwas Stärkeres gehabt, aber gut. Nicht so wichtig.

Neben der Couch standen ein Verbandskasten und ein niedriger Hocker bereit. Ihr Sicherheitschef hatte gewusst, was er hinter der Tür vorfinden würde. Offenbar kannte er sie besser, als sie vermutet hätte. König schenkte ihr zu viel Rotwein in ein Glas. Es war ein Weißweinglas, und er hatte die Flasche vorher nicht geöffnet, damit der Wein atmen konnte, doch ausnahmsweise sagte sie nichts. Er hatte versucht, alles aufzutreiben, was sie brauchte. Und Ophelia hatte keine Ahnung, ob sie in der Konzernzentrale überhaupt Rotweingläser hatten. Im Moment hätte sie sogar aus der Flasche getrunken.

Sie nahm das Glas und beobachtete König, der begann, behutsam ihre Füße abzutupfen. Es tat erstaunlich weh. Auf dem Weg hierher hatte es doch noch nicht sonderlich wehgetan.

»Trinken Sie«, forderte er sie auf, als sie scharf Luft durch die Zähne zog. »Manchmal ist es das Einzige, was uns noch hilft.«

»Haben Sie das auf dem Kiez gelernt?«, fragte Ophelia. Es war das erste Mal seit einer Ewigkeit, dass sie sprach. Vorher hatte sie nur geschrien. Ihr Hals fühlte sich rau an.

»Ich habe das vom Leben gelernt, Sanderin. Und da ich mein halbes Leben auf dem Kiez verbracht habe, schätze ich mal, dass ich es dort irgendwie aufgeschnappt habe. Das wird jetzt gleich ein bisschen wehtun.«

König balancierte eine silberne Schale auf seinen Knien und begann, mit einer Pinzette die Splitter aus ihren Füßen zu ziehen.

»Das brennt«, knurrte Ophelia und nahm noch einen großen Schluck Wein. Ihr fiel auf, dass es geschmacklich überhaupt keinen Unterschied machte, ob man den Wein nun atmen ließ oder nicht, und verstand mit einem Mal nicht mehr, warum alle Leute so ein Gewese darum machten. Kaviar schmeckte einfach nur salzig, Austern einfach nur fischig und von der vielen Kohlensäure im Champagner fingen die Männer immer an zu rülpsen. Reiche Menschen waren doch Idioten.

»Natürlich brennt es. Und es wird auch noch eine ganze Weile wehtun. Schnitte an den Fußsohlen sind keine Kleinigkeit. Nicht umsonst ist das Verletzen der Sohlen überall auf der Welt eine beliebte Foltermethode. Pumps sind erst mal keine Option.« Er sprach ganz ruhig. Sachlich. Er verurteilte sie nicht, und das war gut so. Sie selbst verurteilte sich auch nicht. Sie bereute nichts. Schließlich war das alles nicht ihre Schuld. Sondern die eines ganz anderen.

»Ich will ihn tot sehen.«

Ronny seufzte.

»Ich will ihn tot sehen. Ich will, dass Sie mir seinen Kopf in einem Samtbeutel bringen, damit ich darauf spucken kann. Ich will ...«

Ronny schüttelte halb amüsiert, halb besorgt den Kopf. »Wir sind hier doch nicht im Märchen, Sanderin«, sagte er unerwartet sanft.

»Ich will ihn tot sehen.« Sie klang wie ein trotziges Kind an der Supermarktkasse. Ich will den Lutscher. Ich will Eis. Ich will ihn tot sehen. Doch tatsächlich war es das Einzige, was sie gerade wollte.

»Wir wissen doch gar nicht, ob er etwas mit der Sache zu tun hat!«

Ophelia prustete in ihren Wein. »Wollen Sie mich verarschen?«

»Es leben über sechs Millionen Menschen in dieser Stadt. Woher sollen wir wissen, dass ausgerechnet *er* dahintersteckt? Außerdem ist die Kriminalitätsrate da sehr hoch, das Publikum ist international, die Leute kommen und gehen. Es muss nichts mit Ihrem Bruder zu tun haben.«

»Träumen Sie weiter. Mein Bruder ist der Einzige, der das Ganze hätte organisieren und finanzieren können. Und er hasst mich mindestens genauso sehr wie ich ihn.«

Ronny seufzte tief. »Ich will mich ja auch gar nicht einmischen. Familie ist immer 'ne komplizierte Sache. Ich versteh das. Aber Familie is eben auch Familie.«

Er zog ein besonders großes Stück Spiegelscherbe aus ihrer Ferse und tupfte danach Desinfektionsmittel auf die Wunde. Es brannte so stark, dass ihr die Tränen in die Augen schossen. »Willst du mich umbringen?« Normalerweise verließ sie ihm gegenüber nie die förmliche Ebene. Das war bestimmt der Wein.

»Ich hab drei Frauen zu ernähren. Wie käme ich dazu? Außerdem hab ich Sie nicht dazu aufgefordert, mein Studio zu ruinieren und mit nackten Füßen durch die Trümmer zu tanzen.«

»Glauben Sie mir«, gab Ophelia zurück. »Tanzen ist das Letzte, was ich da drin getan hätte.«

Sie schwiegen eine Weile. Ihr zu volles Glas war bereits leer, und sie goss sich nach. In ihrem Kopf breitete sich die wohlbekannte Leichtigkeit aus, ihre Glieder begannen im Gegenzug schwer zu werden.

»Ich meine ja nur. Familie kann einen in den Wahnsinn treiben, das ist richtig. Und ich bin der letzte Mensch, der einem anderen moralisch den Spiegel vorhalten sollte, das ist mir auch klar. Aber ich hab Sie noch nie so austicken sehen, Sanderin. Noch nie haben Sie die Nerven verloren, egal, was passiert ist. Selbst als Sky verschwunden ist, waren Sie nicht so durch.«

Als sie den Namen ihres Geliebten hörte, grub sie die Fingernägel tief in ihre Handfläche.

»Kommen Sie zum Punkt.«

Ronny hielt in seinen Bewegungen inne und sah sie an. »Ich meine ja nur, dass es etwas völlig anderes ist, jemanden aus der Familie zu töten. Ganz egal, wie sehr man ihn hasst. Er ist der Letzte, der Ihnen geblieben ist, oder?«

Ophelia presste die Lippen aufeinander, doch sie nickte.

»Vielleicht werden Sie es bereuen, wenn er tot ist. Und dann können wir es nicht mehr ändern. Egal, wie ergeben ich Ihnen bin, wenn er tot ist, kann ich ihn nicht wieder zurückbringen. Ich will nicht, dass Sie es bereuen.«

»Es ist ja nett, dass Sie sich um mein Seelenheil sorgen. Ganz ehrlich. Aber ich denke eher, wenn er endlich tot ist, werde ich meinen Frieden finden. Doch nicht, bevor wir Sky nicht gefunden haben. Ich möchte seine Sicherheit nicht gefährden.«

König nickte. »Sie entscheiden. Aber es dürfte so oder so nicht einfach werden. Ihr Bruder ist nicht irgendwer. Das bedarf einiges an Recherche, Schmiergeld und Vorbereitung. Und ist trotzdem noch ziemlich riskant.«

»Sie werden sich selbst drum kümmern müssen. Stellen Sie alles andere hintenan. Ich bin zuversichtlich, dass Sie das hinbekommen.«

»Das kann ich nicht selbst tun. Und Sie wissen das eigentlich auch. Es gibt Hunderte Zeitungsfotos, auf denen wir beide zusammen drauf sind. Die halbe Welt weiß, dass ich Ihr Sicherheitchef bin. Selbst dieser kleine Hacker wusste es. Das ist also keine Option.«

»Ich vertraue aber keinem anderen.«

König zuckte die Schultern.»Wenn Sie das Risiko eingehen wollen, bitte sehr. Aber ich schätze, wenn ich auch nur in der Nähe Ihres Bruders auftauche, riecht der Lunte.«

Er hatte recht. Ophelia wusste, dass er recht hatte, doch sie wollte es nicht einsehen. Es gab niemanden sonst, den sie mit diesem Job betrauen konnte. Oder wollte.

»Ich kann mich mal umhören. Vielleicht finde ich ja einen zuverlässigen Profi.«

Sie schüttelte den Kopf.»Das kommt nicht infrage.«

Pling. Eine weitere Scherbe fiel in die Metallschüssel.»Wieso nicht?«

»Das hier ist was Persönliches«, knurrte Ophelia.»Und ich will, dass es auch was Persönliches bleibt.«

Ronny lächelte leicht.»Dann müssen Sie es vielleicht ausnahmsweise selbst tun.«

Sie dachte nach. Ihr rechter Zeigefinger strich langsam über den Rand des Glases und erzeugte dabei einen leisen Ton. Ihre Füße brannten wie Feuer, doch mittlerweile nahm sie es kaum mehr wahr. Die Worte ihres Sicherheitchefs hatten eine Saite in ihr zum Klingen gebracht, von der sie gar nicht gewusst hatte, dass sie existierte. Nie zuvor hatte sie daran gedacht, einen anderen Menschen selbst zu töten. Dafür hatte sie Geld und ihre Leute, sie musste sich nicht die Finger schmutzig machen. Doch wenn sie ganz, ganz ehrlich zu sich selbst war, wusste sie, dass sie schon oft daran gedacht hatte.

»Ja«, sagte sie nachdenklich und lächelte.»Ja, vielleicht muss ich das.«

MIKAEL

Er saß auf dem Logenplatz, und seine Vorfreude stieg. Die wenigsten Unterweltbosse konnten wohl von sich behaupten, ein Freund von Razzien zu sein, doch Mikael liebte das Spektakel, das sie boten.

Kaum jemand wusste, dass er von seinem Wohnzimmer aus direkt in den Club schauen konnte. Er hatte noch eine Loge über dem Fightfloor, doch die war eher dafür da, gesehen zu werden. Dass sich alle da unten benahmen, daran dachten, warum sie dort waren. Diese Loge hier war nur für ihn. Von außen nicht zu sehen dank der schwarz verspiegelten Fläche, die aussah wie alle Paneele über den Theken.

So konnte er unbemerkt das fröhliche Treiben dort unten beobachten. Er selbst hatte noch nie in seinem Leben getanzt. Auch, weil seine körperliche Verfassung es nicht zugelassen hätte; doch er konnte nicht einmal sagen, ob er tanzen würde, wenn er könnte. Es hatte etwas Fremdes, Unwürdiges an sich, dieses Gezappel. Was auch daran liegen mochte, dass seine Fenster absolut schalldicht waren. Er wollte den Club sehen, keinesfalls aber hören. So zuckten und zappelten die Füße, Arme und Köpfe, die von seiner Position aus zu einem Gewimmel verschmolzen, einfach durcheinander. Egal, was die Leute dort unten dachten, elegant waren sie sicher nicht. Eher sahen sie aus wie eine Horde zuckender Aale. Ohnehin war der Vergleich mit Fischen gar nicht so übel. Wenn die Polizei gleich eintraf, würden sie in die Menge stoßen wie ein Hai in einen Schwarm. Alle würden auseinanderstieben, scheinbar ziellos, doch Mikael konnte von hier oben Muster erkennen. Das war es, was er an diesem Anblick immer so genoss. Chaos, das zu Ordnung wurde. Wunderschönes Entsetzen.

Neben sich auf dem Tisch stand Scotch on the Rocks, er wartete noch auf eines der jungen Dinger, die ihm besonders gefielen. Sie hatte streng genommen keine sauberen Papiere. Da sie auch keine sauberen Gedanken hatte, kratzten Mikael ihre Papiere nicht, doch er wollte nicht riskieren, dass sich einer der Cops aufspielte und die Kleine mitnahm. Wäre zu schade, er hatte sich gerade an sie und ihre Künste gewöhnt. Früher hatte Eugene auch noch gerne zugeschaut, wenn die Polizei kam. Wenn die tanzende, wogende Menge dort unten in Schlieren auseinanderstob, die Musik abbrach und die Leute kopflos versuchten, sich vor den Beamten in Sicherheit zu bringen. Ganz gleich, ob sie überhaupt etwas verbrochen hatten oder nicht.

Doch in letzter Zeit war sein Bruder nicht mehr er selbst. Der Tod der kleinen Hure heute hatte da auch nicht geholfen, aber gerade jetzt wäre doch ein bisschen Ablenkung nicht schlecht, sollte man meinen. Oder?

Ungehalten schnalzte er mit der Zunge. Eugene war der Jüngere von ihnen, und vielleicht hatte er ihn zu sehr verwöhnt. Hatte ihm zu viel durchgehen lassen. Wahrscheinlich war die Reise nach Indien ein Fehler gewesen. Eugene hatte behauptet, dass er dort Kraft tanken würde, sich selbst finden. Bla, bla, bla. Wenn du von hier kamst, wusstest du eigentlich sowieso schon, wo du hingehörst. Da brauchte es keinen Guru, um dir das zu erklären.

Er knirschte schon wieder mit den Zähnen. Diese Gedanken brachten ihn immer zum Knirschen. Wenn er so weitermachte, bekam er noch eine Plastikschiene; sein Physiotherapeut hatte ihm mehr als einmal damit gedroht.

Mikael wollte keine beschissene Beißschiene, er wollte seinen Bruder zurück, verdammt! Ihm war jetzt nicht danach, mit Mandy oder Sandy oder Candy oder wie sie noch mal hieß, hier zu sitzen, auch wenn es sich gut anfühlte, wie sie sich auf ihm bewegte, er wollte mit Eugene zusammen trinken und das Treiben beobachten. Doch der zog es neuerdings vor, wie ein Mönch in seinem spartanischen Schlafzimmer zu hocken und nur noch für wirklich wichtige Geschäftstermine rauszukriechen. Und seit wann erlaubten sie eigentlich Huren in ihren Schlafzimmern? Noch dazu blutende Huren. Sie hatten es so viele Jahre doch sehr gut und gemütlich gehabt, verflucht noch mal.

Es klopfte leise an der Tür.

»Ja!«, brummte er missmutig, und einer seiner neuen Sicherheitsleute, ein junger Kerl mit roten Haaren und viel zu guter Laune, steckte den Kopf zur Tür herein.

»Verzeihung, Chef. Hier draußen steht ein Mädchen, das sagt, es würde von Ihnen erwartet.«

Er nickte schroff und machte eine auffordernde Handbewegung. Eine Mischung aus Prügelandrohen und Königin-von-England-Winken.

Candymandysandy betrat das Zimmer und sah sich angemessen beeindruckt um.

»Wow. Ich wollte schon immer wissen, wie es hier oben aussieht. Das ist ja wie in einem Schloss.«

»Schätzchen«, sagte Mikael und massierte sich die Schläfen. »Du bist erst seit vier Wochen hier. Wie kannst du dich das *schon immer* gefragt haben?«

Keck lächelnd trat sie zu ihm und begann, sein Hemd aufzuknöpfen.

»Vielleicht hat mein Leben vor vier Wochen erst richtig begonnen?«

Gute Antwort. Das Mädchen wusste zumindest, was von ihm erwartet wurde. Mikael brummte zufrieden. Trotzdem wusste er schon nicht mehr, was er sich dabei gedacht hatte, sie einzuladen. Er wollte nicht, dass sie hier war.

Erst jetzt schien sie zu registrieren, dass die Scheibe hinaus auf die Tanzfläche zeigte und Mikael so saß, dass er alles überblicken konnte.

»Wow«, stieß sie erneut aus und trat mit offenem Mund an die Scheibe.

»Dein Vokabular ist wirklich erstaunlich«, gab Mikael zurück und nahm einen kräftigen Schluck.

Das Mädchen drehte sich um und strahlte ihn an. »Danke!«

Gott, manchmal wünschte er sich, die Mädchen wären alle mehr wie Nina. Er konnte Nina nicht ausstehen, aber was er auch nicht mochte, war die Tatsache, dass sich alle anderen Mädchen benahmen, als wären Männer so was wie Götter. Er wusste, dass den meisten ein solches Verhalten gefiel, er selbst fand es affig. Er wollte doch eine Frau vögeln und keine sprechende Puppe.

»Warum sitzt du so da?«, wollte sie nun wissen.

»Damit ich alles im Blick habe.« Mikael klopfte mit der flachen Hand auf den Stuhl, der auf der anderen Seite des kleinen Beistelltischchens neben seinem stand. Wenn er Glück hatte, dann setzte sich Mandysandywendy auf ihren winzigen Hintern und sagte so wenig wie möglich.

»Was passiert denn da unten?«, fragte sie, während sie sich niederließ und wie selbstverständlich die hohen Schuhe von den Füßen streifte.

»Wag es ja nicht, deine Füße auf das Polster zu legen. Die Stühle sind aus den 1780er-Jahren.«

Das Mädchen biss sich auf die Lippe und setzte einen ertappten Gesichtsausdruck auf. Ein bisschen zu viel, ein bisschen zu doll. Wenigstens fing sie nicht an zu heulen. Manche von denen machten das besonders gern.

»Und was passiert nun da unten?«

Mikael schwenkte die bernsteinfarbene Flüssigkeit im Glas.

»Es wird gleich eine Razzia geben.«

Das Mädchen riss die Augen auf und schlug sich die Hand vor den Mund. Sie war sicher auch eine von denen, die heimlich von einer Karriere als Schauspielerin träumten. »Eine Razzia?!«, flüsterte sie entsetzt, und Mikael nickte ruhig.

»Aber ...«

»Du bist hier«, schnitt er ihr das Wort ab, »damit dich keiner entdeckt. Damit niemand nach Papieren fragen kann, die du nicht hast, okay?«

»Da...danke!«, stammelte sie, offensichtlich noch damit beschäftigt, die Gedanken in ihrem Kopf zu ordnen.

»Und was ist mit den anderen?«, fragte sie nach einer Weile vorsichtig.

»Ich führe hier oben kein Hotel. Wenn du wieder runterwillst, sag Bescheid.«

Sie presste die Lippen zusammen und starrte auf die Karaffe mit dem Whisky. Offenbar wünschte sie sich gerade, ebenfalls etwas zu trinken, doch ihm war nicht nach Großzügigkeit zumute. Seiner Auffassung nach war er schon großzügig genug. Und es verschaffte ihm eine grimmige Befriedigung zu wissen, dass sie unter seiner Gesellschaft ebenso litt wie er unter ihrer.

Er wusste nicht genau, wann sie kamen. Das war eine lästige Eigenschaft der Polizei. Egal, wie korrupt sie auch waren, sie behielten immer noch etwas für sich. Um gefühlt die Oberhand zu behalten. Vielleicht auch, um sich selbst damit zu beruhigen, dass sie ja nicht alles an ihn verrieten. Wahrscheinlicher war, dass sie diesen Schwanzvergleich für ihr Ego brauchten. Mikael kratzte das nicht, er fand es lediglich unpraktisch.

Es war kurz nach Mitternacht; erst gegen zwei würde die Nacht ihren Höhepunkt erreichen. Normalerweise kamen die Beamten früher. Um den laufenden Betrieb so wenig wie möglich zu stören. Dein Freund und Helfer.

»Sollte eine Razzia nicht unangekündigt sein?«

Mikael schloss kurz die Augen und seufzte. Wusste sie denn nicht, wie unattraktiv solche Fragen waren? Er wäre jetzt wirklich gerne allein. Doch wenn er sie nach unten schickte und sie es rumerzählte, gab es wieder schlechte Stimmung unter den Mädchen. Und das war etwas, das noch geschäftsschädigender war als Läuse oder eine Muschelvergiftung. Wenn die Huren schlechte Laune hatten, dann wuchs im Club kein Gras mehr. Da hielt er sie doch besser noch ein bisschen aus.

»Ich schätze, das ist die Grundidee dahinter«, bestätigte er müde.

»Aber warum weißt du dann davon?«

»Weil ich Mikael Metzger bin, verdammt. Deshalb weiß ich davon.«

Ein Lächeln schob sich über sein Gesicht. Gerade war ihm ein amüsanter Gedanke gekommen. Er drehte sich zu dem Mädchen um und schaute ihr geradewegs in die hübschen, leicht mandelförmigen Augen.

»Und wenn du einmal auch nur auf die Idee kommen solltest, mich zu verarschen, dann bekomme ich das auch mit. Merk dir das.

Versuchst du, mich zu beklauen, werde ich es erfahren. Versuchst du davonzulaufen, werde ich es erfahren. Du solltest dir hinter die Ohren schreiben, dass man besser nicht versuchen sollte, mich zu hintergehen.« Er setzte sein boshaftestes Grinsen auf. »Ich schätze, du bist schon lange genug hier, um zu wissen, was Leuten blüht, die mich verarschen wollen?«

Das Mädchen schluckte und nickte mit großen Augen. »Ich werde nichts dergleichen versuchen, das schwöre ich.«

»Gut. Und jetzt sei so lieb, bleib einfach da sitzen und halt die Klappe. Ich bin heute nicht in Stimmung.«

Sie nickte und schaute auf ihre Knie.

»Wie heißt du noch mal?«, fragte Mikael nach einer Weile, als es ihm doch zu still geworden war.

»Masha«, antwortete sie kleinlaut.

Masha. Mikael nahm noch einen Schluck. Na so was.

BIROL

Er bildete sich immer ein, dass er keine Razzien mochte. Dass er nicht so ein Polizist war. Nicht wie seine Kollegen, die bei der Aussicht auf ein bisschen körperliche Gewalt vor Aufregung vibrierten, nicht wie sein Chef, der es liebte, das bisschen Macht, das er hatte, gegen andere Menschen einzusetzen. Weil er sich gerne wichtig fühlte und wichtigmachte.

Doch im Herzen wusste Birol, dass er sich selbst anlog. Er wollte nur einfach nicht so einer sein, es war ihm unangenehm. Er wäre lieber anders. Doch das war er nicht. Seitdem der Kollege in ihr Einsatzzimmer geplatzt war, vibrierte Birols Körper wie eine Bogensehne. Er wusste, dass der Mord als Grund nur vorgeschoben war, dass es eigentlich mal wieder um etwas ganz anderes ging. Etwas, das Hinnerk vermutlich mit den Metzgers ausbaldowert hatte. Oder mit irgendeinem anderen wichtigen Menschen. Vielleicht war das auch der Grund für die nächtliche Anwesenheit des Dezernatschefs im Käfig gewesen. Doch die schreckliche Wahrheit lautete, dass es ihm egal war. Seine Wut jubilierte, sein Kopf fühlte sich zum ersten Mal seit Wochen wieder klar an. Endlich durfte er seine Energie einsetzen, endlich würde seine Wut ein Ventil finden. Er hoffte, dass sie Leute verhaften würden, dass ein bisschen Blut fließen würde. Und er schämte sich gleichzeitig dafür.

Doch Birol wusste, dass er längst nicht mehr der Mensch war, der er gerne wäre. Als der er sich darstellte – jemand, auf den man stolz sein konnte. Vielleicht war er auch nicht besser als all seine Cousins. Ein dreckiger Verbrecher mit einem Hang zur Gewalt.

Er hatte sich im Käfig auf einem der abgewetzten Sofas niedergelassen, die im stillgelegten Teil des Gebäudes herumstanden. Der

Teil, in dem sich der große Saal des ehemaligen Stadtparlaments befand, wurde von der Polizei nur als Lager genutzt. Hierher kam er gerne, wenn er ein wenig Ruhe brauchte. Es war ein absurdes Szenario. Alte Möbel standen dicht an dicht unter einer goldverzierten Decke. In die seitlichen Rundbogen waren Decken, alte Zellenliegen und allerlei Krimskrams gestopft worden, gänzlich ohne jeden Respekt vor der historischen Bedeutung des Gebäudes. Jedes einzelne Möbelstück roch nach Alter und Staub, kleine Staubwolken stiegen auf, sobald Birol sich auf einem der Sitzmöbel niederließ. Meist lag er auf einer alten Ottomane, von der er beim besten Willen nicht wusste, was sie im Käfig zu suchen hatte. Solche Möbelstücke waren kein Teil des polizeilichen Inventars, im Gegensatz zum Rest des Zeugs, das hier herumstand. Wahrscheinlich war es noch aus der Zeit davor, als es kein Neuberlin und keinen Käfig gegeben hatte und der Alexanderplatz noch das pulsierende Herz einer aufregenden Metropole gewesen war, nicht der Schandfleck im Zentrum eines Schandflecks.

Manchmal fragte sich Birol, ob er gerne in einer anderen Zeit gelebt hätte. Wahrscheinlich ja, auch wenn er wusste, dass jede Zeit ihre Schattenseiten hatte.

Doch Berlin hatte Glanzzeiten erlebt, die er gerne gesehen hätte. Zeiten, in denen sich die Bürger sicher fühlten und der positive Ruf der Stadt Menschen aus aller Welt angelockt hatte. Aufbruch und Toleranz sowie Kreativität mussten hier einmal vorgeherrscht haben. Heute war davon nun wirklich nichts mehr zu spüren.

Vielleicht war Birol auch nur so verbittert, weil seine Heimat ein Stück Scheiße war. Wie sollte man auch positiv bleiben, wenn man in solch einem Ort verwurzelt war. Aus fauler Erde wuchs faule Frucht, oder nicht?

Er verschränkte die Arme und versuchte, ein wenig zu schlafen. Sein Handy hatte er als Wecker neben sich gelegt, es würde ihn rechtzeitig aus dem Schlaf holen.

Merkwürdig genug, aber hier im großen Saal zwischen all diesen staubigen Möbeln schlief Birol meist am besten. Er hatte sich schon überlegt, ein paar Sachen herzubringen und öfter hier zu schlafen.

Seiner Familie könnte er erzählen, dass er Überstunden machte, und seine Mutter würde ihm nicht glauben und vorwerfen, dass er sich mit irgendeinem Mädchen vergnügte.

Eigentlich sollte es ihm egal sein, was seine Mutter sagte, doch das war es nicht. Birol hatte immer sehr viel Identität aus der Tatsache gezogen, dass er der Gute war. Der gute Sohn, der Gute der Familie. Wie Can.

Doch das Gute war in der Familie Celik nichts weiter als eine Falle. Denn nun erwarteten alle von ihm, dass er sich kümmerte. Dass er da war, der gute Sohn. Birol, das Goldstück.

Wäre er wie alle anderen schon im Alter von elf Jahren mit einer Waffe auf dem Schulhof erwischt worden, hätte er jetzt wenigstens seine Ruhe. Nicht zum ersten Mal fragte er sich, ob er nicht vielleicht doch den falschen Weg eingeschlagen hatte. Doch es half jetzt nichts.

Er versuchte, sich von all den düsteren Gedanken abzulenken, und blieb, wie schon so oft in den letzten Stunden, an Marthas Lächeln hängen. Für sie könnte er vielleicht der Mann sein, den er selbst gerne in sich sehen würde.

Dieser Fantasie folgend, glitt er in einen leichten Schlaf.

OTHELLO

Er hasste diese großen Sitzungen. Dabei fühlte er sich immer wie in einem anderen Leben. Was absurd war, denn die Firma war eigentlich das, was sein Leben zum Großteil ausmachte. Er musste aufpassen, dass sie ihm nicht entglitt. Meist war ihm so langweilig, dass er zwischendurch das Gefühl bekam, sein Geist würde seinen Körper verlassen und alles von oben betrachten. Eigentlich war er ein aufmerksamer Mensch, der kein Problem damit hatte, sich ein paar Stunden oder sogar Tage am Stück zu konzentrieren, aber diese Meetings schafften ihn. Zwei Mal im Jahr stellten seine Mitarbeiter ihm und dem gesamten Vorstand die neue »Kollektion« vor. Wer im Zusammenhang mit medizinischen Prothesen auf das Wort *Kollektion* gekommen war, wollte er wirklich gerne mal wissen. Und wozu das Ganze gut sein sollte, war ihm ebenfalls ein absolutes Rätsel.

Sie waren die Firma, die für Deutschland sämtliche verschreibbaren Prothesen herstellte. Was sie entwickelten, wurde eingebaut – so einfach war das. Was die ganze Angelegenheit natürlich umso langweiliger machte.

Das Bizarrste daran war vielleicht, dass sich seine Mitarbeiter alle eines oder mehrere Beine ausrissen, um ihn zufriedenzustellen. Doch sie ahnten nicht, dass es ihnen niemals gelingen würde. Othello dürstete es nach etwas völlig anderem als dem, das sie ihm bieten konnten. Die Grenzen der Gesetze verhinderten, dass er so arbeiten konnte, wie er gerne wollte. Und seine Mitarbeiter waren allesamt brave, fleißige, bis ins Mark spießige Arbeitstierchen. Steuererklärungen auf zwei Beinen. Niemals käme er auf die Idee, sich einem von ihnen zu offenbaren.

Sie waren erst beim Torso angelangt, und er hatte schon ewig nichts mehr gegessen. Seit dem Mittagessen waren viele Stunden vergangen, die Nacht hatte sich über Berlin gesenkt, und er hatte kaum noch Zeitgefühl. Das kam davon, dass jeder von diesen Profilneurotikern dachte, er hätte das Rad neu erfunden. Oder eben die Herzklappe. Sie alle verdrehten die Augen über ihre Kollegen, kamen aber nicht zum Punkt, wenn sie selbst an der Reihe waren.

Zum wiederholten Mal betrachtete Othello leicht amüsiert die Spiegelung der traurigen Ansammlung von Menschen in der großen Glasscheibe. Temp hatte einen riesigen Schweißfleck am Rücken, den er ohne Mühe beobachten konnte. Dem jungen Mann wäre es sicher sehr unangenehm zu wissen, dass sich der Konzernchef die Zeit damit vertrieb, Muster in dem zu sehen, was sein Körpersekret auf das billige Hemd zeichnete. Und gerade deshalb starrte Othello so gerne. Ein Teil von ihm wünschte sich, dass Temp es bemerkte. Weil er genauso wie sein Chef in dieser Situation gefangen war und nicht wegkonnte. Wieso sollte er auch der Einzige sein, der in diesem Konferenzraum litt wie ein Hund?

Gerade sprach Hirsch über die Vorzüge ihres neuen Kunstdarms. Wie schnell er Nahrung weitertransportieren konnte. Dass er vom menschlichen Körper soundso viel Prozent besser angenommen wurde als das Vorgängermodell. Dass er bis zu zehn Jahre im Körper verbleiben konnte.

Ehrlich, die Diskussion über Magensäure, die sich im Raum entsponnen hatte, hätte er zum Glücklichsein nicht gebraucht. Der Verdauungstrakt war ihm schon immer zuwider gewesen, und er verstand nicht, dass es Menschen gab, die sich damit freiwillig befassten. Es gab durchaus ästhetischere Teile des menschlichen Körpers.

Ihn selbst faszinierten Arme, Hände, Augen und Lippen. Die Teile des Menschen, in denen sich Komplexität und Schönheit vereinten. Ein Gummischlauch, der Scheiße aus dem Körper transportieren konnte, eher weniger. Mal döste er, mal schaute er auf seinem Tablet nach neuen Nachrichten.

Zwischendurch vibrierte es immer wieder an seinem Handgelenk. Sie hatten die Regel, dass jeder das Mobiltelefon draußen lassen musste, und eigentlich war er immer ganz froh darüber. Sie würden in diesem Leben nicht mehr fertig mit ihrer Präsentation, wenn ständig jemand rausrannte. Aber das permanente Vibrieren an seinem Handgelenk zeigte ihm an, dass irgendjemand wirklich verzweifelt versuchte, ihn zu erreichen. Eigentlich war keiner seiner Kontakte dermaßen renitent. Und er hatte auch niemanden mehr in seinem Leben, der ihn über eine private Tragödie informieren konnte oder wollte.

»Herr Sander?«

Othello blickte auf. »Hm?«

Offenbar hatte er auf seinen Namen bereits wiederholt nicht reagiert, da der ganze Raum ihn halb ungeduldig, halb belustigt musterte. Sie konnten sich nicht offen über sein Verhalten beschweren, aber es würde später Thema sein. In der Küche, der Garderobe, auf dem Weg zur Magnetbahn. Dass er nicht bei der Sache war, dass er sie hart schuften ließ, bis in die Nacht, und sich dann nicht einmal für die Früchte ihrer Arbeit interessierte. Dass sie doch eigentlich alle unterbezahlt waren für die Arbeit, die sie leisteten. Dass sie sich unverstanden und nicht anerkannt fühlten. Und sie hatten verdammt recht damit.

Er setzte sich wieder gerade hin und versuchte, ein aufmerksames Gesicht aufzusetzen.

»Denken Sie, dass wir bei den eben präsentierten Forschungsergebnissen wirklich mit dem Produkt an den Markt gehen können? Eine Langzeitstudie ist das nicht gerade.«

Der Kollege Hagedorn, der die Frage gestellt hatte, trug eine formvollendete Skepsisfalte auf der Stirn. Alleine ihre beeindruckende Tiefe zeigte an, dass er sie sehr oft benutzte. Othellos Blick huschte zum großen Screen an der Wand. Er erfasste die Zahlen. Hundertfünfzig Probanden, ein Test über drei Jahre. Und eine erschreckend hohe Fehlerquote. Nun runzelte auch er seine Stirn.

»Hier geht es um einen Teil des Verdauungssystems und nicht um ein Gelenk«, begann er, und da der Rest des Raumes heftig nickte, wusste er nun immerhin, dass sie immer noch über den Darm sprachen. Gut.

»Wenn hier etwas reißt, kaputtgeht oder porös wird, hat das direkte Konsequenzen für den Träger. Verläufe, die sogar tödlich enden können, sind möglich, wenn sich Magensäure, andere Verdauungssäfte, Speisereste oder gar das Endprodukt der Verdauung in den Bauchraum ergießen würden.«

Wieder sehr ernstes Nicken. Hirsch, die neben dem Screen stand, machte ein säuerliches Gesicht.

Er hätte sie niemals vögeln dürfen. Nun dachte sie offenbar, sie könnte sich hier in der Firma alles erlauben. Auch Schlamperei. Wenn sie wüsste, wie viele vor ihr schon dank dieser Fehleinschätzung von der Karriereleiter gefallen waren. Othello beschloss, ein Exempel zu statuieren.

»Die Faktenlage ist zu unbefriedigend und der Forschungsrahmen zu dürftig, Frau Hirsch. Ich muss mich leider Herrn Hagedorn anschließen und die Markttauglichkeit Ihrer Entwicklung, so visionär sie in Teilen sein mag, infrage stellen. So kann ich das Produkt jedenfalls nicht freigeben. Wir werden morgen darüber sprechen, was zu tun ist. Um elf in meinem Büro. Dafür ist jetzt hier nicht der Rahmen.«

Hirsch presste die Lippen zusammen und nickte, während Hagedorn eine selbstgefällige Miene aufsetzte. Nun hatten seine leitenden Mitarbeiter sicher auch begriffen, dass er hier niemanden bevorzugte. Und Hirschs Gesicht hellte seine Stimmung noch ein Stück weiter auf. Zwei Fliegen mit einer Klappe, so mochte er das.

In solchen Momenten schätzte er es wieder sehr, der Oberboss eines multinationalen Konzerns zu sein. Was er sagte, war Gesetz. Und egal, wie sehr Charlotte (sie hieß doch Charlotte??!) Hirsch ihn jetzt auch hasste, sie konnte es nicht sagen. Sie würde nach Hause fahren und es ihren Freundinnen, ihrer Mutter oder ihrer Katze erzählen. Aber sie würde ihn damit in Ruhe lassen, und das war alles, was zählte.

Er wollte sich wieder zurücklehnen und es sich für die nächsten achttausend Stunden so gemütlich machen, wie es eben ging, als es an der Tür klopfte und seine Assistentin Ingrid den Kopf reinsteckte. Sie müsste längst weg sein – er hatte ihr doch gesagt, dass sie nicht auf ihn warten sollte. Wie immer erregte ihr Eintreten einiges an Aufmerksamkeit bei der männlichen Belegschaft. Sie war wie ein Magnet für Männeraugen, was bei den Damen immer Gesichtsausdrücke hervorrief, die das Gefühl vermittelten, sie hätten allesamt auf Zitronen gebissen. Es war schon amüsant, wie wenig es brauchte, um hoch studierte, hoch qualifizierte Menschen in die Steinzeit zurückzukatapultieren.

Othello hatte die schöne Schwedin ursprünglich angestellt, damit die Spekulationen über seinen Beziehungsstatus aufhörten. Denn jeder, der Ingrid sah, musste denken, dass sie mit ihm ein Verhältnis hatte. Denn kein Mann bei Verstand, so würden alle sagen, würde sich solch eine Frau entgehen lassen. Und Othello schürte das Gerücht mit voller Absicht. Er zahlte sie großzügig, er hatte ihr als Firmenwagen ein schickes Cabriolet bestellt, und er ging regelmäßig mit ihr essen. Es funktionierte. Niemand kam auf die Idee, dass er in Wirklichkeit einer dunkelhäutigen, glatzköpfigen Hure aus dem Utopia Gardens verfallen war, die bereit war, Dinge zu tun, die man in seinen Kreisen niemals laut aussprechen würde.

War Ingrid von Anfang an nur als Ablenkung gedacht gewesen, hatte Othello gelernt, sie zu schätzen. Sie war sehr intelligent und aufmerksam, ihre Meinung hatte für ihn tatsächlich großes Gewicht, sie hatte stärker im Blick, was in der Firma vor sich ging, als er selbst. Ohne Ingrid wäre er aufgeschmissen, das wusste er. Doch sie war loyal und sehr zuverlässig, insofern musste er sich keine Gedanken darüber machen, wie es ohne sie wäre.

Für Ingrid war ihr Job bei Othello nämlich ideal. Sie hatte ebenfalls überhaupt nichts gegen die Gerüchte einzuwenden, im Gegenteil. Ingrid selbst interessierte sich nicht für Männer, was ihre konservative Familie jedoch keinesfalls wissen sollte. So hoffte Mutter Sjöderström auch nach drei Jahren noch, ihre Tochter würde irgendwann verkünden, dass sie bald Ehefrau von Othello Sander werden würde und nun eine große Hochzeit auszurichten sei.

Manchmal gingen Othello und Ingrid zusammen einen trinken. Dann lachten sie über ihre absurde Situation und ertränkten die mitschwingende Bitterkeit in literweise Bordeaux. Manchmal schlief sie dann bei ihm auf der Couch. Es war fast schon absurd perfekt.

Wahrscheinlich, so dachte er nicht zum ersten Mal, als er sie im Türrahmen stehen sah, war sie seine einzige wirkliche Freundin auf der Welt. Doch gerade hatte sie hier wirklich nichts zu suchen.

»Verzeihung, dass ich störe«, sagte sie mit ihrer tiefen, samtigen Stimme. »Aber die Sache duldet keinen Aufschub.« Ingrid sah ihn nun direkt an. »Herr Sander, kommen Sie bitte mal kurz?«

Othello runzelte die Stirn. Es gab nur zwei Sitzungen im Jahr, aus denen ihn niemand rausholen durfte. Auch Ingrid nicht, und das wusste sie genau. Trotzdem nickte er.

Othello erhob sich aus seinem Sessel und wandte sich an seine Mitarbeiter. »Bitte entschuldigen Sie mich einen Moment. Ich bin gleich zurück. Gönnen Sie sich doch in der Zeit einen Kaffee oder einen Snack, eine Pause tut sicher allen gut. Hervorragende Arbeit bisher.«

Er folgte Ingrid hinaus in den Flur.

»Was ist denn los?«, wollte er wissen, sobald die Tür ins Schloss gefallen war. »Du weißt doch, dass du mich nicht aus den Sitzungen rausholen darfst. Außerdem solltest du längst zu Hause sein.«

Ingrid sah zerknirscht aus, aber nur ein wenig. »Ich weiß. Aber Hansen hat schon mindestens fünfzig Mal angerufen. Ich habe ihm gesagt, dass es jetzt nicht geht, dass du in einer wichtigen Sitzung bist und so weiter. Aber er lässt einfach nicht locker.«

Othello fühlte, wie er innerlich verkrampfte. Hansen war sein Spion in der Firma seiner Schwester, sein Verbindungsmann nach Hamburg. Und er hatte die Anweisung, sich wirklich nur dann telefonisch zu melden, wenn es um Leben und Tod ging. Wenn es keine andere Möglichkeit mehr gab. Ansonsten kommunizierten sie auf einem anderen, deutlich sichereren Kanal. Ophelia war eine hoch paranoide Frau, die alle in ihrer Umgebung immer fest im Blick behielt. Hansen wusste das und war normalerweise sehr vorsichtig. Besorgnis regte sich in ihm.

»Hat er denn verraten, was los ist?«

Ingrid schüttelte den Kopf. Sie gingen schnellen Schrittes den Flur entlang und seinem Büro entgegen.

»Ich habe versucht, etwas aus ihm rauszubekommen, aber er besteht darauf, mit dir persönlich zu sprechen.«

»Hm.«

Othello versuchte, ruhig zu bleiben, doch es fiel ihm schwer.

»Deshalb bin ich auch hiergeblieben. Ich habe kein gutes Gefühl und dachte, es ist besser, wenn ich da bin, falls du mich brauchst.«

Othello schenkte seiner Assistentin ein aufrichtiges Lächeln. »Danke. Das ist wirklich sehr lieb von dir. Aber wenn es um Hansen geht, dann kannst auch du mir nicht helfen. Du weißt doch am besten, dass einem eigentlich niemand helfen kann, wenn es um die eigene Familie geht.«

Ingrid nickte und lächelte schief. Kein Wunder, dass sie reihenweise Frauenherzen brach.

»Geh nach Hause und leg dich schlafen.«

Sie waren in seinem Vorzimmer angekommen. Ingrids Telefonanlage blinkte.

»Da, er hat es schon wieder versucht.«

Sie griff sich ihre Jacke und ihre Handtasche. »Bist du sicher, dass du mich nicht mehr brauchst?«

»Ja doch. Ab mit dir nach Hause. Es reicht schon, dass wir anderen hier festsitzen.«

Sie lächelte ihm noch einmal dankbar zu und schlüpfte aus der Tür.

Othello ließ sich auf ihren Schreibtischstuhl sinken und massierte sich mit den schlanken Fingern die Schläfen. Was immer er gleich hören würde, es wäre sicher nichts Gutes. Es sei denn, seine Schwester war urplötzlich verstorben. Aber darauf durfte er wohl kaum hoffen.

Als das Telefon klingelte, zuckte er zusammen, obwohl er es ja eigentlich erwartet hatte. Es war eine Hamburger Nummer. Othello Sander atmete tief durch und nahm den Anruf an.

LAURA

Sie fluteten den Club wie Wasser – durch alle acht Türen gleichzeitig. Adrenalin pumpte durch ihre Adern, dabei war sie doch genau für so was ausgebildet worden.

Sie hatte Raven aus den Augen verloren, was ihr irgendwie leidtat, denn jetzt fühlte sie sich selbst ein wenig verloren in der Masse an Menschen, die mit gezogenen Tasern ins Utopia Gardens vordrangen. Sie selbst befand sich irgendwo in der Mitte des Zuges, der die Ausgänge sichern sollte. Sie sollten sich in einer festen, durchgehenden Kette im äußeren Ring aufstellen, sobald alle Beamten drin waren. Die leichteste Aufgabe von allen, aber leider auch die mit dem wenigsten Handlungsspielraum. Sie war dazu verdammt, hier draußen zu bleiben und einfach abzuwarten. So würde ihr die ganze Aktion überhaupt nichts bringen.

Es war vernünftig, gerade die jüngeren Polizisten für so etwas einzuteilen. Wer noch unerfahren war, verlor leicht die Nerven, und so was konnte man bei einer Razzia nun wirklich nicht gebrauchen. Die anderen Beamten sahen nicht viel älter aus als sie, was ihren Verdacht bestätigte.

Laura fragte sich, wozu das hier führen sollte. Die Informationen, die sie zu dieser Aktion hatten, waren mehr als dürftig, und auch Birol hatte nicht viel zu sagen gewusst. Sie hatte geglaubt, ihn vorhin von Weitem gesehen zu haben. Das Kinn entschlossen vorgereckt, die Schultern breit. Sie ertappte sich bei dem Gedanken, dass ihm hoffentlich nichts zustieß. Lächerlich. Laura schüttelte den Kopf, als könnte sie den Gedanken an ihren Kollegen genauso wie eine lästige Fliege vertreiben, während ihre Augen die Menge wieder nach ihm absuchten. Wem wollte sie hier eigentlich etwas vormachen?

Die Türen fielen hinter ihr mit einem Krachen zu und wurden verriegelt. Das war eigentlich keine übliche Vorgehensweise, so konnte ja auch niemand hinaus, wenn eine Panik ausbrach. Das war gefährlich, bei Massenpaniken waren schon viele Menschen gestorben. Schweiß trat ihr auf die Oberlippe und die Angst, die sie bereits am Nachmittag gefühlt hatte, meldete sich wieder. Es war unmöglich, sich nicht wie in einer Falle zu fühlen. Rund, dunkel, massiv. Und abgeschlossen. Laura zwang sich dazu, gleichmäßig zu atmen.

Sie bemerkte, dass sie genau auf der Höhe zum Stehen gekommen war, auf der sich Papagenos Laden befand, in dem sie noch wenige Stunden zuvor selbst Kleidung für den Club ausgesucht hatte. Ob der Paradiesvogel heute Abend einen anderen Laden bediente? Sie hoffte, dass er weit genug weg war von alledem. Denn trotz der modernen und angeblich aufgeklärten Gesellschaft, die sie hatten, konnte sie sich gut vorstellen, dass es gerade unter Polizisten noch Typen gab, die besonders gerne Menschen wie Papageno quälten.

Gemeinsam mit ihren Kollegen formte sie einen festen Ring, die Rücken zur Wand. Sie stellten sich breitbeinig auf, Schulter an Schulter, und verschränkten die Arme hinter dem Rücken. Eine Mauer aus Menschen.

Noch war nichts passiert. Noch drang der Bass durch die Türen, die in den Club führten, bis zu ihnen nach draußen. Es klang anders als gestern, doch nicht weniger verlockend. Asiatisch? Laura beobachtete nicht zum ersten Mal, dass einige der Beamten aufgekratzt wirkten, nahezu freudig erregt. Das gefiel ihr überhaupt nicht. Was hatte man ihnen gesagt? Warum grinsten die so?

Die Menschen dort drinnen hatten keine Ahnung, was gleich über sie hereinbrechen würde. Und dann waren die meisten auch noch auf Drogen. Wie viele Leute passten in den Saal? Zehntausend? Irgendwas hatte sie doch dazu gelesen. Gut, dass draußen Rettungswagen bereitstanden. Sie fragte sich, ob es Hinnerk Blume tatsächlich gelang, diesen riesigen Aufwand mit einem einzigen Mord zu rechtfertigen? Immerhin war in diesem Fall kein Prominenter zu Tode gekommen. Viel wahrscheinlicher, dass ihr Toter ohne Augen einfach nur ein willkommener Vorwand für das alles hier gewesen war.

Die Zugführer gaben ein Kommando, und die Türen zum Clubraum wurden aufgestoßen. Beamte drängten hinein, es ging deutlich langsamer als das Eindringen in den Club selbst. Hier stießen sie direkt hinter der Schwelle auf andere Menschen.

Nach ein paar Sekunden gingen die Schreie los, und Laura musste kurz die Augen schließen. Sie versuchte, sich zu erinnern, dass solche Aktionen manchmal notwendig waren. Dass sie zum Polizeialltag dazugehörten, dass sie ihren Sinn und Zweck hatten. Doch in diesem Fall war sie sich absolut nicht sicher. Waren so viele Beamte denn wirklich nötig? Wäre es nicht besser gewesen, einen kleinen Trupp zu schicken, wenn die Zielperson doch schon feststand?

Doch Laura vermutete, dass noch mehr dahintersteckte. Dass wahrscheinlich regelmäßig Razzien in dem Club durchgeführt wurden, um zu zeigen, dass die Polizei von Berlin da ein Auge drauf hatte. Dass es keineswegs ein gesetzloser Ort war.

Als ob.

Die Tür direkt vor ihr krachte auf, und die ersten Leute strömten mit weit aufgerissenen Augen heraus. Um sie herum schrien die anderen Beamten: »Bleiben Sie ruhig. Keine Panik! Dies ist eine Polizeiaktion.«

Die erste Frau krachte mit panisch geweiteten Augen gegen sie. Dann eine zweite. Es würde eine lange Nacht werden.

RAVEN

Die Dämme brachen, und sie wurde nach vorne gespült. Während sie mit den anderen Polizisten durch eine der seitlichen Eingangstüren auf den Clubfloor gepresst wurde, dachte Raven an Hefeteig, der über den Rand einer Schüssel quoll. Nur sehr selten in ihrem Leben hatte sie überhaupt mit so vielen Menschen auf einmal Körperkontakt gehabt. Sie schätzte ihn nicht sonderlich. Raven war dankbar für ihre Uniform, sie bewahrte sie davor, zu viel fremde Haut zu berühren.

Eigentlich war sie kein Mensch, der Dinge bereute; sie empfand das für gewöhnlich als Zeitverschwendung. Was geschehen war, war geschehen, es lohnte sich nicht, da noch Wind drum zu machen. Doch in diesem Augenblick wünschte sie sich nichts mehr, als dass sie niemals versucht hätte, die Polizistin zu bestehlen. Wenn sie es einfach gelassen hätte, dann wäre ihr Leben jetzt noch normal. Zumindest so normal, wie es in ihrem Fall möglich war.

Sie hatte sich überlegt, das entstehende Chaos zu nutzen und sich, sobald sie konnte, durch eine der zahlreichen Türen einfach abzusetzen, doch das war ihr nicht möglich. Ihr Körper steckte in einem unnatürlichen Winkel zwischen anderen Polizisten fest; es fiel ihr schwer, überhaupt zu atmen, geschweige denn, sich zu bewegen. Die Masse schob sie voran, und mehr als einmal wurde ihr Brustkorb so stark zusammengepresst, dass sie fürchtete, ihre Rippen würden brechen. Ihre Füße hatten schon eine ganze Weile nicht mehr den Boden berührt.

Hatte sie sich vorher von den vielen Schichten Kleidung unter der Panzerung gestört gefühlt, so war sie jetzt dankbar dafür. Der Stoff fing den Druck ein wenig ab.

Um sie herum schrien die Besucher wild durcheinander, Polizisten brüllten Befehle, die niemand verstehen konnte. Sie waren doch Profis, verdammt, warum konnten sie sich dann nicht auch wie Profis benehmen? Ravens Hand geriet zwischen die Brustpanzer zweier großer Männer, und sie schrie vor Schmerzen laut auf, als ihre Finger immer stärker gequetscht wurden. Doch ihr Schrei verhallte in dem Lärm, der um sie herum tobte wie alles andere auch.

Das war keine Polizeiaktion, das war Irrsinn! Der ganze Raum stand kurz vor einer Massenpanik, Raven konnte es fühlen. Ihr selbst gelang es kaum, die eigene Panik im Zaum zu halten. Sie fühlte, wie ihr Mageninhalt die Speiseröhre hochkroch.

Raven wurde mit einem Ruck nach vorne gerissen, doch ihre Hand steckte noch immer zwischen den beiden Brustpanzern fest, und in ihrer Schulter ertönte ein lautes Knirschen. Erneut schrie Raven aus Leibeskräften, versuchte, sich zu befreien, doch es hatte keinen Zweck. Allmählich gewann die Panik Oberhand. War es möglich, dass Polizisten während eines Einsatzes zu Tode gequetscht wurden? Wer würde sich überhaupt dafür interessieren, ob das Mädchen, das den Strafdienst ableistete, tot oder lebendig war? Manchmal interessierte sie sich ja nicht einmal selbst dafür. Sie legte den Kopf in den Nacken und versuchte, sich auf die Discokugel zu konzentrieren, die unbeeindruckt von all dem Wahnsinn immer noch glitzernde Kreise drehte.

Raven wusste, dass die Razzien eigentlich im Vorfeld mit Mikael und Eugene abgesprochen wurden. Die beiden Brüder bezahlten dafür, dass regelmäßig die Polizei vorbeischaute, ein bisschen Wind machte und einen oder zwei ihrer Schuldner festnahm. Damit es nach außen auch so aussah, als würden alle gemeinsam ihren Bürgerpflichten nachkommen. Doch das hier war mehr als nur ein bisschen Wind. Was hier gerade passierte, war ein Tornado, auch wenn Raven so gut wie gar nichts sehen konnte.

Der Schmerz in ihrer Handfläche war verstummt, nun fühlte sie dort gar nichts mehr. Noch immer gelang es ihr nicht, ihre Hand zwischen den Körpern herauszuziehen. Die Körper verschoben sich wieder. Jemand prallte gegen Ravens Ellbogen. Ein dumpfes Knacken in ihrer Schulter wurde gefolgt von einem stechenden Schmerz. Raven heulte auf, und endlich bemerkte ein großer Kerl neben ihr, dass sie in Schwierigkeiten steckte. Er zog, ohne zu zögern, den Schlagstock von seinem Gürtel und begann, damit auf seine Kollegen einzuschlagen, um sich Aufmerksamkeit zu verschaffen. Warum war Raven nicht selbst darauf gekommen? Der Typ bahnte sich grob einen Weg nach hinten und trieb seinen Schlagstock zwischen die beiden Polizisten, die Ravens Hand einklemmten. Der Typ pflügte durch die Körper wie durch hüfthohes Wasser, scheinbar unbeeindruckt von dem Druck der anderen Menschen.

Endlich wurde ihre Hand freigegeben, und sie zog ihren Arm mithilfe der anderen Hand zu sich heran. Er hing schlaff und nutzlos an ihrem Körper herab und bot den endgültigen Beweis für eine ausgekugelte Schulter. Raven wusste, dass der pochende Schmerz nicht lange auf sich warten lassen würde. Es war nicht ihre erste ausgekugelte Schulter, dafür hatte ihr bisheriges Leben gesorgt. Sie musste hier raus, wusste aber beim besten Willen nicht, wie.

Da war auch schon ihr Retter an ihrer Seite und hob sie sich ohne viel Federlesens über die Schulter. Wie ein Sack hing sie über ihm, ihre nutzlose Hand baumelte direkt über seinem Hintern, und Raven hielt mit der funktionierenden Hand den Helm fest, damit ihr dieser nicht auch noch vom Kopf rutschte. Die Situation war schon demütigend genug, auch ohne dass jemand ihre schneeweißen Haare sah.

Der Polizist prügelte sich einen Weg durch die Masse an Polizisten frei, die ihrerseits angefangen hatte, auf die Clubgäste einzuschlagen. Sollte das wirklich so abgehen? Raven hatte sich bisher immer vom Club ferngehalten, wenn sie vorgewarnt worden war, dass eine Razzia stattfinden sollte, aber Nina oder Lin hatten niemals erzählt, dass es so heftig war. Außerdem wusste sie genau, dass Mikael und Eugene sich einen Spaß daraus machten, die Razzien von ihrer Wohnung aus zu verfolgen wie ein Theaterstück. Aber das hier konnte doch nicht gut fürs Geschäft sein! Aus dem Augenwinkel sah sie einen Haufen Leute aus allen möglichen Wunden bluten. Die kamen sicher nie wieder zum Feiern ins Utopia Gardens.

Der Mann trug Raven zur nächstgelegenen Bar und schob mit seinem freien Unterarm die Flaschen und Gläser zur Seite, die noch übrig waren, dann setzte er Raven auf dem Tresen ab.

»Scheiße, was …«

Er zog sich mit einer ruckartigen Bewegung den Helm vom Kopf. Ein schönes Gesicht kam zum Vorschein. Der Mann hatte dunkelbraune, etwas zu lange Haare und ein kantiges Kinn. Unter dunklen, starken Augenbrauen und einer gerunzelten Stirn blickten sie dunkelbraune Augen wütend an.

Reflexartig wollte Raven selbst nach ihrem Helm greifen, doch der Mann ließ seine Handfläche auf ihren Kopf sausen und schüttelte den Kopf.

»Den behalt mal lieber an!«

Raven nickte und dankte dem Fremden im Stillen auch dafür, dass er sie unbewusst vor einer Dummheit bewahrt hatte.

»Scheiße, Mädchen! Was hast du hier überhaupt zu suchen?«, schrie er so laut in ihr Ohr, dass Raven zusammenzuckte.

Mittlerweile war die Musik verstummt, und nur das Brüllen der Einsatzkräfte und die Schreie und Proteste der verbliebenen Gäste waren zu hören. Doch allmählich legte sich das schlimmste Chaos.

»Ich hab mir das nicht ausgesucht!«, brüllte Raven zurück. »Mein gesamtes Team ist hier!«

Der Mann schüttelte ungläubig den Kopf. Er musterte Raven von oben bis unten mit einem Blick, der ihr überhaupt nicht behagte.

»Das ist doch scheiße. In deinem Alter solltest du nicht hier drin, sondern draußen bei den anderen Frischlingen sein. Du bist ja noch ein Kind!«

Raven schnaubte. Am liebsten hätte sie die Arme verschränkt, doch sie konnte den rechten nicht bewegen. Der Schmerz in ihrer Schulter hatte wie vorausgesagt eingesetzt und ließ Sterne vor ihren Augen tanzen. Wenn sie nicht aufpasste, würde sie das Bewusstsein verlieren. Da kam ihr dieses Gezänk mit dem älteren Polizisten gerade recht.

»Ich kann ganz gut auf mich selbst aufpassen!«, presste sie zwischen den Zähnen hervor, und der Mann lachte kurz auf.

»Ja, das hat man gesehen! Eine eindrucksvolle Darbietung war das, wirklich großartig. Ich muss zurück, du bleibst besser hier. Versteck dich hinter der Bar oder so. Bist du jetzt okay?«

Raven deutete auf ihren rechten Arm. »Ich habe mir die Schulter ausgekugelt.«

»Okay!«, der Mann nickte und atmete tief durch. Er legte den Helm auf dem Tresen ab und griff nach ihrer rechten Hand. Vorsichtig, beinahe liebevoll, verschränkte er ihre Finger ineinander, was gar nicht so einfach war, da sie beide dicke Handschuhe trugen. Die andere Hand legte er Raven auf die linke Schulter.

»Atme tief ein und aus und denk an was Schönes!«, forderte er sie auf, und Raven nickte.

Sie versuchte, ihren Blick durch den Raum wandern zu lassen. Hoffentlich waren Nina und Lin in Ordnung, hoffentlich ging es Martha gut. Immerhin konnte sie in der Menge kein einziges bekanntes Gesicht ausmachen und wertete das als gutes Zeichen. Sie atmete tief aus, und in dem Augenblick drückte der Mann ihren Arm mit einem Ruck zurück ins Gelenk.

Ein weißer Blitz zuckte vor ihren Augen auf, und sie stöhnte und brüllte wie ein Tier, währen der Schmerz ihr Gehirn durchfuhr wie ein Kugelblitz. Sie rang nach Luft. Der Mann ließ die Arme sinken und grinste. Was fiel dem eigentlich ein?

Vorsichtig bewegte Raven die Finger der rechten Hand und stellte erleichtert fest, dass alles wie gewohnt zu funktionieren schien. Nicht auszudenken, was gewesen wäre, wenn ihre Hand Schaden genommen hätte. Die Handschuhe hatten alles offenbar gut geschützt. Die Hand selbst würde zwar eine Weile wehtun, doch sie funktionierte genau, wie sie sollte. Erleichtert atmete Raven auf.

»Jetzt, wo du sie richtig benutzen kannst, können wir uns wenigstens vorstellen.« Er hielt ihr seine Rechte hin. »Ich bin Magnus.«

»Raven«, antwortete sie, ohne nachzudenken, und Magnus zog eine seiner ausdrucksstarken Brauen nach oben. »Das ist ein ungewöhnlicher Name.«

Raven lächelte schwach, auch wenn er es dank des Helmes nicht sehen konnte.

»Das ist die Untertreibung des Jahrhunderts.«

»Unser Jahrhundert ist noch jung, da kann also noch einiges kommen.«

Er musterte Raven einen Augenblick. »Kann ich dich *jetzt* alleine lassen?«

Sie nickte. »Ja, danke.«

»Verzieh dich irgendwohin. Nach einer Razzia wird normalerweise nicht durchgezählt.«

»Okay, das mache ich.«

Magnus grinste noch einmal, dann setzte er den Helm auf und verschwand mit einem letzten Winken im Getümmel.

Raven schloss für einen kurzen Moment die Augen. Nicht auszudenken, was passiert wäre, wenn dieser Hüne nicht plötzlich an ihrer Seite aufgetaucht wäre. Zwar passte es ihr nicht, wie ein kleines Kind behandelt zu werden, doch wahrscheinlich hatte er recht. Es wäre wohl besser, wenn sie sich verzog. Sie hatte allerdings keine Ahnung, wohin sie gehen sollte. Zu Ruby und ihren Mädchen wollte sie nicht, außerdem konnte sie sich so, wie sie gerade aussah, in keinem Bereich des Gardens wirklich gefahrlos blicken lassen.

Allmählich formierten sich unter den Polizisten wieder feste Gruppen. Ein paar Gäste wurden abgeführt, und auf dem Dancefloor kehrte Ruhe ein. Langsam und vorsichtig rutschte Raven vom Tresen hinunter und stellte sich auf die Füße. Bis auf einen leichten Schwindel und den abartigen Schmerz in ihrer Schulter ging es ihr eigentlich ganz gut.

Eine Gestalt in voller Montur kam plötzlich und sehr entschlossen auf sie zugestapft, und noch ehe Raven entschieden hatte, was sie tun wollte, hatte sie der Kerl auch schon an der Schulter gepackt.

»Verdammt noch mal, was machst du hier? Warum bist du nicht bei deiner Einheit?«, zischte ihr Birol verärgert ins Ohr, und Raven schüttelte ihn ab.

»Wie hast du mich erkannt?«

»Soll das ein Witz sein? Du bist nur einen Kopf größer als die Katze meiner Tante. Also?«

Raven deutete auf ihre Schulter. »Ich wurde verletzt. Hatte mir die Schulter ausgekugelt. Aber ein Kollege hat mir geholfen. Es geht schon wieder.«

Birol legte den Kopf schief, was mit dem Helm einigermaßen komisch aussah. Raven konnte sich seinen Gesichtsausdruck unter dem Visier nur allzu gut vorstellen.

»Gut, dann komm!«, sagte er schließlich schroffer, als sie es von ihm gewohnt war, und begann, sie vor sich herzuschieben.

»Wir müssen runter.«

»Runter?«, fragte Raven automatisch, während ihr Herz wild zu pochen begann.

»Ja. Runter. Abwärts. Downstairs. Abajo. Das hier oben war erst der Anfang.«

CRISTOBAL

Er war immer hier unten, wenn sie kamen. Bei ihr fühlte er sich sicher, auch wenn das natürlich ein Trugschluss war. Niemand war in ihrer Gegenwart wirklich sicher, er vielleicht am allerwenigsten. Emily hätte ihn vor Jahren fast getötet, sie war schuld daran, dass er nicht mehr sprechen konnte. Dank ihr hatte er die Schmerzen seines Lebens erlitten. Doch auf eine merkwürdige Art hatte dieses Ereignis überhaupt erst dazu geführt, dass er sich der Elefantendame so nahe fühlte. Er wusste instinktiv, dass sie ihm nichts mehr tun würde. Es war ein Unfall gewesen. Sie hatte nicht ihn treffen wollen, sondern einfach rotgesehen. Wer war er schon, es ihr zu verübeln?

Früher hatte er selbst oft rotgesehen. War ein Draufgänger gewesen, ein Schläger. Kein guter Mensch. Hatte den Ärger gesucht. Wenn das Adrenalin durch seine Adern gepumpt worden war, hatte es ihn nicht gekümmert, ob er am Leben blieb oder starb. Das war jetzt anders. Es wäre zwar vermessen zu behaupten, er sei jetzt ein guter Mensch, aber wenigstens war er kein durchweg schlechter mehr. Er passte auf Emily auf und auf die Mädchen im Club, wenn er es einrichten konnte. Manchmal schlug er zu oder Schlimmeres, immer so, dass ihn niemand hinterher dafür verantwortlich machen konnte. Aber nur, wenn er musste. Allerdings musste er ziemlich oft. Eben kein guter und kein schlechter Mensch.

Andere konnten leider noch sehr gut sprechen, noch so viel sagen. Oft genug wünschte er sich, sie würden alle auf einmal verstummen. Was für eine herrliche Welt das wäre.

Sie hatten die Ställe wie immer nach unten gefahren. Ein Stockwerk tiefer lagen sie nun wie ein Ring schützend um das Casino herum. Die absenkbare Lösung war Eugene Metzgers Idee gewesen, damit die Tiere wegen des Lärms im Club nicht vollkommen verrückt wurden. Der Dancefloor hob sich als Gegengewicht nach oben, die Ställe sanken hinab. Cristobal hatte keine Ahnung, wie genau das funktionierte, aber es musste eine Meisterleistung sein. Die Tiere wogen mehrere Tonnen, und die Tanzfläche war ja nicht immer gleich gut besucht. Emily allein brachte es auf über dreitausend Kilo. So genau wusste er es nicht, er hatte sie noch nie auf eine Waage gestellt. Auf welche auch? Aber er hatte es einmal nachgelesen.

Eugene Metzger war ein merkwürdiger Mensch. Nicht gut und nicht schlecht, ganz ähnlich wie Cristobal selbst.

Cristobal schob sich noch ein Stück an Emily vorbei hinter ihre Vorderflanke und begann, vorsichtig ihr rechtes Vorderbein zu streicheln. Der Lärm von der Razzia war ohrenbetäubend und deutlich lauter als sonst. Er wusste, dass Emily nervös wurde. Wahrscheinlich erinnerte sie sich noch genauso gut an den schicksalhaften Tag vor acht Jahren wie er. Damals war es im Gardens auch sehr laut gewesen. Zu voll, zu grell, mit zu viel Trubel.

Emily stampfte nervös auf und schnaubte, schaukelte mit dem Schopf hin und her.

Zwar durfte Cris an sie heran, sie ließ sich von ihm füttern, ausmisten und pflegen, aber das Maß an Vertrautheit, das sie mit Raven teilte, hatte er mit der Elefantendame nicht. Manchmal machte es ihn traurig, manchmal war er froh darüber. Cristobal hatte früh gelernt, dass Liebe und Zuneigung nichts weiter waren als wunde Punkte. Klaffende Löcher in der Seele, fast schon wie Einladungen für Dolche und Salz. Wie Huren, die ihre Beine breit machten für den Schmerz.

Er hatte es gerade erst gesehen. Das tote Mädchen war so eine Wunde für Nina und auch für Eugene gewesen. Ihr Tod würde Folgen haben, das wusste Cristobal. Und das machte ihm Angst.

Er war froh, dass er Raven nicht sagen konnte, was er wusste. Schweigen war sein bester Schutz, sein einziger wirklicher Freund. Außerdem wollte er nicht, dass auch sie noch mehr Wunden davontrug. Manchmal, wenn sie dachte, dass sie alleine war, weinte sie. Cris beobachtete sie immer heimlich, wenn sie das Gardens betrat. Er beobachtete sie, wenn sie mit Nina ein paar Drogen nahm, sich amüsierte. Wenn sie bei Billy und Mercedes in der Küche auf ein paar umgedrehten Getränkekisten saß und mit ihnen plauderte, als seien alle zusammen auf einem Ausflug ins Umland, um die gute Luft zu genießen. Wenn sie wollte, war Raven in der Lage, allen Menschen um sich herum ein gutes Gefühl zu geben. Doch das tat sie nur, wenn sie sich absolut sicher fühlte. Cris wusste das.

Überhaupt wusste Cristobal vieles über Raven. Zum Beispiel wusste er ganz sicher, dass sie der berühmte Modder Dark war. Der, über den im Fightfloor andauernd gesprochen wurde. Der Eugene und Mikael erst zu dem gemacht hatte, was sie heute waren. Ob das nun gut oder schlecht war, vermochte Cris nicht zu sagen, aber er wusste zwei Dinge: dass er Raven liebte und dass er froh war, dass niemand auf dieser Welt ihm Informationen über sie würde abtrotzen können. Auch unter Folter nicht. Und er wusste genau, dass Menschen unter Folter eigentlich alles sagten. Doch er konnte nicht. Zum Glück konnte er nicht.

Raven war außerirdisch. So wunderschön und hell, während ihr Herz ein schwarzes Loch war, das alles Licht wieder verschlang. Sie war ein ganz eigener Kreislauf. Cristobal hatte keine Ahnung, warum sie immer so traurig war, was sie hatte so werden lassen. Auch weil er das gerne rausfinden würde, schlich er ihr immer hinterher. Doch nicht einmal Emily schien hören zu dürfen, was der zierlichen jungen Frau angetan worden war.

Wenn er eines Tages durfte, dann würde er all ihre Wunden küssen, bis sie sich schlossen. Er hatte Zeit.

Das Gepolter nahm zu, nun waren sie auf der Treppe. Cristobal hielt in seinen Bewegungen inne und runzelte die Stirn. Runter kamen sie normalerweise nicht. Das Casino, der Salon Rouge und der Fightfloor existierten offiziell gar nicht, die Polizei war noch nie hier unten gewesen. Sie kamen für ein paar weiche Drogen und nahmen eine Handvoll Illegaler fest, und damit hatte sich der Fall. Doch heute schien es anders zu sein.

250

Er biss die Zähne aufeinander, während er hörte, dass nun auch die anderen Tiere in ihren Gehegen sehr unruhig wurden. Gerne hätte er jetzt ein paar Worte geflüstert, hätte Emily gesagt, dass sie ganz ruhig bleiben solle, dass alles gut war. Doch er konnte nicht. Weder konnte er flüstern noch summen. Nur die Luft leise zwischen seiner Zunge und den Zähnen hindurchpressen, das konnte er. »Shhhhhh«, machte Cristobal also, während er seine Hand immer wieder über die raue und doch so empfindliche Haut der Elefantin kreisen ließ.

Doch es half weder ihm noch ihr. Die Schritte kamen näher, und sein Herz begann zu rasen. Auch Emily wurde immer aufgewühlter, ihr Rüssel schwang wild hin und her und versetzte ihm mehr als nur einen schmerzhaften Stoß. Er wurde in die Rippen getroffen und hart gegen die Wand des Geheges geschleudert.

Die Schritte vieler Stiefel näherten sich, begleitet vom Gebrüll der Tiger und Affen, dem Hufgetrappel der Pferde und Zebras. Es klang, als würde eine Lawine aus Tieren und Menschen auf ihn und ihn alleine zurollen. Er machte sich so klein er konnte und drängte sich an die rückseitige Wand.

Seine Haut war dunkel, seine Haare waren dunkel. Seine Kleidung ebenfalls. Wahrscheinlich würden sie ihn einfach übersehen. Es konnte ja gar nicht anders sein. Hier war er sicher, war es immer gewesen.

Doch dann wurde die Tür aufgerissen, und Emily stieß ein ohrenbetäubendes, erschrecktes Trompeten aus. Der Strahl mehrerer Taschenlampen landete in seinem Gesicht.

»Cristobal Juanedes?!«, brüllte einer der Männer, und Cris nickte benommen. Die Polizisten traten über die Schwelle des Verschlags, und Cris hätte vielleicht eine Warnung ausgesprochen, wenn er gekonnt hätte – vielleicht aber auch nicht. Sie hatten hier nichts zu suchen. Und sie kamen wegen ihm? Er verstand nicht, was es damit auf sich hatte, konnte sich keinen Reim darauf machen. Eugene und Mikael bestimmten schließlich, wer bei den Razzien hochgenommen wurde. Und sie brauchten ihn, das war ganz sicher. Er kümmerte sich um Emily, er behielt Geheimnisse für sich, und er folterte und mordete in ihrem Auftrag. Sie konnten ihn nicht verhaften lassen. Das konnten sie einfach nicht. In all den Jahren, die er nun schon in ihren Diensten stand, hatte er sich nie etwas zuschulden kommen lassen. Nicht ihnen gegenüber. Er wusste, dass man die Hand, die einen fütterte, nicht biss. Doch vielleicht, dachte Cristobal, hatten die Brüder mit dieser Sache überhaupt nichts zu tun. Vielleicht gab es Dinge, die selbst Eugene und Mikael nicht in der Hand hatten. Der Gedanke machte ihm Angst.

Drei oder vier Männer betraten den Verschlag, und Emilys Augen bekamen einen vertrauten Ausdruck. Er hatte ihn lange nicht gesehen, doch er erkannte diesen Blick sofort.

Cristobal drückte seine Stirn ganz fest an die Flanke des Elefanten und presste den Kiefer aufeinander. Nun kamen die Erinnerungen im Millisekundentakt. Wie Emily sich losreißt und durch die Manege stapft, von allen guten Geistern verlassen. Entschlossen, nicht ansprechbar. Wunderschön und entsetzlich. Wie sie Leute zur Seite schiebt und schleudert, Inventar zertrümmert und mit ihrem Rüssel Lampen und Vorhänge von der Decke reißt. Wie er versucht, einzuschreiten, sie zu beruhigen, und schließlich selbst gegen einen Pfeiler geschleudert wird. Mit dem Kehlkopf voran. »Sie werden immer Wilde bleiben«, hatte sein Vater stets mit einem Augenzwinkern gesagt. »Genau wie wir.«

Schreie ertönten, und Cristobal hörte erst einen Polizeiharnisch aus Plastik und dann Knochen brechen. Emily hatte sich mit ihrem Körper zur Seite geworfen und zwei der Männer mit ihrem Gewicht an der Betonwand zerquetscht. Cris hatte Tränen in den Augen, als der erste Schuss erklang. Vielleicht hatte sie genau gewusst, was sie tat, vielleicht auch nicht. Vielleicht hatte sie ihn nur schützen wollen, oder sie hatte die Gelegenheit ergriffen, ihrem Leid endlich ein Ende zu bereiten. Viele Menschen glaubten nicht, dass Tiere zu solchen Gedanken imstande waren, doch Cristobal kannte seine Emily. Und er traute ihr alles zu. Vielleicht war es besser so.

Über zehn Schüsse wurden abgefeuert, bis die Elefantendame endlich in sich zusammensank. Merkwürdig kam ihm die gesamte Szene vor, komplett surreal. Als hätte jemand einen Filter über die

Welt gelegt und alles auf Slow Motion gedreht. Falls es einen Gott gab, der alles sah und alles wusste, wie seine Großmutter noch immer behauptet hatte – was dachte er wohl gerade?

Ganz langsam sackte Emily auf die Knie. Sie atmete schwer und sah ihn die ganze Zeit über an.

Cristobal versuchte, ihren Kopf zu halten, irgendetwas zu tun.

Mussten Menschen denn wirklich alles zerstören?

Sie sahen einander an, und er wusste, dass sie es genau so und nicht anders wollte. Dass sie provoziert hatte, was nun passierte. Emily war schon lange müde gewesen. Doch das hieß nicht, dass Cristobal jemals verzeihen konnte, was er da gerade gesehen hatte.

Während Emily die Augen schloss, kletterten ein paar Polizisten mit gezogenen Waffen über ihren großen, grauen Körper hinweg. Wussten sie, was sie da gerade zerstört hatten? War es ihnen egal? Sie würdigten ihre toten Kollegen keines Blickes, die mit gebrochenen Gliedern und zerquetschten Eingeweiden wie kaputte Puppen am Rand lagen. Die Beamten hatten nur Augen für ihn. Ausgerechnet.

Drei Mündungen waren auf ihn gerichtet, als er mit wackeligen Knien aufstand.

»Cristobal Juanedes«, stieß einer der Männer komplett außer Atem hervor. »Ich verhafte Sie wegen Mordes an Bartosz Janczewski.«

RAVEN

Birol zog sie am Arm hinter sich her, als hätte er Angst, sie könnte ihm abhandenkommen. Doch Raven war zu benommen und zu überwältigt, um sich großartig zur Wehr zu setzen. Warum sollte sie auch? Der Typ war immerhin ihr Vorgesetzter.

Etwas an seiner Körperhaltung machte sie nervös. Er stapfte so entschlossen voran, als hätte er ein eigenes Ziel.

In den Fluren des Clubs war es mittlerweile gespenstisch ruhig. Von überall her drangen Gezeter und gedämpfte Stimmen an ihr Ohr, doch je weiter sie sich vom Dancefloor entfernten, desto leiser wurde alles.

Ihr Tross bestand aus knapp fünfzig Mann, die Birol – und mit ihm notgedrungen auch Raven – anführte. Raven fragte sich, was Birol antrieb. Denn dass er gerade von deutlich mehr als nur von Pflichtbewusstsein erfüllt war, konnte sie schon alleine an seiner Körperhaltung sehen.

Raven war ein Mensch, der hauptsächlich beobachtete. Sie sagte nicht viel, und das veranlasste Menschen oft genug dazu, sie geradezu zu ignorieren und sich recht natürlich zu verhalten. Das hatte sie von Cristobal gelernt – und sie sah so einiges. Birol hatte ein Ziel, eine Mission. Er focht hier in den Mauern des Gardens seinen ganz eigenen Krieg. Das, was sie da gerade sah, hatte mit Berufsethos nicht mehr viel zu tun. Ihr Vorgesetzter war ein ziemlich merkwürdiger Typ.

»Wo gehen wir denn hin?«, fragte Raven nach einer Weile, als sie durch das enge Treppenhaus liefen, das normalerweise nur von Angestellten benutzt wurde.

Sie waren weder ins Casino noch in den Salon Rouge gegangen, und obwohl Raven darüber eigentlich recht froh war, behagte ihr gar nicht, was als Option noch übrig blieb. Das letzte Stockwerk. Das Allerletzte.

»Das wirst du gleich sehen«, knurrte Birol nur und zog sie weiter.

Raven kannte jeden Winkel dieses Clubs, aber das dritte Untergeschoss hatte sie bei Nacht noch nie betreten. Sie kam nur tagsüber hierher, wenn die Matratzen im Angestelltenbereich an den Rand geschoben und in der Mitte des Raumes die Waren für den Schwarzmarkt ausgebreitet wurden. In den anderen Teil des dritten Untergeschosses ging sie überhaupt nicht, weder bei Tag noch bei Nacht. Aus tausend unterschiedlichen Gründen nicht. Oder auch nur aus einem. Sie wollte nicht sehen, was da unten abging. Solange sie die Wahrheit des Fightfloors weit genug von sich fernhielt, konnte sie sich einbilden, er existiere nicht. Sie hatte Angst vor dem, was sie gleich sehen würde.

Auch fragte sie sich, ob die Leute, die sich heute Nacht auf dem Floor vergnügt hatten, überhaupt schon wussten, was oben im Erdgeschoss abging. Oder ob sie durch ihr Eintreffen gleich vollkommen überrascht wurden.

Wenige Sekunden später, als Birol die Tür zum untersten Stockwerk des Gardens aufstieß, bekam Raven ihre Antwort.

Der Kampf war in vollem Gange. Raven konnte den Ring nicht sehen, aber der Raum war brechend voll mit Menschen, die wild durcheinanderbrüllten und die Fäuste reckten. Das Barpersonal am Tresen direkt neben ihr wirkte entspannt – die Männer und Frauen in ihren hautengen Anzügen schenkten gut gelaunt Drinks aus und nahmen üppige Trinkgelder entgegen. Hier unten, so hieß es, machten die Barkeeper den besten Schnitt. Wenn die Leute aufgepeitscht waren von der Aufregung, die das Wetten mit sich brachte. Oder, wenn sie gerade gewonnen hatten. Dann floss der Champagner in Strömen. Hier unten, so hatte ihr Nina einmal verraten, wurden die meisten Magnum-Flaschen verkauft. Dort, wo Menschen hingemetzelt wurden. Was genau sagte das eigentlich über ihre Spezies aus?

Die Luft im Raum stand förmlich und war zum Schneiden dick. Rauchschwaden waberten über den Fightfloor, als würden an allen

Ecken Zigaretten und Zigarren brennen. Raven wusste, dass das sicher nicht der Fall war, denn Mikael und Eugene hassten Rauchwerk aller Art, aber offenbar wurde hier unten diese Illusion heraufbeschworen.

Als die Polizisten eintraten, reckten ein paar der Mitarbeiter besorgt die Köpfe zur Tür, und Raven hoffte im Stillen, dass sie sich so schnell wie möglich aus dem Staub machen würden. Die Flure waren leer, sie könnten es schaffen. Außerdem wusste sie ohnehin nicht, worauf die Beamten und speziell Birol es hier unten abgesehen hatten. Natürlich waren die Kämpfe hochgradig illegal, strengstens verboten, doch das war heute überhaupt nicht ihre Baustelle. Offiziell wusste niemand etwas von den Kämpfen im dritten Untergeschoss. Auch der Bürgermeister von Altberlin nicht, der angeblich einmal die Woche in Mikaels Loge rechts über dem Ring zu Gast war.

Sie bahnten sich einen Weg durch die Menge. Jeder, der sie erblickte, sah zu, dass er so schnell wie möglich den Raum verließ. Gut so.

Hier unten trug das gesamte Publikum Masken. Das diente weniger der Kommunikation bestimmter Vorlieben, sondern vielmehr dem Identitätsschutz. Gerade die besonders reichen Bürger Berlins hielten sich gar nicht erst beim Glücksspiel oder im Bordell auf, sondern suchten den richtig harten Kick. Deshalb waren die Kämpfe ja auch so erfolgreich. Niemals würde Mikael zulassen, dass sie gefährdet wurden. Machte Birol hier gerade einen Alleingang?

Als sie sich umsah, konnte sie feststellen, dass ihnen nicht mehr fünfzig Mann, sondern nur noch eine Handvoll Leute folgten, die weniger entschlossen wirkten als ihr Vorgesetzter. Verdammt. Musste sie von allen Orten auf der Welt ausgerechnet hier sein?

Birol hatte sie noch immer am Arm gepackt – zum Glück am linken – und war in einer Stimmung, in der man ihn besser nicht ansprach. Raven hatte leider mehr als genug Erfahrung damit. So sanftmütig, wie er ihr noch am Anfang erschienen war – ein wenig unsicher und leicht um den Finger zu wickeln –, kam er ihr nun überhaupt nicht mehr vor.

Je näher sie dem Ring kamen, desto deutlicher stieg Raven ein altbekannter Geruch in die Nase. Hier floss eindeutig sehr viel Blut. Es roch süß, klebrig und metallisch und im Zusammenspiel mit menschlichem Schweiß und dem künstlichen Zigarettenrauch drehte sich ihr der Magen um. Eigentlich war sie schlechte Gerüche gewohnt, aber in Spencers Atelier sorgten sie immer dafür, dass gut gelüftet wurde. Als sie den Ring erreichten, blieb Raven abrupt stehen. Sie konnte keinen Schritt weitergehen. Nicht einen einzigen. Birol bemerkte ihr Zögern und wollte sie weiterziehen, bis auch er entdeckte, was sie so verstörte. Auf dem Boden des Rings lag eine abgetrennte Hand. Sie war nicht sauber amputiert oder abgeschnitten worden, das war deutlich zu sehen. Vielmehr hatte der eine Kämpfer dem anderen die Hand aus der Gelenkwurzel gerissen und sie dann achtlos zu Boden geschleudert. Doch das war offenbar noch nicht genug gewesen, um das Duell zu beenden. Der verwundete Mann lag am Boden des Rings, von einem Kerl mit offensichtlich gemoddeten Armen fest im Schwitzkasten gehalten. Die Wunde war von jemandem mehr oder weniger fachmännisch abgebunden worden. Immerhin, aber wieso kämpften die beiden noch weiter?

Sie konnte von Glück sagen, dass sie keinen der beiden Kämpfer kannte, keiner von ihnen war jemals ihr Kunde gewesen. Der komplett künstliche Arm des einen sah ihr auch eher plump gemacht aus. Als hätte jemand eine offizielle Prothese des Gesundheitsministeriums ein wenig manipuliert. Was auch erklären würde, warum er sie offen trug. Solche Konstruktionen waren sehr wartungsanfällig. Raven bezweifelte allerdings, dass diese Anfälligkeit besser wurde, wenn sich ständig Kleidungspartikel oder Teile des Gegners darin verfingen.

Beim anderen Kämpfer tippte sie auf Mikaels Klassiker: die Kniegelenke. Der junge Mann hatte feine rote Narben unter den Knien, mit denen er verzweifelt über den blutigen Boden rutschte, während sein Gesicht sämtliche Farbe verlor. Wahrscheinlich durfte er nicht aufhören zu kämpfen. Das war eine von Mikaels Bedingungen. Er stattete seine Schuldner mit Prothesen aus, damit sie im Ring kämpfen und so schneller ihre Schulden abzahlen konnten – die Kosten für die Operation und das Material wurden dabei natürlich auf die Rechnung mit draufgeschlagen. Bedingung hierfür waren eine bestimmte Anzahl Kämpfe in der Woche, bei denen der Kämpfende sich nicht geschlagen geben durfte. Gab einer früher auf, brachte das sicher deutlich weniger Geld in die Kasse. Und der Ringrichter entschied, wann er abpfiff.

Ravens Blick wanderte durch den Raum. Obwohl sich der Fightfloor merklich geleert hatte, standen vor allem auf der anderen Seite des Rings noch immer zahllose Menschen, die wie gebannt auf die beiden Kontrahenten starrten und nichts anderes wahrzunehmen schienen. Doch Ravens Blick blieb an einer ganz anderen Sache hängen. In der linken hinteren Ringecke stand ein schwarzer Gummiabzieher an einem Besenstiel bereit. Nun bemerkte sie auch die roten Schlieren, die sich die gesamte Umrandung des Rings entlang nach unten zogen. Hier floss offenbar so viel Blut, dass es in den Pausen immer wieder mit dem Abzieher vom Ringboden geschoben wurde, damit es für die Kämpfer nicht zu glitschig wurde. Das bedeutete allerdings …

Prüfend hob sie einen Fuß in die Höhe. Er klebte am Boden des Fightfloors fest. Na wunderbar. Offenbar war heute eine ganz besonders ereignisreiche Nacht gewesen.

In Ravens Kopf drehte sich alles. Nicht weil ihr aufgrund des vielen Blutes schlecht geworden war – damit kam sie klar –, sondern weil ihr hier gerade auf die brutalste Art vor Augen geführt wurde, woran sie sich da eigentlich beteiligte.

Ganz bewusst hatte sie diesen Teil des Gardens immer gemieden und insgeheim gewusst, dass sie einfach nur vor der Wahrheit davonlief. Sie wollte nicht sehen, in welches schmutzige Geschäft Dark verwickelt war, woran er sich bereicherte. Wollte nicht sehen, wozu ihre Kunden die Prothesen einsetzten, die sie mit so viel Liebe zum Detail, mit so viel Arbeit und Hingabe herstellte.

Die Wahrheit war, dass Raven ihre Prothesen wirklich liebte. Und sie liebte ihre Arbeit. Es faszinierte sie zu wissen, dass sie mit dem, was sie tat, den Körper eines anderen Menschen verändern und verbessern konnte. Ein bisschen gefiel ihr wahrscheinlich auch die Machtposition, in die sie dadurch geriet. Sie fühlte sich fast schon wie ein Schöpfer. Indem sie einen Teil des menschlichen Körpers abschnitt und durch eine ihrer Kreationen ersetzte, drückte sie einem anderen

Menschen unweigerlich ihren eigenen Stempel auf. Sie war dann ein bisschen wie Gott. Das kleine, dünne Mädchen, das gerade einmal Schuhgröße fünfunddreißig hatte, erschuf völlig neue Menschen.

Obwohl sie gewusst hatte, dass viele ihrer Kunden nicht freiwillig zu ihr kamen, hatte sie die Augen lieber verschlossen. Schließlich kam niemand gegen Eugene und Mikael an, richtig? Außerdem waren die Spinner doch selbst schuld, wenn sie nicht in der Lage waren, Mikael oder Eugene das geliehene Geld zurückzuzahlen. Doch sie wusste, dass sie sich damit selbst belog. Es war schließlich so, wie sie Martha vorhin noch gesagt hatte. Die meisten im Gardens waren arme Teufel, die in etwas Schlimmes hineingeraten waren und einfach nur versuchten zu überleben. Die Kontrolle über sein eigenes Leben hatte hier drin so gut wie niemand mehr. Und am wenigsten hatte sie der Typ, der auf dem Boden lag und dessen Gesicht gerade blau anlief. Seine Füße begannen bereits zu zucken.

Raven sah zu Birol hinüber, der wie gebannt auf das Spektakel starrte. Zwar trug er seinen Helm, und Raven konnte ihm deshalb nicht ins Gesicht sehen, aber es kam ihr fast so vor, als wartete Birol darauf, dass der junge Mann am Boden erstickte.

Sie riss am Ärmel seiner Uniform, und langsam drehte er sich zu ihr um.

»Tu was, verdammt!!«

Birol zuckte zusammen und schüttelte sich kurz, und es schien, als hätte Raven ihn aus einer tiefen Trance geholt. Er griff nach dem untersten Seil und zog sich daran hinauf. Wenige Augenblicke später stand er mitten im Ring, und es wurde merklich stiller im Raum. Ein paar besaßen allerdings die Kühnheit, ihn auszubuhen. Was hatten die denn genommen?

Der Kämpfer, der die Oberhand gehabt hatte, bewies allerdings so viel Geist, lockerzulassen, sodass sein Opfer wieder richtig atmen konnte. Offenbar war er klug genug, einen anderen Menschen wenigstens nicht vor den Augen eines Polizisten zu erwürgen.

»Das Spektakel ist zu Ende!«, schrie Birol. »Alle raus hier, aber ein bisschen plötzlich. Oben stehen Beamte bereit, um Ihre Personalien aufzunehmen.«

Dann sah er zu den beiden Kämpfern auf dem Boden.

»Und ihr beide seid verhaftet.«

Im Raum brach Chaos unter den restlichen Gästen aus, und die Kollegen, die noch unentschlossen am Rande des Rings gestanden hatten, setzten sich in Bewegung.

Und auch Raven erlangte allmählich wieder die Kontrolle über ihren Körper und ihren Geist zurück. Das schlechte Gewissen, das sie zuvor so sehr beherrscht hatte, lähmte sie nicht mehr. Was für ein Glück! Denn eigentlich war das, was vor ihr lag, viel zu verlockend, um ignoriert zu werden.

Sie flitzte zur nächsten Bar, die mittlerweile verlassen und sehr ungeschützt dastand, und schwang sich über den Tresen. Raven schnappte sich zwei Plastikbeutel und füllte einen davon mit Eis.

Dann rannte sie zurück zum Ring, in dem Birol noch vollauf damit beschäftigt war, die beiden Kämpfer mit der Hilfe von ein paar Kollegen unschädlich zu machen. Normale Kabelbinder, wie sie die Berliner Polizei benutzte, würden bei dem Kerl mit der Armprothese wohl wenig helfen. Dieses Rätsel schien auch Ravens Kollegen gerade zu beschäftigen. Gut.

Vorsichtig nahm sie die abgetrennte Hand mit der leeren Plastiktüte auf und ließ sie hineingleiten. Dann verschloss sie diese mit einem festen Knoten sorgfältig und ließ sie in den Beutel mit Eiswürfeln rutschen. Zum Schluss schob sie das gesamte Ding umständlich und leicht zitternd unter ihre unterste Uniformschicht.

Die meisten Menschen machen bei abgetrennten Gliedmaßen den Fehler, dass sie sie direkt auf Eis legten. Dann konnte man sie vergessen. Das Gewebe wurde aufgeschwemmt, und Gefrierbrand konnte entstehen. Auf die Weise, wie Raven sie nun verpackt hatte, würden die Eiswürfel schmelzen, aber genügend Kälte abgeben, um die Hand vor Verwesung zu schützen. Wenn sie sie unbemerkt bis nach Hause bringen konnte, könnte sie dem jungen Kämpfer eine passgenaue Prothese in seine alte Hand einbauen und diese wieder ansetzen. So was hatte sie noch nie gemacht. Alleine beim Gedanken daran schlug ihr Herz schneller. Hoffentlich kam sie bald nach Hause.

MIKAEL

Er kochte vor Wut. Worte konnten nicht beschreiben, was er jetzt am liebsten mit dem Polizeipräsidenten und seiner gesamten, nutzlosen Bagage gemacht hätte. Was fiel denen eigentlich ein?

Es gab einen Modus Operandi für solche Situationen, eine Klaviatur von Aktionen, auf der die Polizei spielen durfte, wenn es um Razzien in seinem Club ging. Keine Belästigung der Gäste, kein gewaltsames Vordringen in die unteren Stockwerke. Und ganz sicher keine Verhaftungen von Leuten, die er nicht freigegeben hatte.

Und heute? Heute waren die Leute reihenweise vermöbelt worden, normale, unbescholtene Gäste waren mit blutigen Lippen und bösen Cuts durch die Türen geschleift worden wie Schwerverbrecher. Damit nicht genug, hatte irgend so ein Clown auch noch den Kampf im dritten Untergeschoss beendet. Damit würde er sich nicht abfinden, das konnte er sich nicht bieten lassen.

Nur gut, dass er die Kleine hochgeholt hatte. Sie saß mittlerweile blass und zitternd auf dem Fußboden direkt vor der Scheibe. Ob sie nun zitterte wegen dem, was sie gesehen hatte, oder weil Mikael sich zwischendurch hatte abreagieren müssen, wusste er nicht, aber ein Mädchen im Club musste so einiges abkönnen, besser sie lernte es schnell.

Sie war ihm ja auch dankbar, das hatte sie ihm immer wieder versichert. Also war gar nichts passiert.

Er konnte sich jetzt sowieso nicht mit ihr befassen, sondern musste überlegen, was er als Nächstes tun wollte. Eigentlich sollte er Eugene holen, doch wenn er die Kleine sah, durfte er sich was anhören. Sie sah nicht gerade frisch aus. Wütend stand er auf und kramte in seinem Wohnzimmerschrank herum. Nach einiger Suche fand er ein paar Päckchen Taschentücher, die er Masha hinwarf.

»Mach dich gefälligst sauber und putz dir die Nase. In zwei Minuten will ich dich präsentierfähig zurück auf deinem Stuhl sehen, ist das klar?«

Masha nickte ängstlich und angelte nach den Taschentüchern. Dabei verzog sie schmerzlich das Gesicht. Vielleicht hatte er es ein bisschen übertrieben. Aber da sie jetzt wohl oder übel Zeugin eines wichtigen und geheimen Gesprächs werden würde, machte sie das sowieso zu seiner Partnerin für die nächste Zeit. Bis sie versuchen würde zu türmen. Oder sich die Pulsadern aufschnitt. Bisher war ihm ein Großteil seiner Frauen auf die eine oder andere Weise abhandengekommen.

Doch bis dahin würde sie es gut haben. Mikael war ja kein Unmensch.

Er trat hinaus auf den Flur und durchquerte die kreisrunde Halle mit dem ebenso runden goldenen Sofa. Eigentlich war es ja Platzverschwendung, hier im Zentrum von allem nur ein Sofa stehen zu haben, doch sowohl er als auch sein Bruder schätzten die gewisse Distanz zueinander, die ihnen das Atrium bot.

Er klopfte einmal energisch an Eugenes Schlafzimmertür und wartete gar nicht erst auf Antwort, bevor er sie aufriss.

Sein Bruder saß in schwarzem Hemd und schwarzer Leinenhose mit geschlossenen Augen vor seinem Bett auf dem Zimmerboden.

Als Mikael eintrat, drehte Eugene müde den Kopf und schlug aufreizend langsam die Augen auf, ganz so als wollte er ihn durch seine bloße Körperhaltung bis aufs Blut provozieren. Bisher hatte Mikael gedacht, nur sein Bruder wäre dazu in der Lage, doch die Polizei von Altberlin hatte ihn heute eines Besseren belehrt. So sauer wie gerade jetzt war er schon ewig nicht gewesen.

»Ich kann mich nicht erinnern, dich hereingebeten zu haben«, sagte Eugene mit dieser unerträglich salbungsvollen Stimme, die er sich neuerdings zugelegt hatte. Dabei machte er ein Gesicht zum Reintreten. Mikael raufte sich die Haare.

»Steh auf und komm mit rüber. Wir haben ein Problem.«

Eugene hob milde interessiert eine Augenbraue.

»Eine Tote war heute Nachmittag für dich noch nicht genug, um als Problem durchzugehen. Was ist los?«

»Jetzt hör mir doch endlich mal mit diesem Mädchen auf!«, blaffte Mikael und wünschte sich in diesem Augenblick, er hätte nichts gesagt. Die Augen seines Bruders verhärteten sich. »Dieses Mädchen war ein Mensch. Genau wie du und ich. Sie hatte Träume, Eltern, Ängste. Mit ihr ist eine ganze Geschichte gestorben. Aber es sollte mich nicht wundern, dass dich das nicht interessiert.«

Mikael raufte sich erneut die Haare, weil ihm nichts anderes einfallen wollte. Er hatte das Gefühl, sich in den vergangenen Stunden schon mindestens die Hälfte ausgerissen zu haben.

»Hör mal.« Er kramte nach den richtigen Worten. »Es tut mir leid, okay? Dein großer Bruder ist nun mal ein ehrenloser Bluthund, der wenig für andere Menschen übrig hat.« Er lächelte, so gut er konnte. »Außer für seinen kleinen Bruder natürlich.«

Es funktionierte. Die Gesichtszüge seines Bruders glätteten sich ein wenig.

»Ich lasse dich auch zu oft mit allem alleine. Natürlich ist mir bewusst, dass in letzter Zeit alle Last auf deinen Schultern liegt, und ich bin dir dankbar, dass du alles für uns beide übernimmst.«

Mikael winkte ab. »Jaja. Geschenkt. Aber jetzt brauche ich dich wirklich.«

Mikael richtete sich auf. »Was ist denn genau passiert?«

»Die Polizei hat den Laden komplett auseinandergenommen«, knurrte Mikael. »Das ist passiert.«

RAVEN

Sie verließ den Club wie in Trance. Seitdem ihr Adrenalin abgeebbt war, pochte ihre Schulter wie verrückt, und sie realisierte nach und nach, wie müde sie eigentlich war. Einzig der kalte Plastikbeutel unter ihrer Haut bewahrte sie davor, an Ort und Stelle umzufallen. Jeden einzelnen Schritt musste sie sich befehlen.

Das Utopia Gardens war mittlerweile wie leer gefegt. Wahrscheinlich hatten sich alle Bewohner in die hintersten, versteckten Winkel verkrochen, um den Sturm auszusitzen, und die Gäste waren geflohen, falls es ihnen gelungen war. Raven hatte die Flure und Räume noch nie so leer gesehen. Der Anblick zerbrochener Gläser und verschütteter Getränke, glitzernd in müdem Scheinwerferlicht, aber ohne Leben, jagte ihr einen Schauer über den Rücken.

Das Gardens, so sah sie in diesem Moment ganz deutlich, war nichts ohne die Menschen und Tiere in seinem Inneren. Ohne die Besucher, die Angestellten, die laute Musik, die Tageskünstler. Das gerade war nur noch ein trauriger Haufen Stein. Eigentlich war es noch weniger als das.

Die Häuser rund um das Gardens herum standen zu einem Großteil leer, so wie ganz Altberlin. Die Stadt bestand im Zentrum eigentlich nur aus haufenweise Steinen, doch das leere Gardens war noch einmal etwas ganz anderes. Denn es war schlimmer zu wissen, dass ein Gebäude normalerweise vor Leben überquoll – der Kontrast war einfach zu groß. Der Club, den Raven so liebte, wirkte in diesem Augenblick wie etwas, das gerade erst gestorben war.

Sie schleppte ihren schwer uniformierten Körper nach draußen, wo der typische Berliner Nieselregen alles mit einem feuchten, warmen Film überzog. Sie hätte sich sehr über kalte Luft gefreut, doch es fühlte sich eher an wie in einem Gewächshaus. Raven stemmte die Hände in die Hüften und versuchte, die Situation zu erfassen. Ein paar Leute wurden in umstehenden Krankenwagen versorgt, aber es schien sich hauptsächlich um Platzwunden zu handeln. Alle verhielten sich ruhig, hier und da wurden Leute befragt und Personalien aufgenommen. Von dem Horror, der zuvor drinnen auf der Tanzfläche geherrscht hatte, war auf den ersten Blick nichts mehr zu erkennen. Doch man konnte ihn noch wahrnehmen, wenn man genau hinsah. In den Gesichtern von fein zurechtgemachten Frauen, die mit verschmierten Lippenstiften, glasigen Augen und ohne Rücksicht auf ihre hübschen Kleider im Rinnstein saßen und vor sich hin starrten. An Männern, die müde telefonierten, wahrscheinlich versuchten, ein Taxi zu organisieren. An Gruppen, die schweigend zusammenstanden und rauchten. Überhaupt wurde viel geschwiegen. Keiner schien zu wissen, was er sagen sollte.

»Hey, wo hat es dich denn hin verschlagen?« Martha kam mit einem leichten Lächeln auf Raven zu. Ihren Helm hatte sie sich unter den Arm geklemmt, und ihre sonst so hübsch frisierten Haare klebten wie eine zweite Haut am Kopf. Sie schien müde, aber gut gelaunt zu sein.

»Woher weißt du, dass ich es bin?«, fragte Raven, die sich noch immer nicht traute, ihren Helm abzunehmen.

»Ich habe gerade gesehen, wie sich deine Augenfarbe geändert hat«, antwortete Martha mit einem Augenzwinkern.

»Haha«, sagte Raven, doch eigentlich war sie ganz froh über Gesellschaft. Denn wenn Martha eines tat, dann, Raven wieder zurück in die Realität zu holen.

»Wo hast du dich rumgetrieben?«, stellte sie die Gegenfrage.

»Ich musste die Türen bewachen«, Martha rollte die Augen und lachte. »Hab das Gefühl, meine Arme sind mindestens einen Meter länger, so viele Menschen, wie gegen unsere Barriere gekracht sind.«

Sie ließ ihre Arme hängen. »Fällt dir was auf?«

Raven legte den Kopf schief und musste schmunzeln, was Martha zum Glück nicht sehen konnte. »Bisschen mehr Orang-Utan. Doch, eindeutig. Jetzt, wo du es sagst.«

Martha knuffte sie in die Seite, und Raven lachte auf. Sie konnte nicht anders, die Erleichterung darüber, dass die Razzia nun vorbei war, ließ sie albern werden. Der Sauerstoffmangel tat sicher sein Übriges.

Doch das Lachen blieb ihr augenblicklich im Hals stecken, als sie sah, wen ein paar Beamte gerade hinter sich her aus dem Gebäude schleiften. Sie erstarrte. Das durfte doch nicht wahr sein!

»Hey, Erde an Raven, kannst du mich verstehen?«, hörte sie Martha fragen, doch ihre Stimme nahm sie nur noch wie durch einen Wassertank wahr. Alle Vorsicht vergessend, riss sie sich den Helm vom Kopf und ließ ihn scheppernd zu Boden fallen.

»Cris!«, brüllte sie aus voller Kehle und begann, sich einen Weg durch die überall auf dem Vorplatz verteilten Beamten zu bahnen.

»Scheiße, was ist denn hier los? Cris!!«

Raven boxte ohne Rücksicht auf Verluste. Es war ihr egal, wen sie gerade zur Seite stieß, ob sie jemanden verletzte und sowieso überhaupt alles. Sie sah nur noch das Gesicht ihres Freundes, das sich zwischen hängenden Schultern jetzt mit müdem Blick hob. Er entdeckte Raven und zog fragend die Augenbrauen zusammen. Offenbar konnte er sich auf ihren Aufzug keinen Reim machen. Wie auch? Cris wusste viel, aber sicher nicht alles.

Schlitternd blieb Raven vor den Beamten stehen, die Cristobal zwischen sich führten.

»Was passiert hier? Warum führen Sie ihn ab?«

»Der Mann ist dringend tatverdächtig, jemanden getötet zu haben!«

»Cristobal?« Raven hörte, wie sich ihre Stimme hysterisch in die Höhe schraubte. Sie wusste genau, wie lächerlich sie gerade wirken musste, vor allem auf diese Schränke von Männern, doch es war ihr egal. Um sie herum hatten sich sämtliche Polizisten umgedreht und verfolgten neugierig das Spektakel. Raven nahm das nur am Rande wahr.

»Kennen Sie diesen Mann?«, fragte nun der zweite Beamte skeptisch.

»Nein, ich verliere grundsätzlich die Nerven, wenn ich sehe, wie jemand abgeführt wird!«, schrie Raven. In dem Moment kam es ihr so vor, als wüsste sie nicht mehr, wie man mit normaler Stimme sprach. Sie konnte sich einfach nicht erinnern.

Raven riss sich die Handschuhe herunter und nahm am Rande wahr, dass ihre rechte Hand in großen Teilen dunkelblau verfärbt war. Keuchend trat sie auf Cristobal zu.

»Ist das wahr?«, japste sie. Raven wusste, dass Cris auch kein Unschuldslamm war. Gerade weil er nicht sprechen konnte, nutzten ihn die Brüder oft für die schmutzigsten Jobs. Und dennoch.

Cristobal schüttelte den Kopf, und das war ihr genug.

»Sie führen ihn doch nur ab, weil er nicht sprechen kann. Wie soll er sich verteidigen, verdammt?«

Ein Raunen ging durch die Menge.

»Er wird ja wohl schreiben können«, sagte einer der beiden Beamten unwirsch und versuchte, Cristobal am Ärmel weiterzuziehen, doch Raven legte die flache Hand auf die Brust ihres Freundes. Der Beamte zögerte.

»Er kann nicht schreiben«, sagte sie mit fester Stimme. »Und Gebärdensprache kann er auch nicht. Vor acht Jahren hat ihn ein Unfall verstummen lassen, er ist Analphabet. Niemand wird ihn verstehen, Sie können nicht mit ihm kommunizieren!«

»Das ist mir egal. Ich habe meine Anweisungen!« Der größere der beiden Polizisten machte einen Schritt auf Raven zu und schob sie mit einer Hand zur Seite, wie man einen Vorhang vom Fenster wegschiebt. Sie stolperte und wäre fast zu Boden gefallen, wenn sie nicht jemand aus der Menge aufgefangen und wieder aufgerichtet hätte.

»Und du kleines Frettchen wirst mir nicht länger meine Zeit stehlen. Es ist spät, und ich will ins Bett. Du siehst aus, als wärst du erst ein paar Tage aus dem Kindergarten raus. Also glaube ich kaum, dass du in der Sache wirklich was zu melden hast.«

Raven schob das Kinn vor. »Aber ihr verhaftet den falschen Mann!«

Der Beamte zeigte amüsiert mit einem Daumen hinter sich. »Geh doch und such jemanden, den das interessiert.«

Raven kochte vor Wut. Am liebsten hätte sie den Beamten gebissen, doch selbst in ihrer Müdigkeit und Rage ahnte sie, dass das nicht ihre beste Idee wäre. Doch konnte sie wirklich zulassen, dass Cris einfach so mitgenommen wurde?

»Cris!«, schrie sie noch einmal, und Cristobal drehte den Kopf in ihre Richtung.

Raven holte tief Luft. Sie hatte so viele Fragen, doch in diesem Moment beschränkte sie sich auf die wichtigste. »Was ist mit Emily?«

Cristobals Augen verdunkelten sich, und er schüttelte den Kopf. Nun konnte Raven im Schein einer der Straßenlaternen auch sehen, dass er geweint hatte. In ihrem Magen bildete sich ein faustdicker Knoten.

Sie führten Cristobal ab, während Raven noch versuchte, die Kontrolle über ihre Körperteile wiederzuerlangen. Emily. Etwas war mit ihr geschehen.

»Raven. Komm jetzt, du kannst nichts mehr tun.«

Martha hatte sie aufgespürt und zupfte an ihrem Ärmel. Offensichtlich war sie erpicht darauf, so schnell wie möglich den Standort zu wechseln. Um sie herum wurde amüsiert getuschelt, alle gafften Raven an, das wusste sie. Nicht genug, dass sie schneeweiße Haare hatte und winzig war, nein, jetzt hatte die Kleine mit den zehn Uniformschichten auch noch vor aller Augen den Verstand verloren. Sie wäre sicher noch lange Gesprächsthema und verstand es sogar. Doch im Augenblick konnte sie es nicht ertragen. Auch Marthas sanfte Stimme war ihr zu viel.

Sie riss sich los und rannte wieder auf das Gebäude zu.

»Raven!« Martha schrie ihr hinterher, doch Raven drehte sich nicht um.

Der schnellste Weg zu Emily führte nachts mitten durch das Casino. Über ein paar der Notausgänge gelangte man direkt in die Stallungen, falls die Schleusen geöffnet waren.

Also rannte Raven quer durch den Saal mit den Roulette- und Kartentischen, zwischen denen ein paar Tänzerinnen träge an Stangen hin und her wackelten. Es war ihr unbegreiflich, wie das Geschäft nach einem solchen Ereignis irgendwo noch weitergehen konnte, doch hier saßen noch Gäste. Als fände in der Ruine eines gesprengten Hauses eine gediegene Dinnerparty statt. Das war doch völlig absurd.

Zwar waren auch hier längst nicht mehr so viele Besucher vorzufinden wie normalerweise, doch die Croupiers gaben nach wie vor aus, und die letzten Versprengten der Nacht verspielten unbeirrt ihr Geld. Die beiden oberen Stockwerke des Untergeschosses waren von der Razzia verschont geblieben, der Teufel allein wusste, warum. Vielleicht, weil Glücksspiel und Prostitution die anerkanntesten Formen der Vergnügungssucht waren.

Raven rannte über den grünen Teppichboden, ihre Stiefel machten dumpfe, viel zu laute Geräusche, und die Hand unter ihrem Shirt schwappte im Eiswasser bedrohlich hin und her.

Die Croupiers und Gäste des Casinos sahen sie verwundert an, doch keiner versuchte, sie aufzuhalten. Wahrscheinlich, weil sie eine Uniform trug und als Mitglied der Polizei zu erkennen war. Am liebsten hätte sie sich die ganzen Klamotten vom Leib gerissen, das Problem war nur, dass sie unter dem Panzer nichts trug als weitere Uniformen der Polizei. Wie in einem schlechten Scherz oder einem wilden Albtraum. Sie hatte keine Zivilkleidung dabei. Und sie hatte keine Zeit.

Kurz versuchte sie, sich in dem Raum zu orientieren. Es war nie leicht, im kreisrunden Gardens den Überblick über die Himmelsrichtungen zu behalten. Das ganze Gebäude war darauf ausgerichtet, dass man sich in seinem Inneren verlor. Und obwohl Raven den Club in- und auswendig kannte, steuerte sie nun nur auf gut Glück den nächsten Notausgang an in der Hoffnung, irgendwo in Emilys Nähe herauszukommen.

Sie musste allerdings noch eine Viertelrunde rennen, bevor sie den blau schimmernden Tank von Flusspferd Nino und somit Emilys Gehege erreichte. Doch schon von Weitem hörte sie Ninas schrille Stimme.

»Sie können hier doch nicht einfach herumlaufen und machen, was Ihnen passt!«, wetterte sie tapfer. Die Erwiderung der dunklen Stimme verstand Raven nicht.

»Wissen Sie eigentlich, was dieses Tier wert ist?«

Raven beschleunigte ihren Schritt, auch wenn sie nicht wusste, woher sie die Kraft noch nahm.

Als sie um die Kurve bog, konnte sie es schon sehen. Im bläulichen Licht des Flusspferdtanks lag eines von Emilys riesigen Beinen.

»Raven!« Nina riss überrascht die Augen auf, als sie ihre Freundin ankommen sah. Die clevere Prostituierte brauchte nur wenige Sekunden, um Ravens Aufzug zu bemerken. Ihre schönen goldbraunen Augen verengten sich zu Schlitzen.

»Was zum …?«

Raven stieß auch Nina beiseite. Am liebsten hätte sie alles und jeden beiseitegestoßen, der ihr begegnete. Sie registrierte, dass im Flur vor dem Gehege zwei tote Polizisten lagen, doch die interessierten sie nicht.

Zitternd ging sie neben Emilys massigem Schädel in die Knie. Die Elefantendame blutete aus diversen Schusswunden, doch der sanfte Wind, der aus ihrem Rüssel an ihre Hand drang, verriet Raven, dass sie noch am Leben war.

»Verdammt, sie atmet doch noch!«, brüllte Raven, die jetzt erst bemerkte, dass neben Nina und vier Polizisten auch Eugene und Mikael sowie ein paar der jüngeren Tierpfleger standen. Sie alle wirkten wie bestellt und nicht abgeholt, Nina war die Einzige, die überhaupt etwas tat oder sagte.

»Tut doch irgendwas!«

Zärtlich strich Raven ihrer alten Freundin über die haarige Stirn. Emily atmete flach und unregelmäßig; Raven wollte überhaupt nicht wissen, wie lange das Tier schon so dalag. Auf jeden Fall viel zu lange.

»Scheiße, was steht ihr denn hier alle so rum?«

»Wir können nichts tun«, sagte Eugene leise. Raven sah kurz auf, und ihr Blick begegnete dem des sanftmütigeren Bruders. Dieser runzelte für den Bruchteil einer Sekunde die Stirn, bevor sie sich wieder zur gleichgültigen Maske glättete. Hatte er sie erkannt? Wie oft hatte er Raven durch die Maske hindurch in die Augen gesehen? Doch sie trug Kontaktlinsen, eigentlich dürfte das gar nicht sein.

Raven strich mechanisch über Emilys Kopf, ihre Ohren, ihren Rüssel.

»Shhhh, mein Mädchen«, flüsterte sie wieder und immer wieder. »Es ist alles gut, ich bin da.«

Wie leicht Menschen doch lügen konnten, wenn ihnen sonst nichts Besseres einfiel.

Erst als sie ihre Tränen auf die graue Haut fallen sah, bemerkte sie überhaupt, dass sie weinte. Emily flatterte mit den Ohren und schob ihren Rüssel hin und her. Offenbar hatte sie starke Schmerzen.

»Wenn ihr nicht helfen könnt, dann beendet das wenigstens!«, schimpfte Raven an niemand Bestimmten gewandt. »Ihr dürft sie nicht so leiden lassen.«

Trotzig schaute sie in die Runde; niemand rührte sich. Raven bemerkte, dass Nina die Arme verschränkt hatte und nun etwas abseits stand. Doch auch das war ihr egal. Sie hatte ohnehin das Gefühl, als würde ihre ganze Welt gerade in sich zusammenfallen. Da kam es darauf nun auch nicht mehr an.

Zu Ravens Erstaunen war es Mikael, der schließlich vortrat.

»Die junge Dame hat recht. Egal, was das Tier getan hat, es ist nicht richtig, sein Leid zu verlängern. Wenn ich also einen der Beamten bitten dürfte, das hier zu beenden!«

»Das Biest hat Thomas und Linus regelrecht zerquetscht«, presste eine junge Frau zwischen den Zähnen hervor, und in ihren Zügen lag blanker Hass.

Ravens Blick fiel durch das Gatter auf die beiden Leichen im Flur. Was genau war hier wohl vorgefallen? Diejenigen, die es wussten, waren alle nicht oder nicht mehr in der Lage zu sprechen.

»Lass gut sein, Nike«, sagte einer der anderen Beamten und legte der jungen Frau eine Hand auf die Schulter. »Herr Metzger hat recht. Es ist nur ein Tier, und wir sind grausam, wenn wir es nicht endlich beenden. Thomas und Linus werden durch ihr Leid auch nicht wieder lebendig. Außerdem hat sie es sicher nicht mit Absicht getan.«

Da wäre ich mir nicht so sicher, dachte Raven bei sich und kraulte Emily vorsichtig hinter dem Ohr, wie sie es immer besonders gerne gemocht hatte.

»Es ist gleich vorbei, meine Süße«, murmelte sie, während sich der junge Beamte neben sie hockte und seine Dienstwaffe zog.

»Sicher, dass du das hier mit ansehen möchtest?«, fragte er freundlich. In dem Augenblick erschien er Raven als das einzige menschliche Wesen im Raum. Er schien sich nicht dafür zu interessieren, wer sie genau war oder was sie hier zu suchen hatte, warum eine junge Frau in Uniform überhaupt eine Verbindung zu der glatzköpfigen Hure oder der Elefantendame hatte. Er tat nur, was getan werden musste.

Raven fühlte, wie Emilys Rüssel sich um ihre Hüfte legte, und sie musste lächeln.

»Ich lasse sie jetzt sicher nicht allein«, flüsterte sie, und der junge Mann nickte.

Er entsicherte seine Waffe, drückte sie Emily auf die Stirn, atmete einmal tief durch und drückte ab.

BIROL

Diese Nacht war ein einziger Rausch für ihn. Zum ersten Mal seit Langem fühlte sich Birol wieder wie ein Mensch und nicht wie ein Klumpen aus Wut, Knochen und Pflicht.

Ja, er hatte Schläge eingesteckt, Kompetenzen überschritten und sich um ein Haar selbst vergessen. Jede Minute im Utopia Gardens war ein Tanz auf Messers Schneide gewesen. Und er hatte es so genossen. Ihm war, als hätte er mit einem großen Besen Dreck zur Seite geschoben.

Eigentlich hatte seine Aufgabe lediglich darin bestanden, für Ordnung zu sorgen und Personalien aufzunehmen, doch er hatte so viel mehr getan. Er hatte zwei Cheater festgenommen, die aufeinander eingedroschen hatten. Hatte auf dem Fightfloor mit eigenen Augen gesehen, wozu diese *Menschen* fähig waren. Meist hatte er gar keine Lust, sie überhaupt als Menschen zu bezeichnen. So sehr hasste er sie. Und er wusste, dass es einzig und alleine Ravens Verdienst war, dass er nicht abgewartet hatte, bis einer von ihnen erstickt war. Heute Nacht hatte er wieder mal gemerkt, dass deutlich mehr Dunkelheit in ihm steckte, als er jemals zugegeben hätte. Doch er schämte sich nicht; dafür fühlte er sich einfach zu gut. Jetzt gerade genoss er einfach das Gefühl des Adrenalins, das seine Adern durchströmte.

Birol machte sich keine allzu großen Sorgen darüber, Ärger aufgrund der Kompetenzüberschreitung zu bekommen. Im Chaos einer solchen Nacht geschahen viele Dinge, die nicht vorgesehen waren, das war normal. Hinterher fragte eigentlich keiner mehr.

Er saß etwas abseits auf einem Poller und gönnte sich einen Moment Ruhe, während er die Kollegen beobachtete, die die restlichen

Clubbesucher befragten. Birol genoss den leichten Schmerz, der sich gemeinsam mit der Erschöpfung in seinen Gliedern ausbreitete. Es waren Zeugen dessen, was heute Nacht geschehen war.

Das Utopia Gardens lag mittlerweile beinahe komplett im Dunkeln. Jemand hatte wohl die farbige Außenbeleuchtung abgeschaltet, die normalerweise zahlende Kunden anlockte.

Zum Ausgleich färbte sich der Himmel schon wieder heller, der Tag war im Anmarsch. Doch noch war das Licht nicht stark genug, um den Vorplatz des Clubs ausreichend zu beleuchten. Es herrschte ein wuselndes Durcheinander aus Schatten. Von seinem Platz aus konnte Birol Polizisten von Verhafteten nicht unterscheiden, die einzigen Lichtquellen waren die Scheinwerfer und die Innenbeleuchtungen der Fahrzeuge. In einigen Fenstern der umliegenden Gebäude brannte ebenfalls Licht. Irgendwo war in Berlin eigentlich immer ein Licht an.

Als Kind hatte Birol sich gerne vorgestellt, dass die ganze Stadt mitten in der Nacht stockfinster wurde, weil alle Leute gleichzeitig schliefen, und sei es auch nur für ein paar Sekunden. Doch das würde niemals passieren.

Alles war ruhig und beinahe friedlich in dieser frühen Morgenstunde. Sie waren kurz davor, die Razzia offiziell für beendet zu erklären und dann zum Käfig zurückzufahren. Um die Verhafteten zu verhören, Protokolle anzufertigen, ihre Arbeit zu machen. Irgendwie ein beruhigender Gedanke, auch wenn ein Teil von ihm nicht wollte, dass diese Nacht zu Ende ging.

Eine Gestalt schälte sich aus der dunklen Masse aus Leibern vor ihm und kam auf ihn zu. Am grazilen, leichtfüßigen Gang erkannte er, dass es sich um eine Frau handeln musste, und sein Herz klopfte schneller. Natürlich konnte es sich um jede Kollegin handeln, doch er hoffte.

»Hier steckst du also«, hörte er kurz darauf Marthas müde, aber gut gelaunte Stimme, und das Herz in seiner Brust vollführte einen schmerzhaften Sprung. Das war wirklich eine verdammt gute Nacht.

»Ja«, sagte er und räusperte sich, als er feststellte, dass seine Stimme um einige Oktaven höher lag, als ihm lieb war. »Ich wollte kurz mal ein bisschen verschnaufen.«

»Solltest du nicht auf uns aufpassen? Uns anleiten und sagen, was zu tun ist?«, fragte sie keck, legte ihren Helm neben dem Poller auf dem Boden ab und setzte sich darauf. Die Geste hatte etwas irritierend Selbstverständliches, ganz so, als hätte sie das schon viele Male gemacht.

»Äh, ja. Aber heute waren wir in verschiedene Teams eingeteilt. So eine Razzia läuft außer der Reihe. Wenn du jemanden brauchst, der dich auch jetzt noch herumscheucht, solltest du dich an deinen Gruppenführer wenden.«

»Danke, ich verzichte«, sagte Martha mit einem müden Lächeln und rollte die Schultern. »Himmel, ich hatte Angst, die reißen mir die Arme raus.«

Birol musterte sie prüfend. »Beide noch dran.«

Martha lachte. »Gut, das beruhigt mich zutiefst. Mit der Zeit habe ich mich schon ziemlich an meine Arme gewöhnt, muss ich zugeben. Ich bin eigentlich auch nur hergekommen, um mir das von höherer Stelle noch einmal bestätigen zu lassen.«

Birol grinste, er konnte nicht anders. Sein Blick hing an ihrem Gesicht. Zwar hatte er es nicht für möglich gehalten, doch die Razzia hatte Martha noch viel schöner gemacht. Dass ihre Haare nicht mehr ordentlich waren, machte sie nur charmanter, ihre müde und fiebrig glänzenden Augen verpassten ihr eine Lebendigkeit, die er vorher so noch nicht bemerkt hatte. Aber vielleicht kam ihm gerade auch alles lebendiger vor.

»Schön, dass du meine Autorität anerkennst«, gab er zurück, und Martha strich sich eine ihrer feuchten Haarsträhnen hinters Ohr.

»Wie könnte ich nicht?« Sie zog den linken Mundwinkel hoch, und ihr schiefes Lächeln bezauberte ihn derart, dass er schlucken musste. Wenn er es nicht besser wüsste, würde er sagen, sie flirtete mit ihm. Aber das konnte nicht sein.

Oder?

»Und warum bist du wirklich hier?«

Sie zuckte die Schultern. »Raven ist mir vorhin davongerannt, und du bist das letzte verbliebene Teil meines Rudels. Ich bin ein Herdentier.«

Birol runzelte die Stirn. »Raven ist weggerannt? Was meinst du damit?«

»Na, in einem Moment stehen wir noch beisammen und unterhalten uns, im nächsten Augenblick rastet sie völlig aus, weil einer ihrer Freunde wohl verhaftet wurde. Darüber wollte ich auch mit dir reden.«

»Ich habe damit gerechnet, dass wir einige ihrer Freunde heute Nacht festgesetzt haben, um ehrlich zu sein. Soweit ich weiß, war sie öfter hier im Club. Deshalb war ich auch dagegen, dass sie mitkommt, aber Hinnerk war da unmissverständlich.«

Martha schüttelte den Kopf. »Ne, das war keine normale Verhaftung von irgendjemandem. Der Typ soll den Mann ohne Augen auf dem Gewissen haben.«

Birols Wirbelsäule versteifte sich. Tatsächlich hatte er zwischendurch überhaupt nicht mehr an ihren Fall gedacht. Und an die ganze Scheiße, die da noch mit dranhing.

»Und Raven kennt ihn?«

»Allerdings«, nickte Martha. »Ich habe versucht, sie zur Vernunft zu bringen. Doch sie ist völlig ausgetickt. Dann hat sie irgendwas von einer Emily gefaselt und ist zurück ins Gebäude gerannt.«

Birol stöhnte und fuhr sich mit der flachen Hand durchs Gesicht.

»Und warum erfahre ich das jetzt erst?«, fragte er müde. Auf Marthas Stirn bildete sich eine feine, schnurgerade Falte. »Tja, ich musste dich schließlich erst mal finden, oder nicht?«

In ihrer Stimme schwang ein leiser Vorwurf mit. Birol konnte Vorwürfe nicht leiden, und leider klang in seinen Ohren jede Frau, die auch nur den kleinsten Vorwurf an ihn richtete, genau wie seine Mutter. Doch er riss sich zusammen und schluckte den Kommentar runter, der sich bereits auf seiner Zunge in Startposition gebracht hatte. Das hier war Martha. Er mochte sie. Mehr als nur das.

»Vielleicht sollten wir sie besser suchen gehen«, sagte er stattdessen, und Martha nickte.

»Meinst du, diese Nacht hört jemals auf?«

Birol zuckte die Schultern. »Nicht in dieser Stadt.«

LAURA

Sie mussten nicht lange nach Raven suchen. Schon als sie sich der Gruppe Polizisten näherten, die auf dem Vorplatz noch übrig war, hörten sie ihre Kollegin schreien, zetern und keifen. Wie ein verwundetes Tier. Was war denn jetzt schon wieder? Sie tauschten einen kurzen Blick, dann rannten sie los.

Der Weg durch die Menge anderer Kollegen war ein einziger Kampf, denn wer noch auf dem Vorplatz war, stand dicht an dicht mit den anderen. Es war deutlich, dass sich im Zentrum gerade ein Spektakel abspielte, das keiner der anwesenden Beamten verpassen wollte. Sie kamen nur unter dem ausgiebigen Einsatz ihrer Ellbogen voran, doch schließlich konnten sie sehen, was da vor sich ging.

Raven hockte auf dem Boden zwischen zwei Einsatzwagen. Sie hatte den Kopf trotzig erhoben und das Kinn vorgeschoben. Von ihrer Lippe tropfte Blut auf den Asphalt.

Laura erschrak. Was zur Hölle war hier los?

Der feindselige Blick ihrer Kollegin galt einem älteren Beamten, der breitbeinig und mit gezogenem Schlagstock über ihr stand. In dem Augenblick, in dem sie mit Birol eintraf, spuckte er gerade einen dicken Klumpen Rotz aus, der Raven nur knapp verfehlte. Sie blinzelte nicht einmal, sondern grinste nur breit. Auch ihre Zähne waren blutverschmiert, es sah grotesk aus. Niemand der Umstehenden rührte sich. Alle starrten nur wie gebannt auf die Szenerie.

»Jetzt verstehe ich«, hörte Laura ihre Kollegin sagen. Ravens Stimme troff vor Missgunst. »Du bist zur Polizei gegangen, um dich auch mal richtig mächtig zu fühlen, was? Wahrscheinlich hast du einfach nur einen winzig kleinen Schwanz.«

Der Mann ging einen Schritt auf Raven zu und hob den Schlagstock.

»Halt verdammt!«, brüllte Birol und schob sich durch die letzte Reihe Schaulustiger direkt neben den Älteren und legte die Hand auf den erhobenen Schlagstock.

»Was hat das hier zu bedeuten?«

Ravens Blick schnellte zu Laura, die sich nun ebenfalls zwischen den Kollegen durchdrängte und Raven auf die Füße half.

»Danke«, knurrte Raven und spuckte einen blutigen Klumpen auf den Boden.

»Sorry, wir hatten dich aus den Augen verloren«, flüsterte Laura und begann, ihre Taschen nach etwas abzusuchen, um Ravens Blutungen ein wenig zu stillen. Raven winkte ab. »Mein Problem, nicht eures«, murmelte sie. Man konnte bereits hören, dass es schwerer wurde, mit der angeschwollenen Lippe zu sprechen.

Birol und der andere Polizist standen einander gegenüber wie in einem alten Westernfilm. Sie musterten sich gegenseitig schweigend. Es war offensichtlich, dass der Ältere Birol schon alleine wegen seiner Jugend nicht ernst nahm.

»Hey, ich hab dich was gefragt! Warum schlägst du eine Kollegin?«, setzte dieser nach, als er keine Antwort erhielt. Laura konnte fühlen, wie die Zuneigung in ihrer Brust anwuchs. So ein Mist.

»Die kleine Schlampe ist keine Kollegin. Die gehört hier zum Club.«

Birol atmete tief durch. »Erstens gehört sie nicht zum Club, sondern in mein Team, und zweitens kann schon ein Kleinkind alleine an ihrer Uniform erkennen, dass es sich um eine Polizistin handelt. Also? Wie kommst du dazu, sie zu schlagen?«

Der Kollege schnaubte. »Die ist völlig durchgedreht da drin. Hat geschrien und um sich geschlagen. Wie weggetreten. Ich dachte, die ist auf Drogen, und wollte sie rausbringen, da hat sie angefangen, mich zu beschimpfen, und hat sich gewehrt.«

»Du wolltest meiner Freundin die Zähne rausschneiden!«, schrie Raven so laut, dass es Laura in den Ohren klingelte. Sie runzelte die

Stirn. Was sagte Raven da? Wer wollte wem die Zähne rausschneiden? Das ergab keinen Sinn.

»Was ich tue und lasse, dürfte ja wohl ganz alleine meine Sache sein. Da hat sich so ein kleines Flittchen nicht einzumischen.«

»Moment, Moment!« Birol machte eine Geste wie ein Regisseur und formte mit seinen Handflächen ein T. »Ich verstehe nur noch Bahnhof. Was redet ihr denn da?«

Zu Lauras Überraschung trat ein zweiter Polizist nun aus der Menge. Ein junger Kerl mit freundlichen Augen. Er sah müde und völlig abgekämpft aus, ungefähr so, wie sie sich gerade fühlte.

»Ich glaube, ich kann das aufklären. Zumindest zum Teil.« Birol nickte. »Da wäre ich wirklich sehr dankbar.«

»Bei der Verhaftung eines Verdächtigen kam die große Elefantendame zu Schaden, die hier im Zirkus lebte.«

Birol runzelte die Stirn. »Emily?«

Raven stieß ein ersticktes Wimmern aus. Reflexartig legte ihr Laura die Hand auf die Schulter. Raven zuckte zwar zusammen, wich aber nicht vor ihr zurück.

»Ich … ich weiß nicht«, antwortete der junge Polizist, und Birol winkte ab. »Ist schon gut. Erzähl weiter.«

»Zwei der Kollegen wurden beim Versuch, den Verdächtigen festzunehmen, von dem panischen Tier zerquetscht. Daraufhin wurde auf den Elefanten geschossen. Als ich vor Ort eintraf, war er noch am Leben, aber es war deutlich, dass man nichts mehr für das Tier tun kann. Und die Kollegin«, er zeigte auf Raven, »war auch dort. Es war jedem klar, dass sie … dass sie den Elefanten kennt. Sie hat darum gebeten, dass jemand das Tier von seinem Leid erlöst, was ich dann auch getan habe. Anschließend haben wir unsere toten Kollegen geborgen und sind hier raufgekommen. Ich dachte, ich gebe der Kollegin noch ein wenig Zeit, sich zu verabschieden und habe sie dort zurückgelassen. Es schien mir klar zu sein, dass sie sich im Club auskennt.«

»Ich hab doch gesagt, dass sie hier zum Gardens gehört!«, ereiferte sich der Kollege mit dem Schlagstock, doch Birol brachte ihn mit einer einzigen Geste wieder zum Schweigen. Laura war beeindruckt, wie gut es ihm gelang, die Situation zu kontrollieren. Er schien souveräner und wirkte deutlich älter, als er eigentlich war. Und das gefiel ihr.

»Ich hab doch gesagt, dass sie Teil meines Teams ist!« Birols Stimme wurde zu einem bedrohlichen Grollen. »Und wenn ich das richtig verstehe, dann hat die Kollegin Sie davon abgehalten, einem toten Elefanten, der sich im Besitz der Brüder Metzger befindet, unbefugt die Stoßzähne rauszuschneiden und sich daran zu bereichern.«

»So sieht's aus!«, schrie Raven, die mittlerweile am ganzen Leib zitterte. Ob vor Wut oder aus Erschöpfung vermochte Laura nicht zu sagen. Kälte konnte nicht der Grund sein, es war unerträglich schwül in dieser Nacht.

»Ich brauche Ihren Namen und Ihre Dienstnummer«, sagte Birol müde. »Das muss ich melden.«

Der andere Beamte trat ganz dicht an Birol heran, doch dieser wich keinen Millimeter zurück.

»Du kleine Milchschrippe glaubst wohl, hier großtun zu können. Wir alle wissen doch, dass im Käfig Endstation für einen Polizisten ist. Beschissene Arbeit, beschissene Bezahlung. Jeder sieht zu, wo er bleibt. Das, was ich vorhatte, hätte wohl jeder getan.«

»Das glaube ich kaum«, sagte Birol ruhig. Dem Älteren gelang es nicht, ihn zu provozieren. Gut so, dachte Laura. Sie wusste nicht, ob es ihr in solch einer Situation gelingen würde, ruhig zu bleiben.

»So, und jetzt halten Sie bitte still.«

Widerwillig nahm der Mann Haltung an, damit Birol mit seinem Tablet den Code mit Namen und Dienstnummer abscannen konnte, den jeder Polizist am Revers trug.

»Ich werde das weitergeben«, sagte er streng, und Laura dachte bei sich, dass sie alleine schon bewunderte, wie wenig sich Birol vor der Rache des Mannes zu fürchten schien.

»Und was ist mit der Kleinen?«, fragte der Kollege trotzig. »Sie hat sich auch nicht gerade mustergültig verhalten.«

Laura fühlte, wie Raven sich versteifte. Sie drückte ihre Schulter – Raven sollte jetzt besser den Mund halten. Und tatsächlich atmete Raven einmal tief durch, blieb aber still.

»Ja, genau!«, rief einer der Männer aus der Menge. »Sie hat ihn geschlagen und getreten. Und Wörter in den Mund genommen, für die selbst ich mich schämen würde.«

Zustimmendes Gemurmel machte sich auf dem Platz breit, und Birol nickte zu Lauras großer Überraschung ebenfalls. »Als ihr Gruppenführer bin ich dafür zuständig. Ich werde mich darum kümmern, dass auch ihr Verhalten sanktioniert wird. So, und jetzt schlage ich vor, wir fahren alle zurück in den Käfig. Es war eine lange Nacht, und sie ist noch nicht vorbei.«

Er schickte sich an, mit Raven und Laura in Richtung Auto zu verschwinden, da hielt ihn der Mann am Saum seiner Panzerung zurück.

»Momentchen, Momentchen. Wenn ich mir schon von einem Kind was sagen lassen muss, dann will ich wenigstens wissen, mit wem ich das Vergnügen habe.«

»Natürlich«, entgegnete Birol ruhig. »Mein Name ist Birol Celik. Dienstnummer 88976540. Ich arbeite für Hinnerk Blume bei den Kapitalverbrechen, Abteilung Mord.«

Ein Grinsen machte sich auf dem Gesicht des Mannes breit, das Laura einen Schauer über den Rücken schickte.

»Sososo. Birol Celik. Jetzt wird mir einiges klar.«

Birol runzelte die Stirn. »Was willst du damit sagen?«

»Ich kannte deinen Vater«, sagte der andere nun, und ein Schatten überzog Birols Gesicht.

»Und?«, fragte er, doch man konnte die Unruhe in seiner Stimme hören.

»Nun, der gute alte Can hing auch gerne mit Kriminellen ab. Er kannte den Club so gut wie seine Westentasche. Und offensichtlich fällt der Apfel nicht so weit vom Stamm.«

Laura schloss für einen kurzen Moment die Augen. Also stimmte es. Birol war Can Celiks Sohn. Das konnte doch nicht wahr sein!

Birol trat nun seinerseits ganz nah an den Kollegen heran. Es sah merkwürdig aus, weil der Mann ihn um Haupteslänge überragte und Birol den Kopf in den Nacken legen musste, um ihm in die Augen zu sehen, doch er wirkte nicht weniger bedrohlich.

»Mein Vater war ein guter Mann. Ich werde nicht dulden, dass du ihn hier durch den Dreck ziehst.«

Der andere lachte kehlig. »Nur zu. Glaub doch, was du glauben willst, Kleiner.«

Mit diesen Worten machte er auf dem Absatz kehrt und verschwand in der Menge.

Birol stapfte auf Laura und Raven zu. Laura fiel es unwahrscheinlich schwer, ihren Kollegen nicht sofort mit Tausenden Fragen zu überhäufen. Sie wusste nun, dass Birol der Schlüssel zu Can Celik war. Was für ein gewaltiger Zufall. Und was für ein Durcheinander.

»Kommt«, knurrte Birol nur und ging an den beiden Frauen vorbei in Richtung Auto.

Sie folgten ihm, die Blicke der anderen Polizisten im Nacken.

Birols Dienstwagen stand etwas abseits hinter der nächsten Häuserzeile im Dunkeln. Offenbar hatten nicht alle Beamten einen Fußmarsch zum Gardens hinlegen müssen.

Birol öffnete schweigend erst den Kofferraum und anschließend einen Plastikkoffer, der sich neben allem möglichen anderen Krempel darin befand. Es war ein Erste-Hilfe-Kasten, wie Laura jetzt sehen konnte.

Er kramte eine Mullbinde und ein paar Kompressen hervor und hielt sie Raven hin.

»Hier, mach dich ein bisschen sauber.«

Ravens Oberlippe war mittlerweile stark angeschwollen und musste dringend gekühlt werden; sie verlieh der jungen Frau ein beinahe noch groteskeres Aussehen, als sie ohnehin schon hatte. Das rote Blut wirkte im Dämmerlicht des neuen Tages gespenstisch auf der unglaublich weißen Haut.

Mit trotzigem Blick nahm Raven die Mullkompressen und drückte sie Laura in die Hand. Dann schälte sie sich mühsam aus ihrem Panzer und zwei Lagen Polizeiuniform. Dabei fiel Laura auf, dass sie den rechten Arm nur sehr vorsichtig bewegte. Ob das eine Folge der Auseinandersetzung war? Was hatte Raven heute Nacht eingesteckt, während sie selbst lediglich Türen bewacht hatte?

Als Raven an der letzten Schicht Kleidung angelangt war, riss sie mit einem erleichterten Seufzer den Reißverschluss der obersten Uniformjacke ein ganzes Stück auf. Darunter kam ihre bleiche Haut zum Vorschein. Um nicht allzu sehr zu starren, öffnete Laura die Verpackung der Kompresse und hielt sie Raven hin, die sie sich vorsichtig an die Oberlippe hielt, die immer noch leicht blutete.

Birol zog eine Augenbraue nach oben. »Ist es der Dame so jetzt angenehm?«

»Es geht schon«, nuschelte Raven.

»Kannst du mir dann vielleicht jetzt mal erklären, was die ganze Sache sollte?«, fragte Birol müde, und Raven schnaubte.

»Du hast doch schon alles gehört. Der Typ wollte Emilys Zähne. Das konnte ich nicht einfach zulassen.«

Birol seufzte. »Und wie kam es, dass du überhaupt dort warst und nicht bei uns?«

Raven zuckte die Schultern.

»Hör mal. Der Typ ist ein Riesenarschloch …«

»Schön, dass es dir aufgefallen ist«, schnaubte Raven. Ihre Stimme wurde durch die dicke Mullkompresse noch einmal gedämpft.

»Aber er hat recht«, sagte Birol, nun lauter.

Raven riss die Augen auf. »Was willst du denn damit sagen?«

»Ich verstehe ja, warum du wütend bist, und auch, warum du den Typen angegriffen hast. Das tue ich wirklich. Aber ich kann dich nicht ungeschoren davonkommen lassen.«

Laura schnappte nach Luft. Damit hatte sie nicht gerechnet. Raven hingegen blieb erstaunlich gelassen.

»Du hast dich von deiner Gruppe entfernt und dich eigenmächtig durch das Gebäude bewegt. Und anstatt einen Vorgesetzten dazuzuholen, hast du dich ganz alleine mit dem Kollegen angelegt. Und dann habt ihr beide noch vor ziemlich viel Publikum eine Szene hingelegt. Das darf nicht ohne Folgen bleiben, sonst bin ich meinen Posten ganz schnell wieder los.«

»Und was gedenkst du jetzt mit mir zu tun?«, nuschelte Raven spöttisch. Es war deutlich zu hören, dass sie Birol nicht ernst nahm.

»Willst du mich an den Füßen zuerst im Keller aufhängen? Akten abtippen lassen? Die Toiletten schrubben?«

Birol lächelte matt, das erste Mal seit einer gefühlten Ewigkeit. »Da sind ein paar gute Vorschläge dabei. Ich danke dir.«

Er musterte Raven einen Moment, dann seufzte er erneut. »Du bist Ärger auf zwei Beinen.«

Laura unterdrückte ein Lachen. Das hatte er ziemlich gut umschrieben.

»Hey, ich hab eine Idee«, sagte Raven, und Birol schnaubte. »Na, da bin ich jetzt mal gespannt.«

»Du lässt mich einfach mein Ding machen. Ich halte mich bedeckt, bis der Strafdienst rum ist, und wir haben beide unsere Ruhe. Schließlich will ich euch nicht zur Last fallen.«

Laura schmunzelte. Es war doch erstaunlich, dass diese kleine Frau, die gerade ziemlich eingesteckt hatte und der die Nacht sicher noch genauso in den Knochen steckte wie ihr, selbst jetzt noch in der Lage war, solche Scherze zu machen. Vielleicht stimmte ja, was Raven gesagt hatte, und Laura hatte keine Ahnung vom echten Leben.

»Netter Versuch.« Birol schüttelte den Kopf. »Aber verschwendeter Atem. Fahr nach Hause und ruh dich aus. Und kühl deine Lippe.«

»Ich dachte, wir fahren zurück in den Käfig«, warf Laura erstaunt ein.

»Du und ich, wir fahren auch. Aber nach dem ganzen Tumult, der eben stattgefunden hat, ist es besser, Raven hält sich heute Nacht raus. Dann kann sie auch nichts kaputt machen. Außerdem muss sie ihre Wunden versorgen, das ist schon okay. Vernehmungen darf sie sowieso nicht durchführen.«

Er wandte sich an Raven. »Also Abmarsch. Bis morgen Vormittag habe ich mir dann was für dich ausgedacht.«

Raven schaute von einem zum anderen. Obwohl nur ihre Augen zu sehen waren, weil sie sich vor den Rest des Gesichts die Kompresse drückte, meinte Laura, so was wie Unsicherheit bei ihrer Kollegin wahrzunehmen. Das erste Mal, seitdem sie einander begegnet waren. Was dachte Raven in diesem Moment?

»Okay«, sagte sie schließlich. »Danke.«

Sie machte auf dem Absatz kehrt und ging langsam in Richtung Club zurück. Laura versetzte der Anblick der zarten, leicht humpelnden Gestalt im Dämmerlicht des frühen Morgens einen Stich. Es war ein trauriges Bild. So einsam und fragil.

»Gut, dann wollen wir mal.« Birols Stimme riss sie aus ihren Gedanken. Er hatte die Fahrertür des Wagens bereits geöffnet, und Laura setzte sich kurzerhand auf den Beifahrersitz. Sie wusste nicht, was sie sagen sollte, und war mit einem Mal nervös. Natürlich konnte sie Birol nicht einfach so auf seinen Vater ansprechen; vielleicht würde er dann genauso ausrasten wie vorhin. Über Raven sprechen konnte sie mit ihm auch nicht, jedenfalls beides nicht von sich aus.

Es war Birol anzusehen, wie fertig er war. Und wie reizbar. Eine dicke Ader, die von oben nach unten über seine Stirn verlief, pochte bedrohlich, seine Hände zitterten leicht, als sie sich um das Lenkrad legten. Wobei »legen« nicht das richtige Wort war. Sie krampften sich regelrecht darum.

Eine Weile saßen sie stumm nebeneinander im Einsatzwagen. Laura wagte kaum zu atmen, Birol starrte auf die Straße, machte aber keinerlei Anstalten, den Wagen zu starten.

»Ist … ist alles in Ordnung?«, fragte Laura nach einer Weile vorsichtig.

Birol schüttelte den Kopf, aber es wirkte nicht wie eine Antwort auf ihre Frage.

Er straffte seinen Rücken und atmete einmal tief durch. Dann drehte er den Kopf zu ihr und lächelte sie müde an. »Hast du Lust, Falafel mit mir essen zu gehen?«

BIROL

Er wusste nicht genau, warum, aber er erzählte ihr alles. Es war einfach zu viel geworden, um es noch länger alleine zu tragen. Die Bemerkung des Kollegen über seinen Vater hatte das Fass zum Überlaufen gebracht, und seitdem sprudelte es nur so aus ihm heraus. Und das tat gut.

Birol konnte sich beim besten Willen nicht erinnern, wann er zum letzten Mal so lange am Stück gesprochen hatte. Oder ob er überhaupt schon einmal die Gelegenheit dazu gehabt hatte. Vielleicht war es sogar das erste Mal in seinem Leben, dass ihm jemand einfach mal aufmerksam zuhörte. In seiner Familie redeten alle durcheinander, vielleicht bekam man, wenn man Glück hatte, einen zusammenhängenden Satz über die Lippen, bevor jemand anderes über einen drüberschrie. Mit Martha war das ganz anders. Sie war eine sehr aufmerksame Zuhörerin, die ihn selten bis gar nicht unterbrach und nur durch ihre Gestik und Mimik zum Ausdruck brachte, was sie bei seinen Worten empfand. Es machte einfach nur Freude, seine Erzählungen in ihrem Gesicht gespiegelt zu sehen; so wusste er, dass bei ihr auch ankam, was er sagte.

Besonders eindrucksvoll waren hierbei ihre Augenbrauen. Diese perfekten, schwarzen Haarraupen über ihren beinahe schwarzen Augen. Sie konnten sich krümmen und winden, in die Höhe schnellen, sich einander annähern und voneinander wegbewegen. Es war beinahe wie eine Choreografie zur Musik seiner Worte.

Birol musste aufpassen, dass er Martha nicht zu sehr anstarrte. Doch die Art, wie sie ihn ansah, während er sprach, machte ihm das nicht gerade leicht. Mit solch einer Intensität! Das hatte er noch nie erlebt. Er fühlte, wie etwas in ihm verrutschte. Dort, wo die ganze Zeit diese schreckliche Wut gesessen hatte, machte sich gerade etwas anderes breit. Etwas, vor dem er Angst hatte und das er dennoch für immer behalten wollte. Wärme, golden und süß wie Honig.

Nicht nur Marthas Augenbrauen zu beobachten war eine reine Freude, auch, ihr beim Essen zuzusehen. Sie aß aufreizend langsam, was ihn irritierte. In seiner Familie war Schnelligkeit beim Essen Überlebensregel Nummer eins. Doch beim ersten Bissen in ihre Falafel war das Gesichtskino, das folgte, unbezahlbar gewesen. Martha hatte ihm gebeichtet, noch nie zuvor eine Falafel gegessen zu haben. In Neuberlin gab es diese Buden einfach nicht. Kein Wunder. Das Hygieneverständnis der Neuberliner war legendär und grenzte an Paranoia. Birol hatte sie mitgenommen in seine Stammbude, schräg gegenüber vom Käfig. So konnte er auch sein schlechtes Gewissen darüber im Zaum halten, dass sie noch nicht ins Präsidium zurückgekehrt waren. Sie waren schließlich fast da. Schon quasi vor der Tür. Wenn ihn nachher jemand darauf ansprach, könnte er sagen, er hätte die Auszubildende erst in ein paar Verhörtechniken einweihen wollen. Obwohl er nicht gerade das Gefühl hatte, dass Martha auf dem Gebiet Nachhilfe nötig hatte. Er redete ja selbst in ihrer Gegenwart wie ein Wasserfall. Diese Augen machten etwas mit einem.

Während er bereits sein gesamtes Sandwich verdrückt und sich schon zwei Mal Tee aus dem speckigen Samowar in der Ecke nachgeschenkt hatte, war Martha mit ihrem Sandwich gerade erst zur Hälfte fertig. Und das, obwohl sie die ganze Zeit stillschweigend kaute. Das musste ihr auch erst einmal jemand nachmachen.

»Magst du deine Falafel nicht?«, fragte er irgendwann mit hochgezogenen Brauen, und Martha lächelte.

»Doch, natürlich. Wahnsinnig lecker. Aber mein Gehirn ist zu beschäftigt mit deiner Geschichte!«

»Du kannst also nicht gleichzeitig kauen und denken?«

Martha nahm noch einen kräftigen Bissen und antwortete mit vollem Mund: »Natürlich nicht! Sonst bekommt man doch gar nichts von seinem Essen mit!«

»Hm«, machte Birol. Da war natürlich was dran.

»Wolltest du schon immer Polizist werden?«, fragte sie nun zwischen zwei Bissen.

Die Frage traf ihn völlig unvorbereitet. Birol hatte mit seinen Gedanken den Ereignissen vor ein paar Monaten nachgegangen, dank denen sich ein dunkler Schleier über sein Leben gelegt hatte. Er zuckte die Schultern. »Solange ich denken kann, ja. Mein Vater war immer mein großes Vorbild.«

Martha nickte. »Das kann ich mir vorstellen. Einen Polizisten als Papa hätte ich sicher auch ziemlich cool gefunden. Und was ist mit deiner Mutter? Was macht sie beruflich?«

Birol merkte, wie sich seine Wirbelsäule verkrampfte. Er mochte es nicht, wenn ihn jemand nach seiner Mutter fragte. Die Frau, die ihn wohl den Rest seines Lebens nicht in Ruhe und Frieden lassen würde, die schon nach ihm schrie, wenn er nur zur Tür reinkam und seine Brüder und Cousins über den grünen Klee lobte, weil sie »etwas für die Familie« taten. Elif Celik verschloss gerne die Augen vor den kriminellen Machenschaften der anderen Familienmitglieder. Ihr war es vollkommen egal, woher das Geld für das Essen und die Kleidung, woher die passenden Ehefrauen für die Jungs bzw. die Männer für die Mädchen kamen – solange es alles gläubige Muslime und am liebsten natürlich noch Türken waren, die aus »guten Familien« stammten. Das verstand sich ja wohl von selbst. Er wollte gar nicht darüber nachdenken, was seine Mutter sagen würde, wenn er eines Tages Martha nach Hause brachte. Was nicht passieren würde. Schließlich saßen sie hier nur als zwei Kollegen zusammen nach einem Einsatz und aßen Falafel. Nicht mehr und nicht weniger. Außerdem wollte er sein Zuhause eigentlich niemandem zeigen. Schon gar nicht ihr. Was würde sie nur sagen, wenn sie das Zimmer sehen würde, in dem er bis heute schlief?

»Hey, hab ich was Falsches gefragt?«

Birol schüttelte den Kopf, als wollte er eine lästige Fliege vertreiben. In Wahrheit versuchte er, seine Gedanken damit wieder geradezurücken. Manchmal klappte das sogar – meistens allerdings nicht.

»Nein, es ist nur …« Er räusperte sich und suchte nach den richtigen Worten. »Meine Mutter arbeitet nicht.«

Martha ließ ihr Sandwich sinken. In ihrem Gesicht stand die pure Überraschung. Birol wusste, wieso. Es galt als sehr rückständig in der

heutigen Zeit, nicht arbeiten zu gehen. Menschen, die keine Arbeit hatten, aren oft ungebildet oder kriminell. Er wappnete sich gegen das, was nun kommen musste, doch alles, was Martha schließlich sagte, war:»Ach so. Und deine Geschwister? Was machen die so?«
Birol kratzte sich am Kopf. Er wusste einfach nicht, was er sagen sollte. Wäre es besser, sich jetzt in Ausflüchte zu retten, ein paar Allgemeinplätze von sich zu geben und rüber ins Präsidium zu gehen? Leichter für ihn wäre es auf jeden Fall. Aber dann würde sie ihn vielleicht nie wieder so ansehen ...
Er holte tief Luft.»Über meine Familienmitglieder rede ich normalerweise nicht so gerne. Sie sind ...« Birol suchte nach den richtigen Worten. Es war so schwer, überhaupt an sein Privatleben zu denken. Manchmal kam es ihm vor wie ein Paralleluniversum.
»... fast alle kriminell«, stieß er schließlich hervor, und Martha rutschte ihr Sandwich aus der Hand und fiel mit einem feuchten, satten Geräusch zurück auf den Teller. Jetzt, da war er ziemlich sicher, war er bei ihr unten durch.
»Ernsthaft?« Ihre Augen wurden immer größer und so rund wie Untertassen.
»Ja, ernsthaft. Also, die Mädchen nicht, die halten nur den Mund. Aber ich habe zwei ältere und zwei jüngere Brüder, acht Cousins und drei Neffen, die von Drogenhandel über Einbruchsdiebstahl, Zuhälterei und Körperverletzung so ziemlich alles auf dem Kerbholz haben, was man sich so vorstellen kann.«
»Wahnsinn!« Gedankenverloren leckte Martha ihre Fingerspitzen ab, und Birol rutschte auf seinem Stuhl hin und her. Um Martha nicht ansehen zu müssen, ließ er seinen Blick durch den Raum schweifen und wurde von Ajub, dem Betreiber der Dönerbude, komplizenhaft angegrinst. Der dachte wohl, sie hätten hier ein richtig vielversprechendes Date. Tja. Hoffentlich verpetzte er Birol nicht bei einem seiner vier Brüder, acht Cousins oder drei Neffen. Er hatte keine Lust, ausgerechnet von denen ausgefragt zu werden. Zum Glück kamen sie, trotz des guten Essens, nur selten hierher. Der Käfig erzeugte eine Art negatives Gravitationsfeld, von dem sich gewöhnliche Verbrecher eher abgestoßen fühlten.

»Das muss ziemlich hart für dich sein«, sagte Martha nun und nahm das Kauen wieder auf.

Birol lachte. »Nun, die anderen finden, dass es eher hart für sie ist, mit einem Polizisten leben zu müssen. Ich bin das schwarze Schaf der Familie.«

Martha zog die Brauen hoch und grinste. »Wohl eher das weiße Schaf!«

Birol nahm kopfschüttelnd noch einen Schluck Tee. »Wenn du es so sagst, klingt es beinahe schon lustig.«

»Manchmal hilft es, Dinge ins Lächerliche zu ziehen, die sonst nicht zu ertragen wären.« Sie zuckte die Schultern.

»Und wie hat dein Vater damit gelebt?«

Hatte diese Frau einen eingebauten Detektor für wunde Punkte? Er verzog gequält das Gesicht. In dem Moment schob Martha ihre Hand ohne Vorwarnung über den Tisch und ergriff seine. Er hatte das Gefühl, vom Blitz getroffen worden zu sein.

»Wenn du nicht darüber reden möchtest, ist das okay.« Sie senkte beschämt den Blick. »Manchmal bin ich einfach zu neugierig.«

»Nein, ist schon gut. Ich habe einfach nur bis heute mit niemandem darüber geredet.« Er holte tief Luft. »Als Baba noch am Leben war, haben es meine Brüder nicht ganz so bunt getrieben. Der Respekt vorm Vater ist groß in unserer Kultur. Aber meine Cousins haben natürlich trotzdem dafür gesorgt, dass sie das eine oder andere Ding drehten. Seit er tot ist, sind sie voll im Geschäft. Ich habe keine Ahnung, wie viel mein Vater von den Machenschaften der Jungs mitbekommen hat. In unserer Familie wird über so was nicht gesprochen.«

Martha lächelte. »Familien sind das Komplizierteste auf der Welt, richtig?«

»Richtig. Allerdings finde ich die Arbeit im Käfig auch nicht gerade unkompliziert.« Warum hatte er das gerade gesagt? Birol wurde das Gefühl nicht los, sich überhaupt nicht mehr unter Kontrolle zu haben.

»Das ist mir auch schon aufgefallen, spätestens heute Nacht. So habe ich mir die Polizei eigentlich gar nicht vorgestellt.«

Birol schnaubte. »Da sind wir schon zwei. Als ich noch nicht im

Dienst war, habe ich die Polizei idealisiert. Jetzt wünschte ich manchmal, ich hätte einen anderen Beruf ergriffen.«

Martha nickte. Inzwischen hatte sie doch tatsächlich aufgegessen und pickte mit der angefeuchteten Spitze ihres Zeigefingers die Krümel und Soßenkleckse vom Teller. Könnte sie vielleicht bitte damit aufhören? Wie sollte er sich denn bei dem Anblick konzentrieren?

»Und die Kollegen tun nichts, um herauszufinden, wer deinen Vater wirklich ermordet hat?«

»Ich habe nicht den Eindruck. Sie sagen, es sei einer von den illegalen Cheatern gewesen und Ende. Die sind schwer aufzuspüren, leben im Untergrund. Außerdem sind sie nicht miteinander vernetzt, es gibt kaum eine Szene, in der man ermitteln könnte.« Er schüttelte den Kopf. »Doch sie haben es nicht einmal versucht.«

Martha drückte seine Hand. »Und du? Hast du es denn versucht?«

Birol schüttelte traurig den Kopf. »Ich habe es mir vorgenommen. Wirklich. Aber ich weiß nicht, wie ich ohne Hilfe der Kollegen irgendwas erreichen soll. Wo ich anfangen soll.«

Martha tupfte sich mit der Serviette den Mund ab und ließ sie dann elegant auf den Teller fallen. Die Art, wie sie sich bewegte, konnte den Eindruck erwecken, sie befände sich in einem Sternerestaurant und nicht in Birols liebster Imbissbude.

»Weißt du was? Ich helfe dir!«

»Was?« Damit hätte er wohl zuletzt gerechnet. Auch, weil er keine Ahnung hatte, was eine junge Auszubildende, die gerade einmal den dritten Tag bei der Berliner Polizei war, ausrichten konnte. Aber die Geste rührte ihn. Zum ersten Mal seit einer halben Ewigkeit fühlte er sich nicht mehr so allein.

»Das wäre großartig«, stieß er hervor, nachdem Martha sehr ernst genickt hatte. »Es wäre schön, Hilfe zu haben.«

Sie drückte noch einmal seine Hand, dann ließ sie los.

»Ist doch klar. Dafür sind wir ein Team, oder nicht?« Martha strahlte und entblößte dabei eine Reihe ihrer perfekten weißen, geraden Zähne.

Und da, ganz plötzlich, in diesem Moment, wurde Birol regelrecht leicht ums Herz. Er begann, wieder an eine Zukunft zu glauben, in der er nicht mehr wütend war.

RAVEN

»Auf einer Skala von eins bis zehn – wie tief stecken wir in der Scheiße?«

Raven saß auf der Behandlungsliege in Spencers Studio und ließ sich von ihm die Wunden behandeln. Eigentlich hasste sie den brennenden Schmerz, der vom Desinfektionsmittel verursacht wurde, doch heute kam er ihr gerade recht. Sie war so wütend, dass sie einfach nicht mehr wusste, wohin mit sich. Schmerz war da eine willkommene Abwechslung.

»Hundert«, presste Raven zwischen den Zähnen hervor. Den Mund konnte sie nicht richtig öffnen, weil sich Spencer gerade an ihren geschwollenen Lippen zu schaffen machte.

»Und wieso wir?«, schob sie noch trotzig hinterher, und Spencer ließ den blutigen Wattetupfer sinken.

»Rave, wie lange willst du eigentlich noch so tun, als wäre ich nur so ein Typ, den du auf irgendeinem Wühltisch gefunden hast?«

Raven legte fragend den Kopf schief. Sie hatte keine Lust auf ein solches Gespräch. Eigentlich wollte sie überhaupt nicht reden. Vom Hieb mit dem Schlagstock dröhnte ihre gesamter Schädel, ihr rechtes Ohr pfiff überlaut und sowohl ihre Lippe als auch die rechte Braue brannten wie Feuer.

Spencer drehte sich zum Küchenbuffet um, in dem sie ihre gesamte medizinische Ausrüstung aufbewahrten, und begann, in einer der Schubladen herumzuwühlen.

»Ich meine ja nur. Wir arbeiten zusammen, wir gehen zusammen ins Bett. Jedem, der mich fragt, erzähle ich, dass ich eine Freundin habe. Und manchmal frage ich mich, ob du das genauso machst.«

Er drehte sich zu ihr um und hielt eine kleine, zerfledderte Pappschachtel hoch. »Der Riss ist ziemlich tief. Soll ich klammern?«

»Kleben?«, fragte Raven.

»Weißt du, was Wundkleber kostet? Der letzte Monat war nicht so gut, wir konnten uns keinen leisten.«

Raven nickte. Es behagte ihr zwar nicht, die Lippe von Spencer klammern zu lassen, aber sie hatte wohl keine Wahl, und obwohl ihr nach Motzen zumute war, wollte sie nicht ihre ganze Laune an dem einzigen Menschen auslassen, der momentan zu ihr stand und ihr zudem gerade die Wunden versorgte. Auch ihre Dummheit hatte Grenzen.

Spencer begann, das Klammerpflaster aus der Verpackung zu fummeln. Seine Schultern zogen sich dabei zusammen, und Raven wusste, dass sich gerade etwas in ihm zusammenbraute.

»Weißt du, ich stehe immer zu dir. Begebe mich ständig in Gefahr für dich. Halte den Mund, erzähle niemandem, was für ein abgefahrenes und cooles Zeug wir hier machen, dabei könnte das einige meiner Kunden ebenfalls brennend interessieren. Ich tue, was du sagst. Fahre zur Uni, besorge den Kram, kümmere mich um die Kunden, rede mit ihnen, weil du nicht willst. Tupfer, Klemme, absaugen. Manchmal fühle ich mich nicht wie dein Freund, sondern wie deine gottverdammte Krankenschwester! Ich tue immer, was du sagst, halte mich an deine Regeln. Versuche, dich nicht einzuengen, nicht zu klammern ...« Er grinste schief und blickte auf die Klammern in seiner Hand. »Du weißt, was ich damit meine.«

Er machte einen Schritt auf sie zu, hob ihr Kinn erstaunlich sanft an und setzte ihr das Pflaster auf den Riss in der Lippe.

»Ich tue das, weil ich dich trotz allem liebe, Raven. Das tue ich wirklich.«

Raven wusste das, auch wenn sie keine Ahnung hatte, warum Spencer sie liebte. Sie tat nicht unbedingt viel dafür, was nicht fair war. Die ganze Beziehung zu ihm war nicht fair. Auch, dass ihr gerade in diesem Augenblick nur ätzende Bemerkungen auf der Zunge lagen anstatt liebevolle Worte, die ihn beruhigen konnten. Raven hatte keine Ahnung, warum, aber mit Spencer hatte sie eine verdammt kurze Lunte. Manchmal glaubte sie, das war so, weil sie konnte. Weil sie Macht über ihn hatte. Der Gedanke behagte ihr überhaupt nicht. Vor allem, weil er sich sehr, sehr wahr anfühlte.

Spencer stand vor ihr wie ein kleiner Schuljunge. Mit hängenden Schultern und viel zu langen Armen. Er biss sich auf die Unterlippe und wirkte überhaupt nicht mehr so wie der Typ, der auch vor den hartgesottensten Verbrechern keine Angst hatte.

»Liebst du mich denn auch?«

Ravens Brust wurde eng. Sie war kein Mensch, der gerne log – eigentlich zog sie es vor, einfach zu schweigen. Doch in diesem Fall ging das nicht. Ohne dass sie es wollte, hatte sie sich bei Spencer in eine Abhängigkeit begeben, aus der sie nicht so einfach rauskam. Denn er hatte recht. Sie war nur sicher, solange er für sie schwieg. Solange er sich bedeckt und im Hintergrund hielt. Und gerade jetzt, wo es jemand auf sie abgesehen hatte, der zu allem bereit war, durfte sie ihn nicht verletzen. Verletzte Tiere waren am gefährlichsten. Raven saß in der Falle. Schon wieder.

Sie rang sich ein schmerzhaftes Lächeln ab. »Natürlich tue ich das«, sagte sie heiser. Es klang so lauwarm, wie es sich anfühlte, doch für Spencer schien es genug zu sein. Mit einem breiten, erleichterten Grinsen zog er sie an sich.

»Das ist gut«, nuschelte er in ihre Haare. »Wenn du mich verlassen würdest, wüsste ich nicht, was ich tun würde.«

Es war vielleicht ein harmloser Satz, doch Raven konnte nicht anders, als eine Drohung herauszuhören. Ein Versprechen, dass eine Trennung Konsequenzen für sie haben würde. Ihr wurde kalt.

Sie hatte Spencer immer als vollkommen harmlos empfunden. Ein netter Teddy mit treuen, dunklen Augen, der ihr hinterherlief und tat, was sie sagte. Doch gerade in diesem Augenblick, als sie sich von ihm umarmen ließ, fühlte sie, wie stark seine Muskeln sich unter der Haut abzeichneten, merkte, wie groß er war. Dass es nichts gab, was sie ihm körperlich entgegenzusetzen hätte, wenn sie müsste.

Spencer schob seine Hände unter ihr T-Shirt, und ihr Atem ging flacher. Sie zwang sich, an etwas anderes zu denken. An Reisen, die sie noch machen, Länder, die sie noch sehen wollte. Raven war froh, dass sie ihn gerade nicht küssen konnte.

Plötzlich klopfte es laut an der Tür, und sowohl Raven als auch Spencer zuckten zusammen.

»Erwartest du einen Kunden?«, flüsterte Raven.

Spencer runzelte kopfschüttelnd die Stirn.

»Wer ist da?«, rief er, noch bevor Raven ihn davon abhalten konnte. Bilder der von Messerwunden durchlöcherten Livia schossen ihr durch den Kopf, und sie fühlte, wie ihr Puls sich beschleunigte.

»Ich bin's, Nina«, hörte sie kurz darauf die gedämpfte Stimme ihrer Freundin. Auch wenn Nina nicht gerade freundlich klang, war Raven doch erleichtert.

Spencer warf Raven einen fragenden Blick zu, und sie nickte matt.

Kaum hatte er die Tür geöffnet, rauschte Nina auch schon in das große Zimmer hinein. Sie würdigte Spencer keines Blickes, sondern stürzte sich direkt auf Raven.

»Was zu Hölle war das eben?!«, schrie sie. Ihre Stimme überschlug sich, und Raven bemerkte, dass sich unter ihrer dunklen Haut zwei kirschrote Kreise auf den Wangen abzeichneten. So hatte sie Nina wirklich noch nie gesehen.

Raven hob müde den Kopf, und Nina blieb abrupt stehen und riss erstaunt die Augen auf.

»Und was um alles in der Welt ist mit dir passiert?« Sie verschränkte die Arme vor der Brust. »Hat dir einer von unseren Jungs noch einen mitgegeben?«

Raven schüttelte den Kopf. »Polizist mit Schlagstock«, nuschelte sie. Dabei brannte ihre Lippe wie Feuer, und sie fühlte, wie das Klammerpflaster an ihrer Wunde riss.

»Wie bitte? Aber du ...« Nina musterte Raven von oben bis unten. Sie trug noch immer die letzte Schicht Polizeiuniform.

»Du bist doch auch eine von denen!«

Was sie hierauf erwidern sollte, wusste Raven nicht. Irgendwie hatte Nina ja recht, irgendwie auch nicht. Also zuckte sie die Schultern.

»Ist das alles, was du dazu zu sagen hast?«

Raven zeigte auf ihre Lippe. »Geht nicht«, murmelte sie.

»Ach, das ist doch scheiße! Ich will jetzt wissen, was hier läuft!«

Raven schickte Spencer einen hilfesuchenden Blick zu, und dieser trat näher an die beiden Frauen heran.

»Raven wurde zum Strafdienst bei der Berliner Polizei verurteilt. Weil sie versucht hat, eine Polizistin zu beklauen.«

Nina schnaubte. »Was?« Ihr Blick bohrte sich in Ravens gesenkten Kopf.

Raven nickte. Sie fühlte sich gerade wieder genau wie bei ihrer Gerichtsverhandlung. Klein und schwach, während andere über sie urteilen durften. Und sie hasste es.

Spencer zog mit einer Hand den Rollhocker heran, auf dem er sich immer zum Arbeiten niederließ, und bedeutete Nina, sich zu setzen, woraufhin diese sich schwer und ungewohnt unelegant auf das verschlissene Lederpolster fallen ließ.

»Nina, es war wirklich nicht ihre Idee. Sie hatte keine andere Wahl!«

»Das ist doch scheiße!«, wiederholte Nina, doch zu Ravens Überraschung schien sie sich allmählich zu beruhigen.

»Ja, das sagtest du bereits. Und glaub mir: Wir haben auch nicht gerade die Zeit unseres Lebens«, bemerkte Spencer trocken. Er hatte die Arme verschränkt und sich in einigem Abstand an die Wand gelehnt.

Nina und er hatten einander noch nie sonderlich gemocht, das wurde in diesem Moment mal wieder allzu deutlich. Sie musterten sich gegenseitig wie sich umkreisende Kampfhunde.

»Aber warum hast du mir denn nichts davon gesagt?«, fragte Nina nun, und ihre Stimme klang ein wenig verzweifelt.

»Hab mich geschämt. Hab gehofft, ich könnte das geheim halten.«

»Hm. Und was sagt Dark dazu?«

Raven verzog das Gesicht. »Weiß noch nichts davon.«

Nina schnalzte mit der Zunge. »Das wird nicht lange so bleiben, fürchte ich. Falls es dir entgangen ist: Eugene und Mikael waren eben mit uns unten in den Ställen. Sie werden es deinem Boss wohl wissen lassen. Und damit du Bescheid weißt: Sie sind überhaupt nicht glücklich mit dir. Du hast bis auf Weiteres Hausverbot. Eugene und Mikael werden sich nach einem neuen Laufburschen umsehen.«

Raven schloss für einen Moment die Augen. Woran merkte man eigentlich, dass man gerade zusammenbrach?

Sie hörte, wie Nina aufstand. »Ich bin gekommen, um dich zu warnen. Weil Freundinnen das so machen. Und egal, wie sauer ich auf dich bin, möchte ich doch nicht, dass du die Nächste bist, die irgendwo im Gardens verblutet.«

»Danke«, murmelte Raven und fühlte sich mit einem Mal sehr schuldig. Wenn es stimmte, was Nina sagte, dann war es für sie gefährlich, überhaupt nach Raven zu suchen, geschweige denn, sie zu warnen.

Sie hob den Blick und sah Nina an. »Ist schon gut«, sagte diese müde. »Ich hab einfach keinen Bock, noch jemanden zu verlieren.«

»Klar.«

Nina zeigte mit einem ihrer perfekt manikürten Fingernägel auf Raven. »Aber egal, in was für einem Mist du da gerade drinsteckst: Halt mich da raus, ja? Wehe, du steckst der Polizei was über mich. Dann reiße ich dir höchstpersönlich das Herz aus der Brust und esse es mit Speck und Zwiebeln.«

Raven schmunzelte. »Sehr kultiviert.«

Auch Ninas Mundwinkel zuckten, doch sie verkniff sich ein Lächeln. »Ich meine es ernst.« Dann schüttelte sie den Kopf. »Eigentlich hatte ich immer gedacht, dass du mir sehr ähnlich bist. Eine, die weiß, wie man überlebt. Eine, die die Fresse halten kann. Jetzt bin ich mir da nicht mehr so sicher.«

Ich auch nicht, dachte Raven, doch sie zuckte nur erneut die Schultern.

»Also dann.«

Nina stand auf und verließ die Wohnung deutlich leiser, als sie gekommen war.

Eine Weile schwiegen Raven und Spencer. Mit den Kopfschmerzen, die sie plagten, konnte Raven kaum klar denken. Doch irgendwann fiel ihr etwas auf.

»Woher wusste Nina eigentlich, wo du dein Atelier hast?«, fragte sie. Ihre Lippe war mittlerweile wieder aufgerissen, das fühlte sie, also war es eigentlich auch schon egal, wie viel sie sprach.

»Ich hab ihr mal ein Tattoo gestochen«, sagte Spencer leichthin.

Das war eine Überraschung. »Ach, echt?«

»Ja, warum auch nicht?«

Weil ich niemanden kenne, der seinen Körper so liebt und pflegt wie Nina. Weil kaum jemandem gute Qualität so wichtig ist wie ihr. Und weil jeder im Gardens weiß, dass deine Tattoos grottenschlecht gestochen sind und eigentlich nur Typen zu dir gehen, die gerade frisch aus dem Gefängnis kommen oder Bock auf einen schlechten Scherz haben. Das alles dachte sie. Doch sie sagte nichts von alldem.

»Klar, warum nicht?«, antwortete sie stattdessen. Und fühlte, dass sie Spencer nicht glaubte. Was auch bedeutete, dass sie Nina nicht mehr trauen konnte.

Sie selbst hatte niemandem von diesem Atelier direkt gegenüber vom Club erzählt. Und wenn Spencer, wie sie vermutete, Nina kein Tattoo gestochen hatte, dann musste es eine andere Erklärung dafür geben, dass sie von diesem Ort gewusst hatte. Und das gefiel Raven ganz und gar nicht.

Es gab keine Skala, auf der man die Scheiße messen konnte, in der sie gerade steckte.

LAURA

Sie bewegte sich wie in einem fremden Körper. Seitdem sie den kleinen Imbiss verlassen hatten, stand Laura regelrecht neben sich, jagte den klaren Gedanken nach, die doch irgendwo zu finden sein mussten! Doch wenn es sie gab, dann streiften sie ihr Bewusstsein lediglich kurz, bevor sie sich wieder verabschiedeten.

Sie konnte nur daran denken, was sie gerade erfahren hatte. Dass der tote Polizist, Can Celik, den zu suchen sie nach Berlin gekommen war, Birols Vater gewesen war.

Die Art, wie Birol über ihn gesprochen hatte, hatte Laura ein ganz anderes Gefühl für den Mann gegeben, dem sie wie ein Phantom hinterhergejagt war. Nun dachte sie über ihn als warmherzigen Menschen, der ein guter Polizist gewesen war und seinen Sohn geliebt hatte. Der in seiner Familie nun schmerzlich vermisst wurde.

Verdammt, verdammt, verdammt.

Ein klares Feindbild war so viel praktischer. Sie hätte nicht gedacht, dass die ganze Sache überhaupt komplizierter werden könnte. Und um allem jetzt noch die Krone aufzusetzen, fühlte sie sich in Birols Nähe so ... so ... glücklich. Sicher. Geborgen. Überhaupt so gut, wie sie sich noch nie in der Nähe eines Mannes gefühlt hatte.

Laura wusste, dass sie gerade an der perfekten Katastrophe bastelte. Denn was, wenn Birols Vater etwas mit Fennes Tod zu tun gehabt hatte? Was, wenn sie sich gerade verliebte? Was, wenn sie während der Ermittlungen etwas herausfand, was sie gar nicht finden wollte – sollte sie weiter und immer weiter bohren?

Ein Teil von ihr hatte nicht übel Lust, einfach Martha zu bleiben, den Fall Fall sein zu lassen und tatsächlich die Ausbildung bei der

Berliner Polizei durchzuziehen. Als wäre sie wieder siebzehn und all das in Hamburg niemals passiert. Drei ungeschehene Jahre. Der Gedanke war verlockend. Die Vergangenheit einfach auslöschen wie eine Kerze. Dort war ohnehin nur Schmerz zu finden. Und grenzenlose Einsamkeit.

Jetzt gerade fühlte sie sich zum ersten Mal seit einer Ewigkeit nicht mehr einsam. Und das lag an Birol. Und sogar ein bisschen an Raven, dieser kratzbürstigen weißen Frau, die Laura so faszinierend fand. Die sie zum Lachen brachte und sie ohne viele Worte zu verstehen schien. Oder vielmehr: zu durchschauen.

Berlin war ihr in sehr kurzer Zeit viel stärker ans Herz gewachsen, als sie jemals vermutet hätte. Und nun war sie verstrickt. Laura hatte sich immer für einen kühlen Kopf gehalten, doch die Wahrheit war vielleicht, dass sie keinen kühlen Kopf, sondern einfach ein kaltes, nordisches Herz gehabt hatte, das nur jemand hatte aufwärmen müssen. Und schon war sie nicht mehr in der Lage, geradeaus zu denken. Wunderbar. Und dabei hatte sie sich ein Leben lang auf ihren analytischen Geist verlassen.

Der Schlafmangel tat natürlich sein Übriges, ihr den Geist zu vernebeln, und sie hatte nicht übel Lust, einfach alles darauf zu schieben und zu hoffen, dass morgen die Welt schon wieder anders aussehen würde. Doch ganz verblödet war sie nun auch wieder nicht. Auch wenn es momentan so aussah.

Mit viel Mühe unterdrückte Laura ein Gähnen. Es ging auf sieben Uhr morgens zu, und sie saß bereits in ihrer zweiten Vernehmung. Nicht Birol hatte sie mitgenommen, sehr zu ihrer Enttäuschung, sondern ein langweiliger, altgedienter Kollege namens Roland oder Rowald oder Ronald. Sie konnte sich nicht mehr erinnern. Ihm schien die Aufgabe zuzufallen, die langweiligsten Kandidaten mit Standardfragen zu überschütten, sie erkennungsdienstlich zu behandeln und dann nach Hause zu schicken. Zumindest bei den beiden, die sie bisher vernommen hatten, war schnell klar gewesen, dass es sich schlicht um unbescholtene Gäste des Clubs gehandelt hatte, die sich nur die falsche Nacht zum Tanzen ausgesucht hatten. Zu holen war bei denen ganz sicher nichts.

Der junge Kerl, der momentan auf einem der schäbigen Polsterstühle mit ihnen im Raum saß, hatte Mühe, überhaupt noch die Augen offen zu halten. Sie konnte es ihm nicht verdenken.

Ihre Gedanken wanderten zurück zu Birol und seinem Vater. Was sollte sie bloß machen? Wenn sie Can Celiks Spur weiter verfolgte, würde sie Birol früher oder später wohl Rede und Antwort stehen müssen. Und das, so war sie sich sicher, würde ihre wie auch immer geartete Beziehung zerstören.

Einfach darauf ansprechen und ihn in ihre Gedanken mit einbeziehen konnte sie auch nicht. Laura hatte gesehen, wie Birols Augen geleuchtet hatten, als die Sprache auf seinen Vater gekommen war. Es war deutlich, dass Birol seinen Vater auf ein Podest gehoben hatte und ihn diese übergroße Figur überhaupt am Laufen hielt. Er wollte so sein wie sein Vater. Rechtschaffen und gut. Laura hatte nicht das Herz, Kerben in dieses Bild zu schlagen. Doch sie konnte die Sache auch nicht auf sich beruhen lassen, dafür war sie schon viel zu weit gegangen.

»Frau Kollegin?« Laura zuckte zusammen, als sie merkte, dass der Polizist, der bis hierher die Vernehmung alleine geleitet hatte, sie verärgert ansah.

Sie richtete sich leicht beschämt in ihrem Stuhl auf und versuchte, aufmerksam auszusehen.

»Ja?«

»Ich möchte wissen, ob Sie noch eine Frage an Herrn Anderson haben.«

Laura tat so, als müsste sie kurz darüber nachdenken, dann schüttelte sie den Kopf. »Nein, ich denke nicht.« Sie kramte das strahlendste Lächeln hervor, das sie finden konnte. »Sie haben alle relevanten Fragen gestellt. Ich bin ja nur hier, um von Ihnen zu lernen.«

Volltreffer. Sofort veränderte sich der Gesichtsausdruck des Kollegen. Er wurde weicher, gütiger, während sich seine Schultern strafften. Es war dermaßen leicht, Menschen mit ein paar kleinen Schmeicheleien um den Finger zu wickeln, dass es beinahe schon wehtat.

»Gut«, sagte der ältere Polizist zum Verhörten. »Das war alles. Gehen Sie nach Hause und ruhen Sie sich aus. Falls Ihnen doch noch etwas einfällt, melden Sie sich bitte.«

Der junge Mann verließ den Raum, und Laura bat darum, vor der nächsten Vernehmung auf die Toilette gehen zu dürfen. Wenn sie nicht bald ihren Kreislauf ein wenig in Schwung brachte, konnte sie für nichts garantieren.

Auf dem Flur kam sie an einem der anderen Vernehmungsräume vorbei. Fast alle hatten ein kleines Fenster in der Tür, durch das man hineinsehen konnte, ohne von innen bemerkt zu werden.

Neugierig spähte Laura hinein, hauptsächlich um zu erfahren, ob sich Birol darin befand. Doch es war nicht Birol, dafür erkannte sie sofort den jungen Mann wieder, dessen Verhaftung Raven so aus der Fassung gebracht hatte. Cristobal?

Der Lateinamerikaner saß zusammengesunken am Tisch und ließ den Kopf hängen, während zwei Beamte pausenlos auf ihn einredeten. Vor ihm lagen ein Blatt Papier sowie ein Stift, doch Cristobal hatte noch nichts geschrieben. Auch schien er die beiden Beamten, die mit ihm im Raum waren, kaum zu bemerken.

Zwar konnte Laura nichts hören, doch alleine der hochrote Kopf, die hervortretenden Adern sowie die ganze Körperhaltung des einen Beamten verrieten ihr, dass er aus vollem Hals brüllte. Laura schüttelte den Kopf. Das würde doch überhaupt nichts bringen!

»Was schnüffelst du denn hier rum?«

Sie zuckte zusammen und drehte sich hastig um, doch Birol, der mit einer dampfenden Kaffeetasse in der Hand hinter ihr stand, lächelte nur. Trotzdem fühlte Laura, wie die Hitze der Scham ihr kirschrote Kreise auf die Wangen tupfte. Mist.

»Ich wundere mich nur. Raven hat doch gesagt, dass Cristobal stumm ist und nicht schreiben kann. Ich frage mich, warum sie trotzdem auf ihn einbrüllen, als sei er ein bockiges Kind.«

Birol trat neben sie an die Scheibe und beobachtete die ganze Szene. Dann seufzte er und kratzte sich am Kopf.

»Tja, das sieht wirklich nicht gut aus, oder?«

»Vielleicht würde es ja helfen, jemanden kommen zu lassen, der ihn versteht?«, schlug Laura vor, doch Birol winkte ab.

»Die einzigen Menschen, auf die das wahrscheinlich zutrifft, sind die Angestellten des Gardens. Und die könnten uns alles Mögliche erzählen. Zu dumm, dass er keine Gebärdensprache beherrscht. Dafür haben wir einen Dolmetscher hier.«

Laura schnaubte frustriert. »Aber kann man ihn dann nicht wenigstens in Ruhe lassen? Haben wir überhaupt Beweise gegen ihn?«

»Ich habe nicht die geringste Ahnung!« Sie runzelte die Stirn. »Warum eigentlich nicht? Ich dachte, das ist unser Fall?!«

Birol nahm einen Schluck Kaffee und sah auf einmal sehr traurig und ein bisschen verloren aus.

»Ja, das ist die große Frage, nicht wahr?« Ganz selbstverständlich hielt er Laura seine Tasse hin, die sie dankbar entgegennahm. Offenbar hatte Birol eine bessere Quelle als den Automaten im Erdgeschoss – dieser Kaffee hier war um einiges stärker als das Gebräu, von dem sie sich schon drei Plastikbecher voll in den Rachen gekippt hatte, ohne den geringsten Effekt zu bemerken. Laura legte ihre Hände um die Tasse und ertappte sich bei dem Gedanken, dass ihre Finger nun genau dort lagen, wo Birols Finger zuvor gelegen hatten.

»Um ehrlich zu sein, habe ich sowieso keine Ahnung, was die ganze Sache soll«, murmelte er nun gedankenverloren.

»Was meinst du damit?«

»Na ja. Bis letzte Woche habe ich noch bei den Drogendelikten gearbeitet. Ich bin völlig neu bei den Kapitalverbrechen, soll dann gleich ein Team leiten, das noch unerfahrener ist als ich selbst. Und dann wird uns noch ein Mord vor die Füße geklatscht, der nicht richtig bearbeitet wurde und am nächsten Tag vermeintlich gelöst wird. Von jemand anderem. Und wir wissen nicht einmal, wie. So sollte es eigentlich nicht laufen.«

Bei dieser Zusammenfassung stellten sich Lauras Nackenhaare auf. Ganz offensichtlich waren Birol, Raven und sie nur Marionetten in einem Spiel, das sie nicht verstanden. Man hatte unerfahrene Beamte eingesetzt, weil man sich sicher sein konnte, dass sie bei Unregelmäßigkeiten den Mund hielten.

»Ein Schelm, wer Böses dabei denkt«, murmelte sie nachdenklich.

Bei Kannenberg war es ähnlich gewesen. Natürlich hatten Fenne und sie sich gefreut, bei dem Fall mitarbeiten zu dürfen, aber so richtig verstanden hatten sie es nicht. Sie waren noch nicht einmal die besten ihres Jahrgangs gewesen. Laura wurde kalt, und sie umklammerte die Tasse noch fester. Was war hier los?

»Wir müssen herausfinden, ob es handfeste Beweise gegen Cristobal gibt«, sagte sie nun, und Birol verzog das Gesicht.

»Ach Martha, du hast ja keine Ahnung! Der Käfig ist ein Labyrinth, ständig läuft man hier gegen Wände. Wir werden niemanden finden, der uns hilft.«

Sie presste die Lippen aufeinander. »Dann helfen wir uns eben selbst. Wenn Raven recht hat und Cristobal unschuldig ist, dann geschieht hier gewaltiges Unrecht.« Sie hob den Blick und sah Birol direkt in die Augen. »Und zwar an einem der Schwächsten überhaupt. Er ist behindert. Er kann sich nicht verteidigen. Und niemanden wird es interessieren, wenn er unschuldig ins Gefängnis kommt, weil er zum Gardens gehört. Wird schon stimmen. Wird schon ein Verbrecher sein. Sind die doch alle.«

Birol nickte langsam. »Du hast recht. Natürlich. Manchmal vergesse ich, warum ich Polizist geworden bin.« Er lächelte sie an. »Und dann kommst du und erinnerst mich daran!«

Bei seinem Lächeln wuchs ein Kloß in ihrem Hals.

»Pass auf, wir bringen diese Verhöre noch hinter uns, und dann schmieden wir einen Plan, ja? Aber nur wir zwei, ich weiß nicht, inwiefern wir Raven damit trauen könnten, in Ordnung?«

Laura nickte.

»Kann ich mich auf dich verlassen?«

»Natürlich kannst du das!«

Sie meinte, was sie sagte. Doch nachdem Birol sich verabschiedet hatte und um die nächste Ecke gebogen war, fiel ihr auf, dass sie ihn angelogen hatte. Solange der Mord an Fenne nicht aufgeklärt war, konnte er sich nicht auf sie verlassen. Es ging einfach nicht. Allerdings lag es durchaus im Bereich des Möglichen, dass, wer immer Can Celik umgebracht hatte, auch der Mörder von Fenne war. Und sie Birol am Ende gar nicht hinterging, sondern ihm sogar dabei half, den Mord an seinem Vater aufzuklären. Laura war sich nur nicht sicher, inwieweit Birol bereit war, dafür das Bild, das er von dem Polizisten Can Celik hatte, über Bord zu werfen.

Sie nahm noch einen Schluck Kaffee. Birol hatte ihr die Tasse tatsächlich dagelassen. Auf eine merkwürdige Art machte es das noch schlimmer.

Doch es half ja alles nichts. Laura würde versuchen, Birol noch mehr Informationen über seinen Vater zu entlocken. Sein Vertrauen schien sie ja schon mal zu haben, es wäre töricht, das nicht zu nutzen.

Und dann würde sie weitersehen.

Birol war mit seinen Gedanken noch komplett beim Gespräch mit Martha, während er den Flur hinab zu seiner nächsten Vernehmung ging. Irgendwann zwischendurch fiel ihm auf, dass er seinen Kaffee offenbar bei ihr gelassen hatte. Ein Jammer, den hatte er sich bei Vincent mit viel Mühe erbetteln müssen. Aber was tat man nicht alles für eine schöne Frau?

Beim Gedanken an Marthas Idealismus musste er schmunzeln. Er hatte sich selbst in ihr wiedererkannt. Wie er vor gar nicht mal so langer Zeit noch gewesen war. Wann genau hatte er noch mal seinen Glauben an die Polizei verloren?

Doch eigentlich hatte sie recht – sie durften es nicht einfach so auf sich sitzen lassen, dass ihnen der Fall aus den Händen genommen wurde und zwei andere Beamte einen Verhafteten befragten, der plötzlich völlig aus dem Nichts aufgetaucht war.

Gedankenverloren pulte er abblätternde Farbe von der Wand. Manchmal ertappte er sich dabei, wenn er nachdachte. Das Gebäude lud aber auch dazu ein, an ihm herumzuknibbeln. Es war ein gutes Gefühl, wenn sich die alte Farbe in großen Placken löste.

Andere Beamte hätten Martha sicherlich als naiv abgetan und ausgelacht, doch er nicht. Es war natürlich leicht, andere kleinzumachen, aber Birol fand das feige. Zwar stellte es eine übliche Herangehensweise im Käfig dar, das hieß aber noch lange nicht, dass er sich hier seinen Kollegen anschließen musste.

Was er allerdings erstaunlich fand und was ihn auch in höchstem Maße verwirrte, war die Tatsache, dass Cristobals Verhaftung, ja, die ganze Razzia ihn kein bisschen wütend machte. Man hatte ihn bevor-

mundet und hintergangen, versucht, ihn mundtot zu machen, ihn als
Sündenbock missbraucht und einen Fall bearbeiten lassen, der niemals aufgeklärt werden sollte – und Birol hatte nicht die leiseste Ahnung, wieso das so war. Unter normalen Umständen würde er nun
kochen vor Wut; solche Vorgänge waren es, die ihm eigentlich den
perfekten Nährboden dafür lieferten. Doch er fühlte überhaupt
nichts. Nur die Wärme, die die Gespräche mit Martha hinterlassen
hatten. Der Müdigkeit nicht unähnlich, die er als Kind verspürt hatte,
wenn er sich einmal richtig ausgeheult hatte. Matt und leer, aber irgendwie zufrieden. Es war höchste Zeit gewesen, dass er mit jemandem über seinen Vater sprach. Gleich morgen würde er mit Martha
zusammen eine Strategie überlegen, um herauszufinden, was zu Cristobals Verhaftung geführt hatte. Sie mussten dabei sehr vorsichtig
vorgehen. Die Kollegen mochten es nicht, wenn jemand in »ihren
Angelegenheiten« herumschnüffelte. Vor allem nicht so ein paar
Jungpolizisten, wie sie es waren. Wenn diese Bezeichnung überhaupt
passte. Sie waren schon ein merkwürdiger kleiner Haufen.

Gott, er musste sich noch eine Strafe für Raven ausdenken. Wie
die ihn morgen ansehen würde, konnte er sich jetzt schon denken.
Aber er konnte sie doch nicht einfach so davonkommen lassen,
oder?

»Hey, ich bezahle dich nicht für Malerarbeiten!«, dröhnte eine tiefe Stimme hinter ihm, und Birol zuckte zusammen. Eine besonders
große Farbplacke löste sich und fiel mit einem gefühlt sehr lauten
Geräusch zu Boden.

Birol drehte sich um und sah sich seinem Chef gegenüber, der,
einen Arm in die Hüfte gestützt, hinter ihm stand.

»Streng genommen zahlst nicht du mich, sondern der Stadtstaat
Berlin«, sagte er und klang dabei patziger, als er beabsichtigt hatte,
doch Hinnerk Blume stieß lediglich ein dröhnendes Lachen aus.

»Sehr schlagfertig, Celik, ich muss schon sagen. Du hast deinen
Kopf echt nicht nur zum Haareschneiden, was?«

Birol zuckte verschämt die Schultern. Er mochte es nicht, wenn
Hinnerk ihn lobte. Warum das so war, wusste er allerdings auch
nicht so genau.

»Ich hab gehört, heute Nacht sind ein paar Dinge nicht so gelaufen, wie sie geplant waren. Vor allem dein kleines Team hat sich ein bisschen hervorgetan.«

Trotzig schob Birol das Kinn vor. »Nun, es hätte geholfen, den Plan vorher zu kennen, um nicht davon abzuweichen.«

Hinnerk trat ganz nah an Birol heran, so nah, dass er den feuchten Atem seines Chefs auf seinem Gesicht spüren konnte. Es kostete ihn einige Willenskraft, sich nicht wegzuducken.

»Dir hätte doch aber auch so klar sein müssen, dass es nicht im Sinne des Plans sein kann, mit einer Handvoll Leute bis ins dritte Untergeschoss des Clubs vorzudringen und dort quasi im Alleingang zwei Männer zu verhaften.«

»Das waren Cheater. Ich habe einen illegalen Kampf beendet! Außerdem war der eine gerade dabei, den anderen umzubringen.« Birol spürte, wie ihm die Hitze ins Gesicht stieg. Natürlich war er streng genommen nicht autorisiert gewesen, die Verhaftungen vorzunehmen, aber die Kämpfe waren hochgradig illegal.

»Ich glaube dir ja, mein Junge, aber das ändert doch nichts an der Tatsache, dass du da unten eigentlich überhaupt nichts verloren hattest. Deine Sonderaktionen wurden von einigen Kollegen bemerkt und gemeldet. Und ich muss mich jetzt damit rumärgern. Das sieht dir doch sonst gar nicht ähnlich, Celik. Soweit ich weiß, warst du nicht mal als Gruppenführer eingeteilt.«

»Nein«, grummelte Birol. Er wusste nicht, was es war, aber Hinnerk provozierte in ihm immer öfter den Drang, sich zu widersetzen. Ungünstig, immerhin war es sein Chef.

»Eben. Deine Aufgabe wäre es gewesen, auf deine beiden Mädels aufzupassen, aber auch das ist, soweit ich gehört habe, gründlich in die Hose gegangen.«

Birol massiert sich die Schläfen. »Raven kennt den Verhafteten. Sie ist eine verurteilte Kriminelle, wir hätten sie gar nicht erst mitnehmen dürfen. Es war absehbar, dass sie Verbindungen ins Utopia Gardens hat.«

Hinnerk runzelte die Stirn. »Meines Wissens ist sie nur eine gewöhnliche Diebin.«

»Nun, ganz offensichtlich ist sie das nicht!«, entgegnete Birol hitzig und bereute im nächsten Augenblick, dass er das gesagt hatte. Es lag ihm eigentlich nichts daran, Raven noch weiter reinzureiten. »Sie war sehr emotional. Im Zuge der Razzia wurde ein Elefant erschossen ...«

»Emily«, fiel Hinnerk ihm ins Wort. »Ich habe davon gehört.«

»Äh, ja. Offenbar hatte Raven eine innige Beziehung zu dem Tier. Und da ist sie einfach ausgetickt.«

Hinnerk legte den Kopf schief und lächelte nachsichtig. »Nun, ihr seid alle noch jung und habt noch viel zu lernen. Du hast recht, das Mädchen hätten wir nicht mit auf die Razzia nehmen dürfen. Und was dich betrifft ...«

Birol hob den Kopf und sah seinem Chef in die Augen. Es war erstaunlich, wie weit er dafür den Kopf in den Nacken legen musste. Hinnerk war einfach ein gewaltiger Fleischberg.

»Ich weiß, dass du Cheater nicht leiden kannst, Junge. Und jeder hier versteht das, ich allen voran. Aber du musst dich mit Alleingängen zurückhalten, wenn du von den anderen akzeptiert werden möchtest. Verstehst du das?«

Birol seufzte. Wahrscheinlich hatte Hinnerk sogar recht. Es war nicht klug, sich so hervorzutun. Vor allem nicht, wenn man mit seinem Team sowieso schon zum Gespött des Käfigs gehörte. Birol wollte Anerkennung für seine Arbeit und seine Position.

»Du hast ja recht, Chef. Es tut mir leid.«

Hinnerk grinste. »Wir alle machen Fehler, und du bist weiß Gott nicht der Einzige, der in dieser Nacht ein bisschen übers Ziel hinausgeschossen ist. Ich will ja nur sichergehen, dass du uns mitsamt deinem klugen Köpfchen noch ein bisschen erhalten bleibst.« Der Chef kratzte sich geräuschvoll an der Nase, wobei Hautschuppen auf sein Hemd rieselten wie zuvor die Farbschuppen von der Wand.

»Na, mal sehen, ob du ihn auch richtig einsetzen kannst, deinen klugen Kopf«, sagte Hinnerk dann und deutete mit dem Daumen hinter sich. »Dadrin in Vernehmungsraum fünf sitzt ein Kerl, an dem haben wir uns bisher alle die Zähne ausgebissen. Schweigt wie ein Grab.«

»Cristobal?«, fragte Birol müde. »Der wird euch nichts sagen, der ist stumm.«

»Ich meine doch nicht den kleinen Tierpfleger, der sitzt in der drei. Vielleicht bist du doch nicht so schlau. Na mal sehen. Jedenfalls kommt uns der Typ einfach nicht ganz sauber vor, aber er mauert. Schau mal, ob du was aus ihm rausbekommst.«

»Ich sollte jetzt eigentlich in die sieben.«

Hinnerk winkte ab. »Da schick ich jemand anders hin. Na los, mach hinne. Zeig, was du kannst. Der sitzt da schon seit drei Stunden und zeigt keinerlei Anzeichen von Erschöpfung. Vielleicht kannst du ihn ja knacken. Wenn nicht, dann kommt er eben in eine Zelle, bis er es sich anders überlegt hat.«

Birol nickte. »In Ordnung. Ich versuch mal mein Glück.«

Der Dezernatsleiter schlug ihm mit solcher Wucht auf die Schulter, dass Birol meinte, seine Wirbel ächzen zu hören.

»Das ist mein Junge. Gut, gut.«

Mit den Worten ging er auch schon weiter und verschwand im nächstbesten Büro.

Birol runzelte die Stirn. Irgendwie benahm sich sein Chef in letzter Zeit noch seltsamer als vorher. Aber vielleicht war auch der gesamte Käfig einfach nicht mehr ganz dicht.

Mit festen Schritten betrat er Vernehmungsraum fünf. Ihm fiel erst drinnen auf, dass Hinnerk ihm keinerlei Unterlagen zu dem Mann mitgegeben hatte, den er vernehmen sollte. Auf dem Tisch lagen auch keine Papiere. Merkwürdig. Wenn er schon so lange hier war, dann sollte doch irgendetwas über ihn dokumentiert sein. Aber wahrscheinlich war das wirklich nicht das Einzige, was in dieser chaotischen Nacht schiefgelaufen war, also wunderte Birol sich nicht weiter.

Der junge Mann, der an der kurzen Seite des abgewetzten Vernehmungstischs saß, hatte die Arme über der Brust verschränkt und den Stuhl ein Stück nach hinten gekippt. Als Birol noch ein Teenager gewesen war, hatte er auch gerne so dagesessen. Rebellische Körperhaltung, ein bisschen Gefahr. Typisches Adoleszenzgebaren. Nur dass der Mann hier sicher Mitte dreißig war. Sein kalkweißes Gesicht war von kreisrunden Aknenarben übersät, und die fettigen roten Haare, die er sich aus der Stirn gestrichen hatte, flankierten beachtliche Geheimratsecken.

Birol zog sich einen Stuhl heran, achtete aber darauf, möglichst viel Abstand zu dem Mann zu halten. Ihm fiel auf, dass es in dem Vernehmungszimmer ungewöhnlich warm war. Die Luft war abgestanden und fühlte sich an, als wäre sie schon von zig Leuten vorher geatmet worden. Dennoch trug der Mann eine Lederjacke, die vom Abnutzungsgrad perfekt zu den Polstern der Stühle passte. Das schwarze Leder ließ die Haut dieses Typen automatisch noch ungesünder wirken.

Er konnte verstehen, warum die Kollegen diesen Verhafteten besonders suspekt fanden. Er hatte hektisch blickende, wässrige und blutunterlaufene Augen, seine Finger waren ständig in Bewegung, jedes einzelne Nagelbett aufgebissen. Entweder war er auf Entzug, oder er war ungewöhnlich nervös. Während Birols Blick auf den Händen des Mannes ruhte, fiel ihm auf, dass sich auf beiden Handrücken hauchfeine, schnurgerade Narben befanden. Birol runzelte die Stirn. War der Kerl ein Cheater?

Egal. Er zog sein Tablet und den mittlerweile sehr lädierten Pen hervor und legte beides vor sich auf dem Tisch ab.

»Ich habe gehört, dass schon ein paar Kollegen hier waren, um mit Ihnen zu reden, aber offenbar wurden Sie erkennungsdienstlich noch nicht behandelt. Wie ist Ihr Name?«

Der Mann schwieg nur lächelnd und kippelte auf seinem Stuhl hin und her. Offenbar machte es ihm Spaß, nicht zu kooperieren. Solche Typen waren die Pest auf Rädern. Oftmals hatten sie gar nichts Relevantes zu erzählen, sondern machten sich einfach nur wichtig.

»Hat man Ihnen in drei Stunden noch nichts zu trinken angeboten?«, versuchte er es anders, und der Mann entknotete seine verschränkten Arme. Dabei knarzte das Leder seiner Jacke wie eine alte Tasche, und ein beißender Geruch, eine Mischung aus Kantinenessen und Terpentin, stieg Birol in die Nase.

»Ich lass mich nicht um den Finger wickeln von einem Bullen.«

Birol lächelte leicht. »Die Aufnahme von Flüssigkeit ist ein menschliches Grundbedürfnis und hat nichts mit Bestechung zu tun. Ich hätte Ihnen Wasser angeboten, keinen dreißig Jahre alten Scotch.«

Der Mann verzog das Gesicht, sodass eine eindrucksvolle Choreografie aus Falten entstand.

»Ich hasse Scotch.«

»Na, umso besser. Also kein Wasser?«

Der Mann schüttelte den Kopf.

»Dann noch mal von vorne: Wie ist Ihr Name?«

»Wenn ich für jedes Mal, das mir heute Nacht jemand diese Frage gestellt hat, Geld bekommen würde …«

»Sie haben mich wohl eben nicht richtig verstanden. Es liegt mir fern, Sie zu bestechen. Alles, was ich im Moment will, ist, dass Sie hier nicht so rumbocken, meine Fragen beantworten und wir beide nach Hause gehen können. Ich weiß nicht, wie es Ihnen geht, aber ich will ins Bett.«

»Zu Ihrer schönen Frau?«, fragte der Mann, und Gier blitzte in seinen Augen auf, die Birol überhaupt nicht gefiel. Die Vorstellung, wie der Kerl sich mit nacktem, bleichem Oberkörper über Martha beugte, verursachte ihm beinahe Brechreiz.

Aber das war ja sowieso Unsinn. Martha war nicht seine Frau, sondern seine Kollegin. Und ein Falafel-Date war noch keine Ehe. Er schlief nach wie vor in seinem Kinderbett, das so kurz war, dass seine Füße am unteren Ende über den Rand hingen. Und wenn sein jüngerer Bruder Ayup zu Hause war, schlief der auch noch mit im Zimmer. Lautstark.

»Ich wette, so ein Hübscher wie du hat ordentlich Schnitte bei einer Frau.«

Birol schnaubte. Der Typ legte es offenbar darauf an beziehungsweise fand Gefallen daran, anderen Menschen auf die Nerven zu gehen.

»Schnitte ist ein gutes Stichwort«, gab er zurück. »Was sind das da für Schnitte auf Ihren Handrücken?«

Der Mann strich sich gedankenverloren mit dem linken Zeigefinger über die Narbe auf der rechten Hand. Ein Linkshänder also.

»Das ist eine sehr intime Frage. Die würde ich doch niemandem beantworten, den ich noch nicht kenne.«

»Das kann ich gut verstehen. Ich rede auch nicht so gerne mit Leuten, die ich nicht kenne. Also verraten Sie mir einfach Ihren Namen, und wir können dieser Unterhaltung ein bisschen mehr Substanz verleihen.«

Um die Mundwinkel des Mannes kräuselte sich das nächste spöttische Lächeln. Der war ja zum Aus-der-Haut-Fahren!

»Verraten Sie mir doch erst mal Ihren!«

Birol zuckte die Schultern. »Ich habe nichts zu verbergen«, sagte er. »Mein Name ist Birol Celik, ich bin Kriminalkommissar hier im Käfig, Abteilung für Kapitalverbrechen.«

Die Reaktion des Mannes war erstaunlich. Zuerst verengten sich seine wässrigen Augen zu Schlitzen, dann grinste er übers ganze Gesicht, was Birol die Möglichkeit gab, neben einer Reihe gelber Zähne auch zwei Zahnlücken zu bewundern.

»Was?«, fragte er irritiert. Nun fing der Mann an zu lachen.

»Oh, heute ist mein Glückstag!«, rief er aus, und Birol bekam das Gefühl, der Typ habe den Verstand verloren. Für so was hatte er echt keine Zeit. Sollten sich doch andere mit dem Kerl rumschlagen, er hatte keine Lust mehr.

»Schön für Sie«, grummelte er. »Aber ich habe wirklich keinen Bock auf Ihre Spielchen.« Birol stand auf und schob den Stuhl geräuschvoll zurück an den Tisch.

»Ich werde draußen einem Kollegen Bescheid sagen, der Sie in eine gemütliche Zelle bringt. Sie verschwenden ja doch nur wertvolle Zeit.«

Der Mann schnalzte tadelnd mit der Zunge und schüttelte grinsend den Kopf.

»Du wirst nichts dergleichen tun, Birol Celik.«

Die Art, wie der Mann seinen Namen aussprach, jagte Birol einen Schauer über den Rücken. Er ließ ihn langsam, ja beinahe genüsslich über die Zunge rollen wie aufkommenden Donner.

»Ach nein?«

»Nein.« Der Mann beugte sich etwas vor und klopfte auf das Polster des Stuhls, der neben ihm stand.

»Du wirst dich jetzt schön wieder hinsetzen und ein bisschen mit mir plaudern. Dann wirst du einen Bericht schreiben, in dem steht, dass ich nichts getan habe, nur ein harmloser Mitbürger bin, der zur falschen Zeit am falschen Ort gewesen ist. Wir werden uns gemeinsam einen hübschen Namen für mich ausdenken, den wir in dein kleines Protokoll schreiben werden. Und dann werde ich hier rausspazieren.«

Nun war es an Birol zu lachen. Doch es war mehr ein vollkommen ungläubiges Lachen. Was dachte der Kerl eigentlich, wer er war?

»Das könnte Ihnen so passen. Ich hab jetzt echt genug.«

Er legte die Hand auf die Türklinke und hatte sie schon zur Hälfte heruntergedrückt, als er die Worte hörte, die alles auf einen Schlag veränderten.

»Ich weiß, wer deinen Vater umgebracht hat.«

MIKAEL

Wenn er eines hasste, dann war es, keine Kontrolle zu haben. Nicht zu wissen, was als Nächstes kam, sich hintergangen zu fühlen. Mikael hatte immer das Heft in der Hand, verflucht noch mal!

Er hatte das Mädchen weggeschickt, dafür saß Eugene schon eine Weile bei ihm. Immerhin das hatte die Razzia Gutes gebracht – sein Bruder benahm sich, zumindest momentan, wieder normal. Im Rahmen seiner Möglichkeiten.

Dass die Arschlöcher seinen Elefanten erschossen hatten, würde er nicht so schnell verzeihen. Gut, Emily war nutzlos gewesen, hatte eigentlich nur gefressen und kein Geld eingebracht, ganz abgesehen von dem fürchterlichen Skandal, den sie vor Jahren verursacht hatte, doch irgendwie hatte er das alte Biest gemocht. Er schätzte Unbeugsamkeit. Und wer auf den Trichter gekommen war, Cristobal zu verhaften, wollte er auch gerne mal wissen.

»Müssen wir uns wegen Cris irgendwelche Sorgen machen?«, fragte Eugene, als hätte er die Gedanken seines Bruders gelesen. Mikael schnaubte.

»Keine Ahnung. Zwar kann er nicht sprechen, aber er hat Fingerabdrücke. Wenn er bei einem seiner Jobs welche hinterlassen hat, dann haben wir ein Problem. Sonstige DNA-Spuren oder so dürften noch keinen Stress machen. Wer sollte auch auf die Idee kommen, ihn mit den Jobs in Verbindung zu bringen? Zum Glück ist die Berliner Polizei so klamm, dass sie sich keine DNA-Datenbank leisten kann.«

Eugene stand auf und goss sich ein Glas Sherry an der Hausbar ein.

»Wie viele Jobs hat er denn für dich erledigt in letzter Zeit?«

Mikael fuhr sich mit der flachen Hand durchs Gesicht. »Weiß nicht. Ich führe über so was nicht Buch. Genug auf jeden Fall. Falls das rauskommt, wird die Verbindung zu uns schneller gezogen, als du Methamphetamin sagen kannst.«

»Sehr stilvoll.« Eugene schmunzelte.

»Weißt du, diese absolute Ruhe, die du an den Tag legst, macht mich wirklich wahnsinnig. Was ist nur mit dir los?«

Mikael hatte sich ebenfalls nachgeschenkt, einen Schluck, der mehr als großzügig war.

»Ich habe eben ein ruhigeres Gemüt als du.« Eugene zuckte die Schultern. »Oder ich habe einfach nichts mehr übrig. In den letzten vierundzwanzig Stunden ist so viel passiert. Vielleicht bin ich schlicht und ergreifend im Arsch und genieße gerade ein bisschen Ruhe. Wir können jetzt sowieso nur warten, was als Nächstes passiert.«

»Hm.« Mikael starrte zum wiederholten Mal auf sein Telefon.

»Wir müssen auf jeden Fall darauf warten, dass mein Verbindungsmann bei der Polizei sich meldet.« Er ballte die freie Hand zur Faust. »Damit wir rausfinden, was zur Hölle hier läuft!«

»Weißt du mittlerweile, wer es ist?«, fragte Eugene, und Mikael bemerkte tatsächlich so was wie Neugier in der Stimme seines Bruders.

»Nein, natürlich nicht. Und ich will es auch gar nicht wissen. Je weniger wir voneinander wissen, desto besser und sicherer für alle.«

Eugene zog die Augenbrauen hoch. »Für alle? Na ja, ein bisschen unausgeglichen ist das doch schon, findest du nicht? Er dürfte recht viel über dich wissen und hat eine Menge gegen dich in der Hand. Aber für dich ist er andersrum nicht angreifbar.«

Mikael kratzte sich am Bart. »Irgendwie hast du schon recht.« Er lachte freudlos. »Wenn Cristobal jetzt hier wäre, könnte ich ihn darauf ansetzen. Aber das geht ja nicht. Gott, ich hasse Beamte.«

Mit mildem Gesichtsausdruck zog Eugene eine Augenbraue in die Höhe. »Was hasst du eigentlich nicht?«

»Mich selbst«, brummelte Mikael, musste aber schmunzeln. Eugene hatte es schon immer geschafft, ihn aus der Reserve zu locken. Vielleicht war das so mit Brüdern.

Als das Gerät in seiner Hand zu klingeln begann, zuckte er zusammen und ärgerte sich im nächsten Moment. Er wollte nicht so furchtbar schreckhaft sein. Das passte nicht zu dem Bild, das er nach außen vermittelte und das ihm auch selbst am besten gefiel.

Mikael Metzger legte das Gerät auf den Glastisch, der im Zentrum des Zimmers stand, und schaltete den Lautsprecher ein.

»Ja?«

»Tut mir leid, es ging nicht früher. Hier ist die Hölle los.« Der Polizist klang müde, im Hintergrund waren diverse Geräusche zu vernehmen.

»Tja, bei uns ist es dagegen völlig ruhig. Sie haben ja fast all unsere Leute mitgenommen.«

»Ich versichere Ihnen, dass es so nicht geplant war. Jedenfalls nicht von mir.«

»Das bringt mir jetzt auch nichts. Sie haben ohne Absprache einige meiner besten Mitarbeiter verhaftet. Ich dachte, das sollte eine Routinesache werden. Nichts Großes!«

»Bedaure. Es hat sich anders entwickelt.«

Mikael schnaubte verärgert. »Das ist mir nicht entgangen. Sie haben einen meiner besten Männer wegen Mordes verhaftet.«

»Und Sie glauben, das war falsch?« In die Stimme des Mannes hatte sich ein amüsierter Unterton gemischt.

»Natürlich war das falsch, verflucht! Cristobal unternimmt keinen Schritt ohne meine Erlaubnis. Wenn er einen Mord begangen hätte, dann wüsste ich das.«

Eugene zog die Augenbrauen hoch, und Mikael ballte die Faust. Das hatte er eigentlich nicht sagen wollen.

»Wir stehen uns recht nah«, schob er hastig hinterher, auch wenn das wahrhaftig nichts war, was man über sein Verhältnis zu Cristobal sagen konnte. Es sei denn, zwei Menschen, die in einer Zelle aneinandergekettet waren, standen sich ebenfalls automatisch sehr nahe.

»Metzger, das will ich doch alles gar nicht wissen. Wer bei euch wen nachts an den Eiern krault, interessiert mich nicht, und es geht mich auch nichts an. Und für die Verhaftung ihres Mitarbeiters kann ich nun wirklich nichts. Ich bin für den Fall nicht zuständig.«

Mikael runzelte die Stirn. »Aha. Und wer ist dann dafür zuständig?«

»Ein Mitarbeiter des Morddezernats. Birol Celik«, kam die Antwort wie aus der Pistole geschossen, und Mikael musste sich erst mal setzen.

»Was?«

»Was denn? Kommt Ihnen der Name etwa bekannt vor?«

Mikael schnaubte. Dieser Mann war böse. Er wäre auf seiner Seite des Gesetzes deutlich besser aufgehoben. Aber Mikael war froh, dass er den Kerl nicht zum Feind hatte. »Bin ich dement? Ich dachte, die Sache wäre geregelt.«

Eugene legte fragend den Kopf schief, doch Mikael ignorierte seinen Bruder. Wenn der sich nicht so galant aus der Affäre gezogen und nach Indien abgesetzt hätte, wüsste er jetzt, worum es ging. Aber nein, er musste ja unbedingt nach Erleuchtung suchen. Halluzinogene hätten es doch auch getan.

»Ist sie auch, ist sie auch. Can Celik ist Geschichte. Birol Celik ist sein Sohn.«

Mikael fuhr sich mit der flachen Hand schwer atmend durchs Gesicht. Was hatte er eigentlich getan, um das hier zu verdienen? Gut. Die Antwort darauf kannte er selbst. »Sein Sohn? Soll das ein schlechter Witz sein, Mann?«

»Es kommt häufiger vor, dass hier mehrere Generationen unter einem Dach arbeiten.«

»Ihr Familiensinn in allen Ehren, aber was gedenken Sie dagegen zu tun?«

»Ich habe alles unter Kontrolle, glauben Sie mir.«

»Wie könnte ich? Bis hierhin habe ich Ihnen vertraut, und wir sehen beide, wo mich das hingebracht hat. Mein Club sieht aus wie ein Schlachtfeld, mein Team ist stark dezimiert, und mein wertvoller Elefant ist tot. Am besten wird sein, ich nehme die Sache selbst in die Hand.«

Die Stimme am anderen Ende der Leitung wurde schärfer. »Sie werden nichts dergleichen tun, Metzger.«

»Wie reden Sie denn mit mir?« Mikael fühlte, wie sein ohnehin hauchfeiner Geduldsfaden riss.

»Sehen Sie, Herr Metzger, ich muss Ihnen nicht helfen! Ich schulde Ihnen überhaupt nichts, und Angst machen können Sie mir auch nicht.«

Eugene schüttelte leicht lächelnd den Kopf, und Mikael hasste ihn ein bisschen dafür. Ja, das war genau, was er vorhin gemeint hatte. Und? Was sollte er jetzt mit dieser Erkenntnis anfangen?

»Und ich muss Ihnen nicht ein Vermögen für Ihre Hilfe zahlen«, entgegnete er schroff. »Worauf wollen Sie hinaus?«

Der Polizist schwieg eine Weile. Dann sagte er: »Herr Metzger. Ich genieße unser kleines Arrangement genauso sehr wie Sie. Geben Sie mir zwei Wochen. Bis dahin ist Celik von der Bildfläche verschwunden, und Ihr Mann ist wieder zu Hause.«

Mikael rieb sich die Schläfen. Er hatte keine Lust darauf, zu warten. Zu vertrauen. Eine so delikate Angelegenheit in die Hände eines fremden Polizisten zu legen. Aber hatte er eine Wahl? Diese Sache konnte ganz schnell sehr hässlich werden, und er war zu alt und zu weit gekommen, um noch auf Eskalationskurs zu gehen. »Habe ich Ihr Wort darauf?«

»Sie haben mein Wort.«

Mikael nickte schroff, obwohl der Polizist ihn nicht sehen konnte. Er holte Luft, um noch etwas zu sagen, doch da hatte der Mann schon aufgelegt, und ein Tuten erklang.

»Bitte, bitte sag jetzt nichts«, forderte er müde und ließ sich schwer in seinen Sessel fallen.

»Ich schweige wie ein Grab«, antwortete Eugene ernst und setzte sich neben seinen Bruder.

RAVEN

Als sie in Richtung Käfig aufbrach, war ihr Herz mehrere Tonnen schwer. Wie konnte eine einzige Nacht ein ohnehin schon verkorkstes Leben noch so viel weiter aus den Angeln heben? Und wie sollte sie überhaupt einen Fuß vor den anderen setzen, wo sie doch mit einem Schlag Nina, Cristobal und Emily verloren hatte?

Beinahe war sie dankbar für den körperlichen Schmerz. Ihre Schulter pochte dumpf, die Lippe, die Spencer heute Nacht noch einmal versorgt hatte, bevor sie miteinander geschlafen hatten, brannte wie Feuer. Von ihrer rechten Hand, die länger, als ihr gutgetan hatte, zwischen zwei Brustpanzern eingeklemmt gewesen war, wollte sie gar nicht erst anfangen. Ihr Handrücken wies hässliche gelbe und bläuliche Verfärbungen auf, allerdings war zum Glück nichts gebrochen. Doch wenigstens lenkten die Schmerzen sie zwischendurch ein wenig ab. Von den Höllenqualen in ihrem Herzen. Von allem, was sonst noch so alles wehtat und sicher nicht mehr heilen würde.

Es regnete in Strömen, und Raven hatte nicht übel Lust, sich einen matschigen Straßengraben zu suchen, um sich dort einfach zum Sterben hinzulegen. In ihrem Zustand konnte das doch nicht allzu lange dauern, oder?

Doch etwas hielt sie davon ab. Sie war viel zu zäh, um einfach aufzugeben, auch wenn sie gerade überhaupt keine Ahnung hatte, wofür sie eigentlich noch kämpfte. Sie war einfach nicht so weit gekommen und durch so viel Scheiße gewatet, um jetzt das Handtuch zu werfen. Dafür war sie zu stolz.

Dennoch konnte sie sich nicht daran erinnern, sich schon einmal so elend gefühlt zu haben. Bei dem Leben, das sie bereits hinter sich hatte, hieß das schon was.

Außerdem stand sie vor deutlich handfesteren Problemen: Wenn die Geschwister sie nicht mehr im Gardens akzeptierten, wie sollte sie dann im Schwarzmarkt einkaufen und wer würde ihr dann die Aufträge übermitteln? Offiziell wusste niemand außer Raven, wie man Dark erreichen konnte. Sie musste doch arbeiten und Geld verdienen, verflucht. Für ihren Dienst bei der Polizei verdiente sie natürlich gar nichts, das war ja Teil der Strafe. Gott. Wenn man ihr doch nur erlaubt hätte, heute Nacht zu Hause zu bleiben. Dann wäre es noch immer ein böses Erwachen gewesen, aber noch keine komplette Katastrophe.

Merkwürdigerweise machte es ihr kaum etwas aus, jetzt in den Käfig zu den anderen zu gehen. Zwar hatte sie keine Lust, ihre Strafe zu erhalten, doch ein wenig freute sie sich fast auf Martha und Birol, auch wenn sie das niemals laut zugeben würde. Wenigstens würden die sie nicht verstoßen. Sie durften es ja gar nicht. Und während der Polizeiarbeit hatte ihr Kopf Zeit, zur Ruhe zu kommen, so merkwürdig das klang. Das Gardens war im Käfig weit genug weg.

Oder doch nicht so weit, wie sie feststellen musste, als sie im Käfig und auf ihrem Stockwerk ankam. Überall in den Gängen saßen Kunden und Mitarbeiter des Gardens auf weißen Klappstühlen oder gleich auf dem Fußboden. Sie erkannte mehr als ein Gesicht und war froh, wieder Jeans und Lederjacke zu tragen, so würden manche denken, sie sei in der Nacht genauso verhaftet worden wie alle anderen. Die meisten sahen ohnehin viel zu müde aus, um sich mit etwas anderem als damit zu beschäftigen, die Augen offen zu halten. .

Es herrschte ein heilloses Durcheinander. Jeder, dem Raven begegnete, schien gestresst und reizbar. Niemand lächelte, alle schienen die Kiefer fest aufeinandergepresst zu haben. Keiner grüßte den anderen. Eine Ansammlung von Müdigkeit, Anspannung und abklingenden Drogen.

Die meisten Beamten sprachen mit Festgenommenen oder tippten konzentriert auf ihren Tablets herum.

Gott, wie viele hatten die denn mitgenommen? Wozu sollte das gut sein? Sie war zwar keine Polizistin, doch selbst Raven konnte sich denken, dass der Papierkram die ganze Abteilung ewig beschäftigen würde. Warum das alles?

Sie stellte ihren Kragen hoch, zog die Schultern ein und senkte den Blick. Egal mit wem, sie wollte jetzt nicht reden. Schon gar nicht über die vergangene Nacht.

Irgendwann tauchte ein zweites Paar Schuhe neben ihren Füßen auf, und Raven brauchte nicht aufzusehen, um zu wissen, dass es sich um Martha handelte. Sie hielt mit ihr Schritt, sagte aber nichts, sondern legte nur die Hand sachte auf ihre Schulter.

Augenblicklich wurde Raven leichter ums Herz. Es war schön, dass Martha bei ihr war. Sie hatte verstanden, was Raven jetzt brauchte, und tat so, als würde sie sie irgendwohin mit zum Verhör nehmen. Sie hatte Raven zugehört und sich das Gesagte zu Herzen genommen. Das tat gut.

Irgendwann waren sie an ihrem Büroraum angekommen. Birol war nicht da, was Raven ganz recht war. So hatte sie noch eine gewisse Galgenfrist.

Martha lotste Raven zu einem der Stühle, auf den sie sich fallen ließ wie ein nasser Mehlsack.

Endlich blickte sie auf und sah in Marthas besorgtes Gesicht.

Sie hatte nicht geschlafen, das war offensichtlich. Die grauen Halbmonde unter ihren Augen sprachen Bände, ebenso die strähnigen Haare und das ganz leicht wahrnehmbare Zittern ihrer Hände. Augenblicklich bekam Raven ein schlechtes Gewissen. Wahrscheinlich war sie die Einzige von ihnen, die in der Nacht überhaupt ein Auge zugetan hatte. Und das, obwohl sie es sicher nicht verdient hatte.

»Geht es dir besser?«, fragte Martha nach einer Weile mitfühlend.

Raven zuckte die Schultern. »Ich habe eine gute Freundin verloren«, sagte sie, und ihre Stimme klang rau und irgendwie weit weg.

»Ich weiß.« Martha ließ sich ebenfalls auf einen der Stühle sinken. »Und das tut mir sehr leid.«

Raven winkte ab.

»Sie hätten dich gar nicht erst mitnehmen dürfen.«

»Da sagst du was ganz Neues«, brummelte Raven, und Martha runzelte die Stirn.

»Ich bin nicht dein Feind, weißt du?«

»Ich weiß«, gab Raven zerknirscht zurück. »Tut mir leid.«

Martha riss amüsiert die Augen auf. »Was hast du da gerade gesagt? Kannst du das noch mal wiederholen?«

Gegen ihren Willen musste Raven lachen. »Ich denk ja gar nicht daran.«

Die Tür flog auf, und Birol stürmte herein, als wäre die Kavallerie hinter ihm her. Er sah gehetzt aus und irgendwie … verändert. Augenblicklich setzte sich Raven gerader hin. Sie wusste nicht, was es war, aber sie fühlte, dass Birol dermaßen angespannt war, dass es besser war, ihm nicht in die Quere zu kommen.

Martha hingegen himmelte ihn regelrecht an. Sie reagierte auf jede noch so kleine Bewegung ihres Vorgesetzten.

Hoppla, dachte Raven. Was ist denn zwischen den beiden passiert?

Es war deutlich zu sehen, dass sich im Verhältnis zwischen Martha und Birol in der vergangenen Nacht etwas geändert hatte. Die Blicke, die sie miteinander tauschten, waren vertrauter als noch am Tag zuvor. Weniger distanziert, weniger professionell. Na, das hatte ja gerade noch gefehlt.

»Ihr seid beide hier. Gut.« Birol fuhr sich mit den Fingern durch die ohnehin schon fettig glänzenden Haare. »Äh …«

Der junge Mann sah sich im Raum um, als wäre er auf der Suche nach einem entlaufenen Hund. Raven hätte sich nicht gewundert, wenn er auf die Knie gegangen und unter die Tische gespäht hätte. Er schien mit seinen Gedanken völlig woanders zu sein.

»Gut«, wiederholte er nach einer Weile, und Raven sah, wie Martha irritiert die Stirn runzelte.

»Äh, ja. Raven.«

Sie nickte und sah Birol an. Zwar hatte sie keine Lust auf Strafarbeit, aber ein Teil von ihr war neugierig auf das, was jetzt kam.

»Ja?«, fragte sie freundlich, als überhaupt nichts kam.

Birol schüttelte sich, als wäre er gerade aus tiefem Schlaf gerissen worden. Was war denn mit dem los?

»Wie gestern oder vielmehr heute Nacht schon gesagt, kann dein Verhalten während der Razzia nicht ungestraft bleiben. Allerdings bin ich nach reiflicher Überlegung zu dem Schluss gelangt, dass man dich gar nicht erst hätte mitnehmen dürfen und du nach so kurzer Zeit in der Berliner Polizei auch nicht hättest wissen können, wie du dich verhalten sollst. Von daher reicht es, glaube ich, aus, wenn du den Rest er Woche täglich in den Keller gehst und die Asservatenkammer aufräumst.«

Hätte Raven etwas im Mund gehabt, sie hätte sich sicher verschluckt. Aufräumen? Das war ihre Strafe, wie bei einem kleinen Kind? Da hatte ihre Mutter ja mehr draufgehabt. Beinahe hätte sie laut losgelacht.

»Die Asservate befinden sich im Haupthaus auf der unteren Ebene und erstrecken sich auch über die Nebengebäude. Melde dich einfach bei Frau Jacobson, sie verwaltet die Kammer. Ich klingel bei ihr durch und melde dich an. Sie wird dir sagen, was zu tun ist.«

»Okay«, sagte Raven gedehnt und erhob sich. Dabei stützte sie sich aus Versehen auf ihren schmerzenden Arm. Als sie Luft durch die Zähne einsog, bemerkte sie, dass in Birols Gesicht etwas verrutschte. Es sah beinahe so aus, als würde er zu sich kommen.

»Hey, ist alles in Ordnung mit dir?«, fragte er Raven, und für einen kurzen Moment brachte sie die Feinfühligkeit in seiner Stimme aus dem Konzept. Bisher war Martha die Nette im Team gewesen, Birol der Arsch. Raven mochte es, wenn die Verhältnisse geklärt waren.

»Ging mir schon besser.«

»Es ist gut, wenn du eine Weile aus der Schusslinie bist. Nur bis sich der ganze Trubel gelegt hat. Du musst die nächsten Tage nicht nach oben kommen, aber ich werde mich telefonisch bei Jacobson erkundigen, ob du jeden Tag pünktlich auftauchst. Schone deinen Arm und halt den Ball flach, in Ordnung?«

Raven nickte und sah dann zu, dass sie aus dem Raum kam. Wenn ihr Menschen zu viel Freundlichkeit entgegenbrachten, hatte sie immer den Eindruck zu ersticken.

Sie stapfte im Laufschritt durch die Flure zurück zum Treppenhaus, in dem sie die Tage schon einmal einen Aufzug bemerkt hatte.

Andere Menschen hätten sicher Sorge, mit einem solch altersschwachen Ding zu fahren, doch Raven kannte sich gut mit Aufzügen aus und hatte keine Angst vor den engen, muffigen Kabinen, die Stockwerk für Stockwerk hoch oder runter ruckelten. Natürlich waren die heutigen Aufzüge schneller, leiser, störungsfreier. Aber sie hatten keinen Charakter. Bei den alten Dingern fühlte man wenigstens noch, dass man auf Reisen war.

Heute war sie besonders dankbar, weil der Aufzug sie vor Blicken verbarg. Als sich die Tür hinter ihr schloss und sie auf den Knopf mit dem abgewetzten UG drücken konnte, spürte sie, dass ihr das Atmen bereits ein ganzes Stück leichter fiel.

Birol hatte keine Strafe für sie ausgesucht, das wusste er sicher genauso gut wie sie. Er wollte ihr eine Gelegenheit geben, zur Ruhe zu kommen, und dafür war sie ihm wirklich sehr dankbar.

Der Keller des Gebäudes versetzte Raven in Erstaunen. Es war beinahe, als wäre der Aufzug eine Zeitmaschine, die sie in ein anderes Jahrhundert befördert hatte. Als sie ausstieg, umfingen sie grobe Backsteinwände, die mit weißer Farbe bepinselt worden waren. Vor vielen, vielen Jahren. Alle paar Meter baumelte eine Energiesparlampe vom nackten Kabel und warf unbarmherziges Licht auf die engen und niedrigen Gänge. Raven hatte gar nicht gewusst, dass man die Dinger überhaupt noch irgendwo kaufen konnte.

Sie ließ den Blick von links nach rechts schweifen und entdeckte auf Augenhöhe, direkt vor sich, ein Schild. Ein richtiges Blechschild, das wirkte, als hätte es jemand mit einem Pinsel bemalt. Raven hatte sofort den Impuls, es abzuschrauben. »Heizkeller (verschlossen), historisches Schwimmbad (unzugänglich), Asservatenkammer«, konnte sie darauf lesen. Unter dem Wort »Asservatenkammer« zeigte ein Pfeil nach rechts.

Raven folgte also dem Gang nach rechts; währenddessen fiel es ihr schwer, die Vorstellung von Zombies, die in den Gängen lauerten, aus ihrem Kopf zu verdrängen. Sie war kein ängstlicher Typ, immerhin wohnte und arbeitete sie in zum Großteil verlassenen Häusern mit überwiegend zwielichtigen Gestalten, aber das hier war etwas anderes. Die Gänge waren so niedrig und schmal, die Beleuchtung hatte etwas Kaltes, und außerdem war es noch totenstill. Zu allem Überfluss wurde sie das Gefühl, aus der Zeit gefallen zu sein, nicht wirklich los. Doch sie mahnte sich zur Vernunft. Hier unten war einfach tote Hose, und das bedeutete, dass wohl kaum jemand im Keller darauf lauern würde, dass sie zufällig vorbeikam.

Sie wusste nicht genau, woran das lag, aber in Gesellschaft anderer Menschen fühlte sie sich immer am wohlsten. Und das, obwohl sie andere Menschen eigentlich so gut wie nie richtig leiden konnte. Hatte wohl eher etwas mit ihrem Sicherheitsempfinden zu tun. Und mit Rudelwärme.

Als sie um die nächste Ecke bog und eine schlichte Stahltür vorfand, die zur Asservatenkammer führte, atmete sie erleichtert aus. Raven hatte gar nicht gemerkt, dass sie die ganze Zeit die Luft angehalten hatte.

Sie überlegte kurz, ob sie klopfen sollte, entschied sich dann aber dagegen. Beherzt drückte sie die schwergängige Klinke herunter und trat durch die Tür.

»Kammer« war definitiv nicht das Wort, das sie benutzt hätte, um zu beschreiben, was vor ihr lag. Hinter einem schlichten Holztresen, an dem eine kleine Frau mit weißen Haaren und perlenbesetzter Brille saß, türmten sich Metallregale, so weit das Auge reichte. Reihe um Reihe in beide Richtungen und sehr weit in den Raum hinein. Was hatte Birol gesagt? Die Kammer erstreckte sich auch auf die Nebengebäude. Was für ein riesiges Labyrinth aus Regalen wohl hinter dem Tresen liegen musste.

Die Frau blickte von ihrer Zeitung auf und lächelte Raven sparsam entgegen.

»Sie kommen von Kriminalkommissar Celik?«

Raven nickte und fühlte sich mit einem Mal wie unter den wachsamen Augen einer strengen Lehrerin. Frau Jacobson machte ebenfalls den Eindruck, aus der Zeit gefallen zu sein. Läge auf dem Tresen neben der einzigen gedruckten Zeitung Berlins nicht noch ein Tablet, so wäre Raven versucht gewesen, nach dem Jahr zu fragen, in dem sie sich gerade befanden.

Frau Jacobson winkte Raven heran.

»Es wurde höchste Zeit, dass mir jemand Hilfe schickt, ich muss schon sagen! Schließlich habe ich keine Zeit, und mein Rücken ist auch nicht mehr das, was er mal war.« Sie hob den Blick und schien in Ravens Gesicht etwas vorzufinden, das sie zu einem echten Lächeln animierte. »Das sollte ›Herzlich willkommen‹ heißen.« Raven erwiderte das Lächeln zaghaft. »Danke. Ich heiße Raven.«

»Frau Jacobson.« Die Antwort kam ein wenig gedämpft daher, weil sich Frau Jacobson an einer ihrer tiefer liegenden Schubladen zu schaffen machte. Nach einigen Momenten der intensiven Suche tauchte sie schließlich mit mehreren Bogen Papier, einem uralt wirkenden Klemmbrett und einem Kugelschreiber wieder auf.

»Das klingt vielleicht jetzt etwas merkwürdig«, rutschte Raven nun doch heraus, »aber welches Jahr haben wir?«

Frau Jacobson blickte auf das Klemmbrett in ihrer Hand hinab und brach kurz darauf in ein schallendes Gelächter aus, das Raven ihr niemals zugetraut hätte.

»Es tut mir furchtbar leid«, stieß sie amüsiert hervor, »aber die Asservatenkammer wurde noch nicht digitalisiert.« Sie verzog missmutig das Gesicht. »Was einer der Gründe dafür ist, dass es hier so chaotisch zugeht. Da es keine digitale Ordnung gibt, fühlen sich die meisten Beamten nicht bemüßigt, eine analoge Ordnung einzuhalten. Mit Einführung der speziellen Analysetechniken wurde ein Gesetz erlassen, das bestimmt, dass Asservate erst vernichtet werden dürfen, wenn seit dem Verbrechen hundert Jahre vergangen sind und davon ausgegangen werden kann, dass die direkten Nachfahren der Opfer ebenfalls verstorben sind. Tja. Und das führt zu dem heillosen Durcheinander, das du hinter dir siehst.«

Sie zeigte mit dem Daumen hinter sich über die Schulter. »Es würde unglaubliche Ressourcen verbrauchen, all das zu digitalisieren. Wir haben hier mehr als zehntausend einzelne Asservate. Dafür macht niemand ein Budget frei.« Sie reckte sich ein wenig nach vorne und tätschelte Raven freundlich die Schulter. »Aber dafür bist du ja jetzt da. Also. Mir geht es hauptsächlich darum, dass du die Kisten durchsiehst und schaust, ob die Tüten mit den Proben ordentlich beschriftet und fest verpackt sind. Teilweise reißen die Kollegen die

Proben ohne Rücksicht auf Verluste raus, und alles kommt durcheinander. Nach dem Gerichtstermin machen sie sich nicht mal die Mühe, die Tüten wieder ordentlich zu verschließen. Falls sie das Zeug überhaupt zurückbringen.«

Sie hielt mit ihrer linken Hand eine Tasche hoch. »Solltest du eine Tüte offen vorfinden, trägst du bitte die Kiste mit Nummer und Inhaltsbeschreibung hier in die Liste ein und machst einen Vermerk, welche Probe offen oder nicht beschriftet war. Das könnte wichtig sein, falls eine der Proben vor Gericht noch einmal Verwendung finden soll. Und wenn das geschafft ist, ziehst du dir bitte die Haube über den Kopf und die Handschuhe an und verschließt die Tüte mit dem Klebeband, das da ebenfalls mit drin ist. Alles klar?«

Raven nickte. Das klang nicht so schwer.

»Du kannst doch mit der Hand schreiben, oder? Ich habe gehört, viele können das überhaupt nicht mehr.«

Raven zuckte die Schultern. »Ich habe es schon lange nicht mehr gemacht, aber als Kind habe ich es gelernt.«

»Staatliche Schule?«, fragte Frau Jacobson freundlich, und Raven merkte, wie sie errötete.

»Das ist kein Grund, sich zu schämen. Und schau, aus dir ist trotzdem etwas Anständiges geworden!«

Raven verkniff sich ein Lachen. Wenn diese Frau wüsste, wie falsch sie lag.

BIROL

Er fühlte sich, als hätte er Fieber. Seitdem ihm der Mann im Vernehmungsraum eröffnet hatte, dass er wusste, wer seinen Vater auf dem Gewissen hatte, lief Birol auf Autopilot. Tausende Fragen schossen unaufhörlich durch seinen Kopf. Woher hatte der Typ gewusst, wer er war und dass er fieberhaft nach dem Mörder seines Vaters suchte? Hatte er die Wahrheit gesagt oder nur einen Weg gesucht, aus dem Käfig herauszukommen? War es Zufall, dass ausgerechnet er noch einmal zu dem Mann in den Vernehmungsraum geschickt worden war, oder hatte Hinnerk die ganze Sache absichtlich eingefädelt? Steckte etwas völlig anderes dahinter? Was war, wenn es sich bei dem Typ, den der Mann ihm genannt hatte, tatsächlich um den Mörder seines Vaters handelte? Und was, wenn nicht? Wie sollte er es herausfinden und was sollte er dann tun? Ihn verhaften und vor Gericht stellen lassen? Er hatte keine Beweise. Nur die Aussage eines Verbrechers, dessen echten Namen er noch nicht einmal kannte.

Denn natürlich hatte Birol sich auf den Deal eingelassen. Der Mann mit der Lederjacke hatte ihm seinen echten Namen nicht nennen müssen, Birol hatte ihn einfach so laufen lassen. Ein feiner Polizist war er.

Nun erfüllte ihn eine Unruhe, die beinahe unerträglich war. Als hätte er einen bis zum Rand gefüllten Eimer roter Waldameisen im Ganzen heruntergeschluckt. Die schönen Momente mit Martha schienen ihm unendlich weit entfernt, genau wie Martha selbst. Hatte er sie tatsächlich für relevant gehalten? Sie war es nicht. Jedenfalls nicht im Moment.

Was jetzt zählte, war einzig und allein, wofür er sich entschied.

Da Birol bemerkt hatte, dass er überhaupt nicht mehr bei der Sache war, hatte er sich für ein Nickerchen wieder in den großen Saal zurückgezogen. Natürlich hatte er gewusst, dass er nicht würde schlafen können, doch die Einsamkeit war das Einzige, was ihm half, seine Gedanken einigermaßen zu ordnen.

Birol legte sich auf seine Lieblingsliege und verschränkte die Arme hinter dem Kopf. Herauszufinden, wer seinen Vater getötet hatte, war seit Monaten sein Antrieb, der Gedanke an Rache manchmal das Einzige, was ihn morgens hatte aufstehen lassen.

Seit ein paar Tagen, eigentlich seitdem er sein merkwürdiges Team leitete, ging es ihm besser. Eigentlich so gut wie schon lange nicht mehr. Er hatte sich heute Nacht sogar richtig wohlgefühlt. Bis zur Begegnung mit dem Fremden in der Lederjacke. Und jetzt lag er hier und wusste nicht, was er tun sollte.

Der Mann hatte ihm nicht nur einen Namen, sondern auch die Adresse genannt, unter der der Typ zu finden sein sollte. Birol hatte versucht, das zu überprüfen, aber offiziell stand das Gebäude leer. Doch es war nur einen Steinwurf von dem Ort entfernt, an dem sein Vater zu Tode gekommen war.

Gerne hätte er jetzt Martha alles erzählt und sie um Rat gefragt. Doch er konnte niemanden einweihen. Das war einfach zu gefährlich. Denn Birol hatte, indem er den Verdächtigen laufen ließ, eine Grenze überschritten. Keine der Informationen, die er heute erhalten hatte, wären vor Gericht auch nur irgendwie verwertbar. Doch mehr als die Aussage des Mannes hatte er nicht und würde er wohl auch nicht bekommen. Die Kollegen mauerten. Niemand interessierte sich so recht für den Fall; ihm gegenüber wurde der Tod seines Vaters eher wie ein Unfall behandelt als wie Mord. Wände, überall Wände.

Und dann kam auf einmal dieser Fremde wie aus dem Nichts und bot ihm einen Ausweg. Das alleine sollte Birol schon stutzig machen. Tat es auch, aber das änderte gar nichts. Nicht an der Tatsache, dass er jetzt einen Namen hatte. Endlich, nach so vielen Monaten eine Spur, eine Möglichkeit, Antworten zu bekommen. Und danach vielleicht wieder ruhiger zu schlafen.

Bis vorhin hatte er noch gedacht, vielleicht auch mit der Ungewissheit leben und nach vorne schauen zu können. Doch das konnte er sich jetzt an den Hut stecken.

Eigentlich wusste er jetzt schon, wie er sich entscheiden würde. Es war nur so, dass er sich noch nicht ganz erlauben wollte, diese Entscheidung auch wirklich zuzulassen. Weil er kein Mensch sein wollte, der so etwas tat. Weil es nicht in das Bild passte, das er gerne von sich selbst hätte. Doch eigentlich, tief in seinem Inneren, hatte er sich schon entschieden.

Allein beim Gedanken daran begann es in seinem Inneren zu brodeln. Dunkle, mächtige Wolken türmten sich in seinem Kopf auf, krochen den Rachen hinunter und nisteten sich in seinem Herzen ein. Es war die einzige Gelegenheit, die er bekommen würde, da war er sich sicher. Vielleicht war es sein persönlicher Weg in die Katastrophe, etwas, das er ewig bereuen würde. Doch es war ihm egal.

Birol schloss die Augen und ließ zu, dass sich die dunklen Bilder in seinem Kopf immer weiter ausbreiteten. Damit die Wut zurückkam, um sich an ihnen satt zu fressen. Er wollte sich von innen vergiften, weil es das Einzige war, was sich in diesem Moment wahrhaftig anfühlte. Und es tat gut, sich davon mitreißen zu lassen.

Er würde seinen Vater rächen. Würde den Mann aufsuchen und ihn zur Rede stellen. Und wenn er alles gestanden hatte, würde er ihn erschießen. Auge um Auge, Zahn um Zahn. Manchmal ging es einfach nicht anders. Doch natürlich durfte er das nicht mit seiner Dienstwaffe tun, das war eine Hürde, die er noch überwinden musste. Er brauchte eine nicht registrierte Schusswaffe. In seiner Familie kein großes Problem, doch er machte sich angreifbar.

Egal.

Ohne weiter darüber nachzudenken, zog Birol sein Telefon hervor und wählte die Nummer seines Cousins.

RAVEN

Sie war sich mittlerweile ziemlich sicher, dass diese Asservatenkammer ihr persönliches kleines Paradies war. Das hier stellte für sie keine Strafe dar, sondern war etwas, das sie den Rest ihres Lebens machen könnte. Jedenfalls fühlte es sich momentan so an.

Raven mochte Ordnung, und diese Arbeit kam ihrem Bedürfnis nach Struktur und ihrer Liebe zum Detail sehr entgegen. Außerdem war es spannend, Kiste für Kiste zu öffnen und den Inhalt vorsichtig durchzusehen. Sich vorzustellen, dass jeder Gegenstand in diesem Archiv Teil eines Verbrechens gewesen war, jagte ihr wohlige Schauer den Rücken herunter und machte die ganze Sache spannend.

Frau Jacobson hatte ihr aufgetragen, erst einmal im laufenden Jahr für Ordnung zu sorgen, weil es bereits in diesen Kisten ziemlich chaotisch zuging. Das zu entdecken war überhaupt der Grund gewesen, dass sie sich beklagt und um Hilfe gebeten hatte.

Die Arbeit war auch nicht ganz so einsam, wie Raven gedacht hatte. Von ferne hörte sie immer wieder das Klappern von Frau Jacobsons Schuhsohlen oder ihre gedämpfte Stimme, wenn sie telefonierte. Manchmal kam sie auch in das Archiv, um ein Asservat herauszusuchen, um das ein Kollege gebeten hatte. Für Ravens Geschmack herrschte hier genau die richtige Mischung aus Ruhe und Betriebsamkeit. Sie war nicht richtig einsam, aber es störte sie auch niemand.

Zwischendurch rief sie Frau Jacobson einmal zu sich nach vorne und teilte ganz selbstverständlich ihr mitgebrachtes Mittagessen mit Raven. Belegte Stullen – es war eine Ewigkeit her, dass Raven belegte Stullen gegessen hatte. Diese Zwischenmahlzeit hatte etwas Heimeliges, sie fühlte sich in der Kammer seltsam geschützt.

Im Keller zu sitzen und an einem belegten Schwarzbrot zu knabbern, während es nach Pappkartons und altem Stoff roch, und von Frau Jacobson immer wieder stumm und unaufdringlich angelächelt zu werden war eine ganz eigene Form von Zufriedenheit. Ein wenig ließ diese Frau Raven das Loch vergessen, das in der vergangenen Nacht in ihr Herz gerissen worden war.

Sie war schon wieder seit mindestens einer Stunde in die Arbeit vertieft, als ihr auf einmal ein Karton in die Hände fiel, der sie überraschte.

Beinahe hätte sie ihn übersehen, weil er nicht wie die anderen in der Reihe stand, sondern nach hinten in die Untiefen des Regals gerutscht war. Die Pappe war an den Seiten ein wenig eingedrückt, und der Deckel war gerissen, als hätte man die Kiste mit Gewalt in die zweite Reihe gestopft. Raven war der Karton nur aufgefallen, weil sie so klein war und sich das Regalbrett direkt auf ihrer Augenhöhe befand. Vorsichtig zog sie die Kiste heraus und blies den Staub vom Deckel. »Celik«, stand mit dickem Filzstift darauf geschrieben, und obwohl Raven die ausdrückliche Aufgabe hatte, in jeden Karton hineinzusehen, blickte sie sich verstohlen um, bevor sie den Deckel öffnete. Sie fühlte sich nicht befugt, diesen speziellen Karton durchzusehen, ohne um Erlaubnis zu fragen.

Denn »Celik« lautete auch Birols Nachname, und wenn Raven das richtig verstanden hatte, war sein Vater vor Kurzem gestorben. Außerdem hatte sich Martha im Gardens nach einem gewissen Can Celik erkundigt. War das hier etwa seine Kiste? Was sie ebenfalls irritierte, war die Tatsache, dass der Karton auf sie irgendwie versteckt gewirkt hatte. Doch er war sicher einfach nur durch eine Unachtsamkeit dorthin geraten.

Es war zwar irgendwie albern, aber ihr Herz klopfte beim Öffnen des Deckels sehr viel schneller, als hätte sie Angst, beim Schnüffeln erwischt zu werden. Vorsichtig stellte sie die Kiste auf den Boden und kniete sich davor.

Obenauf lag eine Uniform, wie sie alle im Käfig trugen. Schwarz, funktional und mit ein paar Kennzeichen darauf. Dienstnummer, die Kennnummer für die Dienststelle und der Dienstgrad, dann noch der Code mit sämtlichen Informationen zum Abscannen. Ein Gürtel mit diversen Vorrichtungen. Holster für die Dienstwaffe und den Schlagstock, Halterung für das Tablet, Brustgurt für die Einsatzkamera. Erst als Raven das obere Teil der Uniform aus der Kiste zog, bemerkte sie das Loch, das genau in Brusthöhe saß. Auf dem schwarzen Stoff war es vorher nicht zu erkennen gewesen. Vorsichtig fuhr sie mit den Fingern um das Loch herum und fühlte getrocknetes Blut.

Unter dem Hemd lag ein laminierter Dienstausweis, den jeder brauchte, um in den Käfig hineinzukommen, falls das Erkennungssystem, das den Fingerabdruck scannte, ausgefallen war. Was, wie man ihr erzählt hatte, gar nicht so selten vorkam.

Raven musste schlucken, als sie den Mann sah, der ihr ernst und entschlossen vom Foto entgegenblickte. Can Celik, der Mann, zu dem der Ausweis gehört hatte, war eindeutig eng mit Birol verwandt. Die Ähnlichkeit verschlug einem fast den Atem.

Ob Birol diese Kiste schon einmal gesehen hatte? Hatte er, so wie sie jetzt, das Hemd mit dem Einschussloch betrachtet? Bei dem Gedanken übermannte sie eine schwere Traurigkeit, die sie ganz und gar nicht haben wollte. Was war denn nur mit ihr los? Menschen starben nun mal, das war nichts Neues.

Leicht verärgert legte sie den Ausweis zur Seite und nahm die Hose sowie ein verschlossenes Tütchen mit einer Patronenhülse aus der Kiste. Zunächst schien es, als sei darunter nichts mehr zu finden, doch kurz bevor Raven alles wieder zurückräumen wollte, fiel ihr auf, dass die eine Bodenlasche des Pappkartons etwas höher stand als die andere. Da hatte sich wohl etwas verhakt.

Vorsichtig, um den Karton nicht kaputt zu machen, schob sie Daumen und Zeigefinger unter die Lasche und bekam die Kante von etwas Hartem zu greifen.

Zum Glück hatte sie so zarte Finger und noch dazu große Erfahrung mit Feinarbeit. Mit viel Geduld und kleinen Bewegungen gelang es ihr, einen sehr flachen, weißen Gegenstand unter der Lasche hervorzuziehen.

Raven staunte nicht schlecht, als sie feststellte, dass es sich bei dem Ding um eine Art Tablet handelte. Aber ein Tablet, wie sie es noch nie zuvor gesehen hatte.

Es war kleiner als die Geräte, die mittlerweile überall im Einsatz waren. Nur etwas größer als ihre Handfläche. Auch das Design sagte ihr nichts. Um den schwarzen Bildschirm zog sich ein schmaler blauer Rand, der Markenname lautete »The Ark«. Hm. Vielleicht ein ausländisches Produkt?

Doch selbst die Tablets aus Asien oder Lateinamerika waren des Öfteren auf dem Schwarzmarkt des Gardens zu finden. Ausländische Geräte waren unter Händlern und Käufern sogar besonders beliebt, weil sie leichter zu manipulieren waren als die in Europa zugelassenen. Doch so ein Ding hier hatte Raven noch nie gesehen. Und von der Firma hatte sie auch noch nichts gehört.

Sie zog ihr Telefon hervor, um zu schauen, ob sie irgendetwas über das Fabrikat herausfinden konnte, doch das Gerät ließ sie im Stich. Hier unten im Keller gab es keinen Empfang. Sie schnaubte. Dass es überhaupt einen Ort in Altberlin Mitte gab, an dem man keinen Empfang hatte, war ein Skandal für sich.

In Neuberlin gab es vermutlich keine Orte, an denen man keinen Empfang hatte.

Vorsichtig drehte sie das Tablet zwischen ihren Fingern. Es war exzellent verarbeitet, hatte eine Metallhülle, soweit sie das feststellen konnte, und die Bauteile waren allesamt passgenau aufeinander abgestimmt. Das Ding war wirklich hübsch. Schnittig und futuristisch, wie aus einem Film.

Ihre Finger fuhren jede Kante entlang auf der Suche nach einem Knopf zum Anschalten, doch da war nichts.

Eigentlich ging dieses Tablet sie überhaupt nichts an. Sie hatte kein Recht, sich damit zu beschäftigen, doch etwas an dem Gerät verlockte sie.

Raven ließ ihren Blick über die Liste schweifen, die wie bei jeder Kiste an der Innenseite des Deckels angebracht war und den Inhalt aufzählte. Das Gerät war nicht aufgeführt. Entweder es war schon vorher irgendwie unter die Lasche gerutscht und hatte mit den restlichen Asservaten überhaupt nichts zu tun, oder derjenige, der die Kiste eingeräumt hatte, hatte das Gerät bewusst verheimlicht, es aber nicht mitgenommen. Ob das auch der Grund war, warum sie etwas weiter hinten gestanden hatte? Ravens Kopfhaut prickelte. Obwohl sie wusste, dass es besser wäre, sich rauszuhalten aus was auch immer, konnte sie sich nicht dazu bringen, das Gerät zurückzulegen und den Deckel zu schließen. Sie konnte es nicht einfach hierlassen. Wie versteinert saß sie da, starrte The Ark an, während in ihrem Kopf zwei Gedanken miteinander rangen. Hierlassen oder mitnehmen?

Dann erklangen Schritte etwas weiter vorne zwischen den Gängen, und Raven hörte Marthas Stimme.

»Raven?«

Raven schüttelte irritiert den Kopf. Musste Martha ihr eigentlich auf Schritt und Tritt folgen? Hatte die kein eigenes Leben?

Ohne dass sie sich wirklich dazu entschloss, glitt Ravens Hand mit dem Tablet unter ihr T-Shirt. Sie schob sich das Gerät in den Hosenbund und ließ ihr Shirt wieder fallen. Weil sie so schmal und schlaksig war, fiel das Tablet gar nicht auf.

»Ich bin hier!«, rief sie, und kurz darauf bog Martha um die Ecke.

LAURA

Irgendwann hatte sie nicht mehr gewusst, wohin mit sich, und war Raven in die Asservatenkammer gefolgt. Birol war seit einer halben Ewigkeit verschwunden, und davor hatte er sich sehr merkwürdig benommen. Fahrig, nicht ganz bei sich. Als wäre irgendwas passiert. Laura machte sich Sorgen. Hatte es vielleicht etwas mit ihr zu tun? Zog er sich zurück, weil er sich von ihr bedrängt fühlte?

Wie auch immer, es war zu früh, um schon nach Hause gehen zu können, und irgendwie war sie noch immer zu aufgepeitscht, um sich überhaupt vorzustellen, alleine in der kleinen Wohnung in Pankow zu hocken. Außerdem hoffte sie, in der Asservatenkammer vielleicht irgendeinen Hinweis darauf finden zu können, was mit Birols Vater geschehen war.

Zu ihrer großen Überraschung war sie offenbar nicht die Einzige, der dieser Gedanke gekommen war. Als sie zu Raven stieß, hockte diese über einer geöffneten Kiste, auf der der Name »Celik« stand. Was interessierte sie das denn jetzt auf einmal?

»Hey!«, begrüßte Laura sie, und Raven blickte hoch. Wieder fiel es Laura schwer, bei dem Anblick nicht zusammenzucken. Raven war ganz schön zugerichtet, ihr Gesicht glich einer Landkarte in Rot, Grün und Blau. In den paar Stunden, die sie hier unten war, war alles noch mal ordentlich nachgedunkelt. Vielleicht war das aber auch nur das Licht, das im Keller herrschte. Raven lächelte schief.

»Hey!«

»Was machst du denn da?«

Raven zuckte die Schultern und deutete auf die Kiste.

»Ich soll die Asservate durchsehen und schauen, ob alle Tüten und Kisten richtig beschriftet und verschlossen sind. Da bin ich auf das hier gestoßen.« Sie fischte in der Kiste herum und zog einen Polizeiausweis hervor. »Schau mal, der sieht doch aus wie Birol!«

Laura kniete sich neben Raven und nahm das Dokument vorsichtig in die Finger. Das war er also, der Mann, den zu suchen sie nach Berlin gekommen war. Dessen Geschichte irgendwie mit Fennes und ihrer verwoben war, ohne dass sie wusste, wie und weshalb.

Sie schluckte trocken, dann nickte sie. »Ja, er wurde auf einem Einsatz erschossen. Birol hat es mir erzählt.«

Ein leichtes Lächeln huschte über Ravens Gesicht. »Ihr beide also, ja?«

Laura fühlte, wie sie rot wurde. »Ich weiß nicht, was du meinst.«

Raven schüttelte amüsiert den Kopf. »Du bist eine schreckliche Lügnerin.«

Warum sagte sie das nur immer? Laura kniff die Lippen zusammen. Ob Raven recht hatte und man ihr immer alles ansah? Fenne hatte auch immer gewusst, wenn Laura log, doch das war etwas anderes. Die beiden hatten sich von Kindheit an gekannt.

»Vielleicht bist du ja auch nur so gut darin, Lügen zu erkennen, weil du mit so vielen Lügnern zu tun hast«, schoss Laura zurück, und Raven lachte auf.

»Also gibst du es zu?«, fragte sie neckisch.

»Was?«

»Dass da was läuft zwischen Birol und dir!«

Mist.

»Das werde ich ganz sicher nicht.«

Raven zuckte die Schultern. »Ist mir auch eigentlich egal. Fangt nur nicht an, vor mir herumzuturteln.«

Sie begann, die Kleidung von Can Celik vorsichtig wieder zurück in die Kiste zu räumen. Laura reckte den Kopf, um vorher hineinzuschauen, doch der Karton war ansonsten leer. Sie zeigte auf die Uniform, den Ausweis und die Patronenhülse.

»Sonst ist da nichts drin?«

Raven schüttelte den Kopf und hielt ihr den Pappdeckel hin, auf dessen Innenseite die Inhaltsliste klebte. Tatsächlich. »Keine Fasern.

Gar nichts sonst«, murmelte sie nachdenklich. »Hat denn da keiner ermittelt?«

Raven zuckte die Schultern. »Schräg, oder? Bei einem Kollegen sollte man doch meinen, dass die gründlicher wären als bei irgendeinem Dahergelaufenen mit einem Designersofa, aber ohne Augen.« Laura nickte nachdenklich. »Sollte man meinen.«

Ihr gefiel das alles nicht. Ein Kribbeln breitete sich in ihrem Nacken aus, als stünde jemand hinter ihr.

Raven hob die Kiste zurück ins Regal und schaute sie dann fragend an. »Was machst du eigentlich hier unten? Sollst du mich holen kommen?«

Laura schüttelte den Kopf. Mit einem Mal kam sie sich vollkommen blöd vor. Sie hatte sich nicht abgemeldet und niemanden um Erlaubnis gefragt. Wenn Birol wieder auftauchte, würde er sie sicher suchen.

»Nein, ich … ich wollte nur mal nach dir sehen.« Sie lächelte leicht. »Hab mir ein bisschen Sorgen gemacht.«

Raven runzelte skeptisch die Stirn. »Um mich?«

»Natürlich, um wen denn sonst? Du warst gestern ganz schön fertig und außerdem …« Laura gestikulierte hilflos in Richtung Ravens Körper. »Außerdem hat jemand mit einem Schlagstock auf dich eingedroschen.«

Die zarte Frau zuckte wieder die Schultern. Was Laura betraf, so war das Ravens Signature Move.

»Ich bin eine Verbrecherin, schon vergessen? Ich habe nichts anderes verdient. Und wie heißt es außerdem? Unkraut vergeht nicht!«

Sie lächelte freudlos, und das erste Mal, seitdem sie einander begegnet waren, hatte Laura das Gefühl, dass Raven einsam war. Diese unglaublich hellen Augen konnten auch dunkel werden, wenn sie etwas bedrückte.

»Ich halte dich nicht für Unkraut«, sagte Laura leise, und Raven lächelte. Es sah echt aus.

»Das ist gut zu wissen«, antwortete sie.

339

RAVEN

So wohl sie sich in dem Keller auch fühlte – nach dem Fund und Marthas merkwürdigem kurzen Besuch konnte sie es nicht abwarten, nach Hause zu kommen. Schon eigenartig, dass es bereits der zweite Tag in Folge war, an dem sie etwas verbotenerweise in ihrem Hosenbund schmuggelte. Aber wenn man so knochig war wie Raven, war das nun mal ein ziemlich sicherer Ort. Dort, wo es auf ihrer Haut lag, verspürte sie ein ungeduldiges Kribbeln, fast so, als würde das Gerät sie rufen und auffordern, doch jetzt schon zu verschwinden – zu schwänzen, sich einfach aus dem Staub zu machen. Ein verlockender Gedanke. Auch war sie gar nicht mehr so richtig bei der Sache, und das, obwohl sie ihre Aufgabe zuvor noch interessant gefunden hatte. Raven war ein Mensch, der sich schon alleine aufgrund ihres »Berufs« sehr für Technik interessierte und eigentlich über alle Neuerungen informiert war. Doch so was wie The Ark hatte sie noch nie gesehen. Oder darüber gelesen, und sei es auch nur in den Ankündigungen irgendwelcher kleinen Nischenfirmen. Raven hatte einen Alert für alle technischen Neuigkeiten, eigentlich entging ihr nichts. Wenn das so war, bedeutete es aber im Umkehrschluss, dass sie einen Prototyp im Hosenbund stecken hatte, und alleine dieser Gedanke elektrisierte sie.

Sie wollte unbedingt dieses Tablet zum Laufen bekommen und herausfinden, was es damit auf sich hatte. Außerdem musste sie dringend die Hand des Kämpfers, die sie in der Nacht eingesteckt hatte, richtig konservieren. Sie lag noch bei Spencer im Kühlschrank, da würde sie sich aber nicht mehr allzu lange halten. Allerdings hatte sie schon jetzt das Gefühl, dass sie sich der Hand heute Nacht nicht widmen würde. Ihre Anspannung war einfach zu groß. Sie schämte sich ein bisschen dafür, aber wenn sie dem Mann noch einmal begegnete, könnte sie ihm auch anbieten, gleich eine richtige Prothese einzusetzen. Die war in vielerlei Hinsicht ohnehin praktischer.

Die Minuten wurden unendlich lang und zäh. Sie war nicht richtig bei der Sache und ertappte sich dabei, längere Zeit vor dem Regal zu stehen und einfach nur hineinzuglotzen, ohne irgendetwas zu sehen, während ihre Gedanken rasten. Als Frau Jacobson endlich nach ihr rief, sprang sie derart enthusiastisch auf, dass sie zwei Kartons mit ihrer Schulter aus dem Regal fegte.

»Was hat denn da hinten so gerumpelt?«, fragte Frau Jacobson, als Raven wie ein Geschoss um die letzte Ecke bog.

»Und warum rennst du so?«

»Ich habe noch einen Termin!«, japste Raven, während sie sich einen Gurt ihres Rucksacks schnappte. Sie spürte den gestrigen Tag in allen Knochen, doch auf der anderen Seite konnte sie es nicht erwarten, nach Hause zu kommen.

Ohne sich von Birol oder Martha zu verabschieden, verließ Raven den Käfig und saß wenige Minuten später in einer Bahn, die sie zumindest recht nah an Alt-Lichtenberg heranbringen würde.

Dafür, dass er mit so schrecklichen Gefühlen angefangen hatte, war der Tag doch gar nicht so schlecht gewesen.

Ihre Bahn war leer, und als sie sich sicher und einigermaßen unbeobachtet fühlte, zog sie The Ark unter ihrem Shirt hervor und schob das Gerät mit einer Handbewegung in ihren Rucksack, da ihr die Kanten doch schon ziemlich in die Bauchdecke geschnitten hatten.

Zwar befanden sich in der Bahn außer ihr nur zwei eher obdachlos aussehende Männer, die ans Fenster gelehnt fest schliefen, doch dafür waren die Kameras umso wachsamer. Und wenn es sich bei dem Ding tatsächlich um das handelte, was sie im Verdacht hatte, dann wollte sie nicht, dass es Aufnahmen von ihr damit gab.

Ihr Leben war in den letzten Tagen deutlich gefährlicher geworden als jemals zuvor, das wurde ihr gerade wieder bewusst. Jemand verfolgte Dark, und jetzt hatten Eugene und Mikael auch noch Raven auf dem Kieker. Und nun schleppte sie zu allem Überfluss noch ein Gerät mit sich herum, das sie in der Asservatenkiste eines toten Polizisten gefunden hatte. War sie eigentlich vollkommen bescheuert?

Gut, das war eine rhetorische Frage.

Eigentlich müsste sie heute dringend die Neurotubes entgraten und säubern, sich um die abgetrennte Hand kümmern, die Drucker reinigen, damit sie nicht anfingen zu stinken – sie erhitzten sich beim Drucken ziemlich, und das Gemisch aus Schweinefleisch und Silikon roch nicht gerade nach Rosen –, und ein neu angefangenes Werkstück stand nun schon seit über einer Woche unberührt auf ihrem Werktisch und setzte Staub an, was die feinen Mechanismen auch nicht gerade besser machte.

Normalerweise war Raven nicht so nachlässig, doch was normalerweise war, zählte nicht mehr.

Zu Hause angekommen, hechtete sie direkt in den Fahrstuhl und fuhr ganz nach oben, ohne ihrem Labor auch nur einen kurzen Besuch abzustatten.

Als die Tür hinter ihr zufiel, bemerkte sie, dass sie schon seit Längerem nicht mehr hier drin gewesen war. Die Luft roch abgestanden und muffig, was kein Wunder war. Seitdem ihre Mutter gestorben war, hatte Raven hier drinnen nichts verändert. Sie wusste selbst nicht, wieso. Bei der Kindheit, die sie durchlebt hatte, hätten andere das ganze Zeug wahrscheinlich nicht schnell genug loswerden können. Aber Raven hatte nicht einmal etwas von dem schrecklichen Nippes weggeworfen, den ihre Mutter angehäuft hatte. Und die hatte die Möbel damals schon gebraucht von ihren Eltern bekommen.

Das Zeug war uralt. Nicht im Sinne von Vintage oder Antik, sondern einfach nur im Sinne von ranzig. Die Couchgarnitur, der Wohnzimmerschrank, die Küchenmöbel. Dazu kam, dass auch hier, wie überall im Haus, Teppich auf dem Fußboden lag. Raven dachte lieber nicht darüber nach, wie viele Mitbewohner sie inzwischen wohl hatte.

Aber dafür wurde Raven selten krank, was sie selbst darauf zurückführte, dass sie, seit sie denken konnte, in einer dermaßen verkeimten Wohnung lebte, dass ihre Abwehrkräfte eine Art Superpower entwickelt hatten. Denn eigentlich waren Menschen mit ihrem seltenen Gendefekt eher anfälliger für Krankheiten. Doch Raven war unkaputtbar.

Noch in ihrer Jacke, mitsamt den Schuhen und dem Rucksack auf dem Rücken, begann Raven, in ein paar Kisten zu kramen, die auf der Fensterbank neben dem Esstisch standen, den sie als Werktisch benutzte. Sie zog ein Knäuel Kabel hervor und fluchte über sich selbst, weil sie es nie schaffte, die Ladestationen ordentlich aufzuwickeln. Zwar gab es mittlerweile natürlich massenhaft komplett kabellose Systeme, doch für deren Benutzung waren die uralten Steckdosen in ihrem Gebäudekomplex vollkommen nutzlos. Sie musste sich hier noch auf kabelbasierte Technik verlassen. Sollte ihre Waschmaschine jemals den Geist aufgeben, wäre sie verloren.

Schließlich hatte sie eine der größeren Aufladestationen aus dem Wirrwarr befreit und steckte sie in die nächstbeste Steckdose. Dann zog sie The Ark hervor und legte das Gerät auf das Kontaktfeld. Schon nach wenigen Sekunden leuchtete der Rand um das Display blau auf. Gut, offensichtlich lud das Ding. Nun hieß es erst einmal abwarten. Wahrscheinlich brauchte es, wie die meisten Geräte, etwas länger, wenn es einmal komplett entladen war.

Raven ließ den Rucksack von den Schultern gleiten, der mit einem lauten Geräusch zu Boden fiel, und schälte sich in derselben Bewegung aus ihren Schuhen und der Lederjacke. Sie ließ die Arme kreisen und rollte den Kopf im Nacken – selten hatte sie sich so steif und ungelenk gefühlt. Als ihr Magen knurrte, fiel ihr auf, dass sie noch nicht wirklich viel gegessen hatte. Hätte ihr Frau Jacobson nicht mit der Stulle ausgeholfen, hätte Raven noch überhaupt nichts im Bauch.

Also schlurfte sie müde in die Küche, um zu sehen, was sich dort noch Essbares finden ließ.

Viel war es nicht, doch wie immer fand sie hinten im Schrank noch ein paar Proteinriegel. Spencer war verrückt nach den Dingern, und Raven ließ sich von ihm immer mal wieder welche aufschwatzen. Sie mochte das Zeug nicht, es schmeckte wie gepresstes Pulver, das vage an Lebensmittel erinnerte, aber wenigstens waren sie unkompliziert zu essen und machten satt.

Sie hatte gerade in der Hoffnung auf ein Getränk, das nicht Wasser war, ihren Kopf in den alten Kühlschrank gesteckt, als ein Geräusch aus dem Wohnzimmer sie zusammenzucken ließ. Es klang, als wäre etwas umgefallen.

Ravens Muskeln spannten sich an. Hatte sie abgeschlossen? Den Code eingegeben, die Kette vorgelegt? Hatte sie nachgesehen, dass niemand ihr gefolgt war? Natürlich nicht. Sie war viel zu fixiert auf das Gerät gewesen, um an all das zu denken.

So leise sie konnte, schloss sie die Kühlschranktür wieder und schob sich auf Socken über den Küchenfußboden bis zum Messerblock, der auf der Arbeitsfläche stand. Sie hatte die Messer seit Jahren nicht mehr benutzt, sodass sie keine Ahnung hatte, wie scharf sie überhaupt noch waren, aber wenn man mit genug Kraft zustieß, war das eigentlich auch schon egal.

Raven zog das größte Messer aus dem Block und fühlte sich sofort besser, als ihre Finger den Griff fest umschlossen. Sie war nicht wehrlos. Sie war kein Kind mehr. Und sie war kein Opfer.

Mit klopfendem Herzen schob sie sich an der Wand entlang in Richtung Küchentür, die direkt ins Wohnzimmer führte.

»Hallo?«, rief plötzlich eine kräftige Männerstimme in die angespannte Stille hinein.

Raven zuckte zusammen und verfluchte sich im nächsten Augenblick dafür. Sie war doch kein Baby mehr, verdammt!

»Hey, warum ist es hier so dunkel?«, rief der Mann nun, und Raven runzelte die Stirn. Was meinte er denn damit? Und was machte er in ihrer Wohnung?

»Scheiße, wo bin ich?«

Sie betrat das Wohnzimmer in der festen Überzeugung, dort einen Mann stehen zu sehen, doch es war niemand im Raum. Alles sah genauso aus, wie sie es verlassen hatte. Mit dem Unterschied, dass das Tablet mitsamt der Aufladestation von der Tischkante gerutscht war und nun in der Luft baumelte.

Raven ließ das Messer ein Stück weit sinken, trat vor und legte das Tablet zurück auf den Tisch.

»Ist da jemand? Ich hör doch irgendwas!«, sagte die Stimme nun, und zu Ravens größtem Erstaunen hörte sie so was wie Unmut oder Ungeduld heraus.

Dabei vibrierte das Tablet. Sie runzelte die Stirn. Die Stimme kam aus dem Gerät!

»Ich … ich bin hier!«, antwortete sie nach einigem Zögern.

»Aha. Na, da bin ich ja sehr beruhigt. Wenn Sie schon nicht die Höflichkeit haben, sich vorzustellen, könnten Sie dann wenigstens das Licht anmachen? Ich fühle mich nicht sehr wohl im Dunkeln.«

Raven legte das Messer auf die Tischplatte und ließ sich schwer auf einen der Stühle fallen. Was war das denn für ein kranker Mist. Hatte sie am Ende einfach nur eine blöde Spielekonsole mitgehen lassen, mit der sich der Polizist Celik manchmal die Zeit vertrieben hatte? Wahrscheinlicher war allerdings, dass es sich um eine Art Kommunikationsgerät handelte. Ein Spiel hätte wohl kaum hören können, dass Raven den Raum betreten hatte.

»Die Lichter brennen im ganzen Zimmer«, sagte sie erschöpft und rieb sich mit der Hand durchs Gesicht. Der Schreck hatte sie mit einem Schlag erst sehr wach und nun schrecklich müde gemacht. »Sie können durch das Ding nur nicht richtig sehen.«

»Was für ein Ding? Was ist hier los? Bin ich in einem Krankenhaus?«

Raven beugte sich vor und begutachtete das Tablet neugierig. Telefonierte da jemand mit ihr, der nicht wusste, dass er telefonierte? Oder war ein Chatprogramm angesprungen, und der Mann wusste nur nicht, wie man die Kamera einschaltete?

Aber wer wusste denn *so was* nicht?

Sie nahm das Gerät vorsichtig in die Hand und betrachtete es von allen Seiten auf der Suche nach einer Kamera.

Mitten im Gedanken hielt sie inne. Wollte sie überhaupt gesehen werden? Wäre das nicht ziemlich unklug von ihr? Immerhin hatte sie das Teil einfach so mitgehen lassen, und jetzt sprach ein Wildfremder mit ihr. Selbst wenn sie eine Kamera fand, sollte sie diese besser nicht aktivieren. Überhaupt wäre es wohl klüger, das Tablet komplett auszuschalten und erst mal genauer zu untersuchen.

Doch das Problem war: Sie fand auch keinen Knopf, an dem sie es hätte ausschalten können.

Noch während sie nachdachte, was sie am besten tun sollte, wurde mit einem Mal das Display ganz hell. Im nächsten Augenblick tauchte eine Gestalt darin auf.

Vor Schreck ließ Raven das Gerät zu Boden fallen.

RONNY

Verdammt, warum musste die Marianne so weit vom Büro der Sanderin weg sein? Und warum ging sie nicht ans Telefon, er wusste genau, dass sie da war. Seit Wochen ging sie nur noch sporadisch nach Hause, doch nach dem Vorfall in seinem Kraftraum hatte sie ihr Büro kaum noch verlassen.

Ronny hatte ihr Essen nach oben gebracht, ihre Wunden versorgt und ihrem hasserfüllten Gebrabbel mindestens dreimal am Tag gelauscht. Zwischendurch hatte er sogar gedacht, sie hätte Fieber.

Doch seine Chefin war einfach nur der Rachsucht verfallen. Er hatte das schon öfter gesehen, nur noch nie so schlimm wie bei ihr. Es war eine Krankheit, die einen Menschen von innen komplett auffressen konnte.

Die Nachricht, die er ihr nun überbringen würde, würde alles über den Haufen werfen, dessen war er sich ziemlich sicher. Nur wusste er nicht, ob es hinterher besser oder schlechter sein würde. Aber das spielte auch überhaupt keine Rolle, richtig? Was er gerade erfahren hatte, konnte er vor der Sanderin nicht geheim halten. Das würde ihn den Kopf kosten. Außerdem war es doch genau das, was sie gewollt hatten, oder? Nur dafür hatte er dieses Arschloch aus dem Gefängnis geholt. Ronny hoffte inständig, ihn jetzt, da er seine Arbeit erledigt hatte, einfach in die Elbe werfen zu dürfen. Er konnte sich nicht vorstellen, dass jemand nach dem Typen suchte.

Natürlich ging das nicht. Sven hatte sich abgesichert, und Ronny hatte so eine Ahnung, dass der Typ nicht bluffte. Er hätte in der Situation ganz genauso gehandelt. Sven war alles Mögliche, aber nicht doof.

Doch was sollten sie jetzt mit ihm machen? Ihn adoptieren?

Es war bereits wieder Abend geworden, und Bindfäden regneten auf Hamburg nieder. Sie malten Striche in die Lichtkegel der funzeligen Laternen, die das gesamte Hafengebiet beleuchteten.

Es war eine Nacht, in der die Bösen einsam starben. Jedenfalls im Film. Er selbst gedachte sehr wohl zu überleben.

Was für ein kranker Scheiß das alles war. Wenn er knietief drinsteckte, kam es ihm nie sonderlich absurd vor. War nun mal sein Job. Aber wenn er die Gelegenheit hatte, mal länger als ein paar Sekunden darüber nachzudenken, kam er immer wieder zu dem Schluss, dass er vielleicht doch besser in der Erdbeerhöhle geblieben wäre. Seine Frau und seine Töchter wären da allerdings sicher anderer Meinung.

Als er die Tür zu Ophelias Büro erreichte, atmete er ein paarmal tief durch, bevor er anklopfte. Tatsächlich war er nervös. Das durfte doch nicht wahr sein!

Ronny lauschte, doch er hörte keinen Laut durch das Türblatt dringen. Er klopfte erneut, fester diesmal. Wieder nichts.

Ronny runzelte die Stirn. Ob sie ihr Büro verlassen hatte? Auf jeden Fall brannte Licht in dem Raum, ein blasser Strahl war durch den Türspalt zu sehen.

»Sanderin!«, rief er und hämmerte nun regelrecht gegen die Tür. »Ist alles in Ordnung bei Ihnen?«

Ronny legte das Ohr an die Tür, und nun meinte er, im Inneren des Büros Geräusche zu hören. Doch reingebeten wurde er noch immer nicht. Verwirrt runzelte er die Stirn. Konnte ihr da drinnen etwas passiert sein? Immerhin war sie alleine mit einer beachtlichen Menge Rotwein. Er war ihr Sicherheitschef und konnte wohl kaum hier draußen stehen, wenn er sich Sorgen um seine Chefin machte, oder? Auf der anderen Seite hatte sie ihm unmissverständlich klargemacht, was ihn erwarten würde, wenn er es wagte, ohne Aufforderung ihr Büro zu betreten.

Doch hatte er eigentlich eine Wahl?

»Ich zähle jetzt bis drei. Wenn ich in der Zeit nichts von Ihnen höre, komme ich rein.«

Er atmete noch einmal tief durch. Sosehr er sich für diesen Gedanken schämte: Ein Teil von ihm wünschte sich, Ophelia Sander leblos auf dem Boden vorzufinden. Viele seiner Probleme würden sich mit einem Schlag in Luft auflösen.

»Eins. Zwei. Dr...«

»Jetzt kommen Sie schon rein, Sie elender Idiot«, hörte er ihre Stimme schließlich leicht verärgert sagen.

Immerhin.

Ronny drückte die Klinke herunter und erschrak ein wenig, als er sah, was sie in den letzten Stunden mit ihrem Büro angestellt hatte. Der Fußboden war übersät mit Aufzeichnungen, ihr Tresor stand sperrangelweit offen. Eine der Weinflaschen, die er ihr zum Mittagessen mitgebracht hatte, war leer, die andere auch nur noch knapp ein Drittel gefüllt.

Rotweinflecken beschmierten einige der Unterlagen; das Glas mit Nachschub und unzähligen Fingerabdrücken übersät, stand auf dem Boden zwischen dem ganzen Papier.

Mittendrin hockte seine Chefin. Sie war barfuß, sodass er sehen konnte, dass die beiden Bandagen, die er ihr um die Füße gewickelt hatte, schon wieder durchgeblutet waren. Sie hatte sich seit drei Tagen nicht umgezogen, das sauteure Designerkleid hing ihr am Körper wie ein alter Sack.

Ronny seufzte. »Was machen Sie denn da?«, fragte er und war selbst erstaunt über die Sanftheit in seiner Stimme. Er konnte es nicht ändern – verletzte Frauen lösten bei ihm immer einen besonders starken Beschützerinstinkt aus. »Hab ich Ihnen nicht gesagt, Sie sollen auf dem Sofa liegen bleiben?«

Ophelia drehte sich auf den Füßen zu ihm um. Eine Bewegung, die ihm schon vom Zuschauen wehtat.

»Ich habe keine Zeit, hier rumzuliegen, Könighaus!«, entgegnete sie ungehalten. »Nicht, bei allem, was hier läuft.«

»Da haben Sie vielleicht recht!«, gab Ronny zurück und setzte ein Lächeln auf.

Die Sanderin runzelte skeptisch die Stirn.

»Wieso? Was meinen Sie? Und warum sind Sie eigentlich hier?«

Andere Leute hätte er vielleicht zappeln lassen. Ronny mochte es, gute Nachrichten zu überbringen, aber bei Ophelia Sander traute er sich nicht, auch nur ein paar Augenblicke um den heißen Brei herumzureden. »Weil wir ihn gefunden haben«, antwortete er daher schlicht.

Die Sanderin riss die Augen auf, verlor ihr Gleichgewicht und landete recht undamenhaft auf ihrem Hinterteil. Gedankenverloren griff sie nach ihrem Weinglas und nahm einen Schluck. In diesem Augenblick wirkte sie wie ein kleines Kind, das zum ersten Mal im Leben einen echten Elefanten sieht.

»Was?«

»Wir haben ihn.« Ronny kratzte sich am Hinterkopf. »Oder besser gesagt: Sven hat ihn. Er ist online.«

Ophelia Sander war ganz blass. Ihre Hände zitterten, und kurz hatte Ronny Sorge, sie könnte ihm tatsächlich umkippen.

»Wenn Sie mich verarschen, dann …«

Ronny schüttelte den Kopf. »Habe ich Sie jemals verarscht? Glauben Sie mir ruhig. Er ist online, und wir wissen ganz genau, wo er jetzt ist.«

Die Sanderin schloss die Augen und atmete ein paarmal tief durch.

»Er lebt«, flüsterte sie, und eine Träne rollte ihre linke Wange hinab, was Ronny doch einigermaßen erstaunlich fand. Egal, was passiert war, bisher hatte er seine Chefin noch nie weinen sehen.

»Er lebt«, wiederholte sie und schlug die Augen wieder auf. Etwas hatte sich in ihrem Gesicht verändert. Ihre Kiefermuskeln waren angespannt, die Augen schienen hart wie Kiesel. »Wer immer ihn in seiner Gewalt hat, wird dieses Privileg nicht mehr sonderlich lange genießen.«

RAVEN

Sie hatte sich im Bad eingeschlossen. Natürlich war das maximal albern, da sich sonst kein Mensch in der Wohnung befand. Also niemand, der ihr hätte folgen können. Trotzdem schloss sie sich eigentlich immer im Bad ein, wenn sie unsicher war und alleine sein wollte. Vielleicht war das noch ein Reflex aus ihrer Kindheit. Raven wusste es nicht genau.

Sie saß auf der geschlossenen Toilette und tippte auf ihrem Tablet herum. Das Gesicht, das ihr eben aus The Ark entgegengeblickt hatte, war ihr sehr bekannt vorgekommen, doch hatte sie nicht sagen können, woher.

Nachdem sie ein wenig das Internet durchforstet hatte, wusste sie es wieder. Kein Wunder, dass es ihr nicht sofort eingefallen war – solche Leute interessierten sie normalerweise kein Stück. Normalerweise. Ein Wort, das sie offensichtlich auch gleich aus ihrem Repertoire streichen konnte.

Langsam stand sie auf und entriegelte die Tür. Sie war zwar noch sehr in ihre Gedanken verstrickt, doch Raven musste unbedingt herausfinden, was zur Hölle hier lief. Jedenfalls verstand sie für ihren Teil überhaupt nichts mehr.

Auf ihrem Weg ins Wohnzimmer ging sie in der Küche vorbei, um sich den Riegel zu schnappen, den sie eben vor lauter Schreck auf der Arbeitsplatte hatte liegen lassen.

Dann betrat sie das Wohnzimmer, setzte sich wieder an den Tisch und lehnte The Ark so, dass sie dem Mann, der noch immer recht verwirrt und ungehalten daraus hervorstarrte, direkt ansehen konnte.

»Es ist ziemlich unhöflich, jemanden so lange warten zu lassen«, sagte er nun in strengem Tonfall. Raven zog die Augenbrauen hoch. »Und es ist mindestens genauso unhöflich, fremde Menschen einfach so anzumaulen.«

»Einfach so?« Der junge Mann schnalzte mit der Zunge. »Ich wurde eine ziemlich lange Zeit im Dunkeln stehen gelassen, und nun befinde ich mich an einem Ort, den ich beim besten Willen nicht als angemessen bezeichnen kann.« Er musterte Raven von oben bis unten. »Und in zweifelhafter Gesellschaft befinde ich mich auch noch.«

Raven schüttelte irritiert den Kopf. Sie studierte das Gesicht, das ihr aus dem Bildschirm entgegenblickte, etwas eingehender.

Der junge Mann war unrasiert, aber auf die Art, die beabsichtigt war und eine gewisse Lässigkeit zur Schau stellen sollte. Er war auf genau dieselbe Weise unordentlich wie das strohblonde Haar, das in alle Richtungen abstand. Zwei graugrüne Augen blickten unter gepflegten Augenbrauen und über einer geraden Nase in die Welt. Um seine wohlproportionierten Lippen hatte sich ein spöttischer Zug eingegraben, den er wahrscheinlich niemals ablegte. Es bestand überhaupt kein Zweifel. Sie sprach gerade mit Sky von Bülow. Dem steinreichen Unternehmersohn und begehrtesten Junggesellen Hamburgs, der vor knapp zwei Monaten spurlos verschwunden war.

»Hey, ich bin im Moment der einzige Mensch auf der Welt, der Ihnen helfen kann, okay? Also passen Sie auf, was Sie sagen.«

Von Bülow runzelte die Stirn, sagte aber nichts. Raven wertete das mal als Zustimmung.

»Also«, sagte sie, nachdem sie tief durchgeatmet hatte. »Von wo aus rufen Sie an?«

Auf der Stirn des Unternehmersohns erschien eine tiefe Falte.

»Anrufen?«, fragte er verwirrt.

»Wo befinden Sie sich gerade?«, versuchte Raven es anders. Könnte ja sein, dass der Typ einen Schlag auf den Kopf bekommen hatte.

Von Bülow drehte den Kopf. »Nun, ich würde sagen, ich befinde mich in einem …«, er stockte, als würde er nach dem richtigen Wort suchen, während er sich weiter im Raum umsah, »… einem Wohnzimmer oder so was. Auch wenn ich mir nicht vorstellen kann, dass irgendjemand freiwillig in einem solchen *Raum* wohnen kann.«

Raven stutzte. Meinte er etwa ihr Wohnzimmer?

»Was meinen Sie damit?«

Sky gestikulierte heftig in Richtung der Couchgarnitur.

»Das fragen Sie sich nicht ernsthaft! Wirklich, ich hätte nicht für möglich gehalten, dass solche Möbel noch existieren! Sie sind eine Beleidigung für meine Augen und außerdem ...«, er stockte und atmete ein paarmal tief ein, »... sind es die Polster, die hier so riechen?«

Raven biss gedankenverloren von ihrem Riegel ab und begann zu kauen. Der Typ war eindeutig nicht mehr ganz dicht. Sie wusste nicht, ob sie Lust hatte, sich das noch sehr viel länger gefallen zu lassen. Immerhin war das, trotz allem, ihre Wohnung. Ihr Zuhause. Sie selbst durfte darüber lästern, aber doch niemand anderes. Schon gar nicht so einer!

»Könnte ich vielleicht auch einen haben?«, fragte Sky nun und zeigte auf Ravens Proteinriegel. Vor lauter Überraschung schluckte Raven viel zu viel von dem trockenen Zeug auf einmal herunter.

Sie blickte auf den Riegel in ihrer Hand, dann zum Mann im Bildschirm. Bei jedem anderen Menschen hätte sie gedacht, sie würde einfach auf den Arm genommen, doch der Typ sah so aus, als meinte er es verdammt ernst.

»Ehrlich, ich habe ganz schön Hunger. Das Zeug wäre nicht meine erste Wahl, aber in Anbetracht der Umstände ...« Er runzelte verwirrt die Stirn. »Was genau sind eigentlich die Umstände?«

Raven lachte laut auf, sie konnte nicht anders. Das hier war doch zu absurd.

»Ich kann Ihnen keinen Riegel geben, selbst wenn ich es wollte.«

»Aber Sie wollen nicht?« Zum ersten Mal sah sie ein leichtes Lächeln auf Skys Gesicht. Raven hätte gerne die Augen verdreht, wenn die Situation nicht so absurd gewesen wäre.

»Darum geht es jetzt hier nicht«, sagte sie streng, und nun nahm sie ganz sicher ein verschmitztes Glitzern in Skys Augen wahr. Sie wusste, dass halb Deutschland diesem Mann verfallen gewesen war, und allmählich verstand sie, warum. Er hatte einen natürlichen Charme an sich. Das war etwas, das man nicht lernen konnte. Selbst über das Gerät vermittelte er Raven eine enorme Bandbreite an Gefühlen. Jeder noch so kleine Muskel seines Gesichtes erzählte mehr Geschichten als Ravens gesamter Körper.

»Ach, und worum geht es dann, wenn es nicht darum geht, dass Sie eine geizige kleine Hexe sind?«

»Hey!« Raven riss empört die Augen auf. »Was soll denn das, warum beleidigen Sie mich?«

Sky zuckte mit Unschuldsmiene die Schultern, doch seine Augen verrieten ihn. »Vielleicht, weil es der einzige Spaß ist, den ich in diesem Drecksloch habe?«

»Und jetzt beleidigen Sie auch noch mein Zuhause«, schnaubte Raven, doch sie stellte irritiert fest, dass ein Lachen in ihrer Brust steckte. Kurz unterhalb der Kehle.

Sky riss erstaunt die Augen auf. »Sie wohnen hier? Was macht ein so hübsches Mädchen denn in einer Umgebung wie dieser?«

Schmeicheleien. Ja, super. Das würde bestimmt funktionieren. Raven verschränkte die Arme. »Eben war ich noch eine geizige Hexe.«

»Das eine schließt das andere nicht aus.«

»Können wir jetzt mal zum Punkt kommen?«, rief sie entnervt aus, und Sky gab sich Mühe, seriös auszusehen.

»Natürlich. Ich bitte um Verzeihung. Was war noch mal der Punkt?«

»Dass Sie sich, anstatt mit mir zu flirten, lieber auf ihr größtes Problem konzentrieren sollten.«

Der junge Mann zog die Augenbrauen hoch. »Das da wäre? Ich befinde mich zwar in einem zweifelhaften ästhetischen Umfeld, aber in amüsanter Gesellschaft. Und wenn es mir zu viel wird, dann kann ich einfach gehen.«

Raven raufte sich ungeduldig die Haare.

»Nein, das können Sie nicht.«

»Verzeihung?«

»Sie können meine Wohnung nicht verlassen.«

»Ach.« Über Skys gerader Nase bildete sich eine ebenso schnurgerade Falte in der Stirn. »Und warum nicht? Bin ich jetzt etwa ein Gefangener?«

»Nein, natürlich nicht.« Raven schnaubte. »Sie sind überhaupt nicht hier!«

Sky lachte auf. »Aha. Ich bin nicht hier. Und wo bin ich dann?«

»Das weiß ich doch nicht!« Vor lauter Frustration wurde Raven viel lauter, als sie beabsichtigt hatte. Was hier gerade stattfand, das konnte sie mit absoluter Sicherheit sagen, war wohl das absurdeste Gespräch, das sie in ihrem gesamten Leben geführt hatte.

»Sehr überzeugend.« Er musterte Raven wieder mit diesem Blick. So als wäre sie die Verrückte im Raum.

»Haben Sie sich schon einmal in Behandlung begeben wegen dieser ... Sache?«

Raven hatte genug. Mittlerweile verstand sie, dass Sky keine Scherze mit ihr machte. Jedenfalls nicht, was seinen Aufenthaltsort anbelangte. Er glaubte wirklich, dass er sich hier mit ihr im Wohnzimmer befand, und das musste dringend aufhören.

Eigentlich konnte es ihr egal sein, sie hatte genug eigene Probleme, als sich jetzt auch noch einen verschwundenen Prominenten mit einem monstergroßen Ego ans Bein zu binden, aber Raven brachte es nicht übers Herz, The Ark einfach in eine Schublade zu stopfen, bis ihm wieder der Saft ausging.

Vielleicht war es herzlos, ihn jetzt so direkt damit zu konfrontieren, doch ihr fiel nichts Besseres ein. Raven massierte ihre Schläfen und überlegte, wie sie es am besten anstellen sollte. Doch ihr fiel nur der Holzhammer ein.

»Sie sind doch Sky von Bülow?«, fragte sie nun, und Sky grinste breit.

»Das will ich meinen.«

»Der Sky von Bülow, der vor knapp zwei Monaten spurlos verschwunden ist und seitdem fieberhaft von der gesamten Polizei Deutschlands gesucht wird?«

Skys Lächeln verschwand, und die Falte, die eben seine Stirn geziert hatte, kehrte zurück. Deutlich tiefer diesmal.

»Sohn des Softwaremagnaten Conrad von Bülow, Hamburger It-Boy und Frauenschwarm, dessen Verschwinden die Klatschblätter nicht nur in Deutschland für Wochen gefüllt hat. Der Sky von Bülow?«

Nun war Skys Gesicht ein einziges Fragezeichen. Kurz schoss Raven durch den Kopf, dass sie vielleicht nicht dem echten Sky, sondern einer Simulation oder Projektion gegenübersaß. Ein Spiel für Fans, in dem man sich mit dem Kerl auf dem Bildschirm unterhalten konnte und das Gefühl hatte, er gehöre nur einem selbst. Möglich wäre es. In Japan, das wusste Raven, waren solche Projektionen weit verbreitet.

Doch dafür war er zu authentisch. Die Bandbreite an Gefühlen, die er im Repertoire hatte und glaubhaft zur Schau stellte, gab es so selbst bei den modernsten Spielen noch nicht. Außerdem war er zwar reich und berühmt, aber nur in Deutschland. Da gab es ganz andere, internationale Stars, bei denen sich so ein Aufwand eher lohnen würde. Außerdem sagte Raven ihr Bauchgefühl, dass das hier kein Spiel war.

»Verschwunden?«, fragte Sky nun verwirrt, und Raven nickte. »Ja. Sie werden gesucht. Deshalb habe ich ja auch gefragt, von wo aus sie anrufen.«

»Aber … ich …« Seine dichten Augenbrauen beschrieben energische Dreiecke. »Hören Sie auf damit. Das ist wirklich nicht witzig.«

Raven erweckte ihr Tablet mit einem Tippen auf den Bildschirm zum Leben. Dort war noch der letzte Artikel aufgerufen, den sie im Bad gelesen hatte, um sicherzugehen, dass es sich bei dem Mann tatsächlich um Sky von Bülow handelte.

Sie hielt das Gerät so, dass er es sehen konnte.

»Hier«, sagte sie. »Sehen Sie selbst. Können Sie das lesen?«

Sky nickte. Sein Blick war schon dabei, über die Zeilen des Artikels zu rasen, den Raven ihm hinhielt. Als er fertig war und zu ihr aufsah, rief sie den nächsten Artikel auf, danach den nächsten und den nächsten. Bis sie ein ersticktes Wimmern aus The Ark hörte und ihr Tablet sinken ließ.

Skys Gesicht war verzerrt, und sollte man im Wiki eine Abbildung für Verzweiflung brauchen, wäre er in diesem Moment ein geeigneter Kandidat. Der schöne, selbstbewusste Mann war jetzt nicht mehr zu sehen, er wirkte eher wie ein kleines Kind, das seine Mutter verloren hatte.

»Ich verstehe das nicht«, jammerte er. »Ich … ich …«

Raven fühlte Mitleid in sich aufsteigen. Sie hatte keine Ahnung, was es genau war, das sich gerade in ihrem Wohnzimmer abspielte, aber sie wusste, dass es echt war. Echte Verwirrung, echte Verzweiflung.

»Aber ...« Sky schluckte und sah Raven direkt in die Augen. Sie hätte jetzt gerne die Hand nach ihm ausgestreckt und ihn berührt, nur um ihn irgendwie zu trösten. Doch sie konnte ihn nicht erreichen.

»Aber ich bin doch hier«, flüsterte Sky.

Raven schüttelte den Kopf. Sie hatte einen Kloß im Hals, der so groß war wie eine menschliche Faust.

»Nein«, sagte sie sanft. »Das sind Sie nicht.«

Sie stand langsam auf und ging zurück ins Badezimmer, wo sie den kleinen Spiegel, der über dem Waschbecken hing, von der Wand nahm.

Zurück im Wohnzimmer, stellte sie den Spiegel vor das Gerät, in dem sich Sky befand. Sie lugte am Rand ein wenig dahinter hervor, um die Reaktion des Mannes beobachten zu können.

Sky wurde leichenblass. Er riss die Augen auf wie ein schlechter Schauspieler und starrte auf das, was er da gerade im Spiegel sah. Dann begann er, sich selbst panisch zu berühren. Er fuhr sich mit der Hand durchs Gesicht, kniff sich in den Arm und riss an seinen Haaren. Dann schnitt er die wildesten Grimassen, vollführte plötzliche Bewegungen und rannte im Kreis. Sein Spiegelbild machte alles mit.

Schließlich ließ er sich fallen und saß kurz darauf im Bildschirm, den Kopf in den Händen vergraben.

»Wo ist mein Körper?«, fragte er leise, und Raven ließ den Spiegel sinken.

Sky blickte auf und in seinen nun rot unterlaufenen Augen stand die blanke Wut. »Wo zur gottverdammten Scheißhölle ist mein Scheißkörper?«, schrie er so laut, dass sie zusammenzuckte.

»Ich weiß es nicht«, antwortete Raven. Und dann, sie wusste selbst nicht genau, warum, fügte sie nach einer Weile hinzu: »Aber wir werden es herausfinden.«

BIROL

Birol schwor, dass eine illegale Waffe mehr wog als seine Dienstpistole.

Seitdem er das Café im Wedding verlassen hatte, in dem die Übergabe stattgefunden hatte, fühlte er, wie das Ding ihn regelrecht runterzog. Wenn er seine Dienstwaffe trug, vergaß er sie zwischendurch immer wieder. Doch die alte Glock, die sein Cousin ihm besorgt hatte, brannte auf der Haut wie Feuer. Jede einzelne Sekunde dachte er daran, dass er sie bei sich trug.

Sie waren alle da gewesen, in dem runtergerockten Wettbüro. Cem, Kalid, Mahmoud, Beram, Yasin, Fait und Serda. Offenbar hatte niemand verpassen wollen, wie Birol etwas Illegales tat. Gott, wie er sie hasste.

Er erklärte, dass er die Waffe für einen V-Mann brauchte. Dass er sich auf einem Polizeieinsatz befand und sein Chef davon wusste. Sie hatten ihm nicht geglaubt, die ganze Zeit nur gegrinst wie Sieger, und Birol hatte sich entsprechend gefühlt, als hätte er einen Kampf verloren.

Sie hatten ihn dazu genötigt, mit ihnen zu trinken. *Raki, Bruder!* Hatten sich wohlgefühlt, vielleicht das erste Mal mit ihm. Das war es vielleicht, was ihn nun am meisten verstörte. Wenn er diesen Weg weiterging, würde er dann so wie sie? War er dann doch am Ende noch eingeknickt, dem Familienfluch erlegen?

Er hatte beschlossen, zu Fuß zu gehen. Das Haus, in dem der Mann sich aufhalten sollte, stand in Charlottenburg, das war ein schöner, langer Spaziergang durch die Nacht. Und es gab genug Gelegenheiten, die Waffe einfach in die Spree zu werfen und nach Hause zu gehen.

Doch was dann? Ohne die Antworten auf seine drängendsten Fragen leben? Mit der Gewissheit, dass er seine Chance gehabt hatte, in ebendieser Nacht?

Der Raki war ihm zu Kopf gestiegen, Birol war noch nie ein großer Trinker gewesen, und nun merkte er, wie es ihm schwerfiel, seine Gedanken zusammenzuhalten. Dafür half ihm der Alkohol, einen Schritt nach dem anderen zu gehen. Er fühlte sich leichtsinnig und beschwingt, zwischendurch aber wieder ängstlich. Als wäre er nicht mehr er selbst.

Er war doch ein guter Mensch, oder? Aber was würde ein guter Mensch tun? Den Mörder seines Vaters erschießen oder laufen lassen? Birol hatte keine Antwort.

Er könnte den Mann auch einfach verhaften. Im Käfig würde am Ende wohl niemand fragen, wo er den Typen herhatte, solange er geständig war, oder?

Denn Birol wollte sicher nicht, dass herauskam, dass er einem Verdächtigen geholfen hatte, den Käfig unbehelligt zu verlassen, und dass er sich anschließend eine illegale Schusswaffe besorgt hatte. Dann konnte er sich auch gleich mitsamt der Waffe in die Spree stürzen.

Aber warum sollten sie fragen? Er könnte sich auch einfach etwas ausdenken, eine Lüge. Würde das ein guter Mensch tun? Gab es so was überhaupt?

Er fragte sich, ob das wütende Monster, das in ihm wohnte, wohl zufrieden wäre mit einer Verhaftung. Wenn der Mann im Gefängnis landete, wäre es dann gut? Könnte er dann weitermachen mit seinem Job, seinem Leben?

Eines wusste er jedenfalls ganz sicher: dass er Antworten brauchte. Und die würde er sich heute Nacht holen.

Er durchquerte das komplett verfallene Hansaviertel. Die Hochhaussiedlung, die zwischen dem ärmlichen Moabit, das noch immer recht gut besiedelt war, und dem feudalen Charlottenburg, das ähnlich wie der Prenzlauer Berg früh verlassen worden war, klemmte, schien für niemanden mehr interessant zu sein. Nicht, wenn es so viel schönere verlassene Wohnungen gab. Mit großen Fenstern und hohen Decken.

Wie verfaulte Zähne standen die hässlichen Häuser da; hinter ihnen rauschte ein Magnetzug vorbei. Die Fenster waren hell erleuchtet, aber kaum jemand saß in den Waggons. In was für einer merkwürdigen Stadt er doch lebte. Birol fragte sich nicht zum ersten Mal, warum man Altberlin nicht einfach abriss und daraus ein Naherholungsgebiet machte für die Leute, deren Leben leichter war. Doch wahrscheinlich wäre auch das viel zu teuer.

Die Zeit verschwamm vor seinen Augen wie die Stadt selbst. Zwischendurch vergaß Birol sogar, warum er gerade lief und wohin er wollte. Bis er schließlich die Adresse erreichte, die ihm genannt worden war. Hier sollte der Mörder seines Vaters wohnen. Im dritten Stock des Seitenflügels.

Wenn ein Haus komplett leer stand, wieso verkroch sich dann jemand freiwillig im Seitenflügel?

Birol atmete tief durch und betrachtete die bröckelnde, aber durchaus noch immer prunkvolle Fassade des Hauses. Was wollte er jetzt tun? Erschießen? Verhaften? Auf dem Absatz kehrtmachen und wieder gehen?

Er dachte an seinen Vater. Hätte Can gewollt, dass sein Sohn da jetzt hochging? Nein, sicher nicht. Aber Birol wusste, dass Can selbst sehr wohl gegangen wäre. Ein Paradox, das sich nicht auflösen ließ.

Und was war mit Raven und Martha, wenn die Sache hier schiefging? Birol hatte gerade angefangen, sich mit den beiden wohlzufühlen, hatte das erste Mal wieder so was wie Freude und Frieden empfunden. Wollte er das wirklich aufs Spiel setzen?

Irritiert schüttelte er den Kopf. Ach was. Hier wohnte nur ein illegaler Cheater. Irgendein Arschloch, für das sich doch sowieso niemand interessierte. Und Birol würde ihm erst einmal nur ein paar Fragen stellen. Mehr nicht. Denn was er eigentlich am meisten auf der Welt wollte, waren Antworten, keine Toten.

Die große Eingangstür, durch die man von der Straße aus den Gebäudekomplex betreten konnte, ließ sich einfach aufdrücken. Die meisten Schlösser dieser Art waren aufgebrochen in Berlin, denn irgendjemand hatte sich immer schon Zugang verschafft.

Die Tür war besonders prächtig und besonders riesig, so wie das ganze Haus. Hier hatten mal Menschen mit sehr viel Geld gelebt. Als es noch chic gewesen war, im alten Teil der Stadt zu wohnen.

Birol drückte sich hindurch in den großen Eingangsbereich, durch den ganz früher Autos oder Fuhrwerke in den Hof gefahren waren, wo später dann die Bewohner ihre Räder und Kinderwagen abgestellt hatten. Im Dunkeln sah der Durchgang aus wie ein riesiges Maul. Er zog sich Handschuhe über, die er extra aus dem Käfig mitgenommen hatte, und holte dann die Waffe aus der Innentasche seiner Jacke hervor. Birol schüttelte den Kopf. Er benahm sich ja jetzt schon wie ein Verbrecher.

Die Waffe entsichert und im Anschlag, ging er weiter, hinaus in den Hinterhof. Halb hoffte er, dort alles still und verlassen vorzufinden, doch als sein Blick die Häuserwand hinauf bis zum dritten Stock glitt, sah er, dass dort oben Licht brannte. Und nicht nur das. Durch ein leicht geöffnetes Fenster drang sogar Musik in die Nacht hinaus. Musik der Zwanzigerjahre des vergangenen Jahrhunderts. Weit über hundertfünfzig Jahre alte Klänge, die in diesem Sommer die ganze Stadt verzückten.

Dort oben lebte jemand. Genau, wie der Mann gesagt hatte.

Birol hatte den Namen, der ihm genannt worden war, natürlich vorher überprüft. Er war auf der Suche nach Lukas Dittrich, der in der Vergangenheit durch kleinere Delikte, hauptsächlich Drogengeschäfte, ins Visier der Polizei geraten war. Birol hatte sich Dittrichs Fotos gut eingeprägt. Damit kein Unschuldiger aus Versehen noch ins Fadenkreuz geriet.

Auch die Tür zum Seitenflügel war nur angelehnt. Kein Wunder, dass Dittrich nicht zur Vorsicht neigte, in diesem Viertel war Birol noch keiner Menschenseele begegnet, und auch im Haus schien außer dem Bewohner des Seitenflügels niemand zu leben. Wer keine Angst vor der Einsamkeit hatte und einen ruhigen Ort zum Wohnen suchte, konnte es sich hier durchaus gemütlich machen, das sah Birol schon ein. Für ihn, der in einer lauten Familie mit viel zu vielen Kindern groß geworden war, dennoch ein befremdlicher Gedanke.

Er schlich, so leise er konnte, die Treppe hoch. Eigentlich war diese Vorsicht nicht notwendig, die Musik dröhnte so laut, dass er selbst seine eigenen Schritte nicht hörte. Er hätte das Haus mit einem kompletten SEK stürmen können, ohne bemerkt zu werden.

Vor der Tür angekommen, schöpfte er noch einmal Atem. Dann rüttelte er vorsichtig am Knauf. Sie war verschlossen, doch das war kein Hindernis für ihn. Diese alten Türen verdienten den Namen eigentlich kaum, vor allem dann nicht, wenn das Schloss so oft ausgetauscht worden war wie bei diesem Exemplar. Das merkte er an der Art, wie sie in den Angeln wackelte. Birol stand auf dem Treppenabsatz im Dunkeln, lauschte der Musik und verbot sich jeden weiteren Gedanken. Er war hier. Das war seine Chance. Und er würde die Sache jetzt nicht zerdenken.

Mit einem einzigen, festen Tritt flog die Tür auf, und Birol trat mit gezogener Waffe in die Wohnung.

Diese war bei Weitem nicht so schäbig, wie er vermutet hätte. Sauber und ordentlich, mit einigen Möbeln und Lampen darin, strahlte sie sofort eine merkwürdige Gemütlichkeit auf ihn aus.

Er war keine zwei Schritte im Flur, als die Musik abbrach und im hinteren der drei Zimmer Stimmen erklangen.

»Was hast du denn?«, hörte er eine Frauenstimme fragen. Verflucht. Der Typ war nicht allein. Damit hatte Birol nicht gerechnet. Aber jetzt war das auch egal.

»Zieh dir was an«, lautete die schroffe Antwort. »Ich hab was gehört.

Kurz darauf ging die Wohnzimmertür auf, und Lukas Dittrich stand ihm mit einem dicken Schlagstock bewaffnet gegenüber. Er trug nur eine zerschlissene kurze Hose, sein Oberkörper war genauso nackt wie seine Füße. Die hellroten Narben oberhalb seiner Knie waren in dem Outfit gut zu sehen. Birol presste die Zähne aufeinander. Der Kerl trug Kniegelenke. Doch zum Glück war der Flur zu niedrig, als dass er sie hätte einsetzen können.

Doch auch so war er eine beeindruckende Erscheinung. Groß und mit Muskeln, die an Stahlseile erinnerten. Hässliche, krumme Tattoos zierten seinen Oberkörper, wie Kriminelle sie gerne trugen. Sie stachen sich die Bilder im Knast gegenseitig, wenn sie Langeweile hatten.

Birols Eindringen schien ihn nicht übermäßig zu überraschen, der Mann blieb erstaunlich ruhig und musterte ihn nur aus hart glitzernden Augen.

»Egal, worum es geht. Das Mädchen hat damit nichts zu tun«, sagte Dittrich und zeigte hinter sich, wo eine junge Frau, nicht älter als achtzehn Jahre alt, gerade dabei war, hastig ihre Sachen zusammenzuraffen.

Birol nickte knapp, und Dittrich rief über seine Schulter: »Hau schon ab, Yvette. Das hier ist nichts für dich. Ich zahl beim nächsten Mal.«

»Kein Problem, Didi-Schatz, wirklich. Geht aufs Haus!« Die junge Frau, die einen kurzen schwarzen Pagenkopf trug und damit ein bisschen an Martha erinnerte, schoss wie ein geölter Blitz erst an Dittrich, dann an Birol vorbei in den Hausflur und rumpelte kurz darauf die Treppen hinunter.

Dittrich musterte Birol von oben bis unten. »Du kommst mir irgendwie bekannt vor und irgendwie auch wieder nicht, sind wir uns schon mal begegnet?«

Birol schüttelte langsam den Kopf.

»Neu, was?« Dittrich ließ den Knüppel lässig zwischen seinen Füßen hin und her baumeln; er schien sich nicht allzu unwohl zu fühlen, was erstaunlich genug war, schließlich war eine geladene Waffe auf ihn gerichtet.

»Von wem kommst du? Bronko, Leo ...?«

Birol schüttelte erneut den Kopf.

»Jetzt komm schon. Jetzt sag mir nicht, Theresa hätte ein Problem mit meiner letzten Lieferung gehabt. Das Zeug war astrein!«

Birol räusperte sich. »Ich habe mit Drogengeschäften nichts am Hut.«

Erstaunt und ein wenig amüsiert zog Dittrich die rechte Augenbraue hoch.

»Ach nein? Darf ich fragen, warum du mir dann meine romantische Nacht zerstört hast?«

Birol umklammerte die Waffe fester. »Ich bin hier, weil ich aus zuverlässiger Quelle erfahren habe, dass Sie meinen Vater erschossen haben!«

Dittrichs Gesicht wurde ernst. Er musterte Birol eingehender. »Natürlich«, murmelte er leise. »Jetzt weiß ich, woher ich dich kenne.« Er nickte langsam. »Siehst ihm sehr ähnlich, weißt du?«

»Sie geben es also zu?«

»Hey, hey. So einfach ist das nicht.« Dittrich hob beschwichtigend eine seiner Hände. »Ich versuche nur zu überleben.«

»Indem Sie unbescholtene Polizisten töten?«

Etwas blitzte in Dittrichs Augen auf, und ein leichtes Lächeln umspielte seine Lippen.

»Unbescholten sagst du?«

Birol biss die Zähne zusammen. »Er war ein guter Polizist. Ein guter Mann!«

Nun lachte Dittrich auf. »Verblendung muss was Schönes sein. Ein komfortables Bett, auf das man seine geschundene Seele schlafen legen kann. Daunen und Federn.«

Er musterte Birol weitere Sekunden, dann legte er den Kopf schief. »Oder weißt du es etwa wirklich nicht?«

Birol spannte den Hahn der Waffe. Sein Herz klopfte ihm bis in die Stirn hinauf, auf der unzählige Schweißperlen standen. Warum hatte der Kerl keine Angst vor ihm? Was stimmte denn mit dem nicht? Und worauf wollte er hinaus? Birol zwang sich zur Ruhe. Dittrich bluffte sicher nur.

»Was weiß ich nicht?«

Dittrich grinste. »Was dein feiner Herr Vater so getrieben hat, um sich Feinde in den höchsten Kreisen der Unterwelt zu machen.« Er kam einen Schritt auf Birol zu. »Vielleicht habe ich den Abzug betätigt, Kleiner. Doch das zu wissen, wird dir nicht weiterhelfen. Denn ich wurde einfach nur dafür bezahlt. Ich habe meinen Job gemacht. So wie du jeden Morgen ins Büro gehst und deinen machst.«

Er machte einen weiteren Schritt und hob dabei in einem Schwung den Schlagstock auf die Schulter. Birol wich zurück.

364

»Dein Vater hatte ein paar Geheimnisse, die einem Polizisten nicht gut zu Gesicht stehen. Schmutzige, dunkle Geheimnisse.«

»Mein Vater war ein guter Mann!« Birol hasste es zu hören, dass seine Stimme zitterte. So hatte er sich das überhaupt nicht vorgestellt.

»Glaub doch, was du willst, mein Junge, aber verschwende nicht meine Zeit.« Dittrich schmunzelte. »Lass mich mal raten. Du bist ein guter Kerl. Hast dein Leben lang versucht, das Richtige zu tun. Hab ich nicht recht?«

Birol presste die Lippen aufeinander. »Ich bin hier, um Sie zu töten«, zischte er. »Das wäre definitiv das Richtige.«

Nun lachte Dittrich aus voller Kehle.

»Du wirst mich nicht erschießen. Ganz im Gegenteil. Du wirst dich jetzt aus meiner Wohnung verpissen wie ein braver kleiner Polizist und heute Nacht in dein Kissen weinen. Das wirst du tun. Und jetzt raus hier.«

»Wer hat Sie bezahlt?«

Dittrich schüttelte amüsiert den Kopf. »Du glaubst doch nicht im Ernst, dass ich dir das verraten werde. Ich habe nur so viel gesagt, weil ich Mitleid mit dir habe, Kleiner. Mein Vater ist auch früh gestorben. Ich weiß, wie das ist.«

Birol machte wieder einen Schritt nach vorne. Seine Hände zitterten, doch er hob sie an, sodass er nun genau auf Dittrichs Stirn zielte.

»Wer hat Sie bezahlt??!«, brüllte er.

In dem Augenblick schwang Dittrich seinen Knüppel, doch Birol wich dem Schlag aus. Er duckte sich, und der schwarze Schlagstock durchschnitt wenige Millimeter über seiner Kopfhaut die Luft.

Dann wurde auf einmal alles ganz langsam. Als hätte jemand auf Zeitlupe gestellt. Birol sah, dass Dittrich erneut den Arm hob. Sah, dass der Mann den Mund bewegte, doch Birol konnte nicht hören, was er sagte. Der Schlagstock bewegte sich auf ihn zu. So langsam wie ein sehr alter Mensch.

Birols Finger krümmten sich. Quälend langsam. Dann fühlte er, wie der Widerstand der Waffe brach und der darauf folgende Schuss die Zeit zerteilte. In ein Davor und ein Danach.

Er wurde vom Rückstoß gegen die Wand gepresst und sah zu, wie Lukas Dittrich zu Boden ging.

Kurz darauf setzte die Musik wieder ein. Wahrscheinlich war Dittrich beim Fallen auf eine Fernbedienung gekommen, die er in der Hosentasche trug. Die Musik war laut und fröhlich und absolut grotesk. Zu den Klängen einer uralten Tanzmusik sah Birol zu, wie dem Mann, der seinen Vater erschossen hatte, das Leben aus einer großen Kopfwunde sickerte.

EPILOG

Silbermann hatte angefangen zu trinken. Schon vor Monaten. Früher hatte er Menschen immer verachtet, die dem Leben nicht standhielten, doch nun war er selbst einer von ihnen. Er ertrug es einfach nicht mehr. Zu viele Leichen, zu viel Tod.

Die Männer kackten sich immer ein, es war hässlich, es stank, es war erbärmlich. Und es funktionierte nicht.

Doch das war etwas, das sie niemals akzeptieren würde. Ein einziges Mal nur hatte es funktioniert. Mit einem jungen Mann, der auf dem Zenit seiner körperlichen Fitness gestanden hatte. Doch wie sollte es mit den Straßenkötern funktionieren, die Silbermann immer wieder in der Gosse aufsammeln musste? Die hatten keine Kraft mehr für so was. Und er hatte sie auch nicht.

Heute hatte er nur den Startknopf gedrückt und sich anschließend auf die Toilette verzogen. Er konnte einfach nicht schon wieder mit ansehen, wie ein Leben erlosch. So unwert dieses Leben auch scheinen mochte. Er konnte es einfach nicht.

Wie ein gewöhnlicher Suchti hatte er im Spülkasten der Toilette eine Flasche Wodka versteckt, die er nun zwischen seinen nassen Händen umklammert hielt. Silbermann trank in großen Schlucken.

Bester seines Jahrgangs. Jüngster Doktor, jüngster Professor. Jüngster Neurochirurg an der Charité. Und jetzt stand er hier und trank lauwarmen Wodka in einer stinkenden Toilette. Wenn seine Ex-Frau ihn so sehen könnte, hätte sie ihre helle Freude. Silbermann schüttelte den Kopf.

Tausend Mal hatte er sich vorgestellt, einfach zu kündigen. Sich für die gemeinsame Zeit zu bedanken und nach Hause zu gehen. Doch er konnte nicht. Sie hatte ihn in der Hand.

Denn streng genommen war er es, der all diese Männer getötet hatte. Er hatte sie angesprochen, mitgenommen und verkabelt. Er hatte den Prozess in Gang gesetzt. Elf Mal mittlerweile. Nein, er kam hier nicht weg. Sein Leben war komplett verwirkt, ebenso wie seine Karriere. Die einzige Hoffnung, die ihm blieb, war, dass es nicht noch schlimmer kam.

»Chef!«, hörte er die aufgeregte Stimme seines Assistenten plötzlich draußen auf dem Flur. Er nahm noch einen Schluck, drehte die Flasche zu und verstaute sie wieder im Wasserkasten.

Im nächsten Moment ging die Tür zu den Toiletten auf.

»Chef, sind Sie hier drin?«

Sönke klang aufgeregt. Was war denn jetzt los? Silbermann betätigte die Spülung und steckte sich ein Pfefferminzbonbon in den Mund, wie er es immer tat. Erbärmlich, aber wirksam.

Er öffnete die Tür seiner Kabine und tat so, als würde er sich gerade die Hose zumachen.

»Ja, kann man denn hier nicht mal mehr in Ruhe pinkeln?«, fragte er schroff, und sein Assistent errötete.

»'tschuldigung, aber ich habe mir gedacht, dass Sie es sofort hören möchten.«

»Was gibt es denn?«

Sönke strahlte übers ganze Gesicht. »Es hat funktioniert, Professor!«

Mit einem Schlag war Silbermann hellwach.

»Was sagst du da?«

Er packte Sönke am Kragen, der etwas überrascht schien, aber immer noch breit grinste.

»Es hat funktioniert. Die Übertragung. Er … er lebt. Er ist wach.«

Und plötzlich, einfach so und mit wenigen Worten, änderte sich alles.